COMMANDE-MOI

UNE ROMANCE PATRON-ASSISTANT EN VACANCES

SYNERGY
TOME 4

MICHELLE MCCRAW

lazy dog
books

Copyright © 2025 Michelle McCraw

AVERTISSEMENT DE CONTENU

Commande-moi est une romance torride contenant des scènes intimes explicites et un langage grossier. Cette histoire contient également de la violence et de l'abus d'alcool, ainsi que de la violence domestique (mentionné mais non décrit) et de l'itinérance (mentionné mais non décrit).

Si ce n'est pas le bon moment pour vous de lire une histoire avec ces éléments, envisagez de sauter ce livre pour l'instant. Prenez soin de vous.

1

BEN

LES ENNUIS ONT PRIS la forme d'une paire de larges épaules.

Même voûtées, entourant sa tête qui pendait, elles étaient larges et musclées, et ses biceps étaient à peine contenus dans un t-shirt vintage des Rolling Stones, fin comme du papier, rentré dans un jean à sa taille fine. Sa ridicule boucle de ceinture d'Austin, au Texas, était aussi grande que ma main.

Quand je traînais avec les autres admins pendant les pauses-café, elles s'extasiaient sur le charme de mauvais garçon et la personnalité charmeuse de Jackson Jones.

Pas moi. Je laissais ça à mon patron.

Attendez, pardon, j'ai vraiment dit ça ? Peu importe, je savais que Jackson Jones était une source d'ennuis.

Il s'est traîné jusqu'à mon bureau et a tourné vers moi des yeux injectés de sang.

— Il est là ?

Mon Dieu, j'aurais tellement voulu qu'il ne le soit pas. Ou que je puisse mentir pour sauver mon patron du nouvel enfer dans lequel Jackson s'apprêtait à l'entraîner.

— Je peux vous aider ? ai-je demandé en me levant et en

lissant mon pull en laine mérinos bleu marine. Je n'étais pas un homme de grande taille, mais debout, je n'avais pas besoin de lever la tête vers Jackson.

Il a eu un petit rire.

— Pas à moins que vous ayez un remède miracle contre le virus qui a terrassé mon gamin, ma femme et la nounou.

— Désolé, je suis à court… oh. Vous êtes censé aller à Boston aujourd'hui.

— Ouais. À ce sujet…

J'ai grimacé. Mon patron venait juste de rentrer d'un voyage en Asie la semaine précédente. Il n'avait pas eu le temps de se remettre du décalage horaire. Et Jackson s'apprêtait à lui demander de reprendre un avion pour traverser le pays et de dérégler à nouveau son horloge biologique.

Mais Jackson pensait que Cooper Fallon était Superman, qu'il pouvait tout faire : son propre travail en tant que directeur des opérations et celui de Jackson, en plus.

Ce qui n'arrangeait rien, c'est que Cooper ne faisait rien pour dissiper cette idée. Quand Jackson lui demandait de sauter, il demandait à quelle hauteur. Selon l'assistante de direction qui travaillait pour le conseil d'administration de Synergy, et qui était là presque depuis le début, leur dynamique était la même depuis qu'ils avaient fondé l'entreprise plus de douze ans auparavant. Ils étaient associés, mais ce n'était en rien du cinquante-cinquante. Plutôt du quatre-vingts-vingt. Et Cooper se retrouvait toujours du mauvais côté de la barrière.

— Alors, je peux entrer ?

Je ne m'étais pas rendu compte que je m'étais placé devant la porte vitrée du bureau de Cooper, empêchant son associé d'entrer. J'aurais aimé pouvoir lui dire non pour protéger Cooper de Jackson et de sa propre tendance à trop s'engager, mais Cooper ne voulait pas être protégé de Jackson.

Même s'il en avait besoin.

Délibérément, j'ai abaissé mes épaules qui étaient remontées jusqu'à mes oreilles. Je me suis retourné et j'ai frappé à la porte avant de la pousser et de passer la tête dans l'embrasure.

— Monsieur Fallon ?

Quand il s'est détourné de son écran, la lumière bleue a éclairé son visage, donnant à sa peau normalement hâlée une pâleur verdâtre. Ses yeux étaient rouges, eux aussi. Pas autant que ceux de Jackson, mais je voyais bien qu'il avait passé trop de temps à fixer des feuilles de calcul. Il a levé une main à la jonction de son cou et de son épaule et a pétri le muscle à cet endroit. J'aurais aimé pouvoir le faire pour lui, mais ç'aurait violé notre règle tacite du « on ne se touche pas ».

— Ben, combien de fois vous ai-je demandé de m'appeler Cooper ?

Un coin de ma bouche s'est relevé.

— Environ une fois par jour depuis que j'ai commencé à travailler ici il y a six mois, monsieur Fallon.

— Donc, environ cent vingt fois. Et combien de fois encore devrai-je vous le dire avant que vous n'écoutiez ?

Le ton sec de sa voix aurait pu en effrayer un autre. Cooper Fallon était célèbre pour sa détermination sans faille et son tempérament sanguin. Mais je savais que sa menace ne serait jamais suivie d'effet. Peut-être avec un cadre comme Jackson, mais pas avec quelqu'un de mon niveau. Je l'avais observé, probablement plus que de raison, et je savais, après de longues heures d'observation attentive, que même si son ton était vif, il réussissait généralement à contenir la fureur qui brillait dans ses yeux bleus.

— Oh, j'écoute, ai-je dit.

Derrière moi, Jackson s'est éclairci la gorge, et mon sourire s'est effacé.

— Jackson est là pour vous voir. Vous avez une minute ? *Je vous en prie, dites non.*

Il a passé une main dans ses cheveux dorés par le soleil et s'est levé, sa carcasse d'un mètre quatre-vingt-treize se dépliant avec une élégance athlétique.

— Faites-le entrer.

J'ai ravalé un soupir et j'ai ouvert la porte en grand, entrant dans le bureau pour annoncer, plus formellement que nécessaire :

— Il peut vous recevoir maintenant.

Jackson est passé devant moi en traînant les pieds.

— Salut, Coop.

Cooper a contourné son bureau et a posé une main sur l'épaule de Jackson. Ils faisaient à peu près la même taille, deux magnifiques spécimens physiques, mais un seul d'entre eux me retournait complètement chaque fois que j'étais en sa présence.

Je suis resté là, collé contre la porte.

— Je peux vous apporter quelque chose ? Un café ? Un sandwich ? Cooper avait-il déjeuné ? J'étais allé à la cafétéria avec l'assistante de Jackson, Marlee, mais je n'étais pas sûr que Cooper ait quitté son bureau.

— Pourriez-vous m'apporter un café, s'il vous plaît ? a demandé Jackson.

— Bien sûr. Et un smoothie vert pour vous, monsieur Fallon ? Il aurait besoin d'antioxydants pour garder ses forces s'il devait repartir en voyage.

Son regard a glissé sur moi, et une vague de chaleur a déferlé sur ma peau. Mais ses paroles étaient glaciales.

— Oui, s'il vous plaît. Merci.

Et puis, même si je détestais le faire, je suis sorti de son bureau et j'ai refermé la porte sur Jackson Jones et Cooper Fallon.

———

JE ME SUIS MASSÉ la tempe douloureuse et j'ai avancé dans la file d'attente du kiosque à café dans le hall vertigineux de Synergy. Mon regard a remonté la cage d'ascenseur en verre jusqu'au sixième étage.

Si j'en jugeais par la tension autour des yeux de Cooper, il souffrait lui-même d'un mal de tête. Non pas qu'il admettrait un jour être assez humain pour ressentir de la douleur. Peut-être que je pourrais lui glisser un analgésique avec son smoothie vert dégoûtant.

Les smoothies : ma petite mais importante contribution à l'entreprise. Cooper en buvait au moins un par jour. C'était un carburant rapide et efficace pour ses fonctions de directeur des opérations de Synergy Analytics. Cooper faisait tourner Synergy, et en allant chercher ses smoothies, je faisais ma part.

J'ai frotté ma main sur mon visage et j'ai balayé le hall du regard. Qui est-ce que je voulais tromper ? Je ne le faisais pas pour Synergy. Je le faisais pour lui.

Je le faisais pour l'étincelle dans ces yeux bleus et froids quand je lui tendais le gobelet en disant : « Votre smoothie, monsieur Fallon. »

Je le faisais à cause de cet engouement qui m'avait agité le ventre au moment où je lui avais serré la main lors de mon premier jour de travail, six mois auparavant. Et à mesure que nous avions travaillé ensemble, que j'avais appris à connaître ce cadre déterminé qui aurait tout fait pour son associé et meilleur ami, qui avait fait grandir l'entreprise à partir d'un business plan écrit dans un cahier à spirale dans leur chambre d'étudiant, qui soutenait des fondations aidant les enfants à risque, ces papillons s'étaient installés dans mon cœur pour ne plus jamais en repartir.

Ma sœur, Mimi, disait que j'avais un cœur d'artichaut et que je tombais amoureux de quiconque me donnait le moindre signe d'attirance en retour.

Ce n'était pas vrai.

Cooper Fallon ne m'avait donné aucun signe. Il était toujours froid et poli. Il disait : « Merci, Ben », à la fin de chaque journée. Il m'avait offert un panier de fromages cher mais impersonnel pour les fêtes. Il me posait parfois des questions sur mes études, mais il y était probablement obligé puisque l'entreprise payait mes frais de scolarité.

Pourtant, je me délectais de ces étincelles de chaleur quand je lui remettais ses smoothies.

Une femme a pris son café et s'est éloignée du kiosque, et j'ai avancé, étant encore à deux personnes du début de la file. J'ai vérifié mon téléphone. Dix minutes que j'avais laissé Cooper seul avec Jackson.

Pourquoi avais-je essayé de gagner du temps en descendant au kiosque ? Le café au coin de la rue connaissait notre commande. Mais j'avais voulu rester assez proche pour secourir Cooper s'il en avait besoin. Ha. Cooper Fallon n'admettrait jamais qu'il avait besoin d'être secouru. Ou d'une putain de pause après avoir sauvé le monde. J'ai avancé d'un pas dans la file et j'ai tapé la pointe de ma bottine chukka contre le sol pour libérer l'énergie nerveuse qui me donnait envie de secouer quelqu'un.

Jackson, qui était censé être le meilleur ami de Cooper, lui faisait ce genre de coups tout le temps. Il y avait toujours une raison pour laquelle il ne pouvait pas faire un voyage ou une présentation au conseil d'administration.

Quand j'avais été embauché, Cooper gérait ça sans problème. Mais depuis la naissance du bébé de Jackson en février, Cooper semblait plus pâle, en quelque sorte. Pas seulement sa peau, mais lui tout entier. Comme si une partie de son essence vitale lui avait été aspirée par cette machine dans *Princess Bride*. Ses mouvements étaient plus mesurés. Son sourire — rare dans le meilleur des cas — était désormais inexistant. Même le célèbre tempérament de Fallon s'était refroidi, comme si plus rien ne valait la peine de s'énerver.

Peut-être que c'était juste saisonnier, et que Cooper reprendrait vie quand les jours rallongeraient et s'illumineraient en été. Mais j'avais l'impression que non. C'était un truc lié à Jackson Jones. J'ai enfoncé une phalange dans ma tempe. Putain de Jackson Jones et ses conneries.

— Salut, Ben. La voix du barista m'a ramené à la réalité. Enfin, j'étais au début de la file.

— Salut. Je ne venais pas souvent au kiosque, mais je supposais que le barista se faisait un devoir de connaître le nom de tout le monde.

— C'est Kris. Il m'a fait un clin d'œil, ses cheveux sombres tombant sur un œil.

— Oh, c'est vrai, je le savais. Désolé, Kris. Est-ce que je le savais ?

— Tu as des myrtilles ?

Kris a cligné des yeux.

— Euh, bien sûr.

— Tu peux en ajouter une poignée à un smoothie au chou kale, s'il te plaît ? J'ai vérifié mon téléphone. Quinze minutes, et pas de

SMS d'urgence. Ça devait être bon signe.

— Et je peux aussi avoir un café noir et un latte écrémé ? Plus un macchiato caramel pour Marlee. S'il te plaît.

— Ça marche. Il a mis du café fraîchement moulu dans une cafetière à piston.

— Tu ne viens pas souvent ici. Pas aussi souvent que je le voudrais.

J'ai détourné mon regard de ses mains, que j'incitais mentalement à bouger plus vite, pour le poser sur son visage. Il avait un look à la Harry Styles avec ses cheveux souples et ses pommettes à tomber. Totalement mon type.

Sauf qu'il ne l'était pas. Plus maintenant. Mon type, apparemment, c'était les milliardaires aux yeux bleus, émotionnellement indisponibles. Putain. De. Vie.

Mon téléphone a vibré dans ma main.

MARLEE

Urgence. J'ai besoin de toi MAINTENANT.

— Merde, désolé, oublie tout ça. J'ai adressé un sourire rapide à Kris. Les coins de sa bouche se sont affaissés juste avant que je ne sprinte à travers le hall vers les ascenseurs. J'ai martelé le bouton et je me suis retourné pour scanner les portes d'ascenseur derrière moi. *Ouvre-toi, ouvre-toi, ouvre-toi.* Je sautillais sur la pointe des pieds comme si ça pouvait faire venir l'ascenseur plus vite.

Enfin, une porte a sonné, et je me suis précipité pour me tenir devant. L'ascenseur était plein, et il m'a fallu toute la maîtrise de soi que j'avais pour ne pas bousculer mes collègues et ensuite les pousser dehors.

Quand la cabine s'est enfin vidée, je me suis faufilé à l'intérieur et j'ai appuyé sur le bouton du sixième étage, puis j'ai écrasé ma paume sur le bouton de fermeture des portes. Ce n'était pas la première fois que je devais me dépêcher de retourner à mon bureau pour mon patron exigeant. Mais j'avais un mauvais pressentiment aujourd'hui. Putain de Jackson Jones.

J'ai regardé les étages s'allumer sur l'écran au-dessus de la porte et j'ai respiré profondément. Peut-être que j'étais injuste envers Jackson. Marlee l'aimait bien. Tout le monde l'aimait bien. Y compris Cooper. En fait…

J'ai frotté ma main sur la brûlure trop familière dans mon ventre. Je devais arrêter de me soucier de Cooper. Comme la plupart des gens pour qui j'avais craqué, il était hors de ma portée. De plus, son cœur était pris ailleurs, et plus tôt je surmonterais mon béguin ridicule, mieux ce serait.

Enfin, les portes se sont ouvertes au sixième étage, et je suis sorti, le cœur battant à tout rompre.

Des voix fortes ont agressé le calme habituel de l'étage de la direction. Elles venaient du bureau de Cooper. Une foule de gens s'était rassemblée près de la porte.

Marlee a trotté vers moi sur ses talons aiguilles roses. Se tordant les mains, elle a murmuré :

— Bon sang, Ben. Ils se disputent. Genre, ils se crient vraiment dessus, et ils n'ont pas répondu quand j'ai frappé. Tu dois y aller et les faire arrêter. Tout le monde regarde.

— Est-ce que Weston est là-dedans ? Le PDG était l'ennemi juré de Jackson, et aucun des deux ne prenait de gants lorsqu'ils n'étaient pas d'accord.

— Non, juste Jackson et Cooper. Mais je suis sûre que quelqu'un préviendra Weston.

La tension dans ma poitrine s'est relâchée. Jackson et Cooper haussaient parfois le ton, mais ça ne durait jamais longtemps. Au moins, le PDG n'en était pas témoin direct. Cooper pourrait trouver une explication plus tard. Il avait un don pour gérer son patron.

Je devais m'approprier un peu de ce don.

— Retournez au travail, tout le monde. Il n'y a rien à voir ici, ai-je annoncé en me dirigeant vers le bureau de Cooper. Certaines personnes sont retournées à leur poste. L'assistante de Weston, Julie, plus effrontée, est restée à proximité.

J'ai haussé un sourcil, et lentement, elle s'est retournée et est revenue à son bureau en traînant les pieds. Elle ne s'est pas assise derrière, mais est restée debout, à regarder, prête à être témoin de tout ce qui éclaterait quand j'ouvrirais la porte.

J'ai frappé, mais ils criaient trop fort pour entendre quoi que ce soit. J'ai poussé la poignée, mais elle n'a pas bougé. Pourquoi était-elle verrouillée ?

À contrecœur, j'ai passé mon badge devant le capteur. Il n'était programmé que pour l'identifiant de Cooper, celui de Jackson et le mien. La lumière est devenue verte. J'ai pris une grande inspiration, j'ai abaissé la poignée et j'ai ouvert la porte.

Cooper, le visage rouge et les yeux exorbités, a rugi :

— Je ne supporterai plus tes conneries ! Il a frappé la main sur son bureau.

Tout s'est passé si vite. Quand j'ai rejoué la scène plus tard dans mon esprit, j'ai cru me souvenir d'avoir entendu un tintement, comme si cette grosse bague moche que Cooper portait toujours avait heurté la plaque de verre qui protégeait le bois.

Quelle qu'en soit la cause, il y a eu un crépitement comme des feux d'artifice, puis le silence. Après une seconde, un éclat de verre est tombé du bord et s'est planté dans l'épaisse moquette. Quelques morceaux plus petits l'ont suivi. Cooper a fixé la surface de son bureau. Puis il a levé les yeux et a scruté son meilleur ami de la tête aux pieds.

La jalousie s'est enflammée dans mes entrailles. Pourquoi, même quand Jackson se déchargeait de ses responsabilités sur lui, le premier instinct de Cooper était-il de protéger Jackson ? Qu'est-ce que je ne donnerais pas pour que cette préoccupation, cette attention, me soit adressée.

Merde, ce n'était pas le moment pour moi de soupirer après mon patron. Je devais faire quelque chose pour arranger ça. Mais mes pieds sont restés collés au sol. Je connaissais intimement son caractère, mais pour autant que je sache, il n'avait jamais rien frappé.

— Coop... ça va ? La voix de Jackson était d'un calme funèbre. C'était la première fois que je le voyais immobile.

— Je... je suis désolé, Jay. C'était un...

Je voulais courir vers lui, vérifier qu'il n'était pas blessé, mais la tension dans la pièce était assez solide pour me maintenir enraciné à la porte. Je l'ai refermée derrière moi.

— Tout va bien ici ?

Clairement non. Le dessus du bureau de Cooper étincelait de verre brisé. Son visage était aussi blanc que les papiers empilés proprement dans sa bannette de sortie. Quand une goutte de sang a éclaboussé le bureau, il a levé la main et l'a regardée comme s'il n'était pas sûr qu'elle lui appartienne.

— M... je veux dire, attendez. Laissez-moi vous aider. Mes pieds se sont décollés de la moquette, et la seconde d'après, j'étais à côté de mon patron. Sa paume était sillonnée de coupures, le sang perlant dans chacune d'elles.

J'ai fouillé dans ma poche avant pour trouver mon mouchoir et j'en ai secoué les plis. J'ai hésité un instant — cette règle du « on ne se touche pas » — mais c'était une urgence. Il détesterait que je doive interrompre son travail pour enlever une moquette tachée de sang.

J'ai plié le mouchoir en trois et l'ai pressé doucement contre sa paume. Sa mâchoire s'est crispée.

— Ça fait mal ? Les coupures n'avaient pas l'air profondes, mais je ne les avais pas bien vues.

— Non. Le mot n'avait rien de sa vivacité habituelle. Était-il en état de choc ?

— Asseyez-vous. Avec la main que je n'utilisais pas pour appliquer une pression sur sa blessure, j'ai tendu le bras et j'ai poussé sur son épaule jusqu'à ce qu'il s'affale dans son fauteuil.

Enfin, j'ai regardé Jackson, dont la bouche était toujours ouverte, fixant son ami.

— Qu'est-ce qui s'est passé ? Mon ton n'était pas aussi respectueux qu'il aurait dû l'être envers le cofondateur de l'entreprise, mais tout ce qui impliquait du sang constituait des circonstances atténuantes.

Jackson s'est élancé vers le bureau et a ramassé les éclats de verre en un tas.

— Cooper exprimait son point de vue un peu trop énergiquement. Je suppose qu'il aurait dû opter pour le verre trempé.

Merde, s'il continuait comme ça, j'allais avoir deux blessés sur les bras.

— Jackson, arrêtez. Je vais faire monter la maintenance…

— Mince ! Quand Jackson a mis son pouce dans sa bouche, son coude a heurté la conque sur le bureau de Cooper. Celle que j'avais dépoussiérée une fois par semaine, me demandant à chaque fois pourquoi il gardait ce seul objet décoratif sur son bureau. Je n'avais plus besoin de me poser la question. Elle a basculé du bureau, a rebondi une fois sur la moquette, et s'est brisée en s'écrasant sur le plancher en bois.

Le silence qui a suivi était encore plus assourdissant que lorsque Cooper a cassé son bureau.

— Désolé, Coop, je…

La douleur a traversé le visage de Cooper. C'était le même regard qu'il avait eu le jour où Jackson avait porté son bébé au bureau dans un de ces sacs-à-dos-ventraux.

— Laisse tomber. Je… j'ai besoin de partir.

— Maintenant ? J'ai soulevé un coin de mon mouchoir. Le saignement avait ralenti.

— Vous ne pouvez pas aller à une réunion comme ça. Il n'y avait que Cooper Fallon pour continuer sa journée de travail comme si de rien n'était après s'être ouvert la main. J'ai enroulé les extrémités du tissu autour du dos de sa main et les ai nouées sur sa paume.

— Les gens ont l'habitude que j'arrive en vrac. Pas vous. Jackson a passé la main dans ses cheveux sombres.

— Écoutez Ben. Asseyez-vous et reposez-vous une minute. J'ai du whisky dans mon bureau. On peut...

Dès que mes doigts ont quitté le nœud du mouchoir, Cooper a vivement retiré sa main. Ses yeux bleus n'étaient pas aussi glacials que d'habitude lorsqu'il les a tournés vers moi. Probablement à cause de la perte de sang.

— J'ai besoin... de sortir. Il s'est levé et m'a contourné pour se diriger vers la porte. La main sur le loquet, il s'est retourné.

Dieu merci, il allait s'asseoir et être raisonnable. J'ai fait un demi-pas vers lui au cas où il chancellerait en retournant à son fauteuil.

Mais il est resté là, agrippant la poignée.

— Ben, prévenez la New England Entrepreneurs' Society que je prendrai la place de Jackson en tant qu'orateur principal. Et transférez sa réservation d'hôtel à mon nom.

Jackson a retiré son pouce de sa bouche.

— Coop, tu n'es pas obligé de faire ça.

Cooper a adressé un sourire ironique à son meilleur ami.

— N'est-ce pas exactement ce que tu me disais que je devais faire avant... avant ça ? Il a agité sa main enveloppée dans le mouchoir en direction du désordre dans son bureau.

— Mais...

Il a tendu sa paume. Elle tremblait. Il devait exercer un contrôle énorme sur lui-même.

— Reportez toutes mes réunions à la semaine prochaine.

Mais qu'est-ce qui se passait, bordel ?

— Oui, monsieur Fallon.

Il a ouvert la porte et est sorti, la refermant doucement derrière lui. Pas de sac de sport, pas de manteau, pas d'ordinateur portable. Allait-il rester dans le bâtiment ? Avait-il une pièce secrète en bas pour hurler un bon coup ?

— C'est bon. Jackson a baissé la tête.

— Vous pouvez le dire. Je suis le pire ami du monde.

Je n'ai pas pu m'en empêcher. J'ai souri à cet abruti. Il était irritant, mais adorable.

— Vous l'êtes totalement. Mais il vous aime quand même.

Il a vivement relevé la tête et a souri.

— C'est vrai, n'est-ce pas ? Je suis le mec le plus chanceux de San Francisco.

Mon sourire s'est effacé. Il l'était, putain. Qu'est-ce que je ne donnerais pas pour recevoir un pour cent de cet amour. Jackson était trop imbu de lui-même pour le remarquer, mais je l'avais vu dès mes premiers jours dans l'entreprise. Cooper se languissait de son meilleur ami. Son meilleur ami hétéro et inconscient de tout.

— Vous devriez partir d'ici, ai-je dit d'un ton plat. Je vais appeler la maintenance pour nettoyer tout ça.

— Merci, Ben. Je vais laisser Coop mariner une heure ou deux, et puis je lui parlerai.

Si je connaissais mon patron, il lui faudrait plus d'une heure. Et je supposais qu'il l'obtiendrait lors de son voyage de dernière minute à Boston. Que je devais maintenant organiser.

Putain de merde.

Je trouverais un moyen de prendre de ses nouvelles, même à Boston. Parce que peut-être que Jackson Jones n'en avait rien à foutre de la façon dont il avait bousillé la vie de Cooper, mais moi, si.

2

COOPER

QUAND J'AVAIS APPROUVÉ l'aménagement en open space du sixième étage de notre immeuble, je n'avais jamais imaginé que j'aurais besoin d'un autre endroit que mon bureau pour me ressaisir.

J'avais travaillé dur pour faire de mon bureau un havre de paix, un lieu où je pouvais retrouver la tranquillité et la sécurité de l'île et où aucun des mauvais souvenirs, les souvenirs de l'homme qui m'avait donné mon nom, ne pouvait s'immiscer.

Pourtant, c'est dans mon bureau que je venais tout juste de péter un plomb.

Malgré la douleur de mes coupures, ma paume me démangeait, réclamant une balle anti-stress ou un punching-ball, un moyen d'évacuer la tension de mes muscles, d'apaiser la colère qui bouillonnait dans mes veines. Si j'avais eu le courage de me regarder dans un miroir, j'étais sûr que mon reflet m'aurait rappelé le visage de mon père, écarlate de rage.

Je ne sais comment, je me suis retrouvé devant le bureau de Weston. C'était logique, car depuis les débuts, lorsque nous avions introduit Synergy en bourse, il s'était presque comporté comme un père pour moi, me donnant le genre de conseils que mon propre père n'était pas assez sage ou assez sobre pour donner.

— Il est là ? ai-je demandé en m'arrêtant devant le bureau de Julie.

Elle m'a dévisagé, les yeux ronds, avant de baisser le regard vers le mouchoir ensanglanté enroulé autour de ma main.

— Il est en communication.

— J'ai besoin de lui. J'ai dépassé son bureau d'un pas décidé et je suis entré directement dans celui de Weston.

— Mais…

J'ai refermé la porte sur sa protestation.

Weston a jeté un coup d'œil par-dessus son épaule. Ses impeccables mocassins reposaient sur la crédence devant la fenêtre. Contrairement à la mienne, sa vue sur la baie n'était pas obstruée par le bâtiment voisin. L'eau grise clapotait sous les nuages bas.

Il a levé un doigt et a reposé ses pieds au sol. — Il va falloir que je te rappelle. Il a retiré son oreillette et l'a posée sur le bureau.

Son regard est tombé sur ma paume entourée du mouchoir. — Que s'est-il passé ?

Je l'ai recouverte de mon autre main. — Un accident.

— Je vois. Et c'était vrai. Ses yeux clairs lisaient en moi jusqu'au chaos qui y bouillonnait. Il s'est levé et a désigné le canapé en cuir clouté.

Je me suis perché dessus. Les meubles de Weston n'étaient pas assez confortables pour qu'on s'y enfonce. De toute façon, mon corps vibrait encore de l'adrénaline qui rugissait dans mon sang.

Il s'est assis dans le fauteuil à oreilles à haut dossier à côté du canapé et a croisé les jambes. Quelques centimètres de chaussettes habillées noires unies étaient visibles sous l'ourlet de son pantalon en laine.

Ma voix était trop calme, même à mes propres oreilles. — Je vais à la conférence des Entrepreneurs de la Nouvelle-Angleterre. Pour Jackson.

— Tu t'es porté volontaire ? Ses sourcils sombres se sont arqués au-dessus de ses yeux, assortis au bleu profond de sa cravate en soie.

— Pas exactement. Sa femme et le bébé sont malades. Il doit s'occuper d'eux et de leur autre enfant. Ça paraissait parfaitement raisonnable quand je le disais. Pourquoi avais-je explosé quand il me l'avait annoncé ? J'ai serré ma main coupée avec l'autre.

— Tu ne reviens pas tout juste d'Asie ?

— Si. Je ne suppose pas que tu veuilles aller à Boston ?

Il a eu un petit rire. — Désolé, je m'occupe de Phoebe cette semaine.

J'ai jeté un œil à la photo sur son bureau. Weston se tenait à côté de sa fille, qui portait sa bombe et sa veste d'équitation, ses bras autour de ses épaules et sa petite main tenant les rênes en cuir du cheval alezan de l'autre côté.

— Tu pourrais toujours annuler, a-t-il dit.

Ma mâchoire s'est crispée. — Synergy n'annule pas ses engagements. Ni envers les clients, ni envers nos employés, ni envers les autres entrepreneurs. Et pas à la dernière minute.

— Ils comprendraient. Demande à Jones de les appeler.

C'était exactement ce dont Jackson avait besoin, une autre entaille dans sa réputation déjà fragile. — Non, je vais le faire.

— Tu ferais n'importe quoi pour lui, n'est-ce pas ? Les mots étaient légers, mais son regard était lourd de sens.

J'aurais aimé pouvoir me confier à lui. Pouvoir lui dire ce que je ressentais pour Jackson Jones depuis presque le premier instant où il était entré dans notre chambre d'étudiant à Stanford. Lui parler de ce béguin ridicule que j'avais gardé pour moi pendant des années, sachant que Jackson était hétéro et ne voulant pas gâcher notre amitié avec une confession. Lui dire comment mon cœur s'était brisé en deux quand il s'était fiancé — mon ami phobique de l'engagement qui avait refusé d'investir de l'argent dans quoi que ce soit qui n'avait pas de roues pour s'enfuir, fiancé ! Et puis qu'il s'était complètement réduit en poussière quand il m'avait dit que sa fiancée était enceinte.

Je savais qu'il ne serait jamais à moi, mais cette espèce de haricot sur l'échographie qu'il avait agitée sous mon nez avait été le coup de sifflet final de mon petit jeu d'illusions.

La nuit où elle est née, c'est moi qui suis resté dans le couloir de l'hôpital quand l'infirmière m'a barré le chemin en disant : « La famille seulement. »

Jackson était mon meilleur ami, mais il ne ferait jamais partie de ma famille.

Je n'avais pas besoin que le Dr Pradhi me psychanalyse. Le rappel qu'il m'avait fait plus tôt dans la journée — choisir sa famille plutôt que l'entreprise que nous avions bâtie ensemble — était ce qui m'avait fait exploser.

Comme s'il pouvait lire mes pensées sur mon front, Weston a dit : — Je pense que tu aurais besoin de prendre un peu de recul.

— Mais je…

— Penses-y. Je m'occuperai des choses ici. Tu devrais réfléchir à ce que tu veux. Pour toi et pour Synergy.

Qu'est-ce que je voulais ? J'avais désiré Jackson pendant si longtemps qu'il y avait un vide en moi, là où tout ce désir avait autrefois vécu. Même Synergy me semblait vide. Il l'avait abandonnée, tout comme il m'avait abandonné.

— Tu veux en parler ? Il a appuyé ses coudes sur ses genoux, son front plissé par la sincérité. Il ressemblait au père que j'aurais aimé avoir à l'âge de Phoebe. À l'un de mes *tíos* sur l'île.

Je faisais confiance à Weston, depuis qu'il avait sauvé Synergy quand Jackson m'avait laissé tomber. La veille de notre rencontre avec les banquiers d'affaires, Jackson et moi étions sortis boire un verre pour célébrer le fait que notre partenariat de sept ans était enfin sur le point de rapporter gros. Après mon retour à l'hôtel, Jackson s'était embrouillé avec un flic. Il s'était présenté à notre réunion tout fripé, un coquard sous l'œil, puant le diable.

Les banquiers avaient insisté pour que nous remplacions Jackson au poste de PDG par Weston. Et avec Jackson qui ressemblait à mon père les matins où j'allais le chercher en cellule de dégrisement, j'avais accepté. Jackson, fidèle à lui-même, m'avait largué pour un yacht plein de mannequins en bikini, mais Weston était resté. Il avait guidé Synergy — et moi — à travers le processus pour devenir une société cotée en bourse. Et avait aidé à en faire le géant du logiciel qu'elle est devenue.

Même si nous avions travaillé ensemble ces sept dernières années, je n'avais jamais dit à Weston ce que je ressentais pour Jackson. Je ne l'avais dit à personne. Jamais. Bien que mon autre meilleure amie, Jamila, l'ait deviné d'elle-même.

— Non, ça va.

— Vraiment ? Je m'inquiète pour toi, Fallon.

Mon nom de famille, celui que je partageais avec mon père, m'a fait ciller. Son nom n'était pas la seule chose dont j'avais hérité. Je l'avais prouvé aujourd'hui.

Comme si je le revoyais sur une vidéo, je me suis visualisé, le visage rouge, de la salive giclant de ma bouche tandis que je brisais la vitre de mon bureau. Je n'avais rien senti, ni l'impact ni les coupures. Quand mon père rentrait à la maison en sentant le whisky bon marché, il ne se souvenait jamais pourquoi ses jointures étaient rouges jusqu'à ce qu'il voie l'ecchymose correspondante sur ma joue.

Malgré le fait que Weston ressemblait à une photo de catalogue d'un psychiatre de luxe, avec ses cheveux grisonnants parsemant ses tempes et sa barbe courte, je ne pouvais pas lui dire ce que j'avais fait ni pourquoi. Ces yeux bleus deviendraient durs ou, pire, s'adouciraient de pitié.

— Ça va, ai-je répété. Cooper Fallon allait toujours bien. Fiable. Travailleur. — Ben est en train de déplacer mes réunions. Tu peux garder un œil sur les choses pendant que je suis à Boston ?

— Bien sûr. Ben vient avec toi ?

— Ben… venir avec moi ? J'ai cligné des yeux. C'était une très mauvaise idée. Quand il avait rejoint l'entreprise juste après le mariage de Jackson, j'avais été vulnérable, à vif. C'était la seule chose qui pouvait expliquer la décharge que j'avais ressentie en lui serrant la main pour la première fois. La chaleur dans ma poitrine où mon cœur se trouvait avant qu'il ne devienne froid et sombre. Voyager avec Ben serait une trop grande tentation. — Non.

— Un peu de soutien te ferait du bien. Tu n'es pas obligé de tout faire tout seul, tu sais.

— Ah non ? J'ai découvert mes dents dans un sourire crispé.

Il a imité mon expression. — Tu as raison. Et ça pourrait empirer si Jones décide de se retirer pour se concentrer sur sa famille.

Mes muscles sont devenus aussi raides que le fauteuil en cuir. — Se retirer ?

— On voit tous les deux les signes avant-coureurs, Fallon. Il n'a plus la tête à ça. Il a d'autres priorités.

Des priorités autres que moi et la société que nous avions bâtie ensemble. Comment n'avais-je pas vu ça ? Peut-être que je l'avais vu, inconsciemment, et que c'était pour ça que j'avais craqué dans mon bureau.

Putain.

Sans Jackson, Synergy serait un rappel douloureux de tout ce que j'avais perdu. Ce ne serait plus amusant. Ce serait du travail.

Les yeux de Weston me scrutaient comme une foreuse, cherchant à extraire mes secrets. Puis il s'est penché et m'a saisi l'épaule. — Penses-y. Prends du temps si tu en as besoin. Après Boston.

Je me suis levé. — Je le ferai.

Je suis sorti de son bureau et j'ai filé directement vers les escaliers, sans croiser le regard de personne, de peur de fissurer le placage de fausse pierre que j'avais appliqué sur mes émotions volatiles. Pour la première fois depuis des mois, j'ai quitté le bureau alors que le soleil d'hiver était encore au-dessus de l'horizon.

———

QUAND J'AI FRANCHI la porte d'entrée, Norma n'a eu besoin que d'un regard pour faire un signe de croix. Roulant ses yeux marron vers le ciel, elle a marmonné quelque chose — une prière, j'en étais sûr, puisqu'elle priait toujours pour quelque chose — puis m'a tendu la main.

Inutile de résister, alors j'ai posé ma main dans la sienne, paume vers le haut.

— Encore la boxe ?

— Du jiu-jitsu, lui ai-je rappelé. — Et non. Je… Je ne pouvais pas le lui dire. Elle en parlerait à ma mère à l'église. — Je me suis coupé au travail.

— Tu travailles à un bureau. Elle a claqué la langue en examinant le mouchoir ensanglanté. — Pas dans une usine.

— C'est une coupure de papier ?

Elle n'a même pas esquissé un sourire à ma faible plaisanterie. Mais je ne dirais jamais à Norma la pragmatique — mon employée dont j'étais responsable — que j'avais frappé mon bureau parce que mon meilleur ami avait percé mes défenses et m'avait blessé. Des sentiments que je ne pensais plus avoir.

Elle a penché la tête sur ma main. Pas un seul cheveu ne s'échappait de son chignon gris serré, mais ses doigts étaient doux quand elle a tiré sur le mouchoir.

J'ai fléchi ma main autour, agrippant le tissu. — C'est bon.

Ses lèvres se sont pressées en une ligne pâle. — Il faut nettoyer ça. Et mettre un pansement propre. Ce n'est pas assez profond pour des points de suture, n'est-ce pas ?

— Non. Pourtant, je l'ai suivie jusqu'à la cuisine et l'ai laissée dérouler le mouchoir de Ben au-dessus de l'évier. Vivement, et pas doucement, elle m'a lavé la main avec un savon piquant. J'ai regardé le mouchoir taché de sang qu'elle avait laissé tomber négligemment près de l'évier. Il n'avait rien de spécial, juste le genre qu'on achète en paquet dans un grand magasin. Pourtant, il *était* spécial. Parce que c'était le sien. Je devais le lui rendre.

— Tu me le feras laver ? J'ai indiqué le tissu d'un mouvement de menton. — Je l'ai emprunté à quelqu'un.

— Oui, oui. Tout comme tes vêtements de sport qui puent et les draps dans lesquels tu dors à peine.

Elle était en train de me sécher la main, alors elle ne m'a pas vu lever les yeux au ciel. Elle m'a relâché une seconde pour sortir la trousse de premiers secours de sous l'évier. — Si tu t'épuises, tu ne pourras plus travailler. Et qu'arrivera-t-il à cette maison ? Elle a fait un geste de la main vers la cuisine de chef qu'elle utilisait pour préparer mes repas, vers l'élégante salle à manger attenante que je n'utilisais que pour les dîners d'affaires avec traiteur. — Tu dois d'abord prendre soin de toi, Lito.

Je n'ai pas pris la peine de lui expliquer que si je démissionnais aujourd'hui, je serais toujours un homme riche grâce à mes actions Synergy et à d'autres investissements. Comme toutes les femmes de ménage, cuisinières et jardinières que Mamá m'envoyait de l'église — des femmes travailleuses et malchanceuses — elle comprenait le flux de trésorerie, mais pas grand-chose d'autre.

Norma, qui avait perdu son mari de vingt-cinq ans six mois plus tôt dans un accident, était meilleure que la plupart. Elle faisait ronronner ma maison comme un moteur de Ferrari, contrairement à sa prédécesseure qui avait oublié de payer la facture d'électricité et m'avait laissé dans le noir pendant un week-end glacial de janvier, qui se trouvait être le week-end de mon anniversaire. Mais je ne pourrais jamais virer une des protégées de Mamá. Contrairement au travail, j'étais tout en bas de la hiérarchie des dames de l'église. Je l'ai donc mise en charge de la buanderie et j'ai embauché Norma comme gouvernante.

Après que Norma a collé un morceau de sparadrap sur la gaze pour la maintenir, elle a ramassé le mouchoir ensanglanté et l'a fourré dans la poche de son tablier. J'ai regardé la bosse. Il ne serait pas propre avant demain, et je serais à Boston.

Ce qui me rappelait… — Je pars en voyage ce soir. Je ne serai pas de retour avant le week-end. Prends quelques jours de congé.

Elle a froncé les sourcils, à mi-chemin de la buanderie. — Un autre voyage ? Tu es rentré d'Asie vendredi dernier.

— Je sais. J'ai caressé la gaze sur ma main, réprimant la montée de colère. — Un imprévu.

— Je m'inquiète pour toi, mijo. Tu travailles trop.

C'était ce que je disais à Jackson quand j'avais cassé le bureau. La colère a de nouveau pulsé, silencieusement. Je devais appeler le Dr Pradhi.

— Je vais te réchauffer ton dîner avant de partir.

— Merci, Norma. Et merci pour ça. J'ai fait un geste de ma main droite bandée.

Elle a balayé mes remerciements d'un geste de la main tout en plaçant un de mes repas pré-portionnés dans le four. — Tu as besoin de vacances, pas d'un autre voyage d'affaires. D'un massage. De sommeil.

— Mamá et moi sommes allés sur l'île à Noël.

— C'était il y a des mois, et tu as travaillé presque tous les week-ends depuis. Les soirs aussi. Tu as besoin d'une pause.

Elle n'avait pas tort. La journée d'aujourd'hui le prouvait.

— Un jour, ai-je dit. Mais pas pendant que Jackson avait un nouveau-né, apparemment.

Elle a pincé les lèvres et a mis son sac à main sur son épaule. — Bon voyage. Et n'oublie pas de manger.

Je lui ai adressé un faible sourire. — N'oublie pas non plus. Et ne passe pas tes jours de congé à travailler à la soupe populaire.

— Ce que je fais de mes jours de congé ne te regarde pas, Miguelito. Si je veux passer du temps à l'église ou même ici, ce n'est pas ton problème.

J'ai levé les paumes en signe de reddition. — *Sí, señora*. Bonne nuit.

Elle a hoché la tête une fois et est sortie par la porte du garage. Le faisceau de ses phares a balayé la rue en s'éloignant.

Après mon repas solitaire, je suis monté péniblement jusqu'à ma chambre. La housse à vêtements dans le dressing était encore à moitié remplie de mon voyage en Asie.

Boston début avril. J'ai frissonné.

J'ai glissé deux pulls en laine dans les poches, puis j'ai accroché mes costumes et mes chemises sur leurs cintres. Au moment où j'envisageais d'ajouter un jean au cas où j'aurais l'énergie de sortir après la conférence, mon téléphone a vibré sur la commode au centre du dressing.

Était-ce Ben, qui appelait pour prendre de mes nouvelles ? Non, il ne m'appelait pas après les heures de bureau. Mais je ne m'étais jamais blessé au travail auparavant. Mon estomac a eu un battement d'espoir.

Quand j'ai vérifié le nom sur l'écran, mes entrailles se sont calmées une seconde, puis se sont nouées. Elle devait avoir appris ce que j'avais fait.

— Jamila.

— Eh oh. Pas la peine de grogner comme ça. Tu sais bien que ça ne marche pas avec moi, cette merde. J'appelle pour savoir comment tu vas. Son accent texan mielleux adoucissait les consonnes.

J'ai vérifié ma main droite. Le pansement était propre malgré les valises que j'avais faites. — Je vais bien.

— Tu en es sûr ? Parce que les gens qui vont *bien* ne pètent pas un câble à la Hulk au bureau.

— Qu'est-ce que Jackson t'a raconté, putain ? Je n'ai pas pété un câble à la Hulk. Je voulais marquer un point, et ma bague a heurté la vitre de mon bureau. Pourquoi je lui mentais ? C'était ma meilleure amie, après Jackson. Elle devait savoir pourquoi je l'avais fait.

— Tu veux dire la vitre que tu as mise dessus après t'être disputé avec une de tes intérimaires et qu'elle a rayé le bois ?

J'ai grimacé. Pas mon meilleur moment. Mais c'était l'intérimaire qui avait abîmé le bureau cette fois-là, pas moi. — Tu sais comment est Jay. Il m'a tapé sur les nerfs.

— Je sais comment tu es à propos de Jay. Depuis que…

— Ça n'avait rien à voir avec ça. Un autre mensonge. Ils n'arrêtaient pas de sortir de ma bouche. Mon père était-il mort et m'avait-il possédé comme le *jumbee* des histoires de mes tantes ? Je ne pouvais qu'espérer que Mick Fallon soit mort. Comme Jamila le disait souvent, cet homme était trop méchant pour mourir.

— Tu es sûr ? Tu es d'une humeur de dogue depuis la naissance de Valentine.

— J'ai toujours compensé son laxisme, mais il est à peine venu au bureau depuis la naissance. J'ai fait mon travail et le sien aussi.

Je me suis dirigé vers les étagères encastrées qui abritaient mes montres. À côté de ma Breitling se trouvait la fragile boutonnière de lys calla séché que j'avais gardée de son mariage. Quand je l'ai touchée, le bord d'un pétale s'est effrité. Cette nuit-là m'avait brisé le cœur. Dieu merci, Jamila avait été là pour me sauver. Je frémis en pensant à ce que j'aurais pu dire — ou faire — si je m'étais saoulé.

Je suis retourné devant ma housse à vêtements. — Je suis en train de faire mes valises pour faire son discours à la Société des Entrepreneurs à Boston.

— Non, Coop. Tu rentres à peine de Singapour.

— Faut bien que quelqu'un le fasse, ai-je grogné, en cherchant mes chaussures de ville dans le placard. Qu'est-ce que Norma en avait fait ?

— Il y a d'autres personnes qui peuvent prendre le relais, tu sais. Demande à Weston de le faire. Le PDG devrait se manifester.

— Il ne peut pas. Il m'avait dit d'annuler. Et j'avais été tenté. Surtout après qu'il m'ait fait voir comment Jackson se détachait de l'entreprise que nous avions bâtie ensemble, celle qui symbolisait notre amitié.

— Personne d'autre ne peut s'adapter à la dernière minute comme moi. Ils ont des conjoints. Des enfants. Des familles. Tout ce que j'avais, c'était un énorme manoir vide à Pacific Heights. Je n'avais même pas un putain de poisson rouge à m'occuper. Et si j'en avais eu un, Norma aurait pu le nourrir pendant que j'étais à Boston.

Après un moment d'hésitation, elle a dit : — Ne pas avoir ces obligations ne signifie pas que tu peux faire le travail de tout le monde, Cooper. Tu as besoin de temps pour toi aussi. Tu ne penses pas que ce qui s'est passé aujourd'hui le prouve ?

J'ai fouillé dans la poche de mon pantalon et j'ai sorti la bague qui avait causé tous ces problèmes. C'était une grosse chevalière laide avec une pierre bleu clair sertie au centre. La bague en argent était légèrement aplatie par l'impact, et la pierre était maintenant fissurée en son milieu. Du larimar. Pour l'illumination et la guérison, avait dit Mamá quand elle me l'avait donnée. Si ça marchait, je doutais que je l'aurais utilisée pour fracasser mon bureau. Je n'aurais pas agi comme *lui*.

— Je ne veux pas en parler.

— Tu as besoin de parler à quelqu'un. As-tu appelé ton thérapeute ?

— Pas encore. Les mots sont sortis entre mes dents serrées.

— Ne monte pas sur tes grands chevaux. J'essaie de t'aider.

— Je sais. Je sais. Mais savoir que Jamila était dans mon camp n'éteignait pas le feu qui faisait rage en moi. — Je dois aller à l'aéroport. Je t'appellerai ce week-end.

— D'accord, chéri. Prends soin de toi. L'inquiétude teintait sa voix. Ajoutons-la à la liste avec Norma et Ben.

J'ai regardé la lourde Rolex à mon poignet. La voiture serait dehors dans dix minutes. Où étaient mes putains de chaussures ? J'ai balancé le téléphone à travers la porte en direction du lit pour avoir les deux mains libres afin de retourner mon placard. J'ai pivoté sur moi-même et…

Quand j'ai baissé les yeux, j'ai repéré mes chaussures. À mes pieds. J'étais sur le point de saccager mon placard pour une paire de chaussures que j'avais oublié que je portais.

Mes mains tremblaient, et quand j'ai surpris mon reflet dans le miroir au dos de la porte, mes yeux étaient écarquillés et hagards. Mes cheveux se dressaient en épis couleur sable.

La prochaine fois, ce ne serait peut-être pas un bureau que je frapperais. Ce ne serait peut-être pas une plaque de verre que je détruirais.

Ajoutons-moi à cette liste de personnes inquiètes.

J'ai traversé le dressing, j'ai arraché la boutonnière de l'étagère et je l'ai écrasée dans mon poing. J'ai jeté les morceaux à la poubelle. J'en avais fini avec lui. Fini avec tout ça.

Mes doigts tremblaient presque trop pour trouver le contact dans mon téléphone, mais j'ai finalement appuyé sur le bouton d'appel. — Emily ? ai-je dit quand la pilote a décroché. — J'ai besoin que tu changes notre plan de vol. Nous n'allons pas à Boston.

3

BEN

MARLEE M'A SOURI ALORS que je passais devant son bureau.

— Tu es de bonne humeur.

Je me suis arrêté et j'ai montré l'immense verrière au-dessus de nous.

— Le soleil brille, et j'ai eu un A à ma dissertation d'économie hier soir. — J'ai eu envie de crier victoire en voyant la note. J'ai presque regretté que mon ex, Trey, et moi ne nous parlions plus pour pouvoir lui dire.

— Bien joué ! Mais rappelle-moi pourquoi tu suis des cours d'économie ? — Elle a fait la grimace. — Tu détestes les tableurs.

— C'est juste un cours d'introduction, et c'est plus sur la théorie que sur les formules. Le cours de compta que j'ai pris le semestre dernier ? — J'ai frissonné à ce souvenir. Les chiffres avaient toujours été si difficiles pour moi. Contrairement à ma sœur, Mimi, qui était comptable à l'étage du dessous et une vraie pro des maths. — Que des tableurs. Mais c'est obligatoire pour ma licence de commerce.

— Tu aurais dû prendre une licence d'informatique comme moi. — Elle a rejeté ses cheveux châtain clair en arrière.

— J'aurais dû faire beaucoup de choses différemment. — Comme aller voir un psy après la rupture avec mon petit ami pendant ma première année au lieu d'abandonner mes études. Peut-être qu'alors j'aurais ce que Trey considérait comme un vrai métier, et je ne serais pas l'étudiant le plus âgé de mon cours d'économie, obtenant mon diplôme si lentement que j'aurais de la chance si je l'avais avant mes trente ans.

— Hé. — Marlee a tendu le bras par-dessus son bureau pour me serrer la main. — Je trouve ça super que tu prépares ta licence. — Elle a eu un sourire en coin. — Un des diplômes de Cooper est en commerce. Peut-être que tu seras aussi riche que lui un jour.

— Ha, ha. À 28 ans, il avait déjà introduit Synergy en bourse et était multimillionnaire. — J'ai jeté un coup d'œil vers son bureau par habitude, mais bien sûr, il était dans le noir. Il était à Boston. — J'espère qu'il va bien après tout le bordel que Jackson a mis hier.

— Jackson ? — Elle a retiré sa main. — Ce n'est pas lui qui a fracassé son bureau.

— Ouais, mais il… Laisse tomber. — Marlee était la meilleure amie de la femme de Jackson et considérait ses enfants comme son neveu et sa nièce. Aucun d'eux ne s'inquiétait du fardeau que Jackson faisait peser sur Cooper.

— Je suis sûre qu'il va bien. Cooper encaisse toujours sans broncher.

C'était vrai. Jusqu'à hier. Il était comme une cocotte-minute, retenant toute la vapeur à l'intérieur. Nous en avions vu une partie s'échapper hier, mais que se passerait-il si elle continuait de s'accumuler ? S'en prendrait-il à quelqu'un qui ne lui pardonnerait pas immédiatement ? Weston, peut-être ? Que Dieu nous vienne en aide si Weston virait Cooper.

— Qu'est-ce que tu vas faire de tout ton temps libre pendant son absence ?

— Du temps libre ? Je dois m'assurer qu'ils remettent son bureau en état. — L'équipe de nettoyage avait enlevé tout le verre, mais en inspectant, j'avais trouvé de minuscules rayures dans la finition en merisier à cause du verre brisé. Quelqu'un comme Jackson ne le remarquerait jamais, mais Cooper, si. — Les ébénistes restaurateurs devraient arriver d'une minute à l'autre. Le nouveau plateau sera livré demain. — J'avais pris soin de commander du verre trempé en cas d'un autre accident.

Mais qu'allais-je faire sans Cooper dans les parages ? Ça semblait parfait : pas la tension de devoir me retenir, me contenir, en sa présence. Pas la tentation de caresser son dos à travers ces chemises sur mesure à l'aspect si délicieusement doux. Pas avant lundi prochain. Je méritais une putain de pause de cette torture quotidienne.

Je pourrais prendre de l'avance sur mon prochain devoir pour la fac, je suppose. Même si écrire une autre dissertation d'économie soporifique était une autre forme d'agonie.

— Dis-moi ce que je peux faire pour t'aider, d'accord ?

— Bien sûr, bien sûr. — Elle s'est mordu la lèvre. — Tu crois qu'ils vont bien maintenant ? Jackson et Cooper ?

— Tu les connais depuis plus longtemps que moi. Ils se disputent tout le temps. — Jamais comme hier, cependant, et nous le savions toutes les deux. J'ai regardé autour de moi pour voir si quelqu'un était assez proche pour nous entendre. Nous devions faire comme si tout était normal, ou une rumeur parviendrait à Weston. Quelque chose de sinistre se cachait juste sous cet extérieur froid et élégant.

— Mais... — Marlee s'est penchée et a baissé la voix. — Ils n'en étaient jamais venus aux mains avant. Il était comme... comme la Bête.

— Tu veux dire celui des X-Men ? — Est-ce que Tyler lui avait donné une bonne éducation en matière de comics ?

— Non, celui de *La Belle et la Bête*. Même si la Bête était vraiment douce, tu sais. — Marlee a enroulé une mèche de cheveux autour de son doigt. — Jusqu'à ce que Gaston l'attaque.

Évidemment, il fallait qu'elle pense à l'un de ses contes de fées.

— Tu n'as jamais lu un comic X-Men ou vu les films ? C'est la Bête, tout craché. Ses yeux sont de la même couleur que la fourrure bleue de la Bête. Et ils sont tous les deux des génies.

Marlee a penché la tête sur le côté.

— Moi, je l'ai toujours vu comme un Thor. Les cheveux blonds, les yeux bleus, la barbe de trois jours, ces muscles… — Elle a frissonné.

— Hé, ho. — La porte de la cage d'escalier a claqué derrière Tyler. — J'espère bien que c'est de moi que vous parlez.

— Bien sûr. — Elle m'a fait un clin d'œil avant de se tourner, les bras ouverts, pour accueillir son fiancé à l'étage de la direction. Elle lui a juste fait un bisou sur la joue, mais j'ai détourné le regard. L'amour qui brillait sur le visage de Tyler était presque obscène dans un cadre professionnel.

— Jay n'est pas encore là ? — Il a indiqué le bureau sombre d'un mouvement du menton.

— Non, la pauvre Valentine a de la fièvre, et elle les a empêchés de dormir tous les deux. C'est pour ça qu'il n'est pas allé à Boston. Il est en télétravail aujourd'hui pour qu'Alicia puisse se reposer.

Et ça voulait dire que Cooper ne pouvait pas se reposer. Il compensait toujours le laisser-aller de Jackson. J'ai éteint l'irritation qui me brûlait la poitrine avec une gorgée de mon latte tiède.

—Salut, Tyler. À plus tard, Marlee.

— À plus tard, a murmuré Marlee, souriant toujours à Tyler comme s'ils avaient été séparés pendant des jours et non des heures.

Cette flambée d'irritation est devenue froide et lourde. Je ne connaîtrais jamais un amour comme celui-là. Pas tant que je continuerais à tomber sur les mauvais mecs. J'ai traversé le bureau d'un pas lourd jusqu'à mon poste, juste à l'extérieur du bureau de Cooper. Dès que j'ai posé ma sacoche, le voyant rouge clignotant de mon téléphone a attiré mon attention. Les ébénistes étaient arrivés ? Pourquoi José n'avait-il pas appelé mon portable ? J'ai décroché le combiné et appuyé sur le bouton pour écouter les messages.

Le premier datait de six heures du matin, neuf heures sur la côte Est.

— Monsieur Levy-Walters, c'est Shauna de la New England Entrepreneurs' Society. M. Fallon ne s'est pas encore présenté, et je n'arrive pas à le joindre. J'espère que vous pouvez me confirmer qu'il est toujours en mesure de faire le discours d'ouverture aujourd'hui à midi.

Fous-lui la paix, ma vieille. Il n'avait pas pu arriver avant minuit. C'était un homme, pas une machine ; il était probablement juste en train de prendre un expresso de plus pour combattre le décalage horaire. Pourtant… Cooper se comportait plus comme une machine que comme un homme, et je ne l'avais jamais vu en retard. Nulle part.

Le deuxième message s'est enchaîné immédiatement, horodaté d'il y a trente minutes.

— Monsieur Levy-Walters, c'est encore Shauna. De l'Entrepreneurs' Society. Je commence à être un peu anxieuse. M. Fallon n'est toujours pas là. Pouvez-vous me rappeler ?

J'ai pris mon portable de fonction fourni par Synergy et j'ai appelé Cooper. Je suis tombé directement sur sa messagerie vocale. D'habitude, écouter son message d'accueil me donnait des papillons dans le ventre, mais là, mon estomac s'est noué d'angoisse. Que lui était-il arrivé ? Je lui ai laissé un message laconique lui demandant de donner des nouvelles dès que possible.

Le téléphone de bureau a sonné avec un identifiant de Boston.

— Bureau de Cooper Fallon. Ben Levy-Walters à l'appareil.

— Oh, M. Levy-Walters. Je suis si contente de vous avoir enfin. Je suis désolée d'avoir appelé tant de fois, mais nous n'avons toujours pas vu M. Fallon. Est-il en route ?

S'il n'était pas encore arrivé, j'en doutais. Cooper Fallon tenait toujours ses engagements.

Quelque chose n'allait pas.

— Je suis désolé pour ce contretemps de dernière minute,

Shauna, mais M. Fallon est tombé malade subitement. Fièvre. Frissons. Vomissements. — Je me suis arrêté avant de pouvoir affubler Cooper de symptômes encore plus dégoûtants. — C'est apparu d'un coup. Il est probablement contagieux. Il voudrait que je vous transmette ses excuses. Il fera un don généreux à l'Association dès qu'il sera remis.

— Oh. Merci. — J'avais appris en travaillant avec Cooper que l'argent aidait toujours à arranger les choses. Shauna n'avait pas l'air aussi apaisée que je l'espérais. — Mais qu'en est-il du discours d'ouverture ?

— Je suis désolé, Shauna, ai-je dit, aussi doucement que possible. Je ne peux pas vous aider là-dessus. Mais vous avez une salle pleine d'entrepreneurs. L'un d'eux ne peut-il pas prendre le relais ?

—Je… je suppose que je vais essayer…

— Parfait. Passez une excellente journée. — J'ai raccroché rapidement avant qu'elle ne puisse de nouveau en faire mon problème.

Mon téléphone a sonné quasi immédiatement, et j'ai soupiré en voyant que c'était la sécurité. Après une brève discussion avec José, je suis monté dans l'ascenseur pour escorter les restaurateurs.

Où était Cooper ?

Après avoir fait entrer l'équipe des ébénistes dans le bureau de Cooper et qu'ils se soient mis au travail, je suis retourné au bureau de Marlee. Elle plissait les yeux devant son écran, faisant probablement sa vérification de code matinale. Jusqu'à quel point pouvais-je être honnête avec elle au sujet de mon problème avec Cooper ? Nous étions amis depuis mon premier jour, et nous nous plaignions en riant de nos patrons presque quotidiennement. Mais là, c'était différent. Tellement différent que j'en avais l'estomac noué.

Clairement, quoi qu'il se passe avec Cooper, c'était son secret, puisqu'il ne m'en avait pas parlé. Et il avait le droit d'avoir des secrets. Du moins dans sa vie personnelle. Sa vie professionnelle, c'était mon affaire. Il aurait dû dire à Shauna qu'il ne viendrait pas. Et à moi aussi.

Je ne l'avais jamais vu se défiler d'une obligation comme ça. Donc quel que soit son secret, ça devait être un gros. Un qu'il ne voulait que personne ne connaisse.

Même si ce n'était pas à moi de le partager, je devais savoir, car cela affectait Synergy. Cooper était le cœur de l'entreprise, et si des rumeurs parvenaient aux médias, l'action chuterait comme si Thor l'avait frappée avec son marteau. Et l'entreprise coulerait aussi, comme à mon dernier poste.

Je me suis éclairci la gorge.

— Hé, je sais que j'ai dit que je t'aiderais aujourd'hui, mais Cooper m'a assigné à un projet spécial. — J'ai observé son visage pour déceler tout signe de reconnaissance ou d'incrédulité.

Elle m'a jeté un regard rapide et a haussé les épaules.

— Pas de problème. Fais ton projet.

— Il, euh, il ne t'a rien dit à toi ou à Jackson à propos… du projet ?

Son regard était déjà de retour sur l'écran.

— Non. Besoin d'aide ?

— Non. Pas pour le moment, en tout cas. Merci. — Je suis retourné à mon bureau d'un pas lourd.

J'ai rappelé Cooper. Directement sur sa messagerie vocale.

J'ai appelé l'hôtel à Boston. Il ne s'était pas enregistré.

J'ai appelé Emily, la pilote du jet. Elle n'a pas répondu, mais j'ai laissé un message vocal. Pourquoi n'avais-je pas insisté pour que Cooper me donne accès au suivi de vol du jet ? J'aurais su s'ils avaient quitté l'aéroport.

Julie, l'assistante de direction de Weston, est passée en courant, serrant des papiers contre sa poitrine au-dessus de son ventre de femme enceinte.

Peut-être qu'elle savait ce qui se passait.

— Salut, Julie.

Elle s'est retournée, la bouche pincée en une ligne impatiente. Elle et moi n'étions pas aussi proches que Marlee et moi, mais nous nous entendions bien. Normalement. Clairement, quelque chose clochait aujourd'hui.

— Oui, Ben ?

— Désolé de vous déranger. Je me demandais si M. Weston avait eu des nouvelles de Cooper aujourd'hui. Je sais qu'il est à Boston, mais j'ai une question pour lui.

— N'est-il pas en train de donner un discours ce matin ? Il vous appellera probablement après.

Donc elle ne savait rien non plus.

— C'est vrai. — J'ai souri. — Merci.

Elle a hoché la tête et a continué sa course vers le bureau du PDG.

J'ai pris mon téléphone portable et l'ai gardé dans ma main un instant. Mon téléphone d'entreprise avait l'application de suivi de Synergy au cas où il serait perdu ou volé. En tant que Directeur des Opérations, Cooper gardait les secrets de l'entreprise, et les appareils qui contenaient ces secrets, comme un trésor. Ce qu'ils étaient probablement, dans de mauvaises mains.

Je me suis mordu la lèvre. Je ne traquais pas exactement un appareil perdu. Je traquais une personne perdue. Un cadre supérieur. C'était une atteinte à la vie privée. Une atteinte non autorisée.

Mais et s'il était vraiment malade ? Ou blessé ? Et si le jet s'était écrasé ? Mon cœur s'est emballé. Quelqu'un aurait appelé si l'avion s'était écrasé, non ? Merde.

J'ai ouvert l'application de suivi et j'ai cliqué sur le nom de Cooper. La roue a tourné. Finalement, un message est apparu. *Impossible de localiser l'appareil. Voir la carte pour la dernière localisation connue.* Il avait dû éteindre son téléphone.

Mon cœur battait la chamade alors que je plissais les yeux sur la carte. Les points de repère sont apparus. San Francisco. Quoi ? Il n'était pas parti ? J'ai zoomé sur l'icône qui montrait la dernière localisation connue du téléphone de Cooper. Sa maison à Pacific Heights.

Je me suis levé si vite que ma chaise a tournoyé et a heurté le mur. Attrapant ma sacoche et ma veste, j'ai sprinté vers les ascenseurs. Il n'était pas monté dans l'avion. Était-il malade ? Genre, vraiment malade, pas le truc que j'avais inventé pour l'Entrepreneurs' Society ? Peut-être que Jackson lui avait refilé le virus que la petite Valentine avait contracté. J'ai imaginé Cooper allongé dans son lit, seul, brûlant de fièvre. Ou gémissant sur le sol de sa salle de bain, agrippé au bord des toilettes.

— Faut que j'y aille, Marlee, ai-je dit en passant devant son bureau. Urgence de projet.

— Bonne chance, a-t-elle crié alors que je montais dans l'ascenseur.

Depuis combien de temps ne l'avais-je pas vu ? Dix-huit heures ? Était-il malade et seul depuis tout ce temps ? J'ai tapé du pied dans ma botte tout le long de la descente jusqu'au rez-de-chaussée.

Je n'ai pas pris la peine de prendre le bus. J'ai utilisé ma carte de société — si ce n'était pas une affaire d'entreprise, je ne savais pas ce que c'était — pour prendre un VTC jusqu'au quartier chic de Cooper et directement à sa demeure au sommet de la colline, tout en colonnes doriques, en pierre blanche et en plantes indigènes respectueuses de l'environnement, bien entretenues. J'ai demandé au chauffeur de m'attendre au cas où nous devrions nous précipiter à l'hôpital. J'aurais aimé penser à prendre un accord de confidentialité avant de quitter le bureau, mais je pourrais m'en occuper plus tard. L'important était de m'assurer que Cooper allait bien.

Trottinant jusqu'à la porte en chêne sculpté et sophistiquée, j'ai sonné. Un écran à côté de la porte s'est allumé, montrant le visage d'une femme. Ses cheveux gris étaient tirés en arrière en un chignon sévère. Son visage, au teint doré et légèrement ridé, était un masque sans expression.

- Puis-je vous aider ?

— Bonjour, ai-je haleté. Mon Dieu, si le simple fait de courir depuis la voiture m'avait essoufflé à ce point, je devais commencer à faire du cardio. — Je suis Ben. L'assistant de Cooper. Je le cherche. Est-ce qu'il va bien ?

Une lueur de reconnaissance a brillé dans ses yeux bruns.

— Il n'est pas là.

— Il… n'est pas là ? Il n'est pas malade ?

— Il est parti hier soir en voyage. Mais il a laissé un paquet pour vous. J'avais l'intention de l'envoyer au bureau ce matin, mais le linge a été retardé. — Elle a froncé les sourcils. — Un instant. — L'écran est devenu noir.

Une minute plus tard, la porte s'est ouverte. Avec le chignon serré de la femme, je m'attendais à ce qu'elle ouvre la porte dans une de ces vieilles robes d'uniforme noires avec un tablier blanc. Mais elle portait un pantalon de yoga et un t-shirt couvert de poussière. Elle a lissé le bas de son t-shirt.

— Je nettoyais les lustres puisque M. Fallon est parti. Tenez. — Elle m'a tendu une petite boîte.

Je l'ai prise automatiquement.

— Mais il… il ne s'est jamais montré. Il n'est pas allé à Boston. Ses yeux se sont rétrécis.

— Il n'est pas là.

— S'il vous plaît. — Je me suis rapproché. — Avez-vous une idée de l'endroit où il aurait pu aller ?

Elle le savait. Je pouvais le voir à la lueur dans ses yeux. Mais elle a dit :

— Non. Désolée. — Elle a hésité un instant. — La meilleure chose que vous puissiez faire pour M. Fallon est de lui laisser quelques jours pour lui.

— S'il vous plaît, je…

— Au revoir. Quand il reviendra, je lui dirai que vous êtes passé. — Elle m'a refermé la lourde porte en bois au nez.

J'ai appuyé sur la sonnette une douzaine de fois de plus, mais la porte n'a pas bougé. Finalement, je me suis adossé à une colonne et j'ai examiné la boîte dans mes mains. Elle était plus longue que large et plate, faite d'un carton brillant. Elle semblait trop légère pour contenir l'une des cravates en soie de luxe de Cooper.

J'ai glissé mon pouce sous le couvercle et je l'ai ouvert. Une enveloppe de taille commerciale standard reposait sur un mouchoir blanc impeccablement plié. Le mien ? J'ai caressé le coton amidonné. Mon mouchoir n'avait jamais été aussi propre ni… aussi rigide. Je l'ai reniflé et j'ai senti l'odeur de la lessive de Cooper. J'ai saisi l'enveloppe puis j'ai refermé la boîte pour emprisonner le parfum. Je l'ai coincée sous mon bras et j'ai tourné mon attention vers l'enveloppe.

Il avait griffonné mon nom sur le devant. *Ben.* Juste mon prénom. C'était presque intime. J'ai frissonné en la retournant pour en extraire le contenu.

Un chèque-cadeau pour un spa. Un chèque très généreux qui couvrirait une journée complète de soins, même le somptueux bain de boue de la mer Morte.

Et un mot manuscrit.

Ben – Je serai absent quelques jours. Prends un peu de temps pour toi. – Cooper

C'était tout. Onze mots, plus mon nom et le sien. Aucune excuse. Aucune explication. Putain, qu'est-ce qui se passait ?

— Je dois le trouver, ai-je marmonné.

Mais le devais-je vraiment ?

Je suis retourné vers la voiture, serrant toujours la note qu'il avait écrite. Il était parti, selon sa gouvernante. Très probablement, il n'était pas malade. Il avait éteint son téléphone. Ça signifiait qu'il ne voulait pas être retrouvé. Peut-être qu'elle avait raison et que ce dont il avait le plus besoin de ma part, c'était de temps, seul. De le couvrir jusqu'à son retour prévu au bureau lundi.

Je pouvais le faire. Je pouvais faire ce qui aiderait le plus Cooper — et l'entreprise.

Il serait de retour lundi, et tout redeviendrait normal.

N'est-ce pas ?

4

COOPER

J'AI DÛ m'y reprendre à cinq fois pour réussir à écrire le texto destiné à mon conseiller financier.

Vndre 25$ actions classe A

Normalement, j'en aurais parlé avec Luis, mais il ne travaillait pas ce soir. C'était probablement la raison pour laquelle j'avais écrit ce texto. Je me sentais seul. Jackson me manquait, mais j'étais aussi en colère contre lui. Je pataugeais dans les émotions que je gardais habituellement enfermées au fond de moi. Entouré de vacanciers heureux. Et saoul.

Le barman était un gamin que je ne connaissais pas. Je me suis tourné vers le mec baraqué assis sur le tabouret de bar à côté de moi. Il portait un chapeau qui me rappelait Marlon Brando dans *Blanches colombes et vilains messieurs*. Qui diable portait un fedora par cette chaleur ? Pourtant, il avait l'air plus sobre que moi.

— Hé. Ce texto, ça veut dire quelque chose ? lui ai-je demandé en lui montrant mon écran.

Il a froncé les sourcils en regardant l'écran.

— Je pensais que Dell n'était plus cotée en bourse.

— Dell ? C'est quoi ce bordel ? J'ai plissé les yeux pour regarder l'écran. Oh, merde. Une faute de frappe. Luttant contre mes doigts récalcitrants, j'ai changé le *D* en *S* et j'ai brandi le téléphone. C'est mieux, maintenant ?

— Tu voulais vendre pour vingt-cinq dollars d'actions ? Ou peut-être que tu veux dire en pourcentage ?

— Putain de merde. J'ai tapoté rageusement sur le signe dollar, l'ai effacé, puis j'ai fait défiler les écrans les uns après les autres pour trouver le signe pourcentage. Les caractères dansaient devant mes yeux.

— Tu veux que je t'aide ?

— Tu ferais ça ? J'ai essayé de lui adresser un sourire charmeur, mais le whisky m'avait anesthésié le visage. Jackson n'avait jamais eu ce problème. Même saoul, son sourire pouvait séduire n'importe qui. Mais il ne faisait plus ça. Pas maintenant qu'il avait une femme et un putain de gamin. Et un bébé. Merde. J'ai essuyé mes yeux qui piquaient sur la manche de ma chemise et j'ai laissé une tache humide sur le coton avachi.

Jackson ne se retrouverait jamais seul dans un bar comme un pauvre type. Pas pour longtemps.

Moi, par contre ? Je serais seul pour toujours.

Le type m'a donné un petit coup de coude.

— C'est corrigé.

J'ai jeté un œil à l'écran.

Vendre 25 % actions classe A

— Merci, mec. Prudemment, j'ai visé la petite flèche et j'ai appuyé dessus.

— Si ce n'est pas indiscret, a dit le type, pourquoi tu fais ça maintenant ? Tu n'as pas l'air d'être le genre de mec qui a besoin de vendre quelque chose pour séjourner dans un endroit comme celui-ci.

J'ai baissé les yeux vers mon pantalon de costume froissé et ma chemise devenue moite à cause de l'humidité de l'île. Je ressemblais à… à mon père. J'ai dégluti. Il n'avait jamais eu de vêtements aussi chers que les miens, mais quand il rentrait des bars, ses chemises de travail avaient perdu la tenue impeccable que ma mère leur avait si soigneusement donnée au fer à repasser.

Qu'est-ce qu'il m'avait demandé ? L'écran de mon téléphone s'est allumé. Un autre appel de Ben. Je l'ai ignoré, puis je me suis souvenu : les actions.

— De mauvais souvenirs, ai-je dit. Même moi, je n'étais pas sûr si je voulais dire que les actions me rappelaient Jackson ou si elles me rappelaient mon propre comportement déplorable dans mon bureau hier. Quoi qu'il en soit, ce souvenir devait être purgé, et l'alcool me disait que vendre les actions y parviendrait.

Je suis resté assis une minute, à fixer l'unique glaçon dans mon verre de whisky. Est-ce que je me sentais différent ? Plus léger, avec moins de liens, moins de fardeaux ?

Non. Je me sentais toujours lourd et morose.

Vendre les actions Synergy n'avait pas aidé. Le whisky non plus, même si le bar avait maintenant un halo flou comme Carole Lombard dans *Mon homme Godfrey*. C'était un bon bar. J'ai passé la main sur le comptoir en bois verni. Un bar sympa. J'y reviendrais demain. Peut-être qu'un autre jour à picoler m'aiderait à oublier.

Je me suis laissé glisser de mon tabouret et j'ai vacillé un instant.

— Ça va, mec ? Besoin d'aide ? Le type costaud au chapeau a écarté les mains comme pour me rattraper.

— Je m'en occupe. Une autre masse plus petite se tenait derrière moi. Ramón.

— Tu es porteur, ai-je dit, comme si ça avait un quelconque rapport. Je n'ai pas de bagages à te faire porter.

Il a ri.

— Je vais juste m'assurer que tu rentres dans ta chambre. En toute sécurité. Et seul. Jetant un regard noir à l'autre type, il m'a saisi sous le coude.

Après avoir descendu les marches et commencé à marcher sur le chemin de gravier menant à mon bungalow, il a demandé :

— Comment va ta mère ?

— Elle va bien. Je l'ai appelée quand je suis arrivé hier. Une sensation de chaleur m'a envahi en me souvenant que j'avais ajouté quelques hommes à son service de sécurité. Elle serait en sécurité même si j'étais à des milliers de kilomètres.

— Elle te rejoint ?

— Pas cette fois. Elle ne pouvait pas me voir comme ça. En train de me morfondre. Saoul.

— Et le reste de ta famille ? Tu vas voir Isobel ?

— Putain, non. Ma grand-tante était pire que Mamá. Elle me cuisinerait des plats, papoterait et finirait par me tirer toute cette sordide histoire. Et la dernière chose que je voulais, c'était ressasser comment j'avais pété un câble à la Mick Fallon avec mon meilleur ami, me souvenir de ses yeux écarquillés et effrayés, et de l'expression choquée de Ben.

Je ne voulais plus jamais y repenser.

— Tu as besoin de quelqu'un, a-t-il dit. Tu ne devrais pas rester seul.

— Ah non ? Pour une raison inconnue, le visage de Ben est apparu dans mon esprit. J'ai cligné des yeux avec force. Non. Quand je ne pouvais pas me faire confiance, rester seul semblait la meilleure solution. Peut-être que je pourrais louer une cabane dans la montagne et devenir un ermite.

Ce dont j'avais besoin, c'était d'un autre verre.

Heureusement, j'avais un minibar bien rempli dans mon bungalow, et dès que Ramón m'a déposé, je me suis servi un autre whisky.

Si je buvais assez, je pourrais oublier ce que j'avais fait. Ce que j'avais perdu.

5

BEN

LE LENDEMAIN MATIN, alors que je m'apprêtais à relancer le téléphone de Cooper, Julie s'est plantée devant mon bureau. J'ai éteint l'écran de mon téléphone et lui ai adressé un sourire.

— Que puis-je faire pour vous, Julie ?

— M. Weston dit que M. Fallon prend quelques jours de congé. Est-ce que ça veut dire qu'il ne participera pas à la conférence de presse sur le partenariat de recherche ?

Putain, c'était aujourd'hui. Synergy avait affecté une petite équipe à la personnalisation de notre logiciel pour un organisme de recherche sur le changement climatique, comme ils l'avaient fait l'année dernière pour un groupe de recherche en génétique. L'espoir était que le moteur d'analyse de Synergy puisse simplifier et accélérer la recherche pour obtenir des résultats plus rapides. Cooper s'était battu pour ce don, et c'est lui qui aurait dû en parler.

— Non, désolé.

— Je préviendrai M. Weston.

J'ai expiré. — Merci, Julie.

— Faites en sorte qu'il envoie une mise à jour par e-mail, s'il vous plaît. M. Weston attend les derniers chiffres pour son grand projet. Il veut aussi le mot de passe réseau de Cooper.

— Son mot de passe ?

— Comme Cooper ne sera pas de retour avant un moment, M. Weston veut s'assurer qu'il peut accéder à ses dossiers. Il a besoin de son mot de passe.

— Je… je ne peux pas lui donner ça. Lors de ma formation d'intégration, j'avais signé un document stipulant que je ne partagerais jamais, au grand jamais, mon mot de passe avec quiconque, pas même ma sœur. Ça devait s'appliquer aussi au mot de passe de Cooper.

Julie a froncé les sourcils. — Bien sûr que si. Il n'appartient pas à Cooper. Il appartient à Synergy. Et M. Weston est le PDG.

Mes lèvres engourdies ont formé le mot : — D'accord.

Une fois qu'elle est partie, j'ai laissé tomber ma tête dans mes mains.

J'aurais dû accepter cette foutue journée au spa.

Weston était au courant de l'absence de Cooper. Je supposais qu'il était logique que Cooper ait prévenu son patron. N'aurait-il pas pu prendre le temps de prévenir son assistant ? Foutue note. Foutu chèque-cadeau. Mon estomac me brûlait.

Mais j'étais un professionnel, même si Cooper avait décidé de ne plus se comporter comme tel. J'allais lui envoyer un e-mail…

Un e-mail ! Pourquoi n'y avais-je pas pensé plus tôt ? Si Cooper envoyait des e-mails, je pourrais peut-être découvrir où il était parti.

J'ai quitté l'application de calendrier pour celle de la messagerie et je me suis connecté pour voir les e-mails de Cooper. Le nombre de messages non lus était ahurissant ; je devrais les trier plus tard. J'ai vérifié la boîte d'envoi.

Un seul e-mail avait été envoyé depuis la disparition de Cooper mardi soir. L'horodatage indiquait tard dans la soirée de mercredi, il y a moins de huit heures. Je l'ai parcouru, avide de détails.

C'était un message à la responsable de la conformité de

Synergy, confirmant un e-mail de son conseiller financier. Cooper prévoyait de vendre des actions de catégorie A.

Putain. De. Merde.

J'ai cherché une réponse dans la boîte de réception de Cooper. La voilà. La responsable de la conformité avait envoyé une réponse amicale rappelant à Cooper que nous étions actuellement dans une période d'interdiction, mais qu'il pourrait vendre dès qu'elle se terminerait dans une semaine.

Cooper vendait des actions. Pas n'importe quelles actions. Des actions de catégorie A, celles qui contrôlaient l'entreprise.

Qu'est-ce que *ça* voulait dire, putain ?

Je savais ce que ça avait signifié dans mon ancienne entreprise, mais seulement après coup. Les fondateurs avaient liquidé leurs actions quelques semaines avant que tout ne s'effondre. L'un avait dit qu'il achetait une maison sur la plage ; l'autre divorçait et avait besoin de l'argent. Il n'y a jamais eu de maison sur la plage. Le divorce, par contre, a bien eu lieu. Et une fois qu'ils ont eu leur argent, ils m'ont convoqué dans la salle de conférence, le visage plein d'excuses et d'une pointe de culpabilité, et m'ont licencié.

Avec la modique indemnité qu'ils m'avaient versée, j'avais dû choisir entre payer mon loyer et payer mes frais de scolarité.

Quand j'avais demandé à mon petit ami, Trey, si je pouvais rester chez lui pendant un mois ou deux, juste le temps que je reprenne ma vie en main, il avait pris un air terrifié. D'accord, j'avais peut-être une tache de glace Häagen-Dazs Triple Chocolate Fudge Cookie sur mon t-shirt et je ne m'étais pas rasé depuis quelques jours. Mais quand il a commencé à trouver des excuses, j'ai su que c'était fini entre nous.

Je méritais quelqu'un qui me soutenait quand j'en avais besoin. Qui ne fuyait pas au premier signe de problème. Qui était prêt à affronter les difficultés de la vie ensemble. J'ai emménagé chez Mimi le lendemain et j'ai arrêté de répondre aux appels et aux SMS nocturnes de Trey.

Et quand j'ai trouvé un super boulot chez Synergy qui payait mes frais de scolarité, je me suis promis de ne plus jamais me faire surprendre. Je serais prêt la prochaine fois, à l'affût des ennuis.

Est-ce que Cooper savait quelque chose sur l'avenir de Synergy ? Était-il en train de quitter le navire pendant qu'il le pouvait encore ? La sueur a coulé le long de mon dos, collant ma chemise à ma peau.

J'ai ouvert une fenêtre de navigateur et j'ai fait une recherche. Il ne s'agissait pas de toutes ses actions de catégorie A. Environ un quart. Loin d'une liquidation totale.

N'empêche, qu'est-ce que ça voulait dire ?

— Est-ce que ça va ?

J'ai levé les yeux de l'écran en clignant des yeux. Je n'avais pas entendu les talons de Marlee claquer sur le vieux parquet. Une petite ride de froncement creusait la peau entre ses sourcils.

J'ai réduit la fenêtre du navigateur. — Ça va. Qu'est-ce qu'il y a ? J'ai essayé de sourire, sans succès.

— Tu es vraiment pâle. Tu es sûr que tu te sens bien ?

Marlee travaillait chez Synergy depuis bien plus longtemps que moi. Elle connaissait Jackson et Cooper mieux que moi. Et elle était discrète sur les frasques de Jackson. Je pouvais lui parler.

— Tu as une minute ? J'ai fait un signe de tête vers la salle de conférence vide derrière elle.

— Bien sûr. Elle m'a précédé dans la pièce, qui donnait sur la rue animée et les grands immeubles entourant l'usine reconvertie qui abritait maintenant Synergy. J'ai fermé la porte.

Je m'y connaissais un peu en actions grâce à mon cours de finance de l'année dernière. Le travail de la responsable de la conformité était de s'assurer que les agissements de Synergy étaient conformes aux réglementations gouvernementales. Elle avait probablement déjà publié un avis public sur l'intention de Cooper de vendre ses actions, donc je ne dirais rien de confidentiel à Marlee.

Malgré tout, un peu de discrétion ne ferait pas de mal. — Quand est-ce que Jackson a vendu des actions de Synergy pour la dernière fois ?

La petite ride de froncement était de retour. — Tu veux dire, exercé ses options d'achat d'actions ?

— Non, je veux dire vraiment vendu des actions.

— Je travaille pour Jackson depuis quatre ans, et je ne l'ai jamais vu vendre une seule action. Ni quand il a acheté sa maison, ni quand il s'est marié, ni quand ils ont eu Valentine. Lui et Cooper s'accrocheront à cette entreprise jusqu'à leur dernier souffle. Pourquoi tu me demandes ça ?

J'ai vérifié que la porte était toujours fermée derrière moi. — Cooper vend une partie de ses actions de catégorie A. C'est bizarre, non ?

Les yeux de Marlee se sont écarquillés. — Super bizarre. Les actions de catégorie A sont celles qui leur donnent des droits de vote supplémentaires, c'est ça ?

— Exactement.

Elle a plissé le nez. — Je pensais que ce genre d'actions était transmis aux héritiers. Comme chez les Ford. Est-ce qu'il a même le droit de les vendre ?

— Pas sur le marché boursier classique. Mais les statuts de Synergy permettent aux détenteurs de les convertir en un plus grand nombre d'actions ordinaires.

— Regarde-moi ce monsieur avec son diplôme de commerce de luxe.

Mes joues m'ont brûlé. — Diplôme de commerce en cours.

— Qu'est-ce qu'il a dit quand tu lui as posé la question ?

J'ai grimacé. Avant, je ne voulais pas laisser entendre que Cooper avait disparu. Et ça ne faisait pas encore quarante-huit heures qu'il était parti. Mais Marlee pouvait m'aider à le retrouver. En plus, j'avais désespérément besoin de partager ce fardeau.

— Cooper est parti. Il s'est volatilisé. Il n'est pas allé à Boston. J'ai déballé les mots, lui parlant du téléphone de Cooper, de sa gouvernante, des messages non retournés au pilote, de l'e-mail. Même de la note me disant de prendre quelques jours de congé, même si je n'ai pas réussi à la regarder dans les yeux en lui racontant ça.

Quand j'ai fini, Marlee avait les mains sur la bouche. — Ce n'est pas normal, a-t-elle marmonné entre ses doigts. Il faut qu'on le retrouve.

— J'essaie depuis un jour et demi, mais sans succès.

Marlee a laissé tomber ses mains le long de son corps, et elle a lissé sa jupe. — La bonne nouvelle, c'est qu'on sait qu'il est vivant et au moins raisonnablement bien s'il envoie des e-mails à la responsable de la conformité.

Je n'y avais pas pensé sous cet angle. La tension dans mon corps s'est un peu relâchée. — Quel boy-scout. Il coche toutes les cases même quand il a disparu des radars.

Marlee a reniflé. — Boy-scout. N'empêche, il faut le retrouver. Quelqu'un va finir par s'en rendre compte, et un directeur des opérations porté disparu, ça ne fait pas très bonne impression.

— D'accord, alors, quel est le plan ? Marlee avait toujours un plan.

— Je vais parler à Jackson. Si Cooper a dit à quelqu'un où il allait, c'est forcément à lui. Et je vais utiliser certaines de mes techniques de pistage de Jackson pour découvrir où Cooper est allé.

— Des techniques de pistage de Jackson ?

Elle a eu un sourire en coin. — La technique préférée de Jackson pour gérer le stress est de disparaître. Je ne pourrais même pas te lister tous les endroits où il a essayé de se cacher. Laisse-moi m'en occuper pendant quelques jours. Aujourd'hui, c'est jeudi. Si je n'ai rien trouvé et qu'il n'est pas de retour d'ici lundi, on réévaluera.

Ça correspondait aux quelques jours qu'il pensait passer loin. — Peut-être qu'il est allé dans un spa.

— Une de ces retraites silencieuses dans un monastère ?

J'ai ricané à l'idée que Cooper Fallon reste silencieux pendant une semaine sans donner d'ordres à personne. — Pauvres moines.

— Ne t'inquiète pas. On va le retrouver.

Serrant la main de mon amie, je me suis senti un tout petit peu mieux.

6

BEN

ILS ONT ATTENDU le dessert pour me tendre un guet-apens.

Papa venait d'apporter son cake au citron fait maison avec son coulis de framboise quand la sonnette a retenti.

— Tu veux que j'aille voir qui c'est ? a demandé Mimi en posant la cafetière.

— Non, non. Ma mère a agité nerveusement les mains. Je l'ai regardée en plissant les yeux. Maman, avocate en droit de l'environnement, n'était jamais nerveuse. — J'ai demandé à un collaborateur de m'apporter des documents ce soir. Tu te souviens, je t'ai parlé de lui. Le nouveau. David. Elle s'est éclipsée vers la porte.

Ma mère ne s'éclipsait jamais.

J'ai haussé les sourcils en direction de Papa, mais il était tout concentré à couper d'épaisses tranches de gâteau. Je me suis donc tourné vers Mimi. Elle a tordu ses lèvres sur le côté.

— Qu'est-ce que tu sais, Mimi ?

— Rien. Elle a attrapé une autre tasse en porcelaine dans le vaisselier à l'ancienne. Même de dos, avec ses cheveux bouclés, elle avait l'air suffisant.

Maman est revenue dans la salle à manger d'un pas pressé, faisant vaciller les bougies de Shabbat. — David a été si gentil de m'apporter les documents du bureau dont j'avais besoin, je lui ai proposé de rester pour le dessert.

Derrière elle, un homme blanc de mon âge est entré dans la pièce. Il n'était pas beaucoup plus grand que ma mère, donc à peu près de ma taille. Les cheveux noirs, une barbe courte et un beau nez bien droit, il avait cet air blafard propre à tous ses collaborateurs, à force de passer trop de temps au bureau.

J'ai levé les yeux au ciel en direction de ma sœur. Maman avait encore frappé.

— David, vous avez rencontré mon mari, Adam, à la fête le mois dernier. Voici ma fille, Miriam, et mon fils, Benjamin. Ben termine ses études de commerce.

Mimi n'a même pas eu droit à l'évocation d'une profession. Adieu mon dernier espoir que ce coup monté soit pour elle. Il était pour moi. Merveilleux.

Il a serré la main de Mimi, puis la mienne. Une bonne poignée de main ferme. De longs cils entouraient ses yeux sombres. — Shabbat shalom, a-t-il dit.

— Shabbat shalom, ai-je répété. Juif, lui aussi. Maman avait mis le paquet avec David.

Elle l'a dirigé vers le siège à côté du mien. Devant le gâteau et le café, nous avons parlé de la pluie et du beau temps : où il avait grandi, où il avait fait ses études, à quel point il aimait le droit de l'environnement.

Maman faisait semblant d'être absorbée par la discussion de Papa et Mimi sur le dernier scandale boursier, mais je savais qu'elle écoutait à la façon dont elle a tressailli quand David a parlé de sa brillante université.

Finalement, elle est intervenue. — Ben a eu un parcours scolaire atypique. Et maintenant, il travaille tout en allant à l'université. Il va suivre les traces de son père dans le commerce.

— Vraiment ? David avait froncé les sourcils quand je lui avais dit que j'étais assistant de direction, mais maintenant, ses yeux bruns s'illuminaient. Trey avait réagi de la même manière. Lors de notre première rencontre, il m'avait demandé pourquoi je voulais être secrétaire.

— Eh bien, pas exactement. Mon père a enseigné pendant vingt ans avant de créer son entreprise de soutien scolaire. Une fois mon diplôme en poche, je postulerai à un autre poste dans l'entreprise où Mimi et moi travaillons. Peut-être dans le marketing.

— Le marketing est un choix solide, Ben. Maman a dû voir la façon dont je ne pouvais m'empêcher de faire la grimace en parlant de mon projet de carrière. — Tu sais que tu ne peux pas subvenir à tes besoins en travaillant dans le social.

— Je sais. On en avait discuté encore et encore jusqu'à ce que je change de spécialisation. Le marketing n'était pas la carrière la plus passionnante, mais ça allait permettre à Maman de me ficher la paix et à moi de quitter le canapé de Mimi.

Et je quitterais le sixième étage, Cooper Fallon, et ses yeux bleus si séduisants.

David a penché la tête. — Vous n'avez pas l'air emballé par le marketing.

Je me suis reconcentré sur lui. Ses yeux étaient vraiment jolis avec ces longs cils. Pas aussi magnifiques que ceux de Cooper, mais Maman s'était donné tout ce mal. J'ai affiché un sourire aguicheur. — Par quoi ai-je l'air emballé ?

— Eh bien… il a lissé le pli impeccable de son pantalon, — vous avez beaucoup parlé de Cooper Fallon.

J'ai attrapé mon verre d'eau, souhaitant qu'il y ait plus de glaçons pour rafraîchir mes joues. Je l'ai bu d'un trait et j'ai reposé le verre sur la table. — C'est mon patron. Et il est incroyable. Il est parti de rien pour créer une entreprise du Fortune 1000 en moins de dix ans.

— Stanford, ce n'est pas rien. Ma mère ne pouvait s'empêcher d'intervenir dans notre conversation. — On peut tout faire avec un diplôme de Stanford. Tu pourrais… Elle a pincé les lèvres. — Pourquoi parle-t-on de Cooper Fallon ? Vous deux, vous avez tellement de choses en commun ! Vous aimez tous les deux…

Quand sa pause s'est éternisée, j'ai échangé un regard avec David. Qu'avions-nous en commun ?

— Les causes ! a-t-elle finalement trouvé le mot. — David se soucie de l'environnement… d'où le droit de l'environnement. Et Ben…

Elle s'était encore mise dans une impasse. Elle ne voulait pas évoquer ma cause particulière, car elle touchait une corde trop sensible.

David ne se doutait pas du champ de mines dans lequel il venait de s'aventurer. — Quelle est votre passion, Ben ?

— Je fais du bénévolat la plupart des week-ends au centre communautaire. Avec des enfants à risque.

David s'est penché en avant. Sa voix grave et le regard insistant de ses yeux bruns auraient dû me faire frissonner. Mais, zut alors, aucun frisson. Rien du tout. — Pourquoi le centre communautaire ?

J'ai jeté un coup d'œil à mes parents, qui s'étaient tus. Mieux valait ne pas révéler cette sordide histoire à un inconnu, surtout un qui travaillait pour ma mère. J'ai donc haussé les épaules comme si on ne m'avait jamais donné une couverture élimée dans un refuge. — Je suis passionné par la lutte contre le sans-abrisme, surtout parce que cela affecte de manière disproportionnée les personnes LGBTQ.

— Oh. C'est noble de votre part.

Les épaules de ma mère se sont détendues. Papa a commencé à ramasser les assiettes vides.

Je me suis levé et j'ai pris l'assiette de David. — Oh, je suis tout sauf noble. Mais bien souvent, les refuges sont la seule chose qui protège ces enfants de se faire du mal ou d'être blessés par d'autres.

— Non, Ben, je m'occupe de la vaisselle. Maman s'est à moitié levée.

Je lui ai fait signe de se rasseoir. — J'ai besoin de m'étirer.

Pourquoi ne racontes-tu pas à David la journée de l'année dernière où tout le cabinet a fait du bénévolat à la soupe populaire ? Vous savez, David, ce n'est qu'à cinq kilomètres d'ici. La faim est un vrai problème dans nos communautés.

Non pas qu'il en ait jamais fait l'expérience. Cooper, en revanche, me donnait cette impression. Il ne semblait pas sentir les signaux de son estomac. C'était peut-être son programme de fitness qui lui avait fait ça, mais c'était un autre signe d'un passé trouble : essayer d'exercer un contrôle sur son corps. C'est pour ça que je lui apportais tous ces smoothies et que je les sucrais avec des myrtilles.

Non, les myrtilles, ce n'était pas juste parce qu'elles me rappelaient ses yeux.

— J'aime cette passion, ce feu, a dit David, me tirant de mes rêveries sur Cooper Fallon.

— Merci, ai-je dit en souriant. Comme j'aurais aimé pouvoir me passionner pour David. Mais mon cœur têtu ne voulait qu'un seul homme. Un homme que je ne pouvais pas avoir.

Dans la cuisine, j'ai posé la pile d'assiettes à côté de l'évier et j'ai chargé celles que Papa rinçait dans le lave-vaisselle.

Papa s'est appuyé contre l'évier. — Elle essaie de t'aider, tu sais.

J'ai soupiré. — Je sais. Et il est parfaitement gentil, mais…

— Mais ?

— Je ne suis pas prêt.

Il m'a examiné sous ses sourcils gris. — Ça fait des mois que tu as rompu avec ce… ce…

— Trey, Papa. Il s'appelle Trey.

— C'est un connard. Il l'a murmuré. — Pas assez bien pour toi.

— Non. J'ai souri. Je ne pouvais pas m'en empêcher face à mon père protecteur. — Il n'était pas fait pour moi. Mais c'est toute mon histoire amoureuse : des mecs qui pensaient que je n'étais pas assez bien pour eux. Et les mecs comme ça ne me méritent pas. C'est pour ça que je fais une pause. J'ai fermé le lave-vaisselle.

— Mais et si...

— Non. J'ai croisé les bras. — Pas même si... si Jonathan Groff se pointait à ma porte et me suppliait de l'inviter à prendre un café. Je me concentre sur mes études. Et mon travail. Je te rendrai fier. Je te le promets.

— Benny, tu sais qu'on est fiers de toi, quoi qu'il arrive. Tu t'es relevé, tu as fait quelque chose de ta vie. Il a séché ses mains et en a posé une sur mon épaule. — Mais tu n'as pas à le faire seul. Je pense que tu serais plus heureux avec quelqu'un à tes côtés. Quelqu'un qui te mérite. Il a serré mon épaule.

Je lui ai tapoté la main et j'ai cligné des yeux pour retenir les larmes qui me brûlaient les paupières. — Je ne suis pas seul. Je vous ai, vous et Mimi. Je n'ai besoin de personne d'autre. Je me débrouille très bien tout seul.

— Tu n'as rien à nous prouver. En fait, on serait heureux de t'aider...

J'ai levé la main. — Non, Papa. Je paie tout moi-même. Synergy paie mes frais de scolarité maintenant, et j'économise pour avoir mon propre appartement.

— Benny...

J'ai secoué la tête. On avait eu cette discussion bien trop souvent.

— N'empêche, a-t-il dit, la vie est plus amusante avec quelqu'un de spécial dans sa vie.

J'ai souri. — Peut-être bien. Toi et Maman, vous devriez le savoir. Je n'ai juste pas encore trouvé cette personne spéciale.

— Alors c'est non pour David ? Un coin de sa bouche s'est relevé.

— Aujourd'hui, c'est non.

— Ta pauvre mère. Elle travaille là-dessus depuis des semaines.

— Je suis sûr qu'il trouvera un type adorable.

— Et un jour, il m'a transpercé de son regard, — tu en trouveras un aussi.

C'était tout mon père. Toujours à voir le meilleur chez les gens. Même chez moi. J'étais content qu'il ne puisse pas voir la vraie raison pour laquelle je ne trouvais pas David séduisant. C'était mon béguin totalement inapproprié pour mon patron inaccessible.

Qui, en ce moment, était porté disparu.

7

BEN

COOPER N'EST PAS REVENU lundi.

Pire encore, Weston m'a convoqué dans son bureau pour me demander le mot de passe réseau de Cooper. J'avais espéré qu'il l'oublierait, mais j'aurais dû m'en douter. Notre intense PDG n'oubliait rien.

— Je vais soumettre un ticket au service informatique aujourd'hui, ai-je promis.

Il a froncé les sourcils. — Nous devons impliquer le service informatique ? Vous ne le connaissez pas ?

— Non. Même si je le connaissais, je ne le lui dirais pas. C'était difficile de se faire virer de Synergy, mais jouer avec la sécurité ? Si Cooper l'apprenait, je serais de retour à la case chômage.

— Regardez sur son bureau. Peut-être qu'il l'a noté quelque part.

J'aurais pu cataloguer de mémoire les objets sur le bureau immaculé de Cooper, et il était hors de question qu'il ait noté son mot de passe sur un Post-it pour le coller sous son téléphone comme un boomer. Mais pour sortir du bureau de Weston, j'ai dit : — Bien sûr, je vais vérifier tout de suite.

J'ai évité le bureau de Cooper et je suis allé directement à celui de Marlee. Jetant un coup d'œil par-dessus mon épaule pour m'assurer que Weston ne regardait pas, je l'ai entraînée dans une salle de conférence voisine et je lui ai raconté ce que Weston m'avait demandé de faire.

Marlee a cligné de ses grands yeux bruns. — Tu ne lui as pas donné le mot de passe, si ?

— Non, je ne le connais même pas. Tu connais celui de Jackson ?

— Plus maintenant. Mais c'était le cas quand il… — elle a fait une grimace — … traversait sa phase moins responsable. Il avait besoin de beaucoup d'aide à l'époque. C'est moi qui les configurais pour lui. J'utilisais toujours les titres de mes romans d'amour préférés.

— Toi… laisse tomber. Cooper ne m'avait jamais demandé ça. Est-ce que ça voulait dire qu'il n'avait pas confiance en moi ? Ou qu'il pouvait se débrouiller tout seul, contrairement à Jackson ? — Je suppose que je vais demander aux gars du service informatique.

— Ne fais pas ça.

Ça m'a fait du bien d'entendre Marlee confirmer la sensation de démangeaison que la demande de Weston avait glissée sous ma peau. — Je ne devrais pas, hein ? C'est bizarre.

— Personne ne devrait partager ses mots de passe. Je ne l'aurais pas fait pour Jackson à l'époque si la situation n'avait pas été désespérée. Cooper te mettrait la tête sur une pique et s'en servirait d'exemple dans son prochain discours sur la cybersécurité.

— C'est vrai. Mon Dieu, j'aimerais tellement qu'il soit là pour m'expliquer ce qui se passe. Même s'il devait me hurler dessus pour ne pas avoir refusé sur-le-champ la demande de Weston. — Tu as eu de la chance avec tes techniques de pistage de Jackson ?

— Pas encore. Elle a baissé la voix. — Tu as vérifié l'application de suivi de téléphone ?

— Oui, tous les jours, mais aucun signal.

— Il l'a probablement désactivée. C'est lui qui l'a conçue, tu sais.

J'ai grimacé. — Ah. J'aurais dû me souvenir que Cooper était un génie des affaires et un programmeur correct. — Et maintenant ?

— Maintenant, on passe à la phase deux du plan.

— La phase deux ?

— Weston sait qu'il est parti. Et s'il te demande le mot de passe de Cooper, c'est qu'il prépare quelque chose. On doit passer à la vitesse supérieure. Découvrir ce que Weston sait.

Je ne connaissais pas si bien Weston que ça. Il était magnifique, dans le genre bel homme aux cheveux poivre et sel, mais le pli cruel de sa bouche pulpeuse me rebutait complètement. Et ses yeux bleu saphir étaient toujours en train de surveiller. Flippant. J'ai de nouveau regardé par-dessus mon épaule, mais personne ne rôdait devant la porte vitrée de la salle de conférence.

— Qu'est-ce qu'il prépare, à ton avis ?

— Aucune idée, mais ça ne peut pas être bon. Jackson ne lui fait pas confiance.

Voilà que cette sensation de chute dans mon estomac revenait, comme si j'étais dans des montagnes russes et qu'on venait de dévaler la grande pente. Mais Marlee trouverait bien quelque chose.

— Merci, Marlee. Je l'ai prise dans mes bras, enveloppé par son parfum de rose.

— Ne me remercie pas tout de suite. Elle a resserré son étreinte dans mon dos et m'a parlé à l'oreille. — Tu n'as pas encore entendu la partie du plan qui te concerne.

———

MARLEE M'A FAIT MÉMORISER les trois étapes de son plan qui semblait d'une simplicité trompeuse, et qu'elle avait baptisé Opération Trouver Nemo. Qui aurait cru qu'une femme qui ressemblait et parlait comme une princesse Disney avait un esprit aussi retors ?

Le lendemain, mardi, une semaine après avoir vu Cooper pour la dernière fois, elle s'est arrêtée à mon bureau, le bras nonchalamment passé sur les épaules de Julie. Elles portaient toutes les deux leur imperméable, celui de Julie s'ouvrant autour de son ventre proéminent. Quand était-elle censée prendre son congé maternité, déjà ? Ça semblait imminent.

— Salut, Ben. Julie et moi, on va au camion de glaces en bas de la rue. Ils ont des parfums incroyables, mais il n'est là que pour vingt minutes encore.

Les yeux de Julie se sont écarquillés. — Marlee dit qu'ils en ont une à la patate douce et au bacon. Et peut-être une boule de glace à la sriracha par-dessus ?

J'ai réprimé un frisson. — Ça a l'air délicieux. J'ai ajouté nonchalamment : — Je dois m'occuper de quelque chose pendant votre absence ?

— Oh mon Dieu, j'ai failli oublier. Je ne peux pas y aller, Marlee. M. Weston a un appel avec le Président du Conseil dans cinq minutes. Il me fait toujours composer le numéro et les mettre en relation comme si on était en 1960. Elle a levé les yeux au ciel.

J'ai poussé un faux grognement. — Je peux le faire pour toi, pas de problème.

— Vraiment ? Ses yeux se sont agrandis.

— Bien sûr. Je ne voudrais pas que tu rates cette glace à la sriracha.

— Oh mon Dieu, j'en bave d'avance. Je te revaudrai ça, Ben. Toutes les infos sont dans mon agenda.

Marlee m'a fait un clin d'œil. *Première étape : validée.*

— Je m'en occupe. Amusez-vous bien, vous deux.

— Merci. T'es le meilleur, Ben, a lancé Julie par-dessus son épaule pendant que Marlee la guidait vers l'ascenseur.

Maintenant, la deuxième étape. J'ai ouvert l'agenda de Julie et j'ai trouvé les informations pour l'appel. Quand l'heure a sonné, j'ai appelé le Président et je lui ai demandé de patienter pour Weston. Puis j'ai appelé Weston.

— Monsieur Weston, j'ai le Président en attente.

— Ben ? Où est… ? Peu importe. Transférez-le-moi.

J'ai connecté l'appel, mais au lieu de raccrocher, je suis resté en ligne, en m'assurant d'avoir coupé mon micro. Marlee m'avait promis que Weston n'était pas assez calé en technologie pour s'en rendre compte. Pourtant, je surveillais la porte fermée de son bureau depuis le mien, mes paumes moites faisant glisser le combiné dans ma main.

— Bon après-midi, Charles. Weston s'est lancé dans une conversation légère, demandant des nouvelles de la nouvelle petite-fille du Président, de sa femme, et de ses propres affaires. En retour, le Président a proposé une partie de golf dans quelques semaines, quand le temps se réchaufferait.

Pendant qu'ils papotaient, j'attendais, le crayon en suspens au-dessus de mon bloc-notes, la sueur perlant sur mon front. Je respirais le moins possible, même si mon micro était coupé et qu'ils ne pouvaient pas m'entendre.

Finalement, Weston a demandé : — Avez-vous lu ma proposition ?

— Oui, et j'ai quelques préoccupations. Le Président semblait… mal à l'aise ? Ça ne pouvait pas être ça. Je ne l'avais rencontré qu'une seule fois, et il n'avait été qu'aisance et confiance. — Je ne pense pas que Cooper ou Jackson approuveront certaines de vos mesures de réduction des coûts. Le plan de remboursement des frais de scolarité, par exemple…

J'ai eu le souffle coupé. Puis j'ai vérifié trois fois que j'étais toujours en sourdine. Je ne finirais jamais mon diplôme si Synergy ne payait pas mes cours et mes livres. Mais le Président n'avait pas encore fini.

— Le vrai point de blocage, c'est cette réduction de dix pour cent du personnel sur l'ensemble de l'entreprise. Aucun des deux fondateurs n'a jamais soutenu une réduction d'effectifs, même pendant la dernière récession.

Je me suis raidi. Des licenciements ? Qui allaient-ils licencier ? Quelqu'un dans un grand service comme celui de ma sœur, Mimi, ou les plus récents embauchés ? Je n'avais été engagé qu'il y a six mois.

— Quelles sont les nouvelles concernant Cooper ? a demandé le Président. Jackson ne signera pas s'il s'y oppose.

— Je ne pense pas que Fallon sera un problème bien longtemps.

Un véritable frisson m'a parcouru l'échine quand Weston a dit ça. C'était un connard, mais il ne ferait rien pour blesser Cooper, n'est-ce pas ?

— Que voulez-vous dire ? J'ai levé les yeux vers la verrière et j'ai remercié Dieu d'avoir fait en sorte que le Président pose la question qui me brûlait les lèvres.

— Il a déposé un avis de conversion d'actions de catégorie A.

Le Président n'a pas dit un mot pendant quelques secondes. — Combien ?

— Environ un quart.

— Il a peut-être besoin de liquidités.

— C'est possible. Ou ça pourrait être le signe qu'il en a fini. Qu'il est épuisé. Il ne serait pas le premier fondateur à être déçu par sa propre entreprise. À vouloir passer à autre chose. Ce qui soutient l'opportunité dont je vous ai parlé la semaine dernière.

— Avez-vous parlé à votre contact ? a demandé le Président.

Une opportunité ? Un contact ? Qu'est-ce qui se passait ?

— S'il vend encore cinq pour cent, lui et Jones perdront leur minorité de blocage. Synergy deviendra beaucoup plus attrayante.

Attrayante pour qui ? Les clients ? Le marché ? De quoi parlaient-ils ? J'étais devenu si immobile que je ne sentais plus mes pieds. Je serrais le combiné comme une bouée de sauvetage.

— C'est ce qui m'inquiète. La voix du Président a grondé à mon oreille. — Et s'il y avait une OPA hostile ? Gurusoft…

— Charles, Charles, a roucoulé Weston. — Je maîtrise la situation. J'ai travaillé avec le responsable de la conformité. L'entreprise est à l'abri de toute approche non désirée.

Le Président est resté silencieux. Je fixais mon écran d'ordinateur, sans rien voir. Weston disait qu'il maîtrisait la situation. Comment ? Et est-ce que ce changement dans les actions — et le pouvoir — signifierait que Jackson et Cooper auraient plus de mal à résister aux mesures de réduction des coûts de Weston ? Ces mesures m'impactaient directement.

Si je me faisais licencier, je me retrouverais à la rue pour la deuxième fois en moins d'un an. Pas de plan de financement des études, pas de diplôme universitaire. Si Mimi perdait aussi son travail, nous serions toutes les deux à la rue.

J'ai reposé le combiné. Je n'avais pas besoin d'en entendre plus. Je devais trouver Cooper, m'assurer qu'il ne vendait plus d'actions, et faire tout ce qu'il fallait pour le faire revenir.

8

BEN

JEUDI, dix jours que je n'avais pas vu Cooper, et la méthode de pistage secrète de Marlee n'avait révélé aucun indice. Et quand elle avait demandé à Jackson où Cooper pouvait bien être, il était tout aussi perdu que nous.

Cooper ne l'avait pas appelé non plus.

Le téléphone de Cooper était toujours introuvable et sa messagerie vocale était pleine. Je suis retourné chez lui, mais sa gouvernante m'a de nouveau envoyé sur les roses.

Je suis allé en cours jeudi soir, mais je n'ai pas écouté un traître mot du professeur, trop occupé à m'inquiéter pour la session d'été. Je ne pouvais pas me la permettre si Weston supprimait le programme de financement des études. Et si on me licenciait, je serais ce type avec un autre trou dans son CV, qui squatte le canapé de sa sœur, assez désespéré pour se démener pour un boulot au SMIC.

Vendredi, dans la salle de pause des employés du sixième étage, j'ai croqué dans mon sandwich à la dinde. J'ai dégluti avec difficulté pour le faire passer malgré la boule que j'avais dans la gorge. Combien de déjeuners mangerais-je encore dans les bureaux de Synergy ? Combien de temps avant que je doive de nouveau avoir affaire au Pôle emploi ?

Marlee a fait irruption dans la salle de pause, les joues aussi roses que son chemisier.

— J'ai des nouvelles !

J'ai laissé tomber mon sandwich sur ma serviette.

— Des bonnes nouvelles ?

Elle a haussé les épaules.

— À ce stade, n'importe quelle nouvelle est bonne, non ?

— Tu as raison. Si nous avions un indice sur l'endroit où Cooper était parti, on se rapprochait un peu de son retour. Laissant mon déjeuner sur la table, j'ai suivi Marlee jusqu'à la salle de conférence vide la plus proche.

Elle a fermé la porte et s'est appuyée contre. D'une voix basse qui vibrait d'excitation, elle a dit :

— Tu vois, cette île où il part en vacances ?

— Dans les Caraïbes, c'est ça ?

— Oui. Il est là-bas.

Elle a glissé la main dans la poche de sa jupe et en a sorti un post-it. Je le lui ai pris. De son écriture aux formes arrondies figuraient le nom d'un complexe hôtelier, un numéro de téléphone et une adresse.

Une île des Caraïbes. Il était en putain de vacances, à siroter des cocktails à ombrelle et à laisser sa peau prendre cette teinte dorée qui lui allait si bien. Pendant que nous nous inquiétions tous pour lui.

Ignorant le poids qui me pesait sur l'estomac, j'ai agité le mot.

— Comment tu l'as trouvé ?

Elle a grimacé.

— Il n'utilise pas sa carte de société. Il se peut que j'aie appelé la société de sa carte personnelle en prétendant qu'on pensait qu'elle avait été volée. Ne lui dis rien, surtout s'ils annulent sa carte.

Comme je l'ai dit, rusée.

— Ton secret est bien gardé avec moi. J'ai fixé le post-it. Alors, euh, je les appelle et je demande Cooper ?

Elle a de nouveau grimacé.

— Désolée, j'ai déjà essayé. Ils sont pires que sa gouvernante. Ils n'ont même pas voulu confirmer qu'il séjournait là-bas. Tu vas devoir y aller.

— Y aller ? j'ai cligné des yeux. Je n'étais jamais monté dans un avion. Je n'avais même jamais quitté l'État de Californie. Je n'en avais jamais eu besoin. Tout ce qui comptait pour moi — mon travail, ma famille — se trouvait ici.

— Ouais, tu sais. Prendre l'avion. Le trouver. Le kidnapper. Quoi qu'il en coûte.

Quoi qu'il en coûte. Elle avait raison. Les enjeux étaient trop importants pour ne pas essayer. Sans Cooper, je n'aurais pas de travail ni aucun espoir pour mon avenir. Et Marlee non plus. Bien qu'elle soit membre à temps partiel de l'équipe de développement, s'ils forçaient Jackson à partir, ils ne voudraient pas garder sa plus fidèle partisane.

— J'ai déjà réservé tes vols pour demain matin. Désolée de ne pas pouvoir te trouver une place dans le jet de l'entreprise, mais il faut rester discrets, tu vois ? Tu as ta carte de société ? Et un passeport ?

— Cooper m'a fait en faire un quand j'ai été embauché. Au cas où je devrais voyager avec lui. J'avais frissonné quand il me l'avait dit, m'imaginant me promener le long des Champs-Élysées ou prendre un selfie devant les tours jumelles Petronas avec Cooper. Mais il ne m'avait jamais demandé de voyager avec lui. Et maintenant, peut-être qu'il ne le ferait jamais.

— Alors tu es prêt. Appelle-moi dès que tu l'auras trouvé, d'accord ? Elle s'est frotté la paupière, étalant son mascara sur les cernes violets qui logeaient sous ses yeux depuis une semaine.

J'ai sorti mon mouchoir — pas celui qui sentait Cooper, mais un mouchoir normal — et j'ai essuyé le mascara.

— D'accord. Et tu m'appelles si tu entends quoi que ce soit d'autre ?

— Yep. Elle m'a fixé du regard, intensément. L'enjeu est de taille. Je sais que tu peux y arriver.

J'ai hoché la tête, me sentant comme Spider-Man recevant un ordre d'Iron Man. Bien qu'Iron Man ne portait généralement pas autant de rose. Le poids du monde — du moins, celui de l'entreprise — pesait lourdement sur mes épaules.

— Et ? a-t-elle demandé en haussant les sourcils.

— Et… quoi ? j'ai cligné des yeux en la regardant.

— Rentre chez toi ! Fais tes valises. Dors. Ton seul travail maintenant est de trouver Cooper. Concentre-toi, Ben. Elle a mis les mains sur ses hanches.

— Oui, chef.

Elle a hoché la tête, a ouvert la porte et est sortie d'un pas décidé. Je suis retourné à la salle de pause et j'ai jeté les restes de mon déjeuner. Dans un état second, j'ai rangé ma sacoche et je suis parti. Demain à la même heure, je serais en mission : Opération Trouver Nemo. Je ne pouvais pas revenir sans lui.

———

QUAND MIMI EST RENTRÉE à la maison, je fixais mon sac de voyage, des piles de mes vêtements l'entourant sur le canapé qui me servait de lit.

— Qu'est-ce que tu fais ? Elle a enlevé ses chaussures et a posé son sac d'ordinateur par terre à côté.

— Je fais ma valise.

— Évidemment. Pourquoi est-ce que tu fais ta valise, Benjamin ? Tu ne… Tu ne pars pas ? Sa voix est devenue suraiguë.

— Non ! Enfin, bien sûr que je *pars*. Mais pas pour de bon.

— Bien. Elle s'est affalée dans le fauteuil.

— Mais tu ne veux pas que je parte ? J'ai balayé du regard l'appartement que nous partagions depuis que j'avais perdu mon ancien travail. Heureusement, c'était un deux-pièces, pas un studio, donc elle avait toujours une chambre pour elle. Et j'essayais de me faire aussi discret que possible. Mais quand elle avait emménagé, elle n'avait pas prévu de le partager avec son frère. Il n'y avait pas beaucoup d'espace au-delà du petit canapé où je dormais, du fauteuil et de ce qui passait pour une cuisine à Potrero Hill. Aussi ordonné que j'essayais d'être, aussi souvent que je préparais le dîner pour nous deux, elle devait avoir hâte de retrouver son espace pour elle toute seule.

Elle a tendu la main et m'a donné une tape sur l'épaule.

— Un jour. Mais ça ne m'a pas dérangée d'avoir mon petit frère dans les parages. J'ai bien aimé t'avoir sous la main pour te surveiller. Elle a examiné le sac de voyage et les piles de mes vêtements qui vivaient habituellement dans deux cartons dans un coin.

— As-tu finalement renoncé à ton béguin pour Cooper et rencontré quelqu'un ? Ses yeux se sont arrondis. As-tu vraiment aimé David ?

Mon visage s'est empourpré.

— Je n'ai pas le béguin pour Cooper.

Ses lèvres se sont pincées.

— Si, c'est vrai. Tes yeux deviennent tout tendres quand tu parles de lui.

— C'est un type bien ! Et mes yeux ne deviennent pas tendres.

— Ils sont tendres en ce moment. Fondants, comme du caramel.

— N'importe quoi !

— D'accord, très bien. Tu n'as pas le béguin pour ton patron. Tu l'apprécies, c'est tout. Beaucoup. Professionnellement. Alors, est-ce que tu as aimé David ?

— Non ! Bien sûr que non ! Enfin, il était sympa. Mais pas pour moi.

— Pourquoi *bien sûr que non* ? Tu es le champion pour rencontrer quelqu'un et en tomber amoureux sur-le-champ. Tu ne peux pas aller faire les courses sans rentrer pratiquement fiancé.

Elle exagérait. En grande partie. Et alors si j'avais couché avec Trey le jour de notre rencontre, et que nous avions été inséparables le mois suivant ?

J'ai jeté un maillot de bain dans le sac.

— C'est pour le travail. Je… je… Je ne lui avais rien dit. Je ne voulais pas qu'elle s'inquiète pour son travail. Mais maintenant, étant donné que j'étais sur le point de monter dans un avion pour un autre pays afin de retrouver notre directeur des opérations, je me suis dit qu'il était temps de lui dire. Au cas où je mourrais, tu vois.

Toute l'histoire de la disparition de Cooper et de la mystérieuse conversation de Weston avec le Président est sortie d'un trait.

Quand j'ai eu fini, Mimi s'est penchée en avant dans le fauteuil, les coudes sur les genoux.

— Qu'est-ce que tu vas faire pour les cours ?

— Ça ira. Je pars tôt demain, et je pourrai probablement être de retour à temps pour le cours de mardi. Mais juste au cas où, j'ai dit à mon prof que je devais voyager pour le travail, et il m'a dit que je pouvais suivre les devoirs à distance si besoin. Mais ce ne sera pas nécessaire. Je vais trouver Cooper, lui parler du complot diabolique de Weston, et je reviendrai. Peut-être que je boirai un cocktail à ombrelle pendant que j'y suis. J'ai essayé de la rassurer avec un sourire, mais mes joues ont refusé de coopérer.

— Benjamin. Le ton de Mimi était plein de l'avertissement d'une grande sœur. Regarde-moi.

J'ai croisé son regard. Ses yeux étaient plus sombres que les miens, de la couleur d'une bière brune plutôt que d'une ambrée.

— Tu vas là-bas. Tu le convaincs de revenir et de s'occuper de son entreprise. Et ensuite tu reviens. Pas question de tomber amoureux de ton patron. Tu n'es pas Pepper Potts. Compris ?

J'ai hoché la tête. Cooper Fallon était l'exact opposé de Tony Stark. Il établissait les règles et ne les enfreignait jamais. C'était Captain America, défendant ce qui était juste et bon. Et tomber amoureux de son assistant était contre les règles, peu importe à quel point j'en avais envie.

Même si ça avait été un geste digne de Tony Stark de s'enfuir pour des putains de vacances sur une île sans prévenir personne, me laissant — nous laissant tous — m'inquiéter pour lui.

— Quand même, a dit Mimi en piochant dans le bol sous la table basse et en sortant une bande de préservatifs, qu'elle a jetée dans mon sac, on ne sait jamais ce qui pourrait se passer avec le garçon de piscine.

J'ai reniflé. Si je suivais son plan — y aller, convaincre Cooper, repartir — il n'y aurait pas de temps pour les amourettes insulaires.

Elle a haussé ses sourcils sombres.

— Verrouille bien ce cœur fragile qui est le tien, Ben. Et reviens vite, d'accord ?

J'ai bondi à travers l'espace qui nous séparait et je l'ai serrée dans mes bras.

— Je te le promets.

9

BEN

PENDANT UNE SECONDE, alors que la vieille Ford Escort haletait en grimpant le flanc d'une petite montagne au centre de l'île, sur le trajet entre l'aéroport et l'hôtel, j'ai cru que nous n'arriverions jamais au sommet. Mais je m'en fichais. Au moins, nous étions sur la terre ferme. Après le vol turbulent en avion à hélices depuis Charlotte Amalie, l'estomac au bord des lèvres et les doigts tremblants sur le sac à vomi, plus rien sur la terre ferme ne pourrait jamais me faire peur.

La brise marine parfumée de l'île a réchauffé mes joues tandis que le taxi remontait lentement l'allée circulaire en pétaradant, dépassant les palmiers et les massifs de grandes fleurs tropicales rouges.

Le chauffeur a arrêté la voiture devant une paire de larges portes en bois sculpté, grandes ouvertes. Un homme vêtu d'une guayabera rose coquelicot et d'un bermuda kaki m'a ouvert la portière.

— Bienvenue au paradis, señor. Son visage bronzé s'est plissé en un sourire, dévoilant des dents droites et blanches. Son badge indiquait *Ramón*.

Je me suis extirpé de la voiture et je me suis étiré. Ramón a pris mon sac de sport des mains du chauffeur et a fait un geste ample en direction des portes de l'hôtel.

J'ai marché dans la direction qu'il avait indiquée. — Merci. Enfin, gracias.

L'air humide collait à ma peau et estompait les plis de mon polo. Je n'aurais pas dû prendre la peine de le repasser ce matin à la maison. Une de mes boucles sombres a attiré mon regard dans ma vision périphérique, et je l'ai lissée pour la remettre sur le dessus de ma tête. Elle est revenue instantanément et s'est collée à mon front. Mon produit coiffant n'était pas conçu pour ce climat.

Ramón m'a suivi jusqu'à la réception, où il s'est tenu à une distance discrète, mon sac entre ses pieds, pendant que je m'enregistrais.

Après que l'employée m'eut décrit leurs logements — bungalows privés en bord de mer, un appartement-terrasse avec piscine à débordement, suites luxueuses, chambres spa avec bains à remous —, je lui ai demandé sa chambre la moins chère. Il faudrait que je demande à Cooper d'approuver ma note de frais, et je ne voulais pas avoir à justifier une table de massage dans la chambre, même si j'en avais terriblement besoin après ce vol passé à m'agripper aux accoudoirs.

Ils m'avaient envoyé paître au téléphone, mais maintenant que j'étais client, j'espérais qu'ils seraient plus coopératifs. En tendant ma carte de crédit professionnelle, je me suis penché en avant. — Je dois retrouver un autre client. Cooper Fallon. Savez-vous où il loge ?

La réceptionniste a pincé ses lèvres rouges et a inséré ma carte dans le lecteur. — Je suis désolée, je ne peux pas communiquer cette information.

— Il est sur la propriété… quelque part, ai-je insisté. Si j'étais un espion dans un film, je lui glisserais un billet de cent dollars tout neuf. Mais je n'avais pas de billets de cent sur moi, et puis je n'étais pas un connard. À la place, je lui ai offert mon plus grand sourire.

— Désolée, monsieur. Je ne peux pas vous le dire.

Merde. Il allait falloir que j'attende que Marlee me prévienne qu'il avait dépensé de l'argent dans un bar ou une boutique locale. En supposant qu'elle n'ait pas fait suspendre ses privilèges de carte de crédit. En attendant, j'allais le traquer au restaurant de l'hôtel ou à la piscine.

La piscine. Je me suis permis de l'imaginer un instant. Cooper serait allongé sur une chaise longue, lisant le *Wall Street Journal* ou le *Financial Times.* Il porterait une chemise en coton à manches courtes, ouverte sur le devant, par-dessus un — j'ai dégluti — un Speedo ? Non, je n'aurais jamais cette chance. Il porterait un maillot de bain normal, long, comme celui que j'avais emporté. Je me tiendrais près de sa chaise, comme je le faisais souvent au bureau, attendant qu'il finisse son article et me remarque. Il abaisserait le journal, dévoilant les abdos en tablette de chocolat auxquels j'avais rêvé, et soulèverait ses lunettes de soleil pour les percher sur ses cheveux blond cendré, ébouriffés par la brise. Et il dirait —

— Combien de nuits ?

J'ai recentré mon regard sur l'employée. Elle clignait des yeux en m'observant, pleine d'attente.

— Oh, juste cette nuit, je crois. Même s'il était déjà tard dans l'après-midi. Serais-je capable de le trouver aussi vite ? — En fait, mettez-en deux. Au cas où je ne le localiserais pas tout de suite et devrais le chercher le lendemain. De plus, je n'étais pas pressé de remonter dans cette boîte de conserve rouillée à hélices au minuscule aéroport de l'île. Après avoir couvert Cooper pendant presque une semaine, m'être traîné le cul à travers les États-Unis et avoir vomi pratiquement toutes mes tripes au-dessus de la mer des Caraïbes, je méritais deux nuits dans un vrai lit dans un hôtel de luxe. Et un ou deux cocktails avec un petit parasol.

Juste après avoir trouvé Cooper Fallon, lui avoir dit ce qui se passait au bureau et lui avoir rappelé que sa place était là-bas. Je le renverrais par le jet de luxe de Synergy, puis je m'assiérais au bord de la piscine, siroterais quelque chose de fruité pour célébrer un travail bien fait, passerais une nuit de plus dans une chambre privée sans que ma sœur passe sur la pointe des pieds devant le canapé au milieu de la nuit pour un verre d'eau, et je rentrerais chez moi, en me félicitant.

L'employée m'a tendu une pochette en papier avec deux cartes-clés à l'intérieur et a entouré l'extrémité du bâtiment principal en rose fluo sur mon exemplaire du plan de l'hôtel. — Bienvenido. Profitez bien de votre séjour.

— Merci. J'ai pris la pochette et le plan et je me suis tourné vers Ramón. Il m'a guidé vers un long couloir sur la gauche. Après avoir passé la rangée d'ascenseurs, il a dit à voix basse : — Êtes-vous un ami de señor Fallon ?

Un ami ? Pas exactement. Mais *ami* m'emmènerait probablement plus loin qu'*employé*. — Il est parti de la maison sans dire à personne où il allait. Je m'inquiète pour lui. Tout était vrai.

Ramón s'est arrêté et a posé mon sac sur le carrelage espagnol. Il m'a scruté, une lueur spéculative dans ses iris sombres. — Nous sommes aussi ses amis. Nous nous inquiétons aussi. Señor Fallon n'est pas lui-même depuis qu'il est ici.

— Pas lui-même ? Puis je me suis souvenu qu'il venait ici une ou deux fois par an. Les gens de l'hôtel le connaissaient, au moins un peu.

— Non. Il est… Il a plissé les yeux vers moi comme s'il pouvait voir à travers moi jusqu'à mon cœur. Puis il a hoché la tête une fois. — Venez. Je vais vous montrer. Prenant mon sac sur son épaule, il a pivoté sur le talon de sa chaussure et est reparti d'un pas décidé dans la direction d'où nous venions. Mais au lieu de retourner dans le hall, il a tourné dans un couloir plus étroit qui se terminait par une porte en verre. Il m'a tenu la porte, et je suis entré dans le bar de l'hôtel.

La première moitié ressemblait à un bar ordinaire avec un parquet en bambou, un toit à faible pente avec des poutres apparentes en bois sombre, et des tables hautes entourant un bar central carré. Un mixeur grognait derrière le comptoir en bois brillant. Un barman à la peau foncée, vêtu d'une guayabera bleu sarcelle, a planté un petit parasol dans un grand verre de quelque chose de rose — j'en ai eu l'eau à la bouche — et l'a posé sur le plateau d'un serveur, qui l'a emporté à l'autre bout du bar.

Cet autre bout s'ouvrait sur la plage. Le toit ombrageait la terrasse, mais quelques tables surmontées de parasols étaient directement sur le sable, où les gens pouvaient boire avec les doigts de pied dans le sable et le soleil sur la peau. J'ai remué mes propres orteils dans mes mocassins. Peut-être que je méritais plus que deux nuits pour profiter pleinement des commodités de l'île. Une douce brise chaude m'a chatouillé les joues.

Ramón m'a donné un coup de coude. — Là. J'ai suivi la direction de son menton vers la partie la plus proche du bar, qui était occupée par une femme en robe d'été à fleurs et un énorme chapeau de paille, un homme affalé sur son verre, et un autre homme qui reluquait une table voisine d'étudiantes portant de fines robes de plage par-dessus leurs bikinis. Mon estomac s'est noué comme si j'étais de retour dans cet avion à hélices. Le type avait des mèches blondes comme Cooper, mais ce n'était pas mon patron.

J'ai regardé de nouveau Ramón. Peut-être que je l'avais mal compris tout à l'heure, et que nous ne parlions pas de la même personne. Mais il a fait un signe de tête en direction du bar.

J'ai vérifié à nouveau, et cette fois, j'ai reconnu la forme familière de l'avant-bras que l'homme du milieu avait posé sur le bar pour agripper son whisky. Le même avant-bras parsemé de poils blonds sur lequel j'avais bavé les rares fois où Cooper avait retroussé les manches de sa chemise au bureau. Il était parcouru de muscles et de tendons et légèrement tacheté de rousseur, surtout s'il avait passé le week-end à faire du vélo. Et maintenant, il reposait sur le comptoir du bar, à six mètres devant moi, attaché à un homme qui était ivre au point de glisser de son tabouret.

— Mais qu'est-ce que… Je me suis élancé, m'insérant entre le bord du chapeau de paille de la femme et mon patron. J'ai saisi son épaule et l'ai redressé. Ma main, moite à cause de l'humidité, est repartie couverte de minuscules fibres. Cooper portait un pull gris anthracite très fin par-dessus un pantalon noir. Des chaussures de ville noires et brillantes complétaient sa tenue de bureau.

Il a frissonné et a regardé par-dessus son épaule — la mauvaise — puis s'est tourné vers moi. Sa bouche s'est affaissée. — Ben ? Une vague d'haleine alcoolisée m'a frappé. Ses joues étaient roses, et la sueur perlait sur son front.

Le barman a fait glisser son regard de moi à Ramón. Il a hoché la tête et a reculé d'un demi-pas, faisant semblant d'essuyer un verre à margarita mais gardant un œil sur Cooper et moi.

— Cooper. *Monsieur Fallon* semblait déplacé alors que mon patron était complètement bourré dans un bar de plage des Caraïbes.

— Qu… Pourquoi… ?

La discussion de travail — quoi que ce soit de sérieux — devrait attendre qu'il ait dessaoulé. J'ai laissé un coin de ma bouche se relever. — Vous avez l'air… d'avoir chaud.

— Merciii. Ses yeux rouges et sans concentration ont croisé les miens. — Attends. C'était une tentative de drague ? Ben ne ferait jamais ça. Tu ne peux pas être Ben. Tu es une fanta… phantas… un rêve. Il a secoué la tête, et une mèche de ses cheveux est tombée entre ses yeux et s'est collée à son front.

— Non, je suis bien réel, et ce n'était pas une phrase d'accroche. J'ai attrapé une serviette en papier et j'ai épongé la sueur de son front. — Je me demande juste pourquoi vous portez un pull en cachemire alors qu'il fait vingt-sept degrés dehors.

Ses mots sont sortis plus nets que ce à quoi je m'attendais. — Problème de garde-robe.

J'ai haussé un sourcil, et il a eu la réaction la plus étrange : il a souri. Pas le sourire aux lèvres pincées qu'il m'adressait au bureau après avoir dit : « Bon travail, Ben. » Un vrai sourire avec une véritable fossette sur la joue gauche. J'étais habillé de manière appropriée pour la chaleur, et pourtant, une vague de chaleur m'est montée aux joues.

Le sourire a disparu une seconde plus tard, et il s'est tourné vers le barman. — Un autre, Luis.

Le regard du barman a croisé le mien. J'ai secoué la tête, et il a acquiescé. Il a mis des glaçons dans un grand verre et l'a rempli avec son pistolet à soda. Il a fait glisser l'eau vers Cooper, qui l'a fixée.

— Ce n'est pas du whisky.

— Buvez, et ensuite, je vous emmène au lit. Merde, c'est mal sorti. — Enfin, dans votre lit. Bon sang, ce n'était toujours pas ça. Je n'avais pas bu une seule goutte, et mes joues semblaient être à la surface du soleil.

Les yeux bleus de Cooper sont redevenus brumeux. — Maintenant, je sais que tu n'es pas Ben. C'est qui, putain, ce type, Luis ?

Luis a souri, révélant deux fossettes. — J'sais pas. Mais je laisserais un mec aussi mignon que ça m'emmener au lit. Il a fait un clin d'œil.

Waouh. J'ai admiré les avant-bras musclés et la peau foncée impeccable de Luis. Peut-être que j'utiliserais la bande de préservatifs de Mimi. Après avoir renvoyé Cooper à la maison.

Cooper fixait son verre d'eau. — Tu sais que je ne fais pas ça, Luis. Pas depuis très, très, très, très longtemps.

— Je sais. La bouche pulpeuse de Luis s'est pincée. — Mais comme je te le dis toujours…

— Je sais, je sais. Tout le monde mérite l'amour. Tu racontes n'importe quoi, Luis. Cooper a de nouveau fixé l'eau intensément, comme s'il pouvait la transformer en whisky par la seule force de sa volonté.

J'ai observé mon patron. Au bureau, c'était un bloc de marbre, impénétrable, avec des angles à quatre-vingt-dix degrés assez vifs pour vous couper. Ici, au bar, il ressemblait étrangement à moi : tout mou, vulnérable et aspirant à être aimé.

Non. Ça ne pouvait pas être vrai. C'était le whisky qui parlait. Mon patron et moi n'avions rien en commun.

— Moi, raconter n'importe quoi ? Pas plus que toi, mon vieil ami. Il a tendu la main et a tapoté l'épaule de Cooper. Cooper n'a pas reculé, pas comme il le faisait quand je le touchais. — Maintenant, rentre chez toi et repose-toi. Luis a fait signe avec ses doigts à quelqu'un derrière moi.

La seconde suivante, Ramón se tenait de l'autre côté de Cooper. Il n'avait plus mon sac. — Il est temps d'y aller, señor Fallon. Il a glissé une large épaule sous le bras droit de Cooper. J'ai fait de même avec le bras gauche de Cooper, et ensemble nous l'avons soulevé de son tabouret et l'avons mis sur ses pieds.

Ramón nous a dirigés non pas vers la porte vitrée et l'hôtel, mais vers la terrasse et a descendu prudemment quelques marches jusqu'à un sentier de coquillages concassés. Le soleil avait commencé à se coucher sur l'eau, son éclat orangé éblouissant.

Faisant voler les coquillages, nous avons avancé péniblement le long du sentier. Le soleil couchant vacillait entre les troncs de palmiers, rendant l'expérience surréaliste, comme danser dans une boîte de nuit avec un stroboscope. Ou peut-être que c'était mon décalage horaire.

J'ai trébuché dans un creux du sentier, et la paume de Cooper, qui pendait sur mon épaule là où je tenais son bras, s'est agrippée à mon pectoral gauche. J'ai frissonné à cette sensation. Quelle impression ça ferait s'il faisait ça exprès ? Qu'il me touche, qu'il caresse ma peau comme personne ne l'avait fait depuis Trey ?

Trey. J'ai resserré ma prise sur le bras de Cooper. Il disait m'aimer mais m'avait largué quand j'avais eu besoin de lui. Pour Trey, je n'étais bon que pour des coups d'un soir occasionnels. Rien de plus.

Sur ce point, j'étais d'accord avec Cooper. Luis racontait n'importe quoi. L'amour n'était pas fait pour tout le monde.

Je donnais mon amour librement — trop librement, selon Mimi — et n'obtenais jamais rien en retour. Mon but ici était de ramener Cooper à San Francisco, où était sa place. Ensuite, j'oublierais mon stupide béguin pour lui et je draguerais un inconnu dans une boîte. Cent pour cent de désir, zéro pour cent d'amour. C'était ce dont j'avais besoin. Ce que je méritais.

Mais quand aurais-je une autre chance d'être aussi proche de mon patron ? J'ai tourné la tête vers son cou et j'ai pris une bonne bouffée de son odeur, ouvrant mon nez au cèdre de son parfum coûteux et à la nuance mentholée qui me faisait frissonner quand je m'approchais trop au bureau. Mais ce soir, l'alcool suintait de ses pores, recouvrant son odeur irrésistible de l'odeur écœurante du maïs fermenté.

Cooper a tourné la tête, son nez à deux centimètres du mien. — Qu'est-ce que tu fais ?

Putain, je venais de renifler mon patron, et il l'avait remarqué. J'espérais qu'il était trop ivre pour s'en souvenir. J'ai fait face au chemin devant moi. — Je traîne ton pauvre cul jusqu'à ta chambre.

Il a gloussé. — Tu ne peux pas être Ben. Ben ne dit pas de gros mots.

Je peux dire ce que je veux quand je vais au-delà de mes responsabilités professionnelles, ai-je marmonné. Sérieusement, Cooper était lourd. Et ni une chasse à l'homme internationale ni traîner personnellement mon patron hors d'un bar de plage ne figuraient dans ma description de poste.

— Au-delà, a-t-il répété. Ben va toujours au-delà. Le meilleur assistant que j'aie jamais eu. Je l'adore.

J'ai de nouveau trébuché et j'ai failli m'étaler de tout mon long sur le chemin de coquillages. Heureusement, le poids solide de Ramón a servi d'ancre, maintenant Cooper debout. Grimaçant, je me suis glissé sous l'aisselle moite de Cooper, et nous avons continué sur le chemin.

Il m'adorait ? Il voulait dire qu'il adorait mon travail. Adorait m'avoir comme assistant. C'était tout. Et j'étais un idiot de rêver que ça signifiait autre chose.

— C'est encore loin ? ai-je demandé à Ramón. Nous avions perdu de vue la partie principale de l'hôtel, et cela faisait quelques minutes que nous avions dépassé l'un des bungalows en bord de mer.

— On y est presque, a-t-il grogné. Il portait la plus grande partie du poids de Cooper.

Devant, un mur de stuc blanc est apparu. Le chemin principal tournait brusquement, s'éloignant de la plage, mais un plus petit sentier menait à un portail en métal dans le mur.

— Votre carte, señor.

— Pardon ?

Quand Ramón a lâché Cooper, j'ai chancelé sous son poids. Il a tapoté les poches de mon patron, et de la poche droite de son pantalon, il a sorti une carte-clé. Pas blanche comme la mienne, mais en plastique doré qui scintillait dans les rayons rouges du coucher de soleil.

Il l'a passée devant un capteur au portail, et nous avons traîné Cooper à travers. La propriété devant nous était à couper le souffle. L'arrière de la maison en stuc de plain-pied n'était que fenêtres donnant sur une piscine privée paysagée et, au-delà d'un muret avec un autre portail, la plage. Nous nous sommes approchés de la maison par la terrasse arrière, au milieu des hibiscus et des bougainvilliers. Le doux parfum du jasmin se mêlait à la brise marine alors que nous nous faufilions entre une table et des chaises de patio rondes et un canapé d'angle en osier.

Quand nous avons atteint la maison, Ramón a passé la carte-clé devant un autre capteur, et la porte vitrée a coulissé pour s'ouvrir sur un salon avec des meubles tournés vers la vue de la piscine et de la plage.

Comme s'il connaissait les lieux, Ramón s'est engagé dans un couloir à droite et a ouvert la porte d'une chambre. Son immense fenêtre nous offrait une vue à couper le souffle sur le soleil se couchant sur la plage. Mais j'étais trop en sueur et épuisé pour l'admirer. Nous avons laissé Cooper s'affaler au pied du lit. Il a rebondi une fois puis s'est enfoncé dans le matelas, son pull et son pantalon sombres contrastant avec les draps blancs.

— C'est sympa, a-t-il marmonné. Je vais tous vous donner des actions. Des actions de Ssssynergy. Ses paupières ont papillonnée avant de se fermer.

Ramón et moi avons échangé un regard.

— Vous vous en sortez à partir de là ? a demandé Ramón, essuyant la transpiration de son front avec sa manche.

— Ouais, je… je suppose ?

Cooper a soupiré, déjà endormi. Mais je ne pouvais pas le laisser seul après qu'il ait autant bu.

— J'ai demandé qu'on apporte votre sac dans votre chambre, a dit Ramón. Vous voulez que je l'amène ici ?

J'ai pensé à mes vêtements propres. Ma brosse à dents. La lotion pour le visage que j'utilisais avant de me coucher. Mais je servais les autres pour gagner ma vie, et je n'allais pas faire en sorte que quelqu'un — certainement pas Ramón, qui était aussi allé bien au-delà de ses fonctions — me la trimbale.

— Non, ça ira pour ce soir. Merci. Pour tout.

— De nada. À plus, Ben. Il a fait un clin d'œil puis a disparu dans le couloir.

Un léger ronflement a bourdonné depuis le lit, et j'ai reporté mon attention sur Cooper. Il aurait chaud en dormant avec ce pull. Et ce pantalon. Mais même aller « au-delà » ne couvrait pas le fait de déshabiller mon patron. Toucher sa peau nue. Le mater en caleçon… ou en slip ? J'ai frissonné. J'allais baisser la climatisation pour qu'il soit à l'aise.

Ses chaussures de ville pendaient au bout du lit, poussiéreuses des coquillages du sentier. J'en ai enlevé une, puis l'autre, puis je les ai emmenées dans la salle de bain attenante, où je les ai essuyées, ainsi que mes Chucks, avec un chiffon humide. N'avait-il pas une paire de tongs ?

Je suis allé à son placard où, comme je m'y attendais, Cooper avait défait son sac et suspendu ses vêtements. Un autre pull en laine de couleur camel doux. Un trio de chemises froissées, chacune portée au moins une fois, et deux vestes de costume et un blazer, non portés. Deux paires de pantalons de costume froissés pendaient mollement sur des cintres séparés. Plié sur l'étagère du haut du placard se trouvait un short de basket soyeux et un tee-shirt de sport high-tech. Une paire de baskets se tenait rigide à côté d'eux. Pas de tongs, pas de tee-shirts, pas même un jean.

J'ai trouvé le sac à linge de l'hôtel et j'ai rempli le bon de commande. J'y ai fourré les pantalons et les chemises et j'ai suivi les instructions pour appeler la réception et laisser le sac devant la porte d'entrée.

La kitchenette du bungalow, équipée d'appareils haut de gamme, était ouverte sur le salon. Tout était décoré dans des tons neutres de plage : blanc, sable et bleu pâle avec une touche corail occasionnelle. Pas un verre ni une assiette ne traînait, et je ne savais pas si c'était parce que Cooper était aussi maniaque en vacances qu'au bureau ou si c'était parce qu'il n'avait fait que dormir ici et passer chaque heure de veille à se saouler au bar.

De l'autre côté du salon se trouvaient deux plus petites chambres. L'une était décorée dans des tons neutres comme le reste de la maison. L'autre était clairement destinée à une femme. Le couvre-lit à imprimé hibiscus, le napperon en dentelle sur la table de nuit et la pile de deux romans à suspense dessus m'ont serré la gorge. Quelle femme séjournait ici si souvent qu'il avait décoré pour elle ?

Pourtant… la chambre était séparée de celle de Cooper. Il l'avait aménagée pour une femme avec qui il ne couchait pas ?

J'ai jeté un dernier regard plein d'envie à l'autre chambre d'amis, puis j'ai utilisé la salle de bain des invités. J'ai trouvé une brosse à dents et du dentifrice neufs, j'ai donc eu ce petit réconfort. Finalement, je suis retourné dans la chambre de Cooper en traînant les pieds.

Il s'était tourné sur le côté, les genoux repliés et serrant l'oreiller. Il avait l'air paisible, innocent. J'ai réprimé mon envie de repousser les cheveux humides de son front en sueur.

À la place, j'ai baissé le thermostat à 16 °C, j'ai pris la couverture et l'oreiller de rechange dans son placard, et j'ai éteint la lumière. Me recroquevillant sur le petit canapé de la chambre, j'ai laissé l'épuisement pur m'emporter vers le sommeil.

10

COOPER

COMME D'HABITUDE, je me suis réveillé avec un mal de crâne carabiné, une bouche au goût de fond de poubelle, et un trou au milieu de la poitrine.

Je ne pouvais rien faire pour le trou, mais je pouvais m'occuper des deux autres.

J'ai entrouvert un œil et là, sur la table de chevet, il y avait un grand verre d'eau et quelques aspirines. Avais-je été assez sobre la nuit dernière pour les poser là ? J'ai essayé de me souvenir, mais le simple fait de réfléchir me donnait envie de m'arracher les yeux, alors j'ai avalé les cachets, vidé le verre et me suis lentement redressé.

Quand ma tête a cessé de tourner, je me suis levé et je me suis dirigé vers la salle de bains. Après avoir vidé ma vessie et m'être brossé les dents, j'ai fait l'erreur de regarder dans le miroir. Des yeux bouffis et injectés de sang. La peau blafarde. Une barbe qui commençait à ressembler davantage à une vraie barbe qu'à un effet négligé et stylé. Et est-ce que c'était une mèche de poils gris juste à côté de ma bouche ? Putain de merde, qu'est-ce que j'étais content que personne sur l'île ne se soucie de mon apparence. Ou de mon image professionnelle. Mon pull et mon pantalon étaient plus que froissés pour avoir dormi dedans. Et c'était mon dernier ensemble de vêtements propres.

Je me suis frotté la poitrine là où ça faisait mal. Ça n'avait pas d'importance. C'était ça, ma vie, maintenant. Traîner au paradis où je n'avais rien d'autre à faire que de boire jusqu'à oublier ce que j'avais fait au bureau, et ce que j'étais devenu à cause de ça.

Au moins, ici, il n'y avait personne que j'aimais assez pour pouvoir le blesser.

J'ai pris le verre sur la table de chevet et je me suis dirigé dans le couloir, vers le meuble-bar. Autant commencer tout de suite.

Les portes-fenêtres étaient ouvertes, les voilages transparents flottant dans la brise chaude. Bon sang. Personne ne viendrait me chercher des noises sur l'île, mais avais-je vraiment besoin de tenter le diable en laissant les portes ouvertes toute la nuit ?

Évitant la cuisine, je suis allé directement au meuble-bar.

Et je me suis figé.

Les bouteilles avaient disparu de l'endroit où je les avais laissées, sur le dessus du meuble bas. Seul un pichet d'eau trônait là.

J'ai ouvert les portes du meuble d'un coup sec. Tout était vide.

Merde. Quelqu'un avait volé tout l'alcool. Ironique, vu que j'avais apparemment été trop saoul pour fermer les portes à clé.

Ils avaient remplacé l'alcool par de l'eau. Et est-ce que c'étaient des tranches d'orange qui flottaient à la surface ? Mais c'est quoi, ce bordel ?

Saisissant mes cheveux pour contrer le martèlement dans mon crâne, je me suis retourné vivement vers la terrasse et j'ai aperçu une silhouette assise sur le canapé d'extérieur. Les rideaux flottants le dissimulaient en partie, mais si je n'étais pas sur une petite île paumée au milieu des Caraïbes, à près de cinq mille kilomètres de là où je l'avais laissé, je dirais que cette silhouette menue et ces boucles sombres appartenaient à Ben Levy-Walters.

Je devrais le savoir. J'avais passé les six derniers mois à le dévisager à la moindre occasion.

Je me suis avancé à travers les rideaux, sous le soleil aveuglant de la terrasse. Plaçant une main sur mes yeux, j'ai attendu que la douleur lancinante derrière mes globes oculaires s'atténue. Finalement, j'ai écarté deux doigts juste assez pour regarder à travers l'interstice.

— Ben ? Qu'est-ce que vous foutez ici ? J'avais fait tout ce que je pouvais imaginer pour m'assurer qu'il ne me retrouverait pas : le mot lui suggérant de prendre quelques jours de congé, la désactivation du suivi sur mon téléphone. Car s'il y avait une chose que j'avais apprise sur mon assistant, c'est qu'il était aussi tenace que moi.

— Bonjour... euh... bon après-midi. Il s'est levé, ses mains voletant des poches de son short à ses hanches. Le vif soleil tropical faisait scintiller ses cheveux. Des lunettes de soleil cachaient ses yeux, mais je savais qu'ils brillaient comme du whisky single malt sous les lumières d'un bar. Il avait une barbe d'un jour ou deux, et j'aimais ça. J'avais envie de passer mes doigts dessus.

Non, je n'en avais pas envie !

Je ne pouvais pas.

J'ai serré les poings le long de mon corps et j'ai gardé mon regard sur ses lunettes de soleil, n'osant pas me laisser tenter par la vue des jambes de mon assistant en short.

Il a regardé vers la plage un instant, comme s'il avait lu dans mes pensées et voulait s'enfuir. — Que diriez-vous d'un café ? Il a désigné une carafe isotherme sur la table basse, à côté d'une assiette de sandwiches.

Mon estomac s'est retourné, anticipant ce que l'acidité du café ferait à ma paroi stomacale déjà malmenée. — Ce n'était pas une question rhétorique, ai-je grogné. — Pourquoi êtes-vous ici ?

— Mangeons quelque chose avant d'en parler.

— J'emmerde la bouffe. Où est le whisky ? ai-je aboyé. Je ne pouvais pas le laisser voir ce qu'il m'avait fait, à quel point j'étais heureux de le voir.

— Très bien. Il a croisé les bras sur sa poitrine. — Il a disparu. Et nous devons parler.

— Parler ? Je lui ai lancé mon regard le plus noir, celui qui faisait trembler les adversaires en négociation et qui poussait les jeunes collaborateurs laxistes à m'éviter dans les couloirs.

Il a reculé d'un demi-pas et a heurté le canapé. Après avoir mouliné des bras un instant, il s'est redressé et a serré la mâchoire. — Oui, parler. De Synergy.

Je me suis frotté le visage. Toute mon énergie colérique s'est écoulée par mes pieds. Il n'était qu'un sous-fifre, loyal à quelqu'un d'autre maintenant que j'étais parti depuis plus d'une semaine. J'avais espéré plus de Ben. Je pensais que nous nous comprenions. Qu'il me comprenait.

Ce n'était pas la première fois que quelqu'un me décevait. Peut-être que ce serait la dernière.

— Qui vous envoie ? Weston ? Ou Jackson ? En prononçant le nom de mon associé, mon estomac vide s'est noué. Son abandon était l'autre chose que j'avais essayé d'effacer avec l'alcool.

La bouche de Ben s'est crispée. — Personne ne m'a envoyé.

Un rire amer m'a échappé. — Personne ne vous a envoyé ? Vous êtes venu jusqu'ici tout seul pour… pour me parler de Synergy ? Il devait travailler pour Weston. Je pensais que Weston comprenait que j'avais besoin d'une pause, mais peut-être qu'il avait envoyé Ben pour me surveiller. Impossible que Ben ait choisi de venir ici. Pas après m'avoir vu exploser au bureau. Pas après avoir dû nettoyer le bordel que j'avais mis.

Ben était trop gentil, trop brillant, trop beau. Il était le jour ensoleillé, tropical, au ciel bleu, face à mon ouragan de nuages noirs. Il était la brise légère et le doux clapotis apaisant de l'eau du côté Caraïbes de l'île. J'étais le vent déchaîné et les vagues déferlantes du côté Atlantique. Il nourrissait ; je détruisais. Mon bureau en était la preuve.

Il avait dû être horrifié d'assister à ma perte de contrôle. Il aurait dû démissionner. Il ne devrait pas être là, sur ma terrasse, à me proposer du café.

Était-il venu présenter sa démission ? Ça n'avait aucun sens.

J'ai secoué la tête, ce qui n'a fait qu'exploser une nouvelle douleur entre mes yeux. Je l'ai frotté du bout du doigt.

— Je suis venu pour vous. — Sa voix était si douce que je pouvais à peine l'entendre par-dessus la brise marine. — J'étais inquiet, M. Fallon.

J'ai eu l'impression de recevoir une feinte suivie d'un coup de poing en plein foie. Il était inquiet. Pour moi. Et puis il m'avait rappelé la nature de notre relation. J'étais son patron. Il travaillait pour moi, et cela me rendait responsable de lui. De son bien-être. Ce qui signifiait que l'attirance que je ressentais était complètement inappropriée. Sans mentionner que j'étais un danger pour les gens dont j'étais censé prendre soin.

Il me fallait un verre. Un verre fort. Heureusement, ma maison n'était pas le seul endroit sur l'île avec une réserve d'alcool.

J'ai tourné sur mes pieds nus et suis retourné d'un pas décidé dans ma chambre, où j'ai trouvé ma dernière paire de chaussettes propres et, dans la salle de bains, mes chaussures de ville. Qu'est-ce qu'elles foutaient dans la salle de bains ? Elles étaient aussi étrangement propres, pas couvertes de la poussière du chemin de coquillages. Est-ce que Ben… ? Impossible.

J'ai enfilé mes chaussures et me suis dirigé vers la porte d'entrée. Ben se tenait dans la cuisine et me tendait une tasse de café noir fumant.

Je l'ai repoussé d'un geste de la main. — Je m'en vais. Au revoir, Ben.

Sa mâchoire s'est décrochée et, avec un claquement de porte satisfaisant, je suis parti.

11

BEN

JE SUIS RESTÉ FIGÉ, agrippant machinalement ma tasse de café, après que Cooper est sorti en trombe. Puis j'ai claqué la tasse sur le comptoir, et le café a giclé sur le granit lisse. Maintenant que je l'avais retrouvé, je ne pouvais pas le laisser filer. Pas avant de l'avoir interrogé sur la vente des actions. Et sur ce que j'avais surpris de l'appel de Weston avec le Président.

Me précipitant vers la porte de derrière, j'ai enfilé mes Converse, puis j'ai sauté de la terrasse et j'ai sprinté par le portail du fond. Cooper, avec ses grandes enjambées, était déjà loin devant moi. J'ai marché d'un pas rapide pour le garder en vue.

Je n'ai pas été surpris quand il est retourné directement au bar où je l'avais trouvé la veille. Il a gravi péniblement les marches et a disparu derrière le mur. J'ai accéléré jusqu'à me mettre à courir — et s'il y avait un salon privé dont j'ignorais l'existence ? — et j'ai monté les marches du bar quatre à quatre.

Cooper était assis sur le même tabouret que la veille et a dit quelque chose à la personne derrière le bar. Ce n'était pas Luis, mais un jeunot au visage frais, pas plus de vingt ans, avec une coupe à la garçonne et un badge *they/them*. Au lieu d'une guayabera bleu sarcelle, cette personne portait un débardeur blanc, noué juste sous ses côtes. Elle s'est penchée sur le bar, exhibant un cul et des cuisses bien dessinés sous son short effiloché. Bordel, est-ce que Cooper revenait ici chaque année pour le plaisir des yeux ? Avait-il goûté à certaines des friandises proposées ? Mon cou s'est mis à chauffer sous le col de mon polo.

Quand la personne au bar s'est retournée pour préparer le verre de Cooper, j'ai croisé son regard et secoué la tête. Un hochement de tête en réponse, accompagné d'une lèvre mordillée.

Je me suis glissé sur le tabouret à côté de Cooper.

— Tu ne vas pas te débarrasser de moi aussi facilement.

Il a gardé le regard fixé sur le dos de la personne au bar.

— Combien ? a-t-il demandé, trop bas pour qu'on l'entende.

Est-ce qu'il me parlait ?

— Combien, quoi ?

— Combien Weston te paie pour me ramener ?

J'ai eu un mouvement de recul.

— Weston ne me paie pas !

— Jackson, alors.

Le regard qu'il m'a lancé était un mélange déchirant d'espoir et d'angoisse.

— Non, ai-je dit doucement.

J'avais vu la façon dont il regardait Jackson au bureau. C'était la même façon dont Mimi regardait le chocolat, même si elle y était allergique. La même façon dont je regardais chaque chien que nous croisions dans la rue quand j'étais enfant. Mimi était aussi allergique aux chiens.

C'était la façon dont je regardais Cooper, chaque foutu jour.

Sa mâchoire s'est durcie, et il a fusillé du regard le verre que la personne au bar a fait glisser devant lui.

— C'est quoi cette merde ? a-t-il grondé.

— Le spécial du jour. Daïquiri à la banane. Sans alcool.

La personne y a planté un minuscule parasol bleu et lui a fait un clin d'œil.

— J'ai demandé un whisky.

Sa voix avait pris une inflexion rauque et grondante.

J'ai fait un signe de tête à la personne au bar, qui s'est empressée de filer à l'autre bout du comptoir. J'ai posé ma main sur la manche du pull de Cooper, là où elle couvrait son avant-bras.

— J'ai besoin que tu sois sobre. Il faut qu'on parle.

Il s'est levé.

— Je ne veux pas d'un putain de daïquiri sans alcool, et je ne veux pas parler.

Un homme coiffé d'un fédora en paille à la table la plus proche a levé les yeux en entendant le ton de Cooper.

— Je veux parler à Luis, a-t-il lancé à la personne au bar.

Celle-ci est restée où elle était, enroulant son doigt dans le nœud de son débardeur.

— Luis ne commence qu'à seize heures.

Cooper a jeté un regard furieux à sa Rolex, a pivoté sur lui-même, et est sorti du bar pour s'engager sur le chemin de coquillages.

Après un dernier regard plein d'envie pour le guilleret petit parasol bleu, j'ai trottiné pour le rattraper.

— Je suppose que je peux rayer le cardio de ma liste, ai-je dit quand je suis arrivé à sa hauteur.

Cooper a grogné et a continué au même rythme soutenu. Ce n'était pas grave. J'étais habitué à son allure au bureau. Et contrairement à lui, j'avais les chaussures adéquates pour une marche rapide sur une surface inégale.

Je n'ai hésité qu'un instant. J'aurais préféré ne pas entamer la conversation en public, où n'importe qui pouvait nous entendre, mais je devais attirer son attention avant qu'il n'essaie de m'exclure à nouveau.

— Alors, c'est quoi cette histoire de vente de tes actions ?

Il regardait droit devant lui.

— Tu as lu les déclarations de conformité ?

— Je n'avais pas grand-chose d'autre à faire quand tu as disparu.

Il m'a jeté un coup d'œil, ses sourcils épais froncés.

— Tu étais censé prendre des vacances. C'est Jackson qui t'envoie ?

— Non !

Je me suis mordu la lèvre pour ne pas lui dire que j'étais venu parce que je m'inquiétais pour lui. J'étais presque sûr qu'il pouvait encore me virer même si nous n'étions pas dans le bâtiment de Synergy.

Il a parlé à travers ses dents serrées.

— Les dirigeants d'entreprise achètent et vendent des actions tout le temps. Weston en a vendu l'année dernière quand il a divorcé.

— Mais pas toi. *Et pas Jackson,* n'ai-je pas ajouté. Je ne supportais pas de revoir ce regard.

— Il y a une première fois à tout.

— Est-ce que… — *ressaisis-toi, Ben* — est-ce que l'entreprise a des problèmes ?

Il a froncé les sourcils.

— Bien sûr que non. Pourquoi penses-tu ça ?

— C'est juste que… mes anciens patrons ont fait ça. Ils ont vendu leurs actions juste avant que l'entreprise ne s'effondre.

Il a grimacé.

— J'espère que la SEC les a mis en prison. Non, ça n'a rien à voir.

Sa maison — ou plutôt, sa propriété — était en vue. Au lieu de se diriger tout droit vers le portail du fond, il a bifurqué à gauche vers le chemin menant à la porte d'entrée.

— Alors qu'est-ce que c'est ? ai-je demandé en courant sur quelques pas pour suivre son rythme accéléré. Quelque chose à voir avec les—

Cooper a monté les marches de son porche quatre à quatre.

— Je simplifie un peu les choses, c'est tout. J'élimine de ma vie les choses dont je n'ai pas besoin. Au revoir, Ben. Rentre chez toi.

Et pour la deuxième fois en moins d'une heure, il m'a claqué la porte au nez.

Je n'avais pas de clé de sa maison, alors j'ai martelé la porte pendant quelques minutes. Il n'a pas répondu. J'ai fait le tour de la maison jusqu'au portail et j'ai regardé à travers. Il n'était pas sur la terrasse arrière.

Je n'avais pas eu l'occasion de l'interroger sur les coupes de Weston. Et je ne pouvais pas rentrer chez moi avant de lui avoir posé des questions sur ce que j'avais entendu.

Heureusement que j'avais déjà décidé de rester une nuit de plus. Dommage que je n'aurais pas droit à cette boisson avec un parasol.

12

COOPER

UN CARILLON m'a tiré d'un cauchemar.

Je n'avais jamais manipulé de marionnette de ma vie, mais j'avais regardé *La Mélodie du bonheur* une bonne centaine de fois. Dans mon rêve, je tenais le contrôle de la marionnette et lui faisais exécuter une danse complexe sur la scène en contrebas. Le public de jeunes enfants applaudissait, et j'ai souri en agitant les fils.

Puis, j'ai remarqué un fil attaché au dos de ma propre main. Je l'ai suivi du regard et j'ai vu qu'il était accroché à une tige. Le marionnettiste m'a regardé avec un sourire mauvais. — Danse, Mikey !

C'était mon père.

Je me suis redressé, en sueur, quand le carillon a de nouveau retenti. Putain, la sobriété, c'était de la merde. Tout comme parler à la Dre Pradhi. Elle avait tout de suite su pourquoi je m'étais enfui de Synergy. Elle a dit que fracasser mon bureau ne faisait pas de moi mon père. Que c'était un accident. Que je devais me pardonner de la même manière que j'avais pardonné à Jackson toutes les fois où il m'avait fait du mal. Que je devais lui parler, lui demander si ce que Weston avait dit était vrai, s'il cherchait sa propre échappatoire à Synergy.

Je n'avais pas besoin de demander. Ce que Weston avait dit confirmait ma propre analyse de la situation. Jackson était un homme riche. Il n'avait pas besoin des revenus de Synergy. Il était prêt à se concentrer sur ce qui était important pour lui, c'est-à-dire pas l'entreprise que nous avions bâtie ensemble. Il s'était tourné vers sa famille, qu'il avait construite tout seul. Entourée d'une clôture qui me laissait à l'extérieur.

La Dre Pradhi a dit que fuir mes problèmes ne les résolvait pas. Mais le whisky me les faisait oublier.

Jusqu'à ce que Ben débarque, jette l'alcool et fasse resurgir les souvenirs.

Le carillon a sonné une fois de plus et, cette fois, j'ai entendu des coups frappés à l'avant de la maison. La porte. Est-ce que Luis était venu prendre de mes nouvelles ?

Pieds nus, je me suis dirigé vers le hall. Quelle heure était-il ? J'avais dû dormir quelques heures après avoir renvoyé Ben et appelé ma thérapeute. Par les fenêtres du fond, le soleil se couchait sur l'eau.

Au moment précis où la sonnette a de nouveau carillonné, j'ai ouvert la porte à la volée. Ben se tenait là, un sac en papier brun à la main. Son sourire était crispé, nerveux. — Bonsoir, M. Fallon.

— Pourquoi es-tu encore là ?

— Puis-je entrer ?

— Pourquoi ? — Il suivait toujours mes ordres à la perfection. Il aurait déjà dû atterrir à San Francisco à cette heure. Y avait-il eu un problème avec le jet ?

— Pour qu'on puisse parler.

— Je ne veux pas parler. — J'étais encore fébrile et vulnérable après avoir parlé à la Dre Pradhi. Après le cauchemar. Je risquerais de dire quelque chose que je ne pensais pas.

— Que voulez-vous ? — Il a penché la tête et a pincé ses lèvres pleines. Les rayons roses du soleil couchant transperçaient les fenêtres du fond et teintaient ses boucles sombres d'un or rose flamboyant.

Pas ça. Je pouvais le désirer, mais je ne pouvais pas l'avoir. — Que veux-tu dire ?

— Pourquoi êtes-vous venu ici, sur l'île ? D'après les vêtements dans votre placard, ça n'avait pas l'air prévu. Pourquoi ce changement de dernière minute ? Que cherchiez-vous ? Ou que fuyiez-vous ?

Sa rafale de questions et quelques-unes de mon cru m'ont fait tourner la tête. — Tu as fouillé dans mon placard ?

Il a levé les yeux au ciel, très discrètement. — Ramón et moi vous avons ramené du bar hier soir.

— Oh. — Mon visage est resté neutre, mais le dégoût de moi-même bouillait juste sous la surface. Il avait dû me voir dans mon pire état. — Je ne… euh… je ne t'ai pas frappé, j'espère ?

Ses sourcils se sont froncés. — Vous ne vous souvenez pas ?

— Non, je… — J'ai cherché dans mes souvenirs, mais la semaine qui avait suivi mon arrivée sur l'île, après avoir appelé Mamá, n'était qu'un brouillard de sueur, de brûlure de whisky et de réveils plus souvent par terre que dans mon lit. — Je ne me souviens pas.

— Vous avez dit que vous nous donneriez, à Ramón et à moi, des parts de Synergy.

Oh. Il m'avait posé une question sur la vente d'actions plus tôt. J'étais ivre quand j'avais passé le premier ordre de vente. J'aurais pu l'annuler le lendemain, mais je l'avais laissé pour voir ce que ça ferait. Pour l'instant, ça ne me faisait rien. Peut-être que je ressentirais quelque chose une fois qu'il serait exécuté. Sinon, j'essaierais un autre ordre dans quelques jours. Donner des actions revenait au même que les vendre. — Je suis un homme de parole. Combien j'ai dit que je te donnerais ?

Ben a reniflé et s'est appuyé contre le cadre de la porte. — Vous étiez com… enfin, vous n'aviez pas toute votre tête. Aucun de nous deux ne vous a pris au sérieux.

— C'est de ça que tu voulais parler ? — Si ce n'était ni Weston ni Jackson qui l'avaient envoyé, pourquoi Ben était-il venu ? Et pourquoi était-il encore sur l'île ? D'habitude, c'était moi qui avais toutes les réponses, mais ma tête me faisait de nouveau mal, et mes pensées refusaient de s'assembler.

Mes jambes sont soudain devenues cotonneuses. Laissant la porte ouverte, je me suis tourné vers le salon. — J'ai besoin de m'asseoir.

L'instant d'après, Ben était là, glissé sous mon bras. Merde, je portais les mêmes vêtements depuis deux jours et je puais, mais je n'ai pas trouvé la force de le repousser. Il m'a guidé jusqu'au canapé et m'a poussé à m'y laisser tomber. Doucement, il a poussé ma tête entre mes genoux puis a décrit des cercles dans mon dos. C'était agréable, comme quand Mamá me bordait le soir.

— Quand avez-vous mangé pour la dernière fois ? a-t-il demandé de très haut au-dessus de moi.

Le sang a afflué à mes oreilles et a pulsé dans mon cerveau. Réfléchir était difficile. — Je ne sais pas.

— Avez-vous mangé aujourd'hui ? Je vous ai laissé les sandwichs dans le frigo.

— Non. D'habitude, Luis me sert mes repas au bar, mais tu m'as obligé à partir.

Les cercles se sont arrêtés une seconde, puis ont repris. — Vous préférez manger un sandwich tout de suite ou venir avec moi au restaurant pour dîner ?

Avec moi a emporté la décision. — Au restaurant. Mais il faut que je prenne une douche et que je me change d'abord.

— À ce propos…

— Donne-moi dix minutes. — Je me suis relevé d'un bond et j'ai vacillé une seconde, mais cette fois mes genoux ont tenu. J'ai marché d'un pas décidé vers la chambre, j'ai claqué la porte derrière moi et j'ai fait coulisser la porte du placard. Seuls des vestes de costume et des cintres vides m'ont accueilli. Plus mes vêtements de sport, inutilisés sur l'étagère du haut. Tout comme le bar.

— Ben ! ai-je hurlé.

Ben a passé la tête dans la chambre. — M. Fallon, je…

— Tu as aussi jeté mes vêtements ? Chacun de ces costumes coûte plus que ce que je te paie en un mois.

— Non ! Je les ai envoyés à la blanchisserie. J'ai parlé au gérant, et ils les ont envoyés à un pressing très haut de gamme à Miami. Ils seront de retour après-demain. En attendant, je vous ai pris ça. — Il a tendu le sac de courses.

Je l'ai pris du bout des doigts et j'ai regardé à l'intérieur. — C'est une blague ?

— Ce sont des vêtements adaptés à l'île. Vous serez bien plus à l'aise.

J'ai sorti une chemise à col. Le coton jaune citron était imprimé de coquillages roses. — Sérieusement ?

— Ce jaune va être fantastique sur votre… votre carnation. — Les joues de Ben sont devenues écarlates, et pas à cause du coucher du soleil cette fois. — Il y a aussi un short. Je vais attendre sur la terrasse. — Il était parti avant que j'aie pu répondre.

Un short. Et une chemise tropicale. J'aurais l'air d'un touriste. J'ai fixé le tissu imprimé ridicule que je serrais dans ma main. Puis les cintres vides dans le placard. Je portais tout le temps des shorts quand je venais ici. Et parfois, dans l'intimité de ma propre piscine, bien moins que ça. Mais d'une manière ou d'une autre, exposer mes bras et mes jambes à Ben, mon assistant, c'était différent.

J'ai caressé du doigt l'un des coquillages imprimés. Le coton non lavé était rêche, encore apprêté. Mais il l'avait acheté pour moi. En pensant à moi.

Quelques minutes plus tard, je suis sorti sur la terrasse, les cheveux humides, vêtu de la chemise à coquillages et du short kaki. Quand la brise de l'océan a frappé ma peau exposée, j'ai eu la chair de poule, et les poils de mes bras et de mes jambes se sont dressés.

Ou peut-être que c'était Ben. Pris dans mon cauchemar et ma vision en tunnel due à la faim, je ne l'avais pas vraiment regardé avant. Il portait un polo rose et un bermuda blanc. Avant hier, je n'avais jamais vu ses jambes. Je n'avais pas regardé à ce moment-là, mais je le faisais maintenant. Sa peau mate était pâle sous des poils sombres et épais. Ses cuisses et ses mollets fins avaient juste la forme et la définition qu'il fallait.

Quand il m'a vu, il s'est levé, ses Converse lavande claquant sur le bois. — Prêt ? — Sa voix était aiguë et fluette. Il s'est raclé la gorge.

— Oui. — Je lui ai fait signe de passer devant moi par la porte coulissante et je l'ai verrouillée de l'intérieur. Nous sommes sortis par l'avant, et j'ai aussi verrouillé cette porte. En gardant autant de distance que possible entre nous, nous avons longé le sentier vers le complexe principal.

— C'est vraiment magnifique ici, a dit Ben, ses baskets crissant sur les coquillages. C'est pour ça que vous venez ? Le... le paysage ?

C'est mon assistant, me suis-je rappelé. Pas mon ami. Alors je lui ai donné une partie de la vérité. — J'ai quelques relations ici sur l'île. Je m'y sens bien.

— Des relations... comme Luis ? — Il regardait le chemin devant lui. Malin, car il arrivait qu'une tortue ou un hutia s'y aventure.

— Bien sûr, Luis. Et d'autres. — Luis avait été mon meilleur ami sur l'île quand ma mère m'emmenait ici, enfant. Et la famille de Mamá – du moins ceux qui n'étaient pas partis aux États-Unis comme elle – vivait à proximité. Je ne pouvais pas aller en ville sans croiser au moins trois cousins et être invité pour un café ou un repas. Alors, je n'étais pas allé en ville.

— D'autres ? — Ben m'a jeté un regard furtif. Était-ce le coucher du soleil, ou le bout de ses oreilles était-il rouge ? Peut-être qu'il avait pris un coup de soleil.

— D'autres. — Je ne parlais jamais de ma famille. La presse économique s'en donnerait à cœur joie, envoyant des journalistes sur l'île pour parler aux gens qui connaissaient le mieux Cooper

Fallon. Puis ils déterreraient mon père, et c'était le genre de publicité dont personne n'avait besoin.

Ben s'est mordu la lèvre et a balayé du regard le sentier qui s'assombrissait. Nous avons continué en silence pendant une minute, jusqu'à ce que le bâtiment principal du complexe soit en vue.

— Si vous, euh, rencontrez l'un de ces *autres* et que vous voulez que je vous, euh, laisse un peu d'espace, dites-le-moi. Je comprends que ce n'est pas une sortie entre amis, M. Fallon. — Il a fait un geste de la main entre nous, mais en évitant soigneusement de me regarder.

— Ben. — J'ai enfin compris ce qu'il voulait dire. Je me suis arrêté de marcher, et après une seconde, il s'est arrêté et m'a fait face. — Tu m'as gracieusement invité à dîner. Bien sûr que c'est une sortie entre amis. Et je ne te laisserais pas seul pour aller draguer quelqu'un d'autre.

L'idée même de draguer était risible. Je n'étais même pas sûr de me souvenir comment faire.

Mais Ben et ses *M. Fallon* me donnaient envie d'y penser. Pourquoi ce *M.* était-il si sexy dans sa bouche ? Il fallait que ça cesse ou j'allais faire quelque chose que je regretterais, comme lui caresser la main. — Écoute, on n'est pas au bureau. Tu peux aussi bien m'appeler Cooper.

Lentement, un sourire s'est étalé sur son visage et a illuminé ses yeux couleur de whisky. — D'accord. Cooper.

Ma poitrine s'est serrée. Ce n'était peut-être pas une si bonne idée de lui demander de m'appeler par mon prénom. Mon nom, sous n'importe quelle forme, sur ses lèvres, ravivait des terminaisons nerveuses que je croyais mortes depuis longtemps.

— Viens. — Ma voix était plus bourrue que je ne l'aurais voulu. — Allons manger.

Je l'ai emmené dans le restaurant le moins formel des deux que comptait le complexe, celui où les familles avaient tendance à aller. Là où ma chemise ridicule passerait inaperçue. L'emmener au restaurant chic aurait dangereusement ressemblé à un rendez-vous galant. Et Ben et moi n'étions *pas* en rendez-vous galant.

Ce qui fut clair dès l'instant où nous nous sommes assis à côté d'une famille de cinq personnes.

Ben a regardé les deux bambins, crayons de cire serrés dans leurs poings, et le bébé qui dormait dans son couffin. — Ça va aller ? a-t-il murmuré.

— C'est parfait. — J'ai pris le menu. Aucun risque de me perdre dans les yeux couleur whisky de Ben pendant que les enfants babillaient à la table d'à côté.

Je n'ai même pas essayé de commander un bourbon ou même une bière, mais je l'ai regretté quand un cri strident a éclaté à la table voisine. Le bébé s'était réveillé. La mère a essayé de la calmer pendant que les bambins, qui n'étaient plus amusés par leurs crayons, se sont mis à geindre auprès de leur père. Le bruit s'est associé à la pulsation dans ma tête, et je me suis massé la tempe.

— Tu peux appeler le serveur ? J'ai besoin d'un verre.

— Non, mais donne-moi une minute. — Ben a repoussé sa chaise et, quelques secondes plus tard, le silence est tombé comme une couverture.

J'ai levé les yeux et j'ai vu les bambins tenir la main de Ben pendant qu'il les éloignait de la table pour les emmener vers la fontaine au milieu du restaurant. Il a fouillé dans la poche de son short et en a sorti quelque chose qui a fait briller les yeux des enfants. Puis il s'est agenouillé à côté d'eux et les a laissés piocher les objets dans sa paume. Des pièces. La fillette a fermé les yeux quelques secondes, puis a tendu son poing au-dessus du bassin sous la fontaine. Elle a ensuite ouvert la main, et la pièce est tombée dedans. Le garçon a répété ses gestes. Ben a souri, ravi.

Les lumières du restaurant scintillaient sur les vagues sombres de ses cheveux, contrastant avec les boucles blondes et duveteuses des enfants. Ils ont pioché d'autres pièces dans sa paume et les ont lancées dans la fontaine en rigolant. Je n'avais jamais vu une telle expression de plaisir sur le visage de Ben. Au bureau, il n'était que sérieux et respectueux. Avec ces enfants, il était libre.

Pendant une seconde, j'ai imaginé Ben avec ses propres enfants. Poussant une poussette au Presidio à San Francisco. Ou sur la plage, leur tenant la main alors qu'ils dansaient dans les vagues, comme je l'avais vu faire à tant de familles. C'était ça, là-bas avec les enfants, que Ben était censé faire. Pas être coincé dans un bureau à gérer des calendriers et des réunions pour moi pendant que je cachais mon désir derrière mon apparence revêche et grincheuse.

J'ai fermé les yeux avec force. Ben devait rentrer chez lui. Si – quand – je couperais les ponts avec Synergy, je m'assurerais qu'il se retrouve dans un endroit sûr et stable. C'est-à-dire aussi loin que possible de moi.

13

BEN

QUAND NOUS SOMMES SORTIS du complexe hôtelier, le chant rythmé des vagues m'a appelé.

— On peut rentrer par la plage ?

Cooper a froncé les sourcils.

— Tu n'es pas obligé de me raccompagner.

J'ai vu son regard glisser vers le bar.

— Mais j'en ai envie.

Il s'est penché pour défaire les lacets de ses chaussures de course.

— Tu as une chambre au complexe, c'est ça ?

— Ouais. J'ai posé mon sac en papier contenant mes restes de steak pour retirer mes Chucks du bout des pieds, puis j'ai enlevé mes chaussettes. En posant le pied sur le sable, j'ai remué les orteils.

C'était très différent de la dernière fois que j'étais allé à la plage, quand mes amis et moi avions conduit jusqu'à Half Moon Bay. Le sable chaud s'étendait à perte de vue et le ressac murmurait comme une berceuse. J'ai jeté un coup d'œil à Cooper et à ses mollets musclés que je n'avais jamais vus avant ce soir. Juste ce qu'il fallait de poils. Une peau lisse et dorée en dessous. J'avais envie de lécher tout le long de ce mollet, derrière son genou, et… merde ! Il fallait que j'arrête de mater les jambes de mon patron.

— Prêt ? Je n'ai pas attendu sa réponse. J'ai traversé le sable d'un pas lourd, dépassant la rangée de chaises longues et de parasols, jusqu'à l'endroit où le sable était tassé et humide sous mes pieds. J'ai contemplé les eaux sombres. La lune ne s'était pas encore assez levée pour y briller, mais les étoiles scintillaient au-dessus, plus nombreuses que je n'en avais jamais vu en une seule fois.

— C'est paisible, n'est-ce pas ? Cooper se tenait à côté de moi, et je l'ai senti inspirer l'air salin.

J'ai fait de même et j'ai expiré, libérant toute la tension des deux dernières semaines.

— Ouais. La brise a soulevé mes cheveux de ma peau moite. J'ai levé une main pour lisser mes boucles, et elle s'est accrochée dans ce désordre indomptable. L'air humide des Caraïbes avait eu raison de mes produits coiffants. Heureusement que la nuit était noire.

Cooper s'est retourné et a marché en direction de son bungalow. Je me suis dépêché de le rattraper pour ne pas être tenté de regarder son cul bouger dans ce short, la tension de ses ischio-jambiers alors qu'il avançait puissamment dans le sable.

Mais je n'ai pas pu résister à jeter un coup d'œil à son visage. J'ai essayé de me dire que c'était pour vérifier son teint — il était en pleine cure de désintoxication — et non pour reluquer ses pommettes saillantes.

Quelque chose a bougé dans l'ombre derrière lui.

Je me suis figé comme si j'étais sa proie.

— Qu'est-ce que c'est ?

— Quoi ? Il a suivi mon regard.

— Là. J'ai pointé du doigt. — Derrière cette dernière chaise longue. Quelque chose a bougé.

Il a plissé les yeux.

— Des gens marchent sur le sentier. C'est peut-être ça que tu as vu.

En effet, il y avait le reflet de quelque chose de brillant — du verre, ou le téléphone de quelqu'un — et un bruit de pas sur le chemin de coquillages à peine visible à travers les arbres. Mais je ne pensais pas que c'était ce qui avait attiré mon attention. J'avais vu quelque chose, et ce n'était pas humain.

— Il y a des loups, ici ? Des coyotes ? Des lynx ?

— Non. C'était peut-être un rongeur. Ou un pécari.

— Un pécari ?

— C'est comme un sanglier.

J'ai scruté l'obscurité, mais je n'ai rien vu. J'ai baissé les yeux sur mes mains. L'une tenait mes chaussures, et l'autre le sac à emporter. Aucune ne serait une bonne arme contre ce machin-chose. Un sanglier. Est-ce que ça avait des défenses ?

Maintenant, même le ressac semblait menaçant.

— Allons-y. Je prendrais le sentier de coquillages bien éclairé pour retourner à ma chambre après avoir déposé Cooper.

J'ai marché aussi vite que je le pouvais sur la surface inégale de la plage. Cooper suivait facilement le rythme avec ses jambes plus longues. J'ai regardé en arrière plusieurs fois, mais je n'ai rien vu. J'étais presque détendu quand Cooper a parlé.

— On est suivis.

— Par un de ces sangliers ? Ou un Bigfoot ? Ils en ont, ici ? Mon cœur battait déjà la chamade, mais là, il s'est mis à s'emballer.

— Non. Il a eu un petit rire. — Par un Coconut Hound.

— C'est comme *le Chien des Baskerville* ?

— C'est juste le nom qu'ils donnent aux chiens errants sur l'île. Continue de marcher et regarde en arrière. À huit heures.

J'ai suffisamment ralenti pour jeter un coup d'œil par-dessus mon épaule. Un chien rôdait derrière nous, restant dans l'ombre, mais ses yeux brillaient dans la lumière des étoiles.

— Il sent probablement ton dîner.

Le chien n'était même pas si grand. Il était plus petit qu'un labrador, le chien que j'avais toujours voulu. Il était de couleur claire sous la lumière des étoiles, jaune ou fauve, avec une tête sombre. Quand je me suis arrêté et que je me suis retourné, il s'est immobilisé.

— Salut, toi, ai-je dit doucement. Je me suis accroupi et j'ai laissé tomber mes chaussures sur le sable. Puis j'ai posé le sac avec mes restes.

Le chien a levé le nez pour renifler. Ses énormes oreilles le faisaient ressembler à une chauve-souris géante et sans ailes. Il a fait un pas hésitant vers nous, et c'est là que j'ai remarqué à quel point il était maigre. On voyait ses côtes même à la lueur des étoiles. Il avait à peu près la taille d'un beagle, mais il ne devait pas peser plus de dix kilos.

Lentement, j'ai plongé la main dans le sac et j'ai sorti le paquet emballé dans du papier d'aluminium. Le personnel de cuisine l'avait façonné en forme de cygne, avec un long cou en aluminium s'élevant au-dessus du paquet de steak. Le papier d'aluminium a crissé alors que je commençais à le déballer.

— Qu'est-ce que tu fais? La voix de Cooper a surpris le chien, et il s'est glissé en arrière dans l'ombre.

— Chut. Je nourris ce pauvre chien.

— Il est errant. Sauvage. Il pourrait avoir une maladie. Il pourrait te mordre.

J'ai parlé au chien d'une voix douce.

— Tu ne vas pas me mordre, mon mignon, n'est-ce pas ? Quand j'ai ouvert le paquet, l'odeur de la viande s'est répandue. Je l'ai posé sur le sable et j'ai reculé de quelques pas.

Le chien a fait un pas hésitant vers la nourriture, le dos voûté, puis un autre.

— C'est ça, mon grand. Viens dîner un peu.

— Tu vas juste lui apprendre à harceler les touristes, et quelqu'un finira par l'enfermer pour nuisance.

Le chien s'est à nouveau figé à la voix de Cooper.

— Chut. Éloigne-toi de quelques pas. Tu lui fais peur.

Je n'ai pas eu besoin de regarder pour voir que Cooper faisait ce que je lui avais demandé. J'ai senti son absence derrière moi.

— Allez, mon mignon. Personne ne va te faire de mal.

Le chien s'est approché de plus en plus près en rôdant jusqu'à ce qu'il attrape un morceau et retourne en courant dans l'ombre.

— C'est ça. Bon chien. Maintenant, reviens en prendre un peu plus.

Il a répété le processus, attrapant un morceau et s'enfuyant, jusqu'à ce qu'il n'y en ait plus. Je voulais tendre la main et gratter ces énormes oreilles triangulaires, mais je ne voulais pas lui faire peur. J'ai chiffonné le papier d'aluminium et l'ai fourré dans le sac.

— C'est tout fini, ai-je annoncé.

Ces grands yeux sombres ont brillé vers moi depuis l'ombre.

— Content, maintenant ? a dit Cooper. Mais sa voix n'avait pas la morsure du sarcasme. Elle était plus douce que je ne l'avais jamais entendue.

Il se tenait droit et grand sur le sable, devant le clapotis du ressac. Ses cheveux tombaient en vagues parfaites et naturelles sur son front. Il n'avait probablement même pas besoin de produit pour obtenir une chevelure parfaite. Et ce soir, il était tout à moi à admirer.

— Ouais, je le suis.

Comme s'il avait lu dans mes pensées, il a baissé la tête.

— Allons-y avant que d'autres chiens affamés ne découvrent à quel point tu as le cœur tendre.

J'ai ramassé mes chaussures, et ensemble, nous avons continué vers sa maison. Il y avait tant de choses que je voulais lui demander, que j'avais besoin de lui demander. Sur la vente des actions. Sur la raison de sa venue sur l'île. Sur pourquoi il n'était pas allé à Boston. Mais chaque fois que je le regardais et que je voyais la douceur dans ses yeux, sa mâchoire détendue et desserrée d'une manière que je n'avais jamais vue au bureau, j'oubliais ce que j'allais demander. La lune s'est élevée au-dessus des arbres et l'a doré d'argent, et la seule pensée qui restait dans mon cerveau était de tracer ces lignes de clair de lune avec mes doigts.

Mais je ne pouvais pas. J'étais son assistant, et il était mon patron froid et sévère. Cooper Fallon n'aurait jamais de relation avec un employé, et certainement pas avec son employé direct. De plus, mon cœur était encore meurtri et abîmé par Trey. Je ne pouvais pas le donner à quelqu'un comme Cooper. Merde, je n'étais même pas sûr qu'il soit out. D'après les tabloïds, il sortait avec des femmes. Les sentiments qui allaient au-delà de l'amitié que je sentais qu'il éprouvait pour Jackson auraient pu être un secret honteux. Il n'avait peut-être pas accepté sa bisexualité ; tout le monde ne le faisait pas. J'avais peut-être imaginé la tendresse que je pensais avoir vue sur son visage anguleux quand il me regardait.

Le temps que nous arrivions à son portail, une tempête émotionnelle s'était levée dans ma poitrine. Je devais m'éloigner de Cooper et me calmer. J'avais perdu la journée ; je ne pouvais pas me permettre d'en perdre une autre. J'allais dormir dans un vrai lit et, le matin, je serais prêt à poser à Cooper les questions que je devais lui poser. Je ne serais pas distrait par ses pommettes ou les vagues que l'on avait envie de toucher dans ses cheveux ou la tendresse dans sa voix.

— Bonne nuit, ai-je dit, me tournant déjà vers le chemin de coquillages.

— Bonne nuit, Ben.

Tout en moi s'est immobilisé au son grave de sa voix. J'ai osé lever les yeux vers son visage.

C'était une erreur. Un tour de passe-passe du clair de lune réchauffait ses yeux bleus. Et quand il a passé sa langue sur sa lèvre inférieure, il ne faisait que goûter au sel des embruns. Quelque chose a touché l'articulation de mon doigt, et j'ai baissé les yeux alors que la main de Cooper effleurait la mienne avant de se glisser dans la poche de son short.

Mes genoux se sont dérobés sous moi.

— Bonne nuit.

— Tu as déjà dit ça. Le scintillement de ses dents — un vrai sourire de Cooper Fallon — fut la dernière chose que j'ai vue avant que le portail ne se ferme derrière lui.

Je suis resté là un instant, à humer l'air marin. Puis j'ai enfilé mes chaussures et je suis retourné vers le complexe hôtelier en faisant craquer les coquillages sous mes pas. En fait, je flottais.

Quand mon téléphone a sonné, je n'ai même pas regardé l'identité de l'appelant, toujours prisonnier du sourire rêveur de Cooper.

— Allô ?

— Ben, ça va ? La voix de Marlee m'a brutalement sorti de mon rêve.

Je me suis éclairci la gorge.

— Très bien. Qu'est-ce qui se passe ?

— Toi, qu'est-ce qui se passe ? Il y a du nouveau ?

J'ai grincé des dents.

— Pas encore. J'essaie d'y aller en douceur.

Sa voix a grésillé.

— Tu n'as plus le temps pour la douceur. L'ordre de vente s'exécute demain.

14

COOPER

LE LUNDI, quand je me suis réveillé à nouveau sobre, j'ai fourré le sac avec les t-shirts que Ben m'avait achetés au fond de mon placard et j'ai enfilé mon t-shirt et mon short de sport. Je n'allais pas faire de sport, mais je n'allais pas non plus porter des vêtements qui me rappelaient Ben.

J'avais été aussi stupide avec Ben qu'il l'avait été avec ce chien la nuit dernière. Je l'avais laissé s'approcher, même si je savais que nous n'avions aucun avenir ensemble. Je n'avais d'avenir avec personne. Mieux valait être seul que de blesser quelqu'un à qui je tenais.

Je devais y mettre un terme, brutalement.

J'ai ignoré les coups de Ben à la porte, ses textos et ses appels. Quand il a appelé par l'interphone du portail, je suis rentré à l'intérieur. Si je ne répondais pas, il finirait par partir. Il rentrerait chez lui.

Sur le canapé, j'ai lu l'e-mail de mon conseiller financier qui résumait la vente des actions. J'ai vérifié le solde de mon compte. Le directeur de ma fondation serait ravi. Et chacun de la cinquantaine de refuges pour femmes de la Baie recevrait un don important, mais anonyme. Ils seraient aux anges.

Et moi, comment je me sentais ?

Vide.

J'avais espéré ressentir quelque chose. Le soulagement de me détacher enfin de Jackson. Le regret d'avoir rompu ma promesse à mon ami. L'enthousiasme à l'idée de faire quelque chose de nouveau, quelque chose pour lequel je n'aurais pas à me battre avec Weston, quelque chose que je n'avais pas l'impression de forcer Jackson à faire.

Tout ce que je sentais, c'était de la fatigue.

Alors, tel un lézard de l'île, j'ai fait une sieste sur le canapé sous la chaleur du soleil qui brillait à travers les fenêtres.

Des rayons éclatants sur mes paupières closes m'ont réveillé. Descendant vers l'horizon, le soleil chatoyait sur l'océan et sur la piscine, et projetait des étincelles dorées sur le plafond du salon. Je me suis assis et je me suis frotté le visage.

J'étais moins fatigué… et affamé. Mon estomac a gargouillé.

Mais je ne pouvais pas aller au bar ou au restaurant. Ben m'y traquerait. J'ai donc appelé le service en chambre.

Une demi-heure plus tard, ma sonnette a retenti, un seul coup bref comme Ramón le faisait toujours. Je suis allé jusqu'à la porte à pas feutrés, pieds nus, et je l'ai ouverte à la volée. Mais ce n'était pas Ramón.

C'était Ben.

Et il avait le chariot de Ramón.

— Qu'est-ce que tu as fait de Ramón ? a été la chose la plus intelligente que j'ai pu trouver à dire. J'ai grimacé.

Ben a poussé le chariot pour franchir le seuil jusqu'à ce que je m'écarte.

— Je pense qu'on devrait manger sur la terrasse, tu ne crois pas ? La soirée est magnifique.

— Nous ? Je l'ai suivi à travers la baie vitrée jusqu'à la terrasse.

Il a arrêté le chariot et s'est tourné vivement vers moi, les mains sur les hanches.

— Je t'ai apporté à dîner. Il a fait un geste vers le chariot. La moindre des choses, c'est de le partager avec moi.

— Pourquoi es-tu encore là ? N'importe qui d'autre serait rentré. Sans cadre à seconder, Ben pourrait jouer à Animal Crossing toute la journée à son bureau. Ou prendre une semaine de congé comme je l'avais suggéré. Personne ne s'en soucierait.

— Vraiment ? Sa mâchoire, de nouveau rasée de près, s'est avancée. Tu es venu ici pour te reposer et te détendre, mais tu ne sais pas comment faire. Je pense qu'il est assez évident que tu es déprimé. Tu as besoin de quelqu'un à qui parler. Pour s'assurer que tu manges. Peut-être que tu ne veux pas que cette personne soit moi, mais je suis tout ce que tu as pour l'instant.

Il s'est tourné vers le chariot. D'un geste sec, il a jeté une nappe sur la table de la terrasse et, avec adresse, mais non sans bruit, il a disposé les plats et les couverts dessus.

Est-ce que j'étais déprimé ? Peut-être que ça expliquait le vide en moi. J'en parlerais au Dr Pradhi la semaine prochaine.

Pendant qu'il ramenait le chariot à l'intérieur, j'ai jeté un coup d'œil à la table. Il y avait des plats de poisson et de légumes. Un bol de salade et un autre bol d'un plat de céréales. C'était exactement ce que j'aurais mangé si j'étais venu sur l'île pour une de mes visites habituelles, rien à voir avec les saloperies que je mangeais au bar. Il y avait même un petit arrangement d'orchidées indigènes. Et un trio de bougies au centre.

Avec le coucher de soleil rosé sur l'océan qui changeait les vagues en or en fusion, le fracas rythmé des vagues sur la plage, tout ça semblait si... romantique.

— Qu'est-ce qui ne va pas ? Ben est sorti sur la terrasse.

— Je me sens mal habillé. J'ai essayé de faire passer tous mes remerciements et mes excuses dans le rapide sourire que je lui ai adressé.

Il a balayé du regard mon t-shirt de compression et mon short de sport, puis s'est éclairci la gorge.

— Ça va. Sa voix est sortie rauque, et malgré le coucher de soleil flamboyant, la chair de poule m'est montée sur les bras.

Je me suis frotté les bras pour la faire disparaître.

— On mange ?

Je ne sais pas ce qui m'a pris, mais j'ai tiré la chaise la plus proche et j'ai attendu qu'il s'y assoie. Puis j'ai pris la chaise en face de lui.

— C'est gentil. Merci. J'ai fait un geste vers la table. Mais tu n'as pas tendu une embuscade à Ramón, n'est-ce pas ? Il n'est pas allongé dans les buissons quelque part ?

— Non. Ses joues ont rougi alors qu'il prenait le plat de poisson et me le tendait. Ramón m'a rendu service.

J'ai pris un morceau de poisson et je lui ai rendu le plat. Un service ? Et cette rougeur. Je savais très bien à quel point Ramón était un dragueur. Est-ce qu'ils avaient une aventure sur l'île, lui et Ben ? J'ai examiné le cou de Ben, mais je n'ai vu aucun des suçons caractéristiques de Ramón. Même s'il les avait peut-être faits dans un endroit caché par le polo et le short de Ben.

J'ai tiré sur le col de mon t-shirt pour l'éloigner de ma peau échauffée, soudain moins affamé qu'auparavant.

Ben a jeté un bref coup d'œil vers le portail, puis a reporté son attention sur moi.

— Comment te sens-tu ?

— Tu veux dire, est-ce que j'ai bu aujourd'hui ? J'ai laissé un coin de ma bouche se relever.

— Non, je veux dire, tu as l'air bien aujourd'hui. Il a fait un cercle avec sa fourchette en direction de mon visage. Quoique, tu as toujours l'air bien. Plus reposé.

J'ai laissé le compliment m'imprégner et me réchauffer le ventre. C'était presque aussi bon que du bourbon.

— J'ai fait une sieste.

— C'est super. Tu as, euh, fait du sport ? Il a fixé mon t-shirt moulant.

— Non. C'est tout ce que j'avais.

Il s'est mordu la lèvre, et quand il l'a relâchée, elle était brillante et plus rose qu'avant. J'ai eu envie de me pencher par-dessus la table pour y goûter. Mais cette lèvre délicieuse appartenait à Ben, mon assistant, alors j'ai gardé mes fesses sur ma chaise.

— On devrait te faire faire plus d'exercice. Ça te fera du bien. Comment tu t'entraînes d'habitude quand tu es ici ?

Je n'en avais généralement pas besoin. Entre toutes les marches pour aller en ville et les projets de construction, je brûlais plein de calories. Mais je n'allais pas partager mon vrai lien avec l'île avec Ben. Il trouverait un moyen d'utiliser les gens auxquels je tenais comme levier pour me faire faire ce que Weston l'avait envoyé faire. Et si j'allais en ville, ma famille se mêlerait de mes affaires, surtout si Ben leur disait que j'étais déprimé.

— Je n'ai pas besoin que tu gères mes entraînements, ai-je grogné.

Il a jeté un regard vers le portail, puis s'est reconcentré sur moi.

— D'accord, alors, passons aux choses sérieuses. Je crois comprendre que tu as procédé à la vente de tes actions Synergy.

La déception a écrasé la petite flamme qui s'était allumée dans mon cœur. La nourriture, les bougies, les fleurs, tout ça n'était qu'une ruse. Pas ce que je m'étais permis d'oser espérer : une soirée romantique avec Ben. Il voulait parler de Synergy. Très bien. Je me suis redressé.

— C'est exact. Bien que ça ne te regarde pas.

— Ça ne me regarde pas ? Ses sourcils épais ont disparu sous les boucles qui tombaient sur son front. Cooper, si tu pars…

J'ai piqué dans mon poisson.

— Je ne vais nulle part. *Pas encore.* Si je le faisais, je trouverais un autre poste à Ben au sein de Synergy pour qu'il puisse finir ses études.

— Hum… j'ai entendu certaines choses. Au bureau.

Comme il ne continuait pas, j'ai demandé :

— Qu'as-tu entendu ?

— Weston a des idées pour l'entreprise. Des idées de coupes budgétaires.

J'ai reniflé.

— Weston veut toujours couper dans quelque chose. C'est un homme de chiffres.

Ben a posé sa fourchette.

— Des suppressions de postes. Et… et le programme de financement des études.

— Ridicule. Je me suis penché en arrière sur ma chaise. Weston ne ferait pas ça. Et même s'il le voulait, quelqu'un l'en dissuaderait.

— Qui, Cooper ? Ben a penché la tête. Qui va l'en dissuader ? Le directeur financier ? Jackson ? Tu n'es pas là pour le faire.

Le nom de Jackson et le rappel que j'avais quitté mon entreprise ont frappé ma poitrine comme deux billes de plomb. Mais Weston avait promis qu'il s'occuperait des choses.

— Weston veut ce qu'il y a de mieux pour l'entreprise. Je lui fais confiance.

— Vraiment ? Parce qu'il a dit des trucs qui m'ont inquiété.

— Ah oui ? J'ai frotté le point douloureux sur ma poitrine. Quoi ?

— Je l'ai entendu dire au Président que tu vendais tes parts. Et ensuite parler d'une opportunité.

Soudain, le fait que Charles sache que j'avais vendu mes parts a rendu tout ça bien réel. Charles, le beau-père de Jackson, nous avait toujours soutenus, il était donc logique de lui demander d'être le président du conseil d'administration à l'époque des débuts de Synergy. Et maintenant, j'avais vendu mes parts sans le prévenir. Réduire ma participation dans Synergy a cessé d'être un concept aussi léger et transparent que la brise de l'île pour devenir une réalité concrète et coupable. C'était comme si j'avais perdu une partie de moi-même. Une partie de mon âme.

Mais c'était moi qui étais égoïste. Ben s'inquiétait pour son travail et ses études.

— Weston fait partie de Synergy depuis la moitié de son existence. Il fera ce qui est juste pour l'entreprise. Et pour les employés.

Les lèvres de Ben se sont tordues sur le côté, comme s'il ne croyait pas à ce que je racontais.

— Le Président a parlé d'une OPA hostile ?

— Je suis sûr que Weston prend des mesures pour empêcher ça. Il a à cœur le meilleur intérêt de l'entreprise. Je te le promets.

Les yeux de Ben se sont plissés une seconde, puis il a hoché la tête.

— D'accord. Si tu le dis.

— Je le dis.

— Mais qu'en est-il de Jackson ?

Mes poumons se sont bloqués, me forçant à tousser. J'ai bu une gorgée d'eau.

— Quoi, Jackson ? Ma voix est sortie comme un grognement de ma gorge nouée.

— Il est là-bas, seul pour tenir tête à Weston. Si Weston a besoin qu'on lui tienne tête.

Je l'ai vu alors.

— Est-ce que c'est Jackson qui t'a poussé à faire ça ? C'est bien le genre de Jackson d'envoyer quelqu'un à sa place pour me supplier de revenir travailler. Putain de Jackson, toujours à vouloir, à avoir besoin de quelque chose de moi. Les miettes d'amitié que j'obtenais en retour ne suffisaient plus.

En plus, j'avais bêtement espéré que Ben était venu ici pour moi. Il n'était qu'un outil que Jackson avait ramassé, ignorant qu'il s'agissait précisément du bon outil pour me briser.

— Non ! Le coucher de soleil a brillé dans ses yeux. Je suis venu ici parce que j'étais inquiet. Pour toi.

— Je n'ai pas besoin que tu t'inquiètes pour moi, putain. Je vais bien ! J'ai entendu que ma voix avait monté, mais je semblais planer au-dessus de mon propre corps, séparé du connard au visage rouge qui criait sur le type sympa qui lui avait apporté à dîner. Le type sympa dont le visage était passé de souriant à impassible.

Pendant le silence qui s'est étiré entre nous, j'ai entendu un bruissement près de la piscine, et ma conscience est revenue en force dans mon corps, nageant dans la chaleur liquide qui le remplissait. Putain, qui Ben avait-il amené avec lui ? Qui d'autre se joignait à cette fête de la pitié ? Je me suis éloigné de la table en repoussant ma chaise, dont les pieds ont crissé sur les lattes de la terrasse, et j'ai marché d'un pas lourd jusqu'au portail. Quand je l'ai ouvert brusquement, une forme brune est passée devant moi en un éclair.

Je me suis retourné pour voir un Chien Coco dressé sur ses pattes arrière, léchant le visage de Ben. Un putain de chien. Était-ce le même que la nuit dernière, celui qu'il avait nourri avec les restes de son steak ? Ou en avait-il attiré toute une colonie pendant ma sieste ? N'étais-je pour lui qu'un autre chien errant, qui avait besoin d'être nourri et promené ?

Les yeux de Ben se sont écarquillés quand il a vu l'expression sur mon visage, une fraction de seconde avant que la colère n'explose en moi.

Quand je me suis approché, le chien s'est tourné et a grogné, montrant les dents.

— Je suis venu ici pour moi. Parce que j'en avais envie. Ce que je fais ne regarde personne, putain. J'ai pointé sauvagement la piscine, la maison, la plage. Ce ne sont pas des putains de vacances pour qui que ce soit d'autre que moi. Tu ne restes pas. Tu rentres chez toi demain ou tu es viré. J'ai fusillé le chien du regard à travers un voile rouge. Il a retroussé les babines et a grogné plus fort. Et tu ne peux pas continuer à nourrir ce putain de chien sauvage. Ce n'est pas un animal de compagnie. Il pourrait te mordre ! J'ai frappé la table de la main, faisant sursauter la vaisselle. Un verre d'eau est tombé avec fracas.

Je me suis immobilisé. C'est ça qui avait déclenché tout ce bordel. Me séparer de Jackson, m'abrutir avec l'alcool et tout déballer à ma psy — rien de tout ça n'avait arrangé quoi que ce soit.

Ben s'est levé. J'ai mis ma main sur mes yeux pour ne pas le voir s'enfuir par le portail. Ma gorge était irritée et serrée, et même déglutir ne la soulageait pas.

Un contact léger comme une plume s'est posé sur mon bras, juste en dessous de la manche de mon t-shirt.

— Je… je ne pars pas.

La colère s'est dissipée, me laissant chancelant, comme si sa flambée avait été la seule chose qui me tenait debout. Malgré moi, je me suis appuyé sur le contact de Ben. Il m'a frotté le bras, de haut en bas, comme il caresserait un chien.

Mais à ce moment-là, ça m'était égal. Je me fichais d'être juste un autre chien errant pour lui, ayant besoin de soins et d'affection. Et que lorsqu'il quitterait l'île, il m'abandonnerait tout comme il abandonnerait ce foutu chien.

— Je suis désolé. Désolé d'avoir crié, ai-je marmonné. Ce n'était pas suffisant, loin de là, mais c'était tout ce que je pouvais trouver à dire. Si j'ouvrais à nouveau la bouche, je pourrais dire quelque chose que je regretterais encore plus. Le supplier de rester. Avec moi. Je ne pouvais pas vouloir ça. Je ne pouvais pas avoir ça. Pas même quand des étincelles me parcouraient à chaque fois qu'il me touchait, comme elles l'avaient fait depuis le premier jour, choquant mon cœur et lui imposant un nouveau rythme : *Ben-Ben, Ben-Ben.* J'ai frotté ma poitrine avec mon autre main.

— Ce n'est rien. Tu veux un dessert, ou tu préfères aller te coucher ?

Je savais qu'il ne voulait pas dire avec lui, mais mon cœur n'était pas aussi malin. Il a martelé dans ma poitrine, et Ben l'a probablement vu à travers mon t-shirt en élasthanne.

— Me coucher.

— D'accord. Il a caressé mon bras une dernière fois, et quand il s'est arrêté, mon bras m'a paru froid. Je vais nettoyer ici. On se voit demain matin.

— D'accord, ai-je murmuré, encore sous son charme.

Ce n'est qu'une fois à l'intérieur que j'ai réalisé qu'il m'avait piégé. Qu'est-ce qu'on allait faire, putain, demain matin ?

Même si j'avais fait une sieste, je traînais les pieds. J'avais besoin de plus de sommeil. La dernière chose que je l'ai entendu dire avant de fermer la porte de ma chambre a été :

— Coco, ça te dirait un peu de bon poisson ?

15

BEN

QUAND J'AI FRAPPÉ à la porte de Cooper le lendemain matin, le pressing dans une main et un plateau de cafés dans l'autre, je savais qu'il était trop tôt. Enfin, ça aurait dû être trop tôt. Mais je savais deux choses : mon patron était un lève-tôt — quand il n'était pas ivre ou n'avait pas la gueule de bois — et il avait besoin de se dépenser. La nuit dernière, quand j'avais touché son bras, j'avais pratiquement senti l'énergie en excès qui crépitait en lui.

Comme je m'y attendais, il a ouvert la porte. Je ne saurais dire s'il avait l'air tout froissé de sommeil ou bien réveillé, parce que je. Ne. Pouvais. Pas. Détacher. Mon regard. De son torse. Son torse nu. Musclé, de ses pectoraux épais et plats jusqu'à ses tablettes de chocolat. Une jungle tropicale de poils blond foncé sur le haut de sa poitrine, qui descendait, descendait, descendait plus bas que son short de sport. Mes doigts me démangeaient de caresser sa peau dorée, le grain de beauté sur son pectoral gauche, juste au-dessus de son téton. Ce téton bronzé se tendait vers moi comme si l'idée lui plaisait aussi. Dieu merci, je tenais fermement ses costumes propres dans une main et les cafés dans l'autre. Ce ne serait pas très approprié de toucher mon patron quasiment nu.

Il s'est raclé la gorge.

— Qu'est-ce que tu fous, Ben ? Il est à peine sept heures.

Mais il m'a pris le lourd pressing et s'est écarté quand je me suis avancé.

J'ai posé le café sur le comptoir de la cuisine et j'ai fixé mon regard sur les vêtements sous plastique qu'il tenait à la main.

— Tu veux ranger ça et mettre un... un T-shirt ? Tu as besoin de faire de l'exercice, alors je me suis dit qu'on pourrait aller courir ensemble.

J'ai bien fait attention à ne pas grimacer. Je détestais courir. Trop de souvenirs de tours de piste au lycée avec le coach qui hurlait : « *Bouge-toi, Walters !* »

Un peu comme le coach, Cooper m'a scanné de mon T-shirt des *Gardiens de la Galaxie* à mes Converse violettes.

— Tu ne peux pas courir avec ces chaussures.

— Ce sont les seules chaussures de sport que j'ai. Ça ira très bien. Ce sont des chaussures de ville.

— Des chaussures de ville, s'est-il moqué. Tu ne courras pas avec ça. On marchera à la place.

Marcher me paraissait bien plus agréable que courir.

— Une promenade, ce serait génial. D'ailleurs, Ramón m'a dit qu'on devrait aller à pied en ville pour voir le Jardin de Tía. C'est quoi ? Je ne l'ai pas vu sur la liste des choses à faire qu'ils m'ont donnée.

— Ramón, a-t-il grogné.

Enfin, il m'a pris le pressing.

— C'est un de ces endroits réservés aux locaux.

— Oh ! Tu m'y emmènes ? J'adore découvrir les endroits comme un habitant du coin.

— Laisse-moi une minute.

Ça a pris plus d'une minute. J'en étais à la moitié de mon café quand il est sorti de la chambre, douché et rasé, portant le deuxième ensemble T-shirt et short que je lui avais pris. Le T-shirt était blanc avec des lézards verts se prélassant au soleil imprimés dessus. J'avais trouvé ça mignon, mais à en juger par l'expression d'orage de Cooper, ce n'était pas son cas.

Je lui ai tendu son café, en évitant soigneusement de regarder sa mâchoire lisse, nue et ciselée qui était, d'une manière ou d'une autre, encore plus sexy, plus désirable au toucher que son torse nu ne l'avait été.

— Prêt à y aller, ou tu veux manger quelque chose d'abord ?

— Allons-y. Je suis sûr qu'on trouvera quelque chose à manger en ville.

— Oh, un autre endroit secret, réservé aux locaux ?

Cooper s'est contenté de grogner.

Heureusement que j'avais bu la moitié de mon café, parce que j'aurais renversé un gobelet plein au rythme de quasi-trot que je devais maintenir pour suivre les longues foulées de Cooper. Nous avons pris le chemin de coquillages jusqu'au bâtiment principal du complexe, puis un sentier pavé qui le contournait, jusqu'à atteindre le rond-point qui menait à la route. Je savais que la ville n'était pas loin, un peu plus d'un kilomètre et demi, mais j'étais presque trop essoufflé pour parler. Et il fallait qu'on parle.

— On peut ralentir ? ai-je haleté.

Il s'est arrêté si brusquement que j'ai failli lui rentrer dedans. Jetant un regard derrière moi, il a dit :

— On est suivis.

Je me suis retourné et j'ai repéré Coco, tapi dans les buissons à une vingtaine de mètres derrière nous.

— C'est bon. C'est juste Coco.

Les épais sourcils de Cooper se sont haussés.

— Coco ? Tu lui as donné un nom ?

— C'est un mâle, et bien sûr que je lui ai donné un nom.

J'ai sifflé, et Coco s'est approché au trot. Il a parcouru les derniers mètres en se faisant tout petit et s'est blotti derrière moi.

Cooper a plissé le nez.

— C'est… de la camomille ?

— C'est mieux que ce qu'il sentait avant. C'est juste le shampooing qu'il y avait dans ma chambre. J'ai utilisé toute la bouteille sur lui.

Je me suis baissé et j'ai ébouriffé la fourrure de Coco.

— Il était dans ta chambre ? Et les puces ?

La lèvre de Cooper s'est retroussée.

— Il avait plein de puces, oui. Quelques tiques aussi. Mais Ramón m'a aidé à lui faire un bain anti-puces dans une des douches extérieures. Ça sentait absolument immonde, et c'est pour ça que je l'ai lavé avec le shampooing à la camomille. Il n'a pas aimé le sèche-cheveux, par contre, et je ne pouvais pas le laisser dormir dehors alors qu'il était encore mouillé.

J'ai refermé la bouche d'un coup sec et je me suis préparé à l'explosion de Cooper sur le fait que je ne devais pas rester et que ça n'avait aucun sens de se lier d'amitié avec un chien errant.

Mais il n'a rien fait de tout ça. Il m'a juste regardé caresser la fourrure jaune de Coco pendant une minute avant de se retourner et de reprendre sa marche en direction de la ville.

— Bon chien, ai-je marmonné.

Puis j'ai trottiné pour rattraper mon patron, Coco sur mes talons.

Les premières maisons que nous avons vues étaient petites, pas plus grandes que ma modeste chambre au complexe, mais elles semblaient solides et étaient peintes dans des couleurs sorbet. Bien qu'il fût tôt, quelques personnes s'affairaient dans leurs jardins, cueillant des tomates bien rouges et des courges dorées.

Un petit garçon a jailli d'une maison peinte en turquoise et s'est jeté dans les jambes de Cooper. Ses bras maigres se sont enroulés autour de la taille de Cooper, et il a enfoui son visage dans sa hanche. Une femme enceinte est descendue lentement du porche, a longé le chemin et a déposé un baiser sur la joue de Cooper. Il n'y avait rien de lent dans l'espagnol qu'elle a débité à Cooper à toute vitesse. Je n'ai capté que les mots pour *construire* et *école*.

Cooper a marmonné une réponse en espagnol.

La femme a mis la main sur sa hanche et m'a scanné, puis a posé une question à Cooper. Il n'a pas répondu, mais s'est penché pour démêler doucement l'enfant de ses jambes. Puis il a incliné le menton dans la direction où nous allions et a dit quelque chose à propos du jardin que nous comptions visiter.

Après que Cooper a tapoté la tête du gamin et embrassé la joue droite de la femme, elle m'a toisé une dernière fois. Ils sont retournés à la maison turquoise sans même un regard pour Coco. Cooper a repris sa marche à grandes enjambées.

— C'était qui ? ai-je demandé en le rattrapant.

— Juste quelqu'un que je connais.

— Tu la connais ?

Je me suis retourné pour réexaminer la maison turquoise.

— Comment ? Elle travaille au complexe ?

— Tu poses beaucoup de questions, a-t-il grommelé.

— Ce n'est pas une réponse.

Je me suis mis sur son chemin pour qu'il s'arrête et j'ai croisé les bras.

Il a poussé un soupir frustré.

— Très bien. C'est une amie de la famille. Ils voulaient me remercier pour un travail que j'ai fait dans la communauté la dernière fois que je suis venu.

— Un travail ? Genre, un logiciel ?

— Non.

Il a incliné le menton vers quelque chose derrière moi.

— Ça.

Je me suis retourné et j'ai vu un petit bâtiment en stuc peint d'un joyeux jaune tournesol.

— Qu'est-ce que c'est ?

— Une école. Pour les enfants du village.

— Tu as fait un don d'argent pour ça ?

— Oui.

Il a repris sa marche vers la ville.

— Et je les ai aidés à la construire.

J'ai froncé le nez.

— Genre, avec un marteau ?

Avant que je ne le trouve sur l'île, je n'aurais pas pu imaginer Cooper autrement qu'en tenue de bureau amidonnée, le téléphone collé à l'oreille. J'avais du mal à l'imaginer en train de faire un travail manuel.

— J'ai des compétences, tu sais. Je n'ai pas toujours été directeur des opérations. J'ai eu des jobs d'été, autrefois.

Sa mâchoire s'est crispée, et j'ai su qu'il ne fallait pas le questionner sur ces jobs d'été.

Nous avons continué sur la route, passant devant l'école, une épicerie, une pharmacie. Quelques hommes traînaient devant le bureau de tabac, leurs nuages de fumée s'élevant dans le ciel bleu et clair.

Des ruelles partaient de la route principale, menant à d'autres maisons. Cooper s'est engagé dans l'une d'elles, bordée par une clôture en piquets peinte en blanc. Des vignes y grimpaient, leurs bourgeons violets s'ouvrant à peine sous le soleil du matin. À d'autres endroits, de hautes fleurs se penchaient par-dessus la clôture, leurs corolles se balançant dans la brise légère comme pour nous dire bonjour. Des tournesols se courbaient vers la rue, leurs têtes trop lourdes de graines pour se redresser.

De l'autre côté de la clôture, une petite femme coiffée d'un chapeau aussi grand qu'une roue de vélo utilisait une paire de cisailles dangereusement aiguisées pour couper une tête de tournesol et la laisser tomber dans son panier. Elle a sursauté au bruit de mes baskets sur le pavé.

— Lito ?

J'ai levé les yeux vers Cooper, qui était… souriant.

— Tía Camelia.

Tirant Cooper vers elle pour l'embrasser sur la joue, la femme a parlé si vite que mon espagnol de lycée n'a pas pu suivre. Cooper n'a pas essayé de l'interrompre. J'ai saisi les mots pour *visite* et *trop longtemps* et *faim.* Mon estomac a gargouillé.

— ¿Y él, quién es ? a-t-elle demandé.

— Tía Camelia, je vous présente Ben, mon assistant.

Elle a lâché une autre tirade en espagnol qui a fait rougir les joues de Cooper.

— También es un amigo.

Amigo. Celui-là, je l'ai compris. Il disait que j'étais son ami ? Mes joues se sont échauffées à leur tour.

Finalement, elle a parlé en anglais.

— Venez à l'intérieur. Pour le petit-déjeuner.

Sans attendre de réponse, elle a soulevé son panier, s'est retournée et est rentrée à l'intérieur.

— Alors, ce n'est pas le Jardin de Tía, l'endroit secret des locaux. C'est le jardin de *votre* tía.

Le sourire a disparu de son visage, et il est redevenu mon patron à la mâchoire crispée.

— C'est ça. Rappelle-moi d'avoir une discussion avec Ramón plus tard.

— Je m'en occupe. Patron.

Il a plissé les yeux en me regardant. Puis en regardant Coco. Il a tenu la grille ouverte pour nous laisser passer.

Nous n'avons pas eu besoin d'entrer dans la maison de Camelia. Une pergola tissée de vigne ombrageait sa terrasse arrière, qui abritait une longue table en bois avec des chaises dépareillées, chacune peinte d'une couleur vive différente. J'ai pris la violette, et Cooper a pris la bleue qui s'accordait avec le ciel et ses yeux. Coco s'est aplati sur la marche inférieure, un œil sur Cooper et l'autre sur sa voie de sortie.

Camelia avait déjà disposé sur la table du pain frais, des tranches de mangue et une purée qu'elle appelait mangú. Les tasses à café étaient aussi dépareillées que les chaises, et elle a versé du café dans une tasse de Delft si fine que je pouvais presque voir à travers. Elle me l'a tendue.

Quand elle s'est assise sur une chaise orange en face de nous, j'ai porté la tasse à mes lèvres. L'arôme puissant a caressé mes narines. C'était chaud et fort, avec une pointe de douceur. En y goûtant, mes yeux se sont écarquillés.

— Tía Camelia fait le meilleur café de l'île, a dit Cooper, reposant sa propre tasse sur sa soucoupe.

— Tu pourrais en faire aussi, a-t-elle dit en passant la corbeille à pain. Alfonso, plus bas dans la rue, torréfie les grains. Il te donnera autant de sacs que tu veux.

Il a agité la main.

— J'ai essayé. Mais quand je le prépare chez moi en Californie, il n'a pas le même goût qu'ici, avec tes fleurs et la brise de l'océan.

Comme s'il l'avait payée pour ça, la brise a flotté à travers le jardin et a ébouriffé ses cheveux dorés par le soleil. J'avais envie de faire ça, moi aussi. Passer mes doigts dans ces ondulations qui avaient l'air si douces. Lui masser le crâne et voir s'il fermerait les yeux, savourant la sensation comme il l'avait fait avec son café.

Putain. J'ai fixé ma tasse. Qu'est-ce qu'il y avait dans ce truc, de toute façon, pour me faire penser que je pouvais toucher Cooper, mon patron coincé, comme si de rien n'était ? J'ai pris un morceau de pain frais de la corbeille que Cooper m'a passée et je l'ai tartiné de beurre et de confiture. Je n'avais pas encore mangé, donc ce n'était pas le café, c'était l'hypoglycémie qui m'avait donné cette pensée totalement inopportune.

— Alors, Ben, vous êtes l'assistant de Miguelito, ou son ami ?

Elle a haussé les sourcils, accentuant les rides de son front. Maintenant qu'elle avait enlevé son chapeau, je pouvais voir que ses yeux marron foncé étaient clairs et vifs.

Ouah. Tía Camelia n'y allait pas par quatre chemins. Et pourquoi l'appelait-elle Miguelito ? Était-ce un surnom ?

— Pas un ami. Je l'aime bien, bien sûr.

J'ai reposé mon café. Trop chaud. Partout.

— C'est un excellent patron.

J'ai eu envie de me glisser sous la table.

Tía Camelia a plissé les yeux en me regardant, puis en regardant Cooper.

— Et vous l'aimez bien, vous aussi.

Je me suis redressé et je l'ai observé comme s'il était sur le point de révéler les secrets de l'univers. Mais il ne m'a pas regardé. Il fixait Coco sur la marche du porche.

— Ben est très sympathique. Et le meilleur assistant que j'aie jamais eu.

Ma poitrine s'est gonflée au compliment. Puis je me suis souvenu de la ribambelle d'intérimaires vraiment nuls qui m'avaient précédé. Le meilleur assistant qu'il ait jamais eu, la barre n'était pas très haute. Et il m'avait qualifié de sympathique. Comme un concept. Pas qu'il m'appréciait vraiment. Je me suis affaissé.

Les yeux de Tía Camelia sont devenus des fentes.

— Ben vous a suivi jusqu'ici. Il s'inquiète pour vous.

Puis elle a incliné la tête vers moi.

— Et vous êtes toujours là.

Finalement, son regard s'est posé sur le T-shirt à motif lézard de Cooper. Elle a tapé dans ses mains.

— Je vois ! Tendrás la boda aquí ¿sí?

Cooper a secoué la tête, mais ses lèvres se sont contractées comme s'il essayait de retenir un sourire.

— Tía, tu es incorrigible.

J'aurais aimé que mon espagnol de lycée soit mieux resté dans ma tête. Peut-être que Tía Camelia me raconterait sa blague en anglais plus tard. C'était quoi, la boda ?

— Miguelito, pourquoi es-tu ici sur l'île ? On ne t'attendait pas avant juillet.

Je me suis affairé à beurrer un autre morceau de pain.

J'ai senti le regard de Cooper se poser sur moi avant qu'il ne dise calmement :

— J'ai eu un incident au travail. Je savais que j'avais besoin d'une pause.

Elle a hoché la tête.

— Et combien de temps dure cette pause ?

Je me suis figé, le morceau de pain à mi-chemin de ma bouche.

— Le temps qu'il faudra. Peut-être longtemps. Peut-être pour toujours.

Il a marmonné la dernière partie, mais je l'ai entendue.

Tía Camelia aussi.

— Tu ne peux pas fuir tes problèmes. Surtout s'ils sont en toi.

Elle a tendu la main par-dessus la table et a saisi la sienne.

— Mais c'est exactement là où tu dois être pour faire le point. Entouré de la familia.

Elle a levé les deux bras comme si elle était dans une étreinte de groupe.

J'ai regardé autour de moi, m'attendant à moitié à voir une famille de Fallon réunie autour de nous. Mais il n'y avait que les abeilles bourdonnantes, les fleurs et la brise salée. Elle devait vouloir dire ça au sens métaphorique. À moins que… elle ne m'inclue dans la famille de Cooper ? Une chaleur m'a rempli le ventre. Je tenais à lui. Pas seulement parce qu'il signait mes chèques de paie. Et pas seulement parce que je craquais pour lui depuis mon premier jour de travail. C'était un homme bon. Il aidait les gens chez lui en Californie via sa fondation, et il aidait les gens dans son refuge de vacances secret en construisant des écoles avec ses putains de *mains*. Je l'aiderais à régler ses merdes si je le pouvais.

Cooper n'a rien dit. Au lieu de ça, il a regardé ses mains et a frotté la croûte sur sa paume, là où il s'était blessé en cassant le bureau.

Coco a grogné, les poils hérissés le long de son dos. Il fixait à travers la végétation épaisse la ruelle au-delà.

— Qu'est-ce qu'il y a, Coco ?

Sans quitter son point de mire, il a grogné plus fort. Un bruit de chaussure a raclé le sol dans la ruelle, et des bruits de pas se sont éloignés vers la rue. Avec un dernier petit aboiement étouffé, Coco s'est secoué et s'est réinstallé sur la marche.

— J'ai entendu dire que des étrangers ont posé des questions.

Tía Camelia s'est levée, la carafe de café à la main.

— Ce ne serait pas la première fois, a grommelé Cooper. Et ce ne sera pas la dernière.

— N'empêche, ça ne me plaît pas. Fais attention, Miguelito.

— Je fais toujours attention.

Ils ont échangé un regard, et je n'ai pas aimé la façon dont sa mâchoire s'est crispée ni la façon dont elle s'est hérissée. À quoi devait-il faire attention dans ce paradis insulaire ?

Cooper a attrapé l'assiette vide de Camelia et l'a empilée avec la sienne.

— Tu as fini, Ben ?

J'ai enfourné la dernière bouchée délicieuse de pain dans ma bouche et j'ai passé mon assiette. En me levant, j'ai rassemblé les pots de confiture et la corbeille à pain vide.

— Cariños, ne vous inquiétez pas pour ça. Je vais débarrasser, a dit Camelia.

— Je vais le faire, a dit Cooper avec un regard si furieux que j'ai failli me rasseoir.

J'ai avancé le menton.

— Je vais aider.

Des années à nettoyer la cuisine de mes parents ont fait de moi un champion de la vaisselle, et Cooper m'a surpris en se révélant un essuyeur de vaisselle compétent. La cuisine était minuscule, mais tout avait sa place, et Cooper semblait la connaître aussi bien que s'il y vivait.

Sous le cliquetis du nettoyage des couverts, j'ai demandé :

— Tu veux en parler ? De la pause du travail ?

Il a essuyé une tasse à café.

— Tu étais là. Tu as vu. Je dois régler mes…

— Tes merdes ?

Un coin de sa bouche s'est relevé.

— Mes merdes.

— Est-ce que tu…

Mon Dieu, j'étais en train de briser cette barrière professionnelle avec la subtilité d'un bulldozer.

— …en parles à quelqu'un ?

Son sourire a disparu. Il a frotté une poussière invisible sur la tasse.

— Oui.

— Bien. C'est bien.

Même si j'aurais aimé qu'il m'en parle à moi aussi. Et puis je me suis souvenu de ce dont je devais lui parler.

— Je sais que tu as dit qu'il n'y avait pas de quoi s'inquiéter chez Synergy. Mais je suis inquiet. À propos du plan de Weston. Du fait que tu vendes tes actions. De cette pause que tu prends. Est-ce que tu… est-ce que tu quittes Synergy pour de bon ?

Il a posé la tasse et a répondu à la question que j'avais eu trop peur de poser.

— Ben, il ne t'arrivera rien. Même si je décide de me retirer de Synergy, ton poste est garanti. Je te le promets.

Mon estomac s'est un peu détendu. Mais pas complètement. Parce que si Cooper *se retirait*, est-ce que je voulais avoir un emploi garanti chez Synergy ? Bien sûr, le salaire et les avantages, en particulier le remboursement des frais de scolarité, étaient excellents. Et j'aimais beaucoup Marlee. J'avais même prévu de postuler pour un autre poste une fois mon diplôme obtenu. Mais après quelques jours avec le Cooper décontracté sur l'île, je savais que s'il n'était pas là, ce ne serait pas pareil. Ce serait… vide.

J'étais dans le pétrin. Vraiment. Dans. Le pétrin. Mon cœur s'est emballé.

— Ben, ça va ?

Cooper a posé sa main sur mon épaule. Je me suis figé, tenant toujours les couverts.

— Tu es tout pâle. Tu as besoin de t'asseoir ?

— Non, ça va.

Ma voix était trop aiguë, et je me suis raclé la gorge.

— Ça va.

J'ai rincé les couverts et je les ai posés sur le torchon pour que Cooper les essuie. J'ai retiré le bouchon et j'ai laissé l'eau s'écouler de l'évier.

— Peut-être que tu as besoin d'une pause, toi aussi. Tu devrais… tu devrais rester.

J'avais vraiment besoin de m'asseoir. Je me suis agrippé au bord de l'évier. J'ai respiré. J'ai essayé de prendre ça à la légère avec une blague.

— Tu as dit que j'étais viré si je restais, alors je suppose que je suis déjà en sursis.

Il a pressé mon épaule et l'a relâchée avec un petit rire.

— Tu devrais savoir maintenant que je ne pense pas toujours ce que je dis.

Mon cœur s'est arrêté, et les mots sont sortis tout seuls.

— Donc tu ne le pensais pas à l'instant ? Pour le fait de rester ?

Ses yeux bleus se sont adoucis.

— Bien sûr que si. Tu devrais profiter des vacances.

Il n'a pas bougé pour ramasser les couverts et les essuyer. Il me fixait, simplement, comme s'il voulait dire plus que ce qu'il avait dit. Quel sens se cachait derrière ces yeux bleus impénétrables ? Voulait-il dire que j'avais besoin d'une pause après avoir travaillé comme un forcené pour lui ces six derniers mois ? Ou qu'il voulait que je reste parce qu'il appréciait ma compagnie ? Ou que — j'ai dégluti, la gorge soudainement sèche — je pouvais profiter de *lui,* dans cette parenthèse à l'écart du monde réel ?

— D'— d'accord.

— Bien.

Il a ramassé une cuillère et l'a frottée pour la sécher.

— Ah.

Tía Camelia se tenait dans l'embrasure de la porte, les mains sur les hanches.

— Je savais que vous trouveriez un moyen pour que ça marche. Ensemble.

Elle a fait un geste de la main vers sa cuisine propre, comme si c'était de ça qu'elle parlait.

J'ai plissé les yeux en la regardant. Le petit jeu innocent de Tía Camelia ne trompait personne.

Pourtant, quand nous sommes retournés au complexe, j'ai parlé à Maria à la réception et j'ai prolongé mon séjour d'une semaine.

16

BEN

LE LENDEMAIN MATIN de ma rencontre avec la *tía* Camelia de Cooper, Coco et moi sommes arrivés tôt chez lui. Et alors si ça faisait deux jours de suite ? Cooper était du genre matinal. Ça ne voulait pas forcément dire que je voulais commencer ma journée en voyant son visage… et peut-être à nouveau son torse nu. D'ailleurs, Coco semblait ravi de revenir, malgré le manque d'enthousiasme de mon patron pour mon compagnon à quatre pattes.

En plus, l'appel de Marlee de la nuit dernière me hantait. Apparemment, pendant que je me goinfrais de mangú, des inconnus étaient apparus dans la salle de réunion de Synergy pour un rendez-vous avec Weston. Des inconnus qui avaient cet air mielleux typique de Gurusoft, du moins d'après Jackson et Marlee. Est-ce que les prédateurs financiers rendaient visite aux cibles de leurs OPA hostiles ?

Je devais mettre les bouchées doubles. Alors j'ai apporté un sac de pâtisseries dont Luis m'avait dit qu'elles étaient les préférées de Cooper. J'avais du mal à imaginer Cooper manger quoi que ce soit avec autant de glucides, mais elles sentaient si divinement bon que, si j'avais été lui, j'aurais mis un terme à un régime de plusieurs années pour les manger.

J'ai frappé à la porte. Pas de réponse.

J'ai cogné plus fort. Seul le silence d'une maison vide m'a répondu.

Coco m'a suivi sur le côté jusqu'au portail arrière, et j'ai regardé à travers. Pas la moindre ondulation ne troublait la surface de la piscine. Les chaises étaient toutes vides.

Était-il parti ? Cooper était-il rentré en Californie ? Même si c'était exactement ce que j'essayais de lui faire faire, un pincement de déception m'a transpercé. Il ne partirait pas sans me le dire, n'est-ce pas ?

Il l'avait déjà fait.

Je me suis traîné vers la plage et l'ai scrutée du regard. Pas de Cooper. Seulement quelques joggeurs et une famille avec un bambin aux cheveux d'or qui jouait dans les vagues.

Je me suis laissé tomber sur le sable. Avec un gémissement compatissant, Coco s'est assis à côté de moi.

— Il ne me doit rien, ai-je dit.

Coco a donné un coup de patte sur mon short.

— Il n'a pas de comptes à me rendre. Il l'a prouvé rien qu'en venant ici. Son patron, c'est Weston, et c'est la seule personne à qui il doit des explications.

Coco s'est rapproché un peu plus.

— Ouais. Je ne pouvais ignorer la boule que j'avais dans le ventre. Tu as raison. Je raconte n'importe quoi. Je savais qu'il ne pouvait pas s'intéresser à quelqu'un comme moi. J'ai ouvert le sac de pâtisseries et j'en ai sorti une de ces boules sphériques et collantes. Quand je l'ai mise dans ma bouche et que j'ai croqué l'extérieur frit, l'intérieur moelleux a fondu sur ma langue.

— Oh mon Dieu, Coco. Mais où est-ce que ces trucs se sont cachés pendant toute ma vie ? J'ai mordu dans un deuxième et j'en ai donné la moitié à Coco. Il l'a gobé et a léché le sirop sur son museau.

Le troisième était entièrement pour moi. — Je suppose qu'on

peut rester assis là à se goinfrer toute la journée. Quoique ça passerait mieux avec une tasse de…

— Café ? La voix derrière moi était douloureusement familière et amusée, un peu bourrue.

Je me suis relevé d'un bond et je me suis retourné pour trouver Cooper, de nouveau dans ses vêtements de sport moulants, debout derrière moi avec deux gobelets à emporter.

— Oh, salut. Enfin, bonjour. J'ai gardé les yeux fixés sur son visage. Le soleil y jetait des reflets, rendant sa barbe naissante dorée. Et aussi irrésistible que je trouvais sa mâchoire, ce n'était rien comparé aux muscles que son T-shirt de compression révélait. *Ne. Regarde. Pas.* Je fondrais sur place si je le faisais.

— J'étais en chemin pour… sortir… et puis j'ai pensé que tu viendrais peut-être ici. Il s'est raclé la gorge. — Alors je t'ai acheté un latte. Il me l'a tendu.

Je l'ai pris, pour une fois sans voix.

— C'est bien ce que tu aimes, non ? Avec du lait écrémé ?

— Comment tu savais ? C'est moi qui *t'*apporte le café. C'est, genre, presque dans ma description de poste.

Il a frotté sa basket high-tech dans le sable. — Je suis attentif.

— Oh, d'accord. Bien sûr. Un des secrets du succès de Cooper Fallon était son souci du détail. Il devait en avoir un million qui virevoltaient dans son cerveau de génie à cet instant précis. — Merci.

— Tu as, euh, quelque chose sur ton T-shirt.

J'ai baissé les yeux. Merde, il y avait un filet de sirop sur mon pectoral droit. Je n'étais même pas capable de noyer mon chagrin dans la nourriture sans avoir l'air d'un gamin. J'ai tendu le sac. — J'ai pris ça pour toi.

— Pour moi. Ses lèvres ont tressailli comme s'il voulait sourire. Il a pris le sac et a regardé à l'intérieur. — Des buñuelos ! Ce sont mes préfé… Il s'est interrompu en relevant les yeux vers moi, et son regard est devenu brûlant, comme quand je l'appelais « Monsieur Fallon » au bureau. — Tu as un peu de *miel*… de sirop… sur la lèvre.

Quand j'ai léché le coin de ma bouche et que j'y ai trouvé le goût sucré, mon visage s'est enflammé. Ce n'était pas seulement à cause du soleil qui grimpait dans le ciel. C'était en partie dû à ces rayons laser bleus que sont ses yeux, qui ont suivi le trajet de ma langue.

Je me suis mordillé les lèvres. Si je ne disais rien, si je ne mangeais ni ne buvais rien, peut-être que je pourrais sauver ma dignité.

Il s'est raclé la gorge. — Je dois aller quelque part. Tu devrais essayer le spa ici aujourd'hui. Ou te détendre au bord de la piscine. Il a fait un signe de tête en direction du complexe hôtelier.

J'ai plissé les yeux. Ça recommence ? — Tu ne te débarrasseras pas de moi avec ta tentation de massage aux pierres chaudes. Je vais où tu vas. Jusqu'à ce que tu rentres chez toi.

Il n'avait pas l'air en colère. Il avait l'air presque… satisfait ? Bien que son regard se soit un peu refroidi. — Très bien, alors. Viens. Sans attendre ma réponse, il s'est retourné et s'est dirigé vers le complexe.

———

LE TEMPS que nous arrivions sur le chantier, les buñuelos avaient disparu, et j'avais un point de côté à cause du pas rapide de Cooper.

Le bâtiment se dressait dans un espace dégagé, avec des pick-ups garés au hasard tout autour. Il était recouvert de cette bâche en plastique que j'avais vue sur des agrandissements de maisons dans le quartier de mes parents. Le toit était en contreplaqué nu. Quelques courageux en casques orange se tenaient sur le toit, et une machine au sol leur hissait des matériaux. Mon Dieu, c'était comme si mon fantasme préféré des Village People prenait vie.

— Qu'est-ce qu'ils construisent ? ai-je demandé.

— Ce sera le nouveau centre communautaire. L'ouragan a endommagé l'ancien. Cooper a posé une main sur sa hanche et a protégé ses yeux avec l'autre pour regarder le toit.

— ¡Oye ! a crié Cooper aux hommes sur le toit. En espagnol, il a demandé quelque chose à propos de métal.

Les types ont hoché la tête, et l'un d'eux a répondu quelque chose en criant et en montrant les matériaux qui montaient lentement vers eux.

Cooper s'est dirigé d'un pas décidé vers l'échelle la plus proche et en avait gravi un quart avant que je ne réalise ce qui se passait et que je ne me précipite à ses côtés. Coco m'a suivi, aboyant à s'en époumoner. Il était peut-être aussi inquiet que moi, ou alors il pensait que poursuivre Cooper était un jeu amusant.

Les types sur le toit ont secoué la tête, et celui qui avait parlé à Cooper a agité les paumes de ses mains dans un signal clair qui voulait dire « ne-montez-pas-ici ». Un homme en jean et casque blanc a atteint l'échelle en même temps que moi.

— ¡Lito, no !

Cooper s'est arrêté et a regardé en bas. Il a débité une tirade en espagnol et a fait un geste vers le toit. L'homme au casque blanc a planté les mains sur ses hanches, secoué la tête et répondu. Mes cours d'espagnol du lycée ne m'avaient pas donné de vocabulaire de construction, mais j'ai saisi le mot *peligroso* — dangereux. J'étais d'accord.

Le type a tapoté son casque et a montré les mains de Cooper. Cooper a levé les yeux au ciel, puis a fait un geste vers le casque de l'homme. Il a secoué la tête, son expression sérieuse à l'exception d'un tressaillement au coin de sa bouche.

L'homme au casque blanc, apparemment un superviseur, a crié à un autre homme au sol qui a apporté une paire de gants de travail et quelques truelles en métal. Avec un soupir qui a secoué tout son corps, Cooper a redescendu les barreaux de l'échelle jusqu'à se retrouver à mes côtés. À contrecœur, il a pris les truelles et les gants. Le superviseur n'a pas bougé jusqu'à ce que Cooper enfile les gants et les agite dans un geste qui signifiait « content, maintenant ? ».

Il a plissé les yeux en regardant Cooper, puis l'a dirigé vers le côté du bâtiment, où quelques gars agrafaient un treillis métallique sur le plastique. Puis il s'est retourné et s'est éloigné.

— C'était quoi, ça ? ai-je demandé.

Cooper a regardé les hommes sur le toit comme s'il souhaitait avoir des ailes. — C'est moi qui ai recommandé la toiture en métal. Elle est plus résistante aux vents forts. Et je voulais aider à l'installer. Mais… ses joues sont devenues rouges, le chef de chantier ne veut pas me laisser faire. Il dit qu'il n'a pas de casques de rechange, et que mon cerveau et mes mains sont trop précieux pour risquer une chute. Bon sang ! Je travaillais dans la construction alors qu'il apprenait encore son alphabet !

— Hé, doucement. Je lui ai frotté le biceps. Ce n'est pas une critique de tes capacités. Mais tu es plus utile ici, au sol. N'importe quel clampin peut installer une toiture. Tu es le seul à pouvoir diriger Synergy et continuer à signer des chèques pour soutenir la reconstruction ici.

Il n'a pas nié. Pourtant, il fixait intensément les couvreurs tandis qu'ils déroulaient un matériau sombre sur le toit et le fixaient avec des cloueuses.

— Tu as vraiment travaillé dans la construction ?

— Ouais. Quand j'étais au lycée. Même avant ça. Mon père… Il a frissonné et a regardé ma main, qui reposait toujours sur sa manche.

Je l'ai retirée brusquement comme s'il m'avait brûlé. J'avais oublié la règle du « on ne se touche pas ».

— Laisse tomber, a-t-il dit. Emmène ce chien sous ces arbres. Je ne veux pas qu'il se mette dans les pattes. Et fais attention où tu mets les pieds. Les clous de toiture, c'est une saloperie si tu ne portes pas de chaussures de sécurité.

— Je peux aider, ai-je protesté. Faiblement. J'étais le fils d'un avocat et d'une enseignante. Quand il y avait des réparations à faire à la maison, ils engageaient un artisan. Je n'avais jamais construit ne serait-ce qu'un nichoir pendant ma brève carrière chez les louveteaux. J'avais quitté le programme après avoir trouvé une araignée grosse comme ma main dans mon sac de couchage lors de notre premier camp.

— Tu peux aider en gardant ce chien hors de nos pattes. Et assure-toi de bien t'hydrater. Je ne te ramènerai pas sur mon dos.

Il s'est éloigné d'un pas sec vers le côté du bâtiment, a chargé une truelle d'une substance pâteuse et l'a étalée sur le treillis comme si ce dernier avait insulté sa mère.

Moi ? J'ai fait ce qu'il m'a dit de faire. Je me suis assis à l'ombre avec Coco. Enfin, j'ai aussi apporté des bouteilles d'eau de la glacière aux autres gars, alors que le soleil montait haut dans le ciel. Et si mon regard n'a pas quitté les muscles sculptés de Cooper tandis qu'il se penchait et soulevait le lourd mortier, tandis que ses bras décrivaient des arcs sur le côté du nouveau centre communautaire, tandis qu'il s'accroupissait pour gratter la barre de métal qui lissait la surface du stuc, qui pourrait m'en blâmer ?

17

COOPER

J'AI TRIMÉ sur le chantier du centre communautaire jusqu'à avoir mal aux muscles et que l'équipe sorte une glacière pleine de bières pour fêter ça.

Je pouvais presque sentir la fraîcheur amère m'engourdir le fond de la gorge. Mais j'ai remercié les gars et je suis parti, prétextant que j'avais besoin d'une douche chaude.

Plutôt une douche froide. J'avais senti le regard de Ben posé sur moi toute la journée comme une caresse, et je m'étais pratiquement collé contre la façade poisseuse du bâtiment pour cacher le volume dans mon short de basket.

Je l'ai envoyé au bar du complexe hôtelier en lui demandant de me rapporter quelque chose de rafraîchissant. Quoi qu'il rapporte, ce serait sûrement une boisson sans alcool décevante, mais ça me donnerait le temps de reprendre mes esprits et de me rappeler que Ben était toujours mon assistant et pas quelqu'un que j'avais envie de goûter.

Mais quand je suis rentré à la maison, elle n'était pas vide. Il y avait quelqu'un sur ma terrasse. Quelqu'un de grand.

J'ai roulé des épaules, puis j'ai déverrouillé le portail à l'arrière et je suis entré. — La sécurité est merdique par ici.

Jamila s'est retournée brusquement, interrompant son observation des bougainvilliers en treillis, et sa jupe blanche a virevolté autour de ses cuisses hâlées. Un large sourire a illuminé son visage.

— Tu as raison. Il a juste fallu un peu de ça... — elle a illustré son propos par un déhanché suggestif dans ma direction — ... et un de ça... — elle a battu des cils en me faisant un clin d'œil — ... et me voilà dans ta propriété. Avec le déjeuner. — Elle a désigné la table de la terrasse, où tout était disposé. Deux assiettes pour un tête-à-tête. — Ou peut-être le dîner. Après avoir voyagé toute la journée, je n'ai aucune idée de l'heure qu'il est.

J'ai grimacé. Elle s'inquiétait pour moi. Je savais très bien tout ce qu'une PDG avait dû reporter pour s'absenter une journée de son entreprise. — Mila, tu n'aurais pas dû...

— Tu parles que si. La dernière fois qu'on s'est parlé, tu étais en route pour Boston. En quinze ans d'amitié, mon ami Cooper n'a pris de vacances imprévues exactement zéro fois. Je dois vérifier qu'on ne t'a pas remplacé par un double. Qu'est-ce que seul le vrai Cooper pourrait savoir ?

J'ai reniflé. — Tu as un tatouage de rose jaune à l'intérieur de ta...

— OK, d'accord. Même si un nombre surprenant de gens connaissent l'existence de ce tatouage.

— Surprenant ? — J'ai haussé les sourcils. — Venant de la femme qui, la première fois que je l'ai rencontrée, était assise dans ma chambre de dortoir en sous-vêtements ?

— Je ne savais pas à l'époque que Jackson savait compter les cartes.

Jackson. Mon visage a dû trahir une partie de la noirceur qui avait envahi mon être, car elle a brutalement quitté le chemin des souvenirs.

— Dis-moi que tu n'es pas content de me voir.

Je l'ai embrassée sur la joue, et son parfum familier de jasmin a inondé mes narines. — Bien sûr que si. Mais je t'ai envoyé un texto, je vais bien.

— Bien ? — Ses sourcils se sont arqués. — Je soupçonne que tu es tout sauf ça. Maintenant, pose tes fesses et raconte tout à ta meilleure copine Mila.

J'ai jeté un coup d'œil au portail. Ben arriverait d'une minute à l'autre avec les boissons et son sourire charmeur. Et Jamila verrait tout. Inutile de lui donner plus de munitions pour le sermon qui, je le sentais, m'attendait dans un futur proche.

— Normalement, je ferais…

— Normalement ? Que se passe-t-il ? Tu ne bois plus ? — Elle m'a reniflé, a plissé le nez, puis a secoué la tête. — Un secret, alors. — Elle a tapoté ses lèvres, assombries par un rouge à lèvres violet foncé. — Une liaison secrète ! Où est-elle ? Ou il ? Ou iels ?

J'ai ignoré ses sourcils arqués jusqu'au ciel. — Je voulais juste dire qu'un petit avertissement n'aurait pas été de trop. Un peu d'organisation.

— Pourquoi faire ? Tu sais bien que tu n'as pas besoin de nettoyer pour moi. — Sous son air enjôleur, sous la douceur de l'accent texan qui lui collait à la peau comme du miel, empâtant l'accent californien qu'elle avait adopté, elle m'observait de ses yeux sombres. Analysant. Répertoriant. Évaluant, comme elle le ferait avec un bout de code rebelle.

— Laisse-moi aller me nettoyer. Je pue. — J'intercepterais Ben à l'entrée et je le renverrais. Il serait blessé, mais ce serait mieux que de subir l'examen minutieux de Jamila pendant une heure.

— Cooper ? — Trop tard.

Jamila a regardé par-dessus mon épaule en direction du portail arrière. — Tiens, tiens, qu'avons-nous là ? a-t-elle murmuré.

— Tiens-toi bien, l'ai-je prévenue avant de me retourner et de marcher d'un pas décidé vers le portail pour laisser entrer Ben. Il tenait un pichet dans une main et une pile de gobelets en plastique dans l'autre.

J'ai ouvert le portail. — Jamila Jallow est passée à l'improviste. Si vous ne voulez pas rester…

— Bien sûr qu'il veut rester. — Jamila était juste derrière moi. — Ben. Nous nous sommes déjà rencontrés au bureau de Cooper.

A-t-elle un peu plus insisté que nécessaire sur *le bureau de Cooper* ? Et a-t-elle lancé son grand regard sombre dans ma direction ? Ou est-ce que j'imaginais des choses ?

— C'est vrai, a dit Ben. Vous ne prenez pas de rendez-vous là-bas non plus.

Les yeux de Jamila se sont illuminés un instant, puis elle a rejeté la tête en arrière et a éclaté de rire. — Vous n'êtes pas si pointilleux en dehors du bureau, n'est-ce pas ? — Elle a tendu la main. — Ravi de vous revoir.

Ben, qui flottait encore près du portail ouvert, a coincé les gobelets sous son bras et lui a serré la main. — Le vol s'est bien passé ?

Putain, c'est à ça qu'on jouait ? Prétendre qu'il était tout à fait normal que je sois dans un complexe hôtelier des Caraïbes *avec mon assistant* ? J'ai tiré sur mon t-shirt de compression pour le décoller de ma peau moite. C'était une erreur. L'odeur de sueur et de citron vert m'est montée au nez.

Jamila a dévisagé Ben, du coup de soleil rose sur son nez jusqu'à ses Converse poussiéreuses. Puis elle a dardé son regard sur mes vêtements de sport maculés de crépi. Dieu seul savait ce qu'elle pensait de ces taches blanches et croûteuses. Un sourire a étiré ses lèvres violettes. — Vous avez faim, Ben ?

— N... Je... Est-ce que j'ai faim ? — Il a cligné des yeux en me regardant.

J'ai fermé les yeux et j'ai soupiré par le nez. — Entrez, Ben. Buvons au moins un verre. — J'ai regardé du coin de l'œil le mélange fruité dans le pichet. J'aurais parié le chapelet préféré de ma mère — celui que le pape Jean-Paul II avait touché lui-même — qu'il ne contenait pas une seule goutte d'alcool.

Mais Ben n'a pas été le premier à franchir le portail. Le chien, celui qui le suivait partout, s'est faufilé, le corps bas, droit vers Jamila.

— Et qui avons-nous là ? — Elle s'est accroupie avec grâce, comme une plume qui descend, et a tendu la main. Le chien l'a reniflée puis y a frotté sa tête, cherchant sa caresse. Jamila lui a gratté le menton et derrière les oreilles avant qu'il ne se vautre sur le dos pour qu'elle lui gratte le ventre.

— Je l'appelle Coco, a dit Ben.

— Coco, a roucoulé Jamila. Le chien a remué la queue.

Pendant que Jamila comblait le chien d'attention, j'ai pris le pichet des mains de Ben et je l'ai attiré quelques pas plus loin. — Désolé, je… elle ne reste généralement pas long-temps. — Pourquoi est-ce que je m'excusais auprès de Ben ? Jamila était mon amie et avait plus le droit d'être ici que lui. Pourtant, j'ai dit : — Vous pouvez partir quand vous le souhaitez.

Il a baissé la tête. — Vous voulez que je parte ?

Est-ce que je le voulais ? Jamila en avait déjà vu et déduit plus que je n'aimais. Plus qu'il n'y en avait, probablement. Ça ne pouvait pas être pire s'il restait. Et dès son départ, Jamila lancerait une série de questions auxquelles je n'étais pas prêt à répondre. — C'est à vous de voir. — J'ai croisé un bras, celui qui ne tenait pas le pichet, sur ma poitrine.

— Elle a une chambre ici, dans votre maison, n'est-ce pas ?

Il avait vu la chambre d'amis à frous-frous. — Parfois, ma mère y dort, mais c'est surtout celle de Jamila.

— Est-ce que… — Il a pincé les lèvres et a secoué la tête. — Je vais rester. Pour un verre. J'ai soif. — Et il a avancé le menton. Pour une raison quelconque, j'ai eu envie de le pincer entre mes doigts et d'attirer ses lèvres sur les miennes. Mais je ne pouvais pas. Pas devant Jamila. Putain ! Je ne pouvais pas embrasser Ben, peu importe qui était là. C'était mon assistant. Hors limites.

Il est passé devant moi en me frôlant, et ce glissement désin-volte de son avant-bras nu contre le mien m'a enflammé. Je l'ai frotté, et quand j'ai levé les yeux, Jamila m'observait, un sourire entendu flottant sur son visage. J'avais dit que ça ne pouvait pas être pire ? Je m'étais trompé.

— Cooper, a dit Ben, pourriez-vous me passer le pichet, s'il vous plaît ?

— Oui. Désolé. — J'ai trotté jusqu'à la table et je l'ai posé.

Ben a enlevé le film plastique du dessus et a versé le contenu dans les gobelets qu'il avait remplis avec le seau à glace. Il en a tendu un à Jamila, un autre à moi, et a levé le sien. — Aux visites surprises.

— Aux amis, anciens et nouveaux, a-t-elle répliqué.

Je ne pouvais pas la regarder. À la place, j'ai descendu d'un trait la boisson trop sucrée. J'ai passé ma langue sur le film collant qu'elle avait laissé sur mes dents. — Qu'est-ce que c'est ?

— Du punch à la goyave. C'est bon, n'est-ce pas ? — Ben a léché une goutte au coin de sa bouche, et j'ai dû détourner le regard avant de penser trop fort au goût que le punch à la goyave aurait sur sa peau.

Jamila a pris une deuxième gorgée prudente. — Je peux peut-être le couper avec un peu de thé. Mais je pense que ce serait quand même trop sucré pour toi, Coop.

J'ai senti Ben s'affaisser même s'il était de l'autre côté de la table. — Ça va. — J'ai pris une autre gorgée et j'ai essayé de ne pas grimacer. Le mal de tête et la nausée dus au sucre viendraient plus tard, mais je pouvais faire semblant pendant une heure ou deux.

— Je ne sais pas pour vous deux, mais moi, je suis affamée. Vous n'imagineriez pas l'heure indue à laquelle j'ai dû quitter la Californie. — Elle a sorti une assiette de quelque part sur la table surchargée et l'a posée devant Ben. Puis elle a rempli sa propre assiette de fruits et d'une pâtisserie. — Vous n'avez pas faim, les mecs ?

— Non, merci. Cooper, et vous ? Vous avez travaillé toute la journée sans presque faire de pause. — Ben a siroté sa boisson.

— Non. — Ne sachant que faire de mes mains, j'ai pris un morceau de fromage sur le plateau.

— Qu'est-ce que vous avez fait ici sur l'île ? — Jamila a mis des fruits dans une assiette et l'a passée à Ben.

J'ai répondu pour lui. — Oh, tu sais. Des verres avec des ombrelles sur la plage. Des leçons de steel drum. De la danse en ligne avec les autres touristes.

Jamila a ignoré mon commentaire désinvolte. — Comment avance le chantier du centre communautaire ?

— Bien. — J'ai gratté une tache de crépi sur mon short.

— Il s'est jeté à corps perdu dans le travail ici, comme il le ferait au bureau, n'est-ce pas ? — Jamila a tapoté ses ongles courts et vernis sur la table.

— Euh… je suppose ? — Deux taches de couleur ont fleuri sur les pommettes de Ben. Il a pris une tranche de banane de son assiette et l'a lancée à Coco, qui l'a avalée d'un coup.

Au bureau comme sur l'île, Ben me protégeait. Il pensait me rendre service en ne disant pas à Jamila quel triste sire j'avais été pendant une semaine sur l'île. Il était si gentil. Si attentionné. Même après que j'aie de nouveau failli perdre le contrôle il y a deux nuits, il était revenu. Il avait ça en commun avec Coco le chien.

Jamila connaissait trop bien mes mécanismes d'adaptation pour être dupe. Elle a penché la tête vers moi.

— Pas les premiers jours, ai-je admis. Mais Ben m'a convaincu de me sortir la tête du cul. Tu sais que j'ai toujours besoin de faire quelque chose. Et il y a assez de chantiers de construction par ici pour m'occuper un moment.

Elle a beurré un petit pain. — Ou… — elle a étiré le mot — … tu pourrais te détendre, passer un peu de temps sur la plage. Tu n'as pas toujours besoin de prouver ta valeur aux gens.

J'ai reniflé. Le Dr Pradhi me disait ça au moins une fois par mois. — Ah non ?

Jamila a posé le petit pain et a attrapé ma main. — Non. Tu n'en as pas besoin. Les gens tiennent à toi. — Ses yeux marron foncé étaient féroces. — Je tiens à toi. Et Ben aussi. — La pression qu'elle a exercée sur ma main garantissait qu'elle avait plus à dire quand nous serions seuls.

J'ai jeté un coup d'œil à Ben et je me suis figé. Ses yeux marron plus clairs n'étaient pas féroces comme ceux de Jamila, mais l'expression qu'ils contenaient m'effrayait encore plus. Ils étaient doux, apaisants, et pleins d'une promesse délicieuse. Une offrande que je voulais désespérément accepter. Mais je ne le pouvais pas.

— Ben est venu ici pour prendre de mes nouvelles. Comme toi. J'aimerais que vous croyiez tous que je vais bien. Je peux prendre soin de moi. J'avais juste besoin d'une pause. — Et faute de mieux à faire de mes mains, j'ai pris une autre gorgée du punch. J'ai grimacé.

— On t'aurait plus facilement cru si tu avais allumé ton putain de téléphone et que tu nous avais parlé. — Les lèvres de Jamila se sont pressées en une fine ligne pourpre.

Tout ce bordel a commencé quand j'ai parlé à Jackson. Je m'étais déchaîné sur lui. J'avais fait la même chose à Ben l'autre soir. Je ne pouvais pas me faire confiance pour ne pas blesser les gens que j'aimais. Pas à ce moment-là. Peut-être jamais.

— Vous voulez mon numéro ? a demandé Ben. Je reste quelques jours, et je pourrais vous faire savoir qu'il va bien.

Le grognement m'a échappé, malgré moi. — Je suis sous votre surveillance, ou quoi ?

Avec un regard glacial dans ma direction, Ben a tendu son téléphone à Jamila, qui s'est ajoutée comme contact puis a appelé son propre téléphone pour obtenir le numéro de Ben.

J'ai vidé mon punch à la goyave dans l'hibiscus en pot derrière moi et j'ai rempli à nouveau le verre avec l'eau de l'autre pichet. Le liquide glacé a éteint la flamme de colère dans ma poitrine.

— Je crois que je vais y aller maintenant. Je vous laisse vous retrouver. — Ben s'est levé, et quelque chose s'est contracté dans mon ventre. *Pas encore.*

J'aurais dû le laisser partir. Le laisser sortir de ma vie. Mais mes genoux traîtres m'ont poussé à me lever.

— Je vais vous accompagner jusqu'au portail. Il coince parfois. — Un mensonge. Le personnel de Luis s'assurait que le portail ne coince jamais.

Nous avons marché en silence jusqu'au portail, le chien trottant sur les talons de Ben. Quand nous l'avons atteint, j'ai posé ma main sur le métal. Ma voix est sortie maussade et bourrue. — Vous pourriez revenir plus tard. Pour dîner. Si vous voulez.

— Elle ne reste pas ? — Il a jeté un regard vers la terrasse et Jamila.

— Non. Elle est juste venue prendre de mes nouvelles.

— C'était gentil de sa part. Mais vraiment, ne la mettez pas dehors à cause de moi. J'ai du travail à faire. Pour mes études. J'ai pris quelques jours de congé, et maintenant je dois rattraper mon retard.

— Apportez-le ? — Pourquoi ne pouvais-je pas simplement le laisser partir, le laisser avoir une soirée pour lui ? Éviter la tentation ?

Parce qu'il m'avait suivi jusqu'ici. Avait pris soin de moi. Ne m'avait pas traité comme le monstre que j'étais. Et parce que je le voulais. J'avais besoin de lui. Même si ça faisait de moi une bête.

Une petite ride s'est formée entre ses sourcils. — D'accord. On se voit vers neuf heures ?

— Huit heures. Je la renverrai tôt.

Un minuscule sourire. — À tout à l'heure, alors.

Il a regagné tranquillement le complexe hôtelier, Coco trottant sur ses talons.

Quand je suis retourné à la table, Jamila avait repoussé son assiette. — Alors, comment vas-tu vraiment ?

— Mieux. — Ma poitrine ne se serrait plus constamment, et j'avais dormi près de huit heures d'affilée la nuit précédente.

— Bien. Tu sais que nous sommes tous inquiets pour toi. Surtout Jay.

Ma bouche s'est crispée. — Et pourtant, c'est toi qui es venue prendre de mes nouvelles.

— Je n'ai pas un nourrisson à la maison et une femme qui essaie de maintenir son entreprise à flot. Jay a de nouvelles responsabilités. Tu vas devoir t'y habituer, tu sais. — Sa voix était aussi douce que le ressac lointain.

— Je ne sais pas, moi. — J'ai essayé de respirer à travers l'étau qui était de retour en force. — Weston a dit que Jay envisageait de se retirer.

Elle a penché la tête. — Weston a dit ça ? Pas Jay ?

— Il n'a pas eu besoin de le dire, putain, ai-je grondé. Il a un pied dehors depuis qu'il s'est marié.

Jamila a parlé encore plus lentement que d'habitude, se frayant un chemin à travers mon champ de mines émotion-nel. — Je sais que son mariage l'automne dernier a été beaucoup à accepter pour toi, avec les sentiments que tu éprouves.

— Que j'éprouvais. Je ne… plus maintenant.

— Tu en es sûr ?

— Bien sûr que j'en suis sûr ! Il a une putain de famille. Jamais je ne… — J'ai essayé d'avaler, mais j'avais du sable dans la gorge. J'ai bu une gorgée de mon verre d'eau.

— Je sais, chéri. Je sais. Mais. — Elle a pris son temps pour plier sa serviette à côté de son assiette. — Je pensais que peut-être, quand tu lui as crié dessus, ça voulait dire…

— Ça voulait dire que mon meilleur ami me manque.

Ses yeux sont devenus liquides. — Coop, il…

— Non. C'est elle sa meilleure amie maintenant. Il a tourné la page. Il est d'abord un mari et un père. Et c'est… c'est comme ça que ça doit être. — Je me suis levé et j'ai marché jusqu'au bord de la piscine pour reprendre mon souffle.

— Et tu penses que vendre tes parts te fera te sentir mieux ? — Elle a caressé le milieu de mon dos et a fixé avec moi les profondeurs bleues de l'eau.

— Je ne sais pas. J'ai fait la vente quand j'étais ivre. Ça n'a pas été terrible quand ça s'est fait. — Je n'ai absolument rien ressenti. Ben avait probablement raison à propos de ma dépression.

— Si tu comptes en vendre plus, tu devrais le lui dire d'abord. Vous aviez cet accord.

Je me suis écarté de sa portée. — Je… je ne peux pas. Lui

parler. — Chaque fois que je le faisais, la glace en moi se transformait en feu. Quand j'avais frappé le bureau il y a presque deux semaines, j'avais vraiment eu envie de le frapper, en plein dans le plexus solaire, pour qu'il ait aussi mal que moi.

— As-tu parlé au Dr Pradhi récemment ?

— Oui. Plus tôt cette semaine.

— D'accord. Je suis sûre qu'elle a dit que tu dois faire ce qui est bon pour toi. Pour ta santé mentale. Si c'est de filer à l'anglaise loin de Jackson et Synergy, qu'il en soit ainsi.

J'ai laissé mon regard dériver vers la plage et l'océan au-delà de ma piscine clôturée. Pourrais-je rester sur l'île ? Laisser tomber mes responsabilités en Californie ? Travailler sur le centre communautaire me faisait du bien. C'était épanouissant. Et il y avait beaucoup d'autres choses à faire.

Pourrais-je convaincre Mamá de revenir ? Elle serait plus en sécurité si loin de mon père. Ses amis de l'église et du centre pour personnes âgées lui manqueraient, mais sur l'île, elle avait de la famille.

J'ai inspiré une grande bouffée d'air salin. Je l'ai expirée. Si Jamila n'avait pas été là, j'aurais franchi le portail, marché sur le sable et y aurais enfoncé mes orteils. L'île m'avait toujours semblé être mon chez-moi, m'apaisant, me rassurant, m'enlaçant d'une manière que ma maison d'enfance n'avait jamais eue et que je ne pourrais jamais recréer en Californie dans le grand et froid manoir de Pacific Heights.

— Cependant, ce Ben... — Jamila m'a lancé un regard malicieux. — Ce serait dommage de lui dire au revoir.

Mon esprit s'est emballé, et pour une fois, aucun mot n'est venu.

— C'est bien ce que je pensais. Une petite aventure sur l'île pourrait te faire du bien. Te faire oublier tout ce bazar avec Jay. Te permettre de tourner la page.

J'ai reniflé. — Une aventure avec mon assistant ? Ce serait une très mauvaise idée. Je devrais me mettre un avertissement.

— Mon Dieu, Cooper. Tout le monde baise en vacances. Merde, toi et moi…

Je l'ai coupée en secouant vivement la tête. — Le directeur des opérations ne baise pas son assistant.

— Et si Ben voulait baiser le mec sexy dont il ne peut pas détacher les yeux, qui se trouve être son patron quand ils sont à un continent de distance ? Tant que c'est consenti, ça ne me semble pas être un problème.

— Donc, quand je rédigerai son évaluation de performance à la fin de l'année, devrai-je le noter sur la qualité de sa baise, en plus de ses autres responsabilités ? — Mais ce n'était pas seulement une aventure avec mon assistant que je contestais. C'était une aventure avec Ben. Ben, sauveur d'enfants et d'animaux. Ben, avec ses yeux marron doux et sa peau encore plus douce. Ben, qui avait fait tout ce chemin jusqu'à cette petite île pour prendre soin de moi. Ben méritait bien plus qu'une aventure. Bien plus que moi.

Elle a mis les poings sur les hanches. — Vous êtes deux adultes. Je pense que vous pouvez démêler ça. Clairement, vous avez besoin de vous vider tous les deux.

— Non, ce n'est pas le cas. J'ai géré ça pendant six mois, et…

— Six mois ? Tu veux dire depuis qu'il a commencé chez Synergy ?

J'ai grimacé. — Oui ?

— Oh, chéri. — Elle a posé sa main sur mon bras, et cela n'a pas provoqué le même picotement que lorsque Ben l'avait fait la nuit dernière. — Tu dois régler ça. En plus…

J'ai mordu à l'hameçon, un espoir vacillant dans mon ventre. — En plus ?

— Si tu ne rentres pas, il ne sera plus ton assistant.

Putain de merde.

18

COOPER

C'ÉTAIENT SES POIGNETS. Leur courbe délicate au-dessus du clavier de son ordinateur portable pendant qu'il tapait, assis à deux mètres de moi sur le canapé d'angle. Les os et les tendons qui bougeaient au gré de ses doigts. C'était la partie de son corps que je voulais le plus toucher, explorer.

Après ses lèvres, bien sûr.

Comme il l'avait déjà fait une douzaine de fois, il s'est raidi et a tourné la tête pour me regarder, sentant d'une manière ou d'une autre que je le fixais. Il était assis bien droit, les pieds au sol, son ordinateur sur les genoux, très professionnel. Son expression semblait dire : *Pourquoi essaies-tu de me distraire de mon travail ?*

Ou peut-être : *Arrête de me mater, sale type.* J'étais son patron, et il fallait que j'arrête de reluquer les poignets de mon employé.

J'étais à moitié affalé dans le coin du canapé, mes jambes étendues vers lui. Mes pieds nus pendaient dans le vide. J'ai enfoui mon nez dans mon livre de poche abîmé, faisant semblant de lire le thriller. Quand j'ai tourné la page, elle s'est détachée de la reliure. Les livres ne résistaient pas bien à l'humidité des Caraïbes, surtout ceux que j'avais lus autant de fois que celui-ci. J'ai remis la page en place, puis, sans bouger la tête, j'ai jeté un coup d'œil vers Ben.

Il me regardait toujours.

— C'est un bon livre ?

— Ouais, j'adore celui-là. C'est tortueux.

Putain, pourquoi avais-je dit « tortueux » ? Parce que maintenant, tout ce à quoi je pouvais penser, c'était la boucle au milieu du front de Ben que je voulais enrouler autour de mon doigt. Je n'avais jamais été aussi content de l'humidité de l'île. Elle avait eu raison du régime capillaire de Ben, et ses boucles s'échappaient, libres et souples, en fin de journée.

Il a passé une main dedans, mais celle de devant est retombée sur son front. J'ai serré le poing pour m'empêcher de la toucher. Je ne pouvais pas le toucher. J'étais son patron. Ce que Jamila avait dit sur le fait de rester ensemble sur l'île n'était qu'un rêve. Il tenait à moi, mais pas de cette façon.

J'ai lissé la page en faisant semblant de lire.

— Tu avances bien ?

— Ouais, j'ai presque fini de rédiger ce devoir pour mon cours d'économie.

L'économie ? Ben ne semblait pas être du genre à s'intéresser aux affaires. C'était un assistant fantastique, mais il n'avait jamais paru curieux des rouages de Synergy. J'avais imaginé qu'il étudiait quelque chose de plus centré sur l'humain.

— C'est ta spécialité ?

Le haut de ses joues a rougi, et il a tapé quelques touches sur le clavier avant de poser l'ordinateur sur la table basse et de se tourner vers moi, un genou plié sur le coussin du siège.

— Je suis en école de commerce. Pour les perspectives d'emploi.

Il fixait ses genoux.

— Pour les perspectives d'emploi ? ai-je répété. C'est un excellent domaine. Mais ce n'est pas ce que tu aimes, n'est-ce pas ?

Il n'a pas levé les yeux.

— Pas vraiment.

Je me suis penché vers lui.

— Qu'est-ce que tu aimes, Ben ? Qu'est-ce que tu aimes vraiment ?

Je l'ai regardé déglutir, sa pomme d'Adam oscillant.

— J'aime… travailler avec les enfants. Je veux les aider. Je ne pourrai jamais le faire comme toi, avec ta fondation, tes programmes et tout le reste. Mais peut-être que j'aurai un peu d'argent de côté à donner. Et du temps pour faire du bénévolat. Je travaille au refuge le week-end, mais…

Il a secoué la tête.

— J'aime travailler avec des enfants en particulier. Des jeunes qui ont des problèmes, comme j'en ai eu.

Il a serré les lèvres, comme s'il n'avait pas voulu dire ça.

— Tu as eu des problèmes ?

Je n'arrivais pas à imaginer un Ben cool, tiré à quatre épingles et stylé, ayant un jour des problèmes. Puis je me suis souvenu de mes propres ennuis de jeunesse, des yeux au beurre noir que j'avais dû justifier à mes professeurs, des bleus que je cachais pendant les cours de gym en me changeant dans une cabine de toilette. Une chaleur est montée dans ma poitrine. Personne n'avait fait de mal à Ben comme ça, n'est-ce pas ? Mon cœur s'est emballé, et ma main s'est refermée en un poing.

— Je…

Il a eu un petit rire nerveux.

— Ma sœur dit que je garde mon cœur à l'extérieur de mon corps, là où n'importe qui peut le blesser. Et en première année de fac, j'ai laissé quelqu'un — mon petit ami — me faire du mal. Sentimentalement, s'est-il empressé d'ajouter en posant sa main sur mon poing.

Ce contact a refroidi mon sang et l'a renvoyé à mon cœur, où il a ralenti les battements furieux. J'ai desserré mes doigts sous les siens.

— J'ai raté tous mes cours, et puis j'avais trop honte — j'étais trop à la ramasse — pour rentrer chez moi et le dire à mes parents.

Alors j'ai squatté des canapés pendant un moment, mais j'ai fini à la rue. Et je… merde, pourquoi je te raconte ça ?

J'ai retourné ma main et j'ai agrippé la sienne.

— Je veux savoir, Ben. Si ça ne te dérange pas de me le dire.

Il a fixé nos mains jointes. Merde, je tenais la main de mon assistant. J'ai relâché ma prise, mais il a resserré la sienne.

— J'ai eu des ennuis. Avec les flics. Mais au lieu de m'envoyer en prison, le juge m'a envoyé dans un programme. Ils m'ont laissé vivre là-bas, et ils… enfin, le directeur, un type qui s'appelle Victor, m'a aidé à me remettre sur pied. Il m'a trouvé un boulot dans un diner. Sans lui, je ne sais pas ce que je serais devenu. Je veux dire…

Il a levé les yeux vers moi, ses yeux immenses.

— J'ai des parents géniaux. Qui me soutiennent. Ils voulaient que je rentre à la maison. Mais je… je ne pouvais pas. Pas à ce moment-là. Bref, j'aimerais pouvoir être comme Victor. Et aider d'autres jeunes qui se sont mis dans le pétrin et qui ont besoin d'un coup de main.

— C'est…

J'ai regardé nos mains jointes, la sienne, plus pâle et plus petite, dans la mienne.

— C'est…

Mon cerveau était au point mort. J'entendais chaque mot, mais sa main dans la mienne ralentissait tout. Rendait tout facile. Paisible.

— C'est magnifique.

Je pensais tout ce qu'il m'avait dit. Et plus encore. La lumière de la lampe qui brillait dans ses mèches sombres. Le sérieux de ces yeux bruns dorés qui absorbaient chacun de mes soucis et les faisaient s'évaporer. Tout ce que je voulais, c'était tenir Ben avec mes mains, avec mon regard, pour toujours.

Mais je ne pouvais pas. Il était tellement plus que ce que j'avais imaginé. Résilient. Fort. Trop fort pour que je puisse le blesser ? Non. Mon bureau fracassé en était la preuve.

Et puis, il était toujours mon employé.

J'ai arraché ma main de la sienne.

— Je... je vais nager.

Je suis sorti sur la terrasse et j'ai pris quelques bouffées d'air moite. La piscine avait l'air fraîche et accueillante.

Merde, j'étais sorti sans maillot. Le mien était dans la maison. Mais je ne pouvais pas repasser devant Ben. Je ne résisterais jamais à la tentation de le prendre dans mes bras et de l'embrasser à perdre la raison.

— Et merde, ai-je marmonné.

Je suis sorti du halo de lumière provenant de la maison et j'ai enlevé ma chemise et mon short. En caleçon, j'ai plongé dans la piscine et je suis resté immergé aussi longtemps que j'ai pu. La pression de l'eau, la fraîcheur sur ma peau, même la brûlure dans mes poumons m'ont ramené à la réalité. M'ont rappelé que j'étais Cooper Fallon et que je ne méritais l'amour de personne. Certainement pas celui de Ben. Bon sang, il voulait travailler avec des jeunes à risque. Même ce foutu chien savait que Ben était doux et bon, pas dangereux comme moi.

Finalement, la pression dans mes poumons m'a forcé à remonter à la surface. Haletant, j'ai secoué l'eau de mes yeux et me suis mis à flotter sur le dos. J'ai contemplé la lune, blanche et sereine. C'était comme ça que je devais être. Froid. Dur. Séparé de la vie par des milliers de kilomètres et le vide de l'espace.

— Ça te dérange si je te rejoins ?

Je me suis recroquevillé et je me suis retourné pour faire face à Ben, qui se tenait au bord de la piscine.

— Quoi ? ai-je demandé en secouant l'eau de mon oreille.

Il a tripoté l'ourlet de son polo.

— Ça te dérange si je te rejoins dans la piscine ?

— Mais tu n'es pas...

J'ai fait un geste vers son polo et son short.

— Tu n'as pas de maillot.

Un coin de sa bouche s'est relevé.

— Toi non plus.

Merde, j'étais là en sous-vêtements. Je supposais que cette

situation pouvait entrer dans les exceptions au code vestimentaire que Synergy avait pour les fêtes au bord de la piscine. J'aurais fermé les yeux pour n'importe quel autre employé. Sauf moi-même.

— Je… je ne crois pas que…

— Ne crois pas, a-t-il dit.

Il a retiré son polo, et je n'ai pas pu m'en empêcher. J'ai dévisagé les poils sombres parsemant sa poitrine, la pâleur de la peau que son polo couvrait et la peau plus foncée de ses bras, là où le soleil des Caraïbes l'avait embrassée.

Puis ses doigts se sont dirigés vers le bouton de son short, et je me suis détourné pour regarder au-delà de la clôture, vers l'océan. J'ai expiré en entendant le bruit de son entrée dans l'eau.

Soudain, la piscine m'a semblé trop petite. J'ai nagé la brasse jusqu'au grand bain où il y avait un siège immergé et j'y ai posé mes fesses. Je me suis agrippé au rebord. Rien ne me ferait bouger de cet endroit. Pas avant que Ben ne parte.

Il a pagayé vers moi, mais s'est arrêté là où le fond commençait à descendre.

— Je t'ai mis mal à l'aise, à l'intérieur ?

Il a incliné la tête vers la maison.

— Non.

La seule chose qui me mettait mal à l'aise était la pression dans mon short. Mais quelle image avais-je donnée en partant juste après qu'il m'ait confié cette information très personnelle ? Bon sang, je m'étais comporté comme un connard. J'ai passé une main fraîche et humide sur mon visage.

— Merci d'avoir partagé ton histoire avec moi. J'apprécie que tu te sentes assez à l'aise pour me parler.

Ses épaules se sont affaissées, et il s'est éloigné de moi pour rejoindre les marches dans la partie peu profonde. Il s'est assis sur l'une des plus basses, la majeure partie de son corps sous l'eau.

— Je pensais qu'on discutait. Je pensais que peut-être tu me parlerais.

Les mots étaient à peine audibles à travers la longueur de la piscine.

Mon estomac s'est contracté.

— Je… Ben, je…

Merde. Je ne pouvais pas crier ça d'un bout à l'autre de la piscine.

J'ai nagé vers lui et me suis arrêté à quelques mètres des marches. Non, ce n'était toujours pas bien. J'ai traversé l'eau et me suis assis à l'autre bout de sa marche. Un matelas de piscine aurait pu se glisser entre nous.

— J'ai été ému par ce que tu as dit. Je n'ai pas eu une adolescence des plus faciles. J'aurais aimé avoir un Victor vers qui me tourner.

Non pas que je l'aurais fait. Les Fallon ne demandent pas d'aide. Ils luttent jusqu'à se noyer — ou apprendre à nager.

Ben s'est rapproché.

— Ah oui ?

J'ai détourné mon regard de lui et me suis mis à fixer l'océan par-dessus la clôture. Ici, sur l'île, le temps et la marée érodaient toujours mes problèmes. Et je ne voulais pas l'invoquer ici. Mon père n'avait pas sa place dans ce magnifique refuge.

— Si ça ne te dérange pas, je préférerais ne pas en parler.

— D'accord. Mais si jamais tu veux en parler…

Je ne le voudrais pas. Mais j'ai hoché la tête une fois.

Une main fraîche et humide s'est posée sur mon épaule, et cela m'a suffisamment surpris pour que je le regarde. Ben était proche, trop proche, ses yeux bruns sombres et ses lèvres pleines tentatrices. Je mourais d'envie de tendre un doigt et de les toucher. Mais je ne pouvais pas. Je…

— Et merde, a marmonné Ben.

Quand il s'est penché pour franchir la distance qui nous séparait, des ondulations ont clapoté entre nos torses nus. Je me suis focalisé dessus. Elles avaient touché sa peau, et maintenant elles touchaient la mienne. Où finissait-il et où commençais-je ? L'eau avait effacé nos barrières. Mes barrières. Son regard brûlait le mien, et j'étais perdu.

Après la plus brève des hésitations, il a effleuré mes lèvres des siennes.

Ce glissement de ses lèvres était tout ce que j'avais imaginé et plus encore. Sa peau était douce et sentait le baume à lèvres parfumé au miel qu'il gardait dans le tiroir de son bureau. Son souffle chaud a caressé ma joue. J'ai gardé les yeux ouverts — je devais savoir instinctivement que je ne pouvais pas manquer un seul détail de cette expérience parce qu'elle ne pourrait jamais, au grand jamais, se reproduire — mais ses longs cils sombres ont papillonné sur ses pommettes. De si près, je sentais son après-rasage, et cela m'a fait penser à des matins paresseux, à la lumière du soleil inondant le lit, à la pointe de son os iliaque à peine visible par-dessus le bord d'un drap froissé.

J'ai dû faire un bruit parce qu'il s'est figé. Je me suis immobilisé aussi, espérant que si je ne bougeais pas, je ne romprais pas le charme.

Il est resté là, ses lèvres à trois centimètres des miennes, le temps de trois de mes respirations saccadées. Les ondulations ont caressé ma poitrine quand il s'est tendu, se préparant à s'éloigner.

Je ne pouvais pas le laisser faire. Maintenant que je l'avais goûté, j'en voulais plus. Comme ce foutu chien couché sous la table du patio, une fois que j'avais senti la gentillesse bienveillante de Ben, je savais qu'il ne fallait pas le perdre de vue.

J'en avais envie depuis quatre jours — bordel, depuis qu'il avait mis les pieds au sixième étage de mon immeuble — alors j'ai enfoui ma main dans ses cheveux pour le maintenir pendant que je pressais mes lèvres contre les siennes.

Notre deuxième baiser n'était pas aussi léger que le premier. Non, celui-ci était le mien, et il portait mon besoin, mon désir, et même ma violence à peine contenue envers quiconque avait un jour blessé Ben. J'ai pressé ma langue contre la commissure de ses lèvres jusqu'à ce qu'il ouvre la bouche. J'ai tout pris et tout pillé. J'ai dévoré les poils naissants autour de sa bouche. J'ai frotté ma langue contre ses dents acérées. J'ai empoigné ses boucles et j'ai tiré.

Ben ne s'est pas écarté. Au contraire, il s'est affaissé contre moi, son torse nu glissant contre ma peau. Il a répondu à chaque assaut sur sa bouche par une contre-offensive facile, faisant glisser sa langue contre la mienne, mordillant ma lèvre inférieure et posant la paume de sa main au centre de ma poitrine, non pas pour me repousser, mais comme s'il avait besoin de sentir à quel point mon cœur s'emballait pour lui.

Finalement, comme je savais qu'il le ferait — comme il le devait, pour sa propre survie — il s'est retiré, soufflant de lourdes respirations dans mon oreille.

— Putain. De merde.

Je me suis tortillé, essayant de me redresser, mais quand il a embrassé ma mâchoire, je me suis figé.

— Tu es si chaud, a-t-il murmuré, et sauvage.

Ses lèvres sont descendues sur mon cou, et des frissons m'ont donné la chair de poule.

J'ai lâché ses cheveux et j'ai agrippé le rebord de la marche de la piscine.

— Non, non.

Il a léché le lobe de mon oreille et l'a sucé. La sensation est allée droit à mes couilles, les faisant se contracter.

— Tire encore sur mes cheveux. J'ai aimé ça.

J'ai levé mes mains tremblantes vers ses cheveux et j'ai caressé les boucles.

— Je… je ne devrais pas.

— Ne devrais-tu pas ? a-t-il soufflé dans mon oreille.

Ma bite est devenue dure comme de l'acier.

— Ne devrais-tu pas — au lieu de toujours faire ce qui est juste, juste pour une fois, faire ce qui te fait du bien ?

Il s'est blotti contre mon cou et a doucement sucé le point de pulsation.

Je n'ai pas pu m'en empêcher. J'ai enroulé mes doigts dans ses cheveux. Sa bouche sur moi, le poids de son corps sur le mien, c'était tellement bon. Je perdais le contrôle, et c'était incroyable.

Son souffle s'est coupé quand j'ai resserré ma prise, et il s'est glissé sur mes genoux, sa hanche effleurant juste le bout de ma bite dans mon short. Une envie désespérée m'a saisi, et mes doigts le tiraient déjà sur le côté pour que je puisse inverser nos positions, pour que je puisse prendre le contrôle, pour que je puisse lui faire ressentir autant de plaisir qu'il m'en donnait.

Puis j'ai inspiré, et l'oxygène a enfin atteint mon cerveau, me rappelant que Ben était mon assistant, et que je ne devrais pas m'embrasser avec lui. Pas même en vacances.

— Cooper ?

Sa voix semblait tout aussi embrumée que je l'avais été une seconde plus tôt.

— On doit arrêter.

— Tu devrais arrêter de penser. Juste ressentir.

Il a vacillé vers moi.

— Je ne peux pas.

Aussi doucement que possible, je l'ai décalé sur le côté et me suis éloigné de quelques mètres sur la marche. J'ai appuyé mes coudes sur mes genoux et je me suis frotté le visage.

— J'ai besoin de…

— Digérer ça ?

Sa voix a caressé mes nerfs tendus.

Mes mains couvrant toujours mon visage, j'ai secoué la tête.

— J'ai besoin d'appeler les Ressources Humaines.

— Certainement pas.

Est-ce que Ben m'avait déjà insulté ?

— Bien sûr que si. Je viens d'embrasser mon assistant.

— Non. Tu m'as embrassé, moi. Ben.

Il a touché ma main.

Des frissons m'ont parcouru. J'étais à deux doigts de l'embrasser à nouveau. Et je ne pouvais pas. Pour plus de raisons que je ne pouvais lui dire. Je devais mettre un terme à tout ça.

J'ai levé le visage pour le regarder et je lui ai lancé mon regard le plus dur.

— C'est un comportement récurrent pour lequel je devrais être sanctionné.

— Un comportement récurrent ?

Il a plissé le nez.

J'ai gardé ma voix dure comme le diamant, comme les étoiles qui scintillaient au-dessus de nous.

— Est-ce que Marlee t'a dit que je l'avais embrassée l'année dernière ?

C'était le jour où j'avais réalisé que Jackson ne m'appartenait plus. Lui et moi étions saouls à sa fête annuelle d'Halloween, celle qui différait de toutes les autres parce qu'il l'avait organisée avec Alicia, pas avec moi. Et puis il m'avait dit qu'il aimait son fœtus à naître plus qu'il ne m'aimait.

Quand Marlee m'avait frotté le dos et avait essayé de me réconforter, j'avais profité de son bon cœur et j'avais essayé de lui prendre le réconfort dont j'avais besoin.

J'étais un putain de connard.

Et voilà que je recommençais.

Le visage de Ben s'est affaissé de manière comique. J'aurais ri si je n'étais pas en train de me noyer dans les sables mouvants de mon propre dégoût.

— Je suis un prédateur, Ben. J'appellerai les RH demain. Ils auront besoin d'une déposition de ta part aussi.

Sa bouche luxuriante s'est amincie et s'est durcie.

— Je ferai ma déposition en personne quand on sera de retour au bureau.

— Très bien. Tu peux partir dès demain matin.

Je me suis levé, et l'eau a coulé sur moi. Je n'avais pas à m'inquiéter de mon apparence dans mon caleçon collant. Ma bite était devenue molle, tout le contraire de mon cœur.

Ben s'est levé aussi.

— Je ne quitte pas cette île sans vous, monsieur Fallon.

J'ai dit que j'étais mou ? Parce qu'à l'instant où le mot *monsieur* a quitté ses lèvres, je me suis raidi. Je suis sorti de la piscine en pataugeant et je lui ai tourné le dos.

— Je ne rentre pas. Je… je ne peux pas. J'enverrai une déclaration par e-mail aux RH. Le jet sera prêt à te ramener à huit heures demain matin.

— C'est à cause de Jackson ?

Sa voix s'est brisée sur le nom de mon ami.

— C'est ça.

Synergy ne serait plus la même sans mon meilleur ami. À quoi bon toute la richesse que j'avais amassée si je détestais aller travailler tous les jours ?

— Je m'assurerai que ton poste est sans risque. *Et que tu es en sécurité loin de moi.*

— Très bien.

Sa voix vibrait de colère. J'ai entendu son murmure : « Va te faire foutre, Cooper Fallon », juste avant que le bruit de ses pas ne claque sur le bord de la piscine en s'éloignant.

Bien.

Parfait.

Exactement ce que je voulais.

Et le lendemain, pour m'empêcher de penser à ce que j'avais perdu, j'irais dans la ville voisine où ils ne savaient pas qu'il ne fallait pas me vendre de whisky.

19

BEN

PUTAIN DE COOPER FALLON.

Comment a-t-il osé ? Non mais, comment a-t-il *osé* m'embrasser pour ensuite utiliser cette bouche sublime qui est la sienne pour parler de ses sentiments pour Jackson Jones ? J'ai frotté ma Converse par terre, et un coquillage a ricoché contre un tronc d'arbre.

Putain de Jackson Jones. Il avait une femme brillante et deux enfants merveilleux, un pognon de dingue, un boulot où il pouvait faire exactement ce qu'il voulait. Et il avait le cœur de Cooper.

Et il n'en voulait même pas, bordel.

Mais moi, si.

Putain de merde.

Mon caleçon mouillé était rentré dans ma raie des fesses. Je ne l'avais pas remarqué quand je flottais dans la piscine de Cooper, que j'embrassais ses lèvres douces et sentais le contact léger de son érection contre ma hanche. Il avait le goût de la menthe, et il sentait l'accomplissement de tous mes vœux. Mais j'ai senti l'irritation tandis que je marchais péniblement sur le sentier de coquillages, l'humiliation m'écrasant les poumons alors que mes vêtements mouillés me collaient à la peau.

Il m'avait embrassé. Et ça ne voulait rien dire, tout comme quand il avait embrassé Marlee.

Il avait embrassé *Marlee* ? Je savais depuis le début qu'elle pensait être amoureuse de lui. Je savais aussi qu'il n'était pas le moins du monde intéressé par elle.

J'adorais Marlee, mais, mon Dieu, elle pouvait être si obtuse parfois. Cooper n'était pas du tout fait pour elle. Et maintenant, je venais d'être tout aussi stupide. J'avais cru qu'il tenait à moi. Il m'avait prouvé le contraire.

J'en avais fini de me ridiculiser. J'allais faire mes valises et attendre à l'aéroport. Dès qu'Emily serait prête à partir, je me tirerais en Californie. Putain, mais pourquoi est-ce que ça m'importait, ce que Cooper faisait de ses actions ? C'était un adulte responsable qui pouvait prendre soin de lui-même.

Et même si je m'étais comporté comme un adolescent avec un béguin pathétique, j'étais un adulte responsable, moi aussi. J'allais ramasser mon cœur meurtri, serrer les dents, et ça irait.

Avec le temps.

Coco a grogné.

Je me suis arrêté sur le sentier parce qu'il s'était arrêté aussi, tourné vers la maison de Cooper. — Non, mon pote. On ne retourne pas là-bas. Tu n'as plus besoin de grogner après lui. On en a fini avec lui.

D'ailleurs… merde. Je me suis accroupi sur le sentier et j'ai caressé la fourrure de Coco qui sentait encore la camomille, peu importait le nombre de fois où il avait essayé de s'en débarrasser en se roulant dans le sable. — Je ne peux pas t'emmener avec moi. Il y a probablement de la paperasse, des vaccins et tout le bazar, et en plus, Mimi est allergique, et son immeuble n'autorise pas les animaux. J'ai toussoté et je l'ai gratté derrière les oreilles comme il aimait. — Tu ferais mieux de filer, maintenant.

Coco a fait comme s'il ne m'avait pas entendu et a continué de fixer la maison de Cooper. Je n'aurais pas dû m'attendre à ce qu'il comprenne.

J'ai balayé le sentier sombre du regard et je n'ai rien vu. Quand j'ai tendu l'oreille, tout ce que j'ai entendu, c'était le bruit du ressac. Même les grenouilles s'étaient tues. J'ai sorti mon téléphone et j'ai allumé la lampe de poche. Rien que le sentier et les buissons qui le bordaient.

— Tu vois, Coco, il n'y a rien à craindre… Oh.

Il y avait une alerte SMS. J'ai éteint la lampe de poche et j'ai ouvert le message.

MIMI

Comment ça va ?

Atrocement mal, surtout depuis que je l'ai embrassé. Mais je ne pouvais pas dire ça. Elle péterait un câble. Elle me rappellerait toutes les raisons pour lesquelles je n'aurais pas dû le suivre jusqu'à la piscine, le mater en sous-vêtements, puis *carrément le rejoindre* dans la piscine. Encore moins l'embrasser. Elle n'avait pas besoin de me faire remarquer que j'avais encore perdu mon cœur. Au profit de mon patron. J'ai grincé des dents.

Je n'étais pas venu sur cette île pour embrasser Cooper ; j'étais venu pour le convaincre de revenir chez Synergy pour que des gens comme Mimi puissent garder leur emploi. Et j'avais échoué. Mon estomac s'est noué.

Pas terrible. Je rentre.

Mais Mimi me connaissait depuis toujours.

PUTAIN, T'ES TOMBÉ AMOUREUX DE TON PATRON, C'EST ÇA ?

C'était un accident. Mais c'est fini maintenant.

QU'EST-CE qui est fini ?

Tout.

Je pouvais presque sentir le « je te l'avais bien dit » dans les bulles de sa réponse. Mais au final, elle était la grande sœur sur qui j'avais toujours compté.

> Je suis désolée, mon chou. Je vais faire le plein de chips et de chocolat, et tu pourras regarder autant de films de super-héros que tu veux quand tu rentreras.

Même les films de super-héros ne pourraient rien y faire. J'avais fait de Cooper Fallon un super-héros, mais il avait montré qu'il était exactement comme tous les autres hommes ordinaires à qui j'avais donné mon cœur, et qui me l'avaient rejeté à la figure.

J'avais tout oublié quand je m'étais penché si près que je pouvais sentir la menthe et son eau de Cologne au cèdre, voir les poils de sa barbe briller d'argent au clair de lune. Ses yeux bleus n'avaient rien de glacial. Ils étaient de la couleur de l'eau peu profonde au bord du sable où filaient les vairons. Cette eau qui était chaude contre ma peau, qui m'attirait vers les profondeurs.

Je n'aurais jamais dû le suivre jusqu'à la piscine. J'aurais dû savoir qu'il deviendrait distant avec moi. De toute évidence, je ne valais pas la peine d'enfreindre les règles des RH. Je le savais depuis ce premier jour où j'étais entré chez Synergy et que je lui avais serré la main. Cette étincelle bleue qui avait vacillé dans ses yeux avant qu'il ne se referme. Quand il reviendrait enfin chez Synergy, nous reprendrions nos habitudes et nous ferions semblant que je ne savais pas qu'il avait le goût de la menthe et des restes sirupeux de mon béguin.

Quand je rentrerais, Mimi me serrerait fort dans ses bras, me tendant du sel, du sucre, des mouchoirs. Pour quelqu'un qui ne se permettait jamais de faire quelque chose d'aussi ridicule que de tomber amoureuse, elle avait un don incroyable pour savoir comment guérir mon cœur brisé. J'avais hâte de la voir.

> À bientôt

Avant même que j'aie pu fermer l'application de messagerie, Coco s'est mis à aboyer furieusement une seconde avant que quelque chose de lourd ne s'écrase sur moi.

Ma cheville s'est tordue, a vacillé, et a lâché, et je me suis effondré, ma joue s'enfonçant dans le sentier de coquillages avec mon agresseur pesant sur mon dos. Il — c'était définitivement un homme, pas un iguane extra-large ou un pécari — m'a immobilisé avec ses bras.

J'avais réussi à tomber sur mon sac. Est-ce que mon ordinateur portable allait bien ? Allais-je perdre un semestre de travail ? Mon cœur s'est emballé. Et s'il voulait le voler ? Je ne validerais jamais mon cours, et si je ne le validais pas, Synergy ne payait pas. *Merde.* J'ai essayé de protéger le sac de ce type massif.

Quand il a parlé, l'odeur de rhum s'est collée à ma joue comme un gant de toilette humide. — Rentre chez toi, a-t-il grogné.

C'était quoi, ce bordel ?

Je pouvais à peine parler, incapable de prendre une inspiration complète avec cet homme énorme sur moi. — C'est ce que je faisais. Je rentrais. J'ai essayé de désigner du menton l'autre aile du complexe, au-delà du restaurant animé qui était encore trop loin pour m'entendre crier et trop bruyant pour entendre les aboiements frénétiques de Coco.

— Non. Il a glissé sa main le long de mon bras jusqu'à mon poignet et l'a attrapé, le tordant derrière mon dos. La douleur a jailli dans mon épaule et mon poignet. — Rentre. En Californie. Sinon…

Comment diable savait-il que je vivais en Californie ? Mon rythme cardiaque a atteint la vitesse d'un colibri. Qu'est-ce qu'il savait d'autre sur moi ? Savait-il que Mimi était seule chez elle en ce moment ? Savait-il que Cooper était de retour dans son bungalow avec du matériel très cher et une montre qui coûtait plus cher qu'une voiture ? Soudain, mon ordinateur portable semblait être une monnaie d'échange équitable pour que ce type me lâche et retourne au bar d'où il venait.

Il a tordu mon bras à nouveau, et j'ai haleté sous le coup de la douleur.

Mais lui aussi. Et puis il a hurlé, et le poids sur mon dos a roulé sur le côté, une dernière lance de douleur poignardant mon épaule avant qu'il ne relâche sa prise.

Je me suis relevé en vitesse — ou du moins, j'ai essayé. Ma cheville s'est enflammée quand j'ai posé le poids dessus. Je me suis appuyé contre un arbre pour me soulager, mais une douleur a traversé mon épaule. Merde !

Pourtant, j'étais en meilleur état que le type par terre. Il agitait les bras vers Coco, qui avait sa jambe dans un étau. Une de ses grosses pognes a frappé l'arrière de la tête de Coco, mais le chien n'a pas bougé. Si on ne fichait pas le camp, on allait tous les deux finir sérieusement blessés.

J'ai poussé sur l'arbre et j'ai boité sur quelques mètres vers le bungalow de Cooper. — Coco, lâche. Viens.

Est-ce que les chiens sauvages connaissaient les ordres ? Est-ce que Coco parlait anglais ? J'ai fait un autre pas en claudiquant et j'ai fait un geste avec mon bras valide. — Viens, Coco.

Lâchant la jambe de l'homme, il a bondi par-dessus lui et m'a devancé sur le sentier menant chez Cooper, aboyant pour donner l'alarme. L'homme gémissait, mais hors de question que je retourne voir comment il allait. J'ai boité derrière Coco aussi vite que je le pouvais. Pourquoi n'avais-je pas pensé à acheter une bombe lacrymo après que la sécurité de l'aéroport a confisqué la mienne ?

L'île avait semblé si sûre. Le personnel du complexe veillait sur moi. Et je n'avais pas vu le moindre mendiant depuis que j'avais quitté la ville de l'aéroport. Cette belle île où même les chiens errants étaient amicaux m'avait bercé d'un faux sentiment de sécurité.

Soit je n'avais pas réalisé à quel point je m'étais éloigné de chez Cooper, soit ma démarche lente faisait s'étirer le chemin à l'infini. Il m'a semblé mettre des heures à retourner chez lui. À chaque pas, je tournais la tête pour regarder par-dessus mon épaule pour voir si l'agresseur me suivait, mais je ne voyais rien. Je n'entendais rien d'autre que le bruit du ressac et le chant des coquís.

Enfin, la maison de Cooper est apparue. Coco grattait à la porte d'entrée, et elle s'est ouverte juste au moment où je traînais ma jambe douloureuse sur la dernière marche.

— Ben ! Cooper s'était changé et portait un pantalon de pyjama, laissant sa peau dorée et les poils couleur miel sombre de son torse exposés. — Qu'est-ce qui ne va pas ?

J'ai jeté un dernier regard derrière moi et, ne voyant aucun mouvement sur le sentier, j'ai boité les derniers pas vers Cooper. Ma cheville, après m'avoir porté jusque-là, a finalement lâché, et je suis tombé en avant sur lui. Il m'a rattrapé, a passé un bras sous mes genoux et m'a porté à l'intérieur.

Il se peut que je me sois pâmé.

20

COOPER

— BEN ! Mon cœur martelait ma poitrine, se débattant contre mes côtes pour rejoindre l'homme sur le canapé. Ben ! Je me suis agenouillé sur le sol à côté de lui.

— Je suis là, a-t-il dit, comme si c'était moi qui avais besoin d'être rassuré.

J'en avais besoin, de réconfort. Quand il a cligné des yeux, j'ai recommencé à respirer.

Sa joue était rouge et éraflée, et des morceaux de coquillages écrasés étaient collés à sa peau. Quand j'ai touché son épaule, il a grimacé. J'ai enfoui mes deux mains entre mes genoux.

— Qu'est-ce qui s'est passé ?

— Un grand costaud m'a sauté dessus. Aucune idée pourquoi. Mon ordinateur portable ?

— Il est là. J'ai indiqué la table basse où il était posé d'un signe de tête.

— Et Coco ?

Ce foutu chien s'était faufilé à l'intérieur et était maintenant assis de l'autre côté de moi, le menton posé sur le genou de Ben.

— Il est là aussi.

— Il m'a sauvé. Il a mordu le type. Les paupières de Ben se sont refermées.

J'ai jeté un regard au chien. Il a eu le culot de hausser les sourcils, m'accusant de négligence alors que lui s'était jeté au secours de Ben.

— Bon chien, ai-je marmonné.

— De la glace ? a demandé Ben.

— Bien sûr. Je me suis levé et je me suis dirigé vers la cuisine, content d'être utile. Tu as mal au visage ?

— Pas autant qu'à ma cheville ou à mon épaule.

Je me suis figé alors que je cherchais une serviette.

— Ta cheville et ton épaule ?

— Je me les suis tordues.

Putain. Toute mon attention s'était portée sur le visage de Ben. J'ai rapidement enroulé de la glace dans deux serviettes et je les ai rapportées au canapé. J'ai délicatement retiré la basket de Ben. Sa cheville droite était enflée. J'ai posé un sac de glace dessus et l'autre sur l'épaule qui l'avait fait souffrir quand je l'avais touchée.

— Ça va ? Tu as besoin d'autre chose pour l'instant ?

Ses yeux se sont entrouverts, et il a plissé les yeux sous la lumière de la lampe. Bordel, est-ce qu'il avait une commotion ?

— Non, ça va.

— Je vais juste passer deux ou trois coups de fil. Je n'osais pas le laisser. Et s'il s'évanouissait et tombait du canapé ? Et s'il avait besoin de vomir ? J'ai fait les cent pas un peu plus loin et j'ai appelé Sara.

Elle a répondu en espagnol.

— Lito ! Tía Camelia a dit à Mamá que tu étais là ! Pourquoi n'es-tu pas venu nous voir ? Dimanche. Après l'église — tu viens à la messe, oui ? — viens dîner. Papa veut te demander…

— Écoute, Sara. Mon espagnol était bas et pressant. J'ai besoin de toi. Mon ami est blessé. Tu peux venir l'examiner ?

— Blessé ? Comment ? En fond sonore, j'ai entendu du

remue-ménage. Si je connaissais bien ma cousine Sara, elle était déjà en train d'attraper sa trousse médicale.

— Blessures à l'épaule et à la cheville. Je ne les ai pas encore examinées. Et des coupures au visage.

— Compris. Je suis là dans dix minutes.

— Merci.

Je suis retourné près de Ben. Le chien s'est rapproché et a reniflé son visage. Au moment où je suis arrivé à leur hauteur, la langue rose du chien est sortie et a léché la joue de Ben.

— Beurk ! J'ai poussé le chien du genou jusqu'à ce qu'il s'éloigne de quelques pas. Je vais chercher un gant de toilette pour te nettoyer.

Les lèvres de Ben se sont pincées. Putain, il souffrait, et c'était de ma faute. Je l'avais envoyé dehors, seul, dans le noir. Lançant un regard noir au chien, je suis allé à la salle de bains chercher un gant de toilette. J'ai laissé couler l'eau jusqu'à ce qu'elle tiédisse et j'ai pensé à mon prochain appel.

Une minute plus tard, j'ai de nouveau repoussé le chien loin de Ben et je me suis agenouillé à ses côtés. Aussi doucement que possible, j'ai tamponné les coupures sur sa joue.

— Tu as bien vu le type ?

— Non. Il m'a attaqué par-derrière. Mais il avait bu. Du rhum. Et il avait l'air américain. Je n'ai pas entendu d'accent. Mais il n'a pas dit grand-chose. Il était grand. Il devait faire deux fois ma taille.

— Grand comment ?

— Pas aussi grand que toi, juste costaud. Il m'a coupé le souffle quand il m'est tombé dessus.

— Tu te sens d'attaque pour parler à Luis ? Il se souviendra peut-être de lui au bar.

— D'accord, bien sûr.

J'ai appelé Luis. Quand il a décroché, j'ai entendu des gens parler et de la musique en fond.

— Non, Cooper, je ne vais pas t'apporter d'alcool.

— Ce n'est pas ce que j'allais demander. Tu peux aller dans un endroit calme ? C'est important.

Je pouvais imaginer la surprise sur son visage, mais après quelques instants, une porte a cliqué, étouffant le bruit de fond.

— Merci, Luis. Quelqu'un a attaqué Ben ce soir en rentrant dans sa chambre. Je vais te mettre sur haut-parleur pour qu'il puisse te raconter.

J'ai posé le téléphone sur la table basse. Pendant que Ben racontait son histoire, mes poings se sont serrés de plus en plus fort jusqu'à ce que mes ongles laissent des croissants rouges dans mes paumes.

— Attends, ai-je dit. Il t'a dit de retourner en Californie ?

— Ouais, c'est bizarre, non ? a dit Ben. Comment il savait que c'est de là que je viens ?

J'ai fusillé le téléphone du regard.

— Peut-être qu'il travaille pour le complexe.

— Sans description, c'est difficile à dire, a dit Luis. J'emploie beaucoup de types grands et costauds. Écoutez, je vais appeler Mateo.

— Pas Mateo, ai-je grondé. Envoie Ramón. Ou viens toi-même.

— Cooper, c'est vendredi soir. On a deux enterrements de vie de jeune fille et une bande d'étudiants privilégiés. Et Ramón est en congé. Mateo s'occupera de vous.

J'ai ricané. Ce n'était pas pour moi que je m'inquiétais. C'était pour Ben. Je ne voulais pas que Mateo s'approche de lui.

— Il reste dehors. Loin de tout.

— Bien sûr. Ben, ça va aller ?

On a frappé à la porte. J'ai attrapé le téléphone et désactivé le haut-parleur en allant ouvrir.

— Sara est là. Ça ira. Mais fais en sorte que quelqu'un apporte ses affaires chez moi. Demain matin, ça ira.

— Il reste chez toi ? Un sourire s'est glissé dans sa voix.

— Il reste chez moi.

— Gracias a Dios.

— Va te faire foutre. J'ai raccroché.

Quand j'ai ouvert la porte, Sara est entrée d'un pas pressé avec sa sacoche. Elle m'a embrassé sur la joue en se dirigeant vers le canapé.

Elle s'est accroupie à côté de Ben.

— Bonsoir. Je suis le Dr Sara Castillo.

— Ben Levy-Walters. Il a tendu la main, et elle l'a serrée.

— Je vais me laver les mains, et ensuite, si vous êtes d'accord, j'examinerai vos blessures pendant que vous me raconterez ce qui s'est passé.

Ben a hoché la tête.

Au lieu d'aller directement à la salle de bains se laver les mains, Sara m'a saisi par le bras et m'a entraîné vers la porte vitrée coulissante donnant sur la terrasse.

— Cooper, attends ici.

— Attends, quoi ? J'ai jeté un regard à Ben.

— J'ai besoin qu'il se sente en sécurité.

— Mais je… J'ai ouvert brusquement la porte coulissante et je l'ai tirée dehors avec moi. Une fois la porte refermée, j'ai dit : Tu ne crois pas que *c'est moi* qui lui ai fait ça ?

— La violence conjugale est une réalité, Cooper.

Je ne le savais que trop bien. Ma voix a monté.

— Il a été attaqué. Il est venu ici chercher de l'aide. Et il *n'est pas* mon partenaire. C'est mon employé. Tu ne crois pas que je pourrais un jour…

— Je veux l'écouter. Et toi, tu dois attendre ici dehors. Avec ton chien.

J'ai baissé les yeux, et elle avait raison. Le chien était assis à mes pieds.

— Très bien. Je me suis jeté dans une chaise longue. Juste… prends soin de lui. D'accord ?

— Bien sûr. Il compte beaucoup pour toi, n'est-ce pas ?

J'ai jeté un coup d'œil à travers la vitre. Ben avait l'air petit et fragile sur le canapé. Sa joue avait enflé. Les mensonges que je lui avais racontés plus tôt n'avaient plus d'importance.

— Oui.

— Je prendrai grand soin de lui. Elle a tourné les talons et est rentrée à l'intérieur.

Après son départ, je ne pouvais pas rester en place. J'ai fait les cent pas autour de la piscine, fusillant du regard le reflet scintillant de la lune dans l'eau. Ma propre cousine pensait que j'aurais pu blesser Ben. C'était absurde. Quoique… n'avais-je pas essayé de le repousser pour cette raison exacte ? Par peur de lui faire du mal ?

Je ne lui ferais pas de mal. Ou peut-être que si ? Il était venu vers moi pour être protégé. Il ne l'aurait pas fait s'il pensait que je représentais un danger pour lui.

Bien sûr, il ne connaissait pas mon père. Personne ne pensait non plus que Mick Fallon ferait du mal à qui que ce soit.

— Psst. Lito.

J'ai tourné vivement la tête vers le portail, où mon cousin Mateo pressait son visage contre les barreaux de métal.

Mes muscles se sont tendus. J'ai forcé mes pieds à me porter jusqu'au portail.

— Luis m'a donné une carte d'accès. Il l'a agitée dans la main qui ne tenait pas une valise. Mais je ne voulais pas te surprendre. Ça va ?

— Ça va. J'ai poussé le portail et j'ai tendu la main pour prendre la valise.

Mateo a eu le culot d'avoir l'air blessé.

— Pas de câlin pour ton cousin ?

— Non.

Il m'a tendu la valise.

— Tu n'es plus en colère pour…

— Non. Bien sûr que si. Le simple fait de voir son beau visage et ses yeux bleu Caraïbes me rappelait comment il dansait avec ma cavalière chaque fois que nous sortions ensemble.

— Et pour…

— Non. Tu restes dehors. Appelle-moi si tu vois quelqu'un de suspect.

— Dehors ? Je ne peux même pas m'asseoir sur ta terrasse ?

— Non.

— Il est spécial, n'est-ce pas ? Ces yeux bleus brillaient au clair de lune.

— Oui. Reste loin de lui.

— Cooper, je n'ai plus seize ans. Jamais je ne…

J'ai tourné les talons et j'ai porté la valise de Ben vers la maison. N'avais-je pas dit la même chose ? *Jamais je ne lui ferais de mal.*

Je ne faisais pas confiance à Mateo, mais je pouvais peut-être me faire confiance à moi-même. Je protégerais Ben avec toutes les ressources disponibles sur l'île. Jusqu'à mon dernier souffle.

21

BEN

APRÈS AVOIR ENVOYÉ par e-mail ma dissertation finale d'économie à mon professeur, j'ai soupiré et j'ai refermé mon ordinateur portable.

J'ai attrapé mon téléphone sur la table basse. Je ne pouvais plus repousser le moment de lire les SMS de Marlee.

MARLEE

Salut, Ben

Quelles sont les dernières nouvelles de Cooper ?

Sérieusement, qu'est-ce qui se passe ?

Est-ce qu'il va bien ? Quand est-ce qu'il revient ?
Tout le monde me harcèle à ce sujet parce que
Weston ne veut rien dire.

Il y a des rumeurs, Ben. Des listes d'employés
qui circulent. Je suis inquiète.

ARRÊTE DE M'IGNORER

J'ai grincé des dents en lisant ça. La pauvre Marlee tenait la baraque au bureau pendant que je me reposais sur le canapé extrêmement confortable de Cooper.

Elle avait raison. Je devais lui demander quand il comptait rentrer. Ça avait été immature de ma part d'envisager de rentrer sans lui, ou du moins de ne pas chercher à connaître la date de fin de ses vacances. Le travail devait s'accumuler pour lui. Mes sentiments blessés ne devaient pas m'empêcher de faire mon travail.

> Je te promets que je lui parle aujourd'hui

D'ailleurs, des listes d'employés ? Qu'est-ce que Weston était en train de manigancer ?

Par-delà les oreillers que Cooper avait utilisés ce matin-là pour surélever ma cheville bandée, à travers les fenêtres arrière et les barreaux du portail, la cigarette de Mateo s'est embrasée. Lui, il me parlerait. Contrairement à Cooper, qui avait disparu. Encore.

J'étais resté dans le bungalow de Cooper pendant deux jours. Trois nuits. Et quand je dis *dans le bungalow de Cooper*, je veux dire *à l'intérieur* de son bungalow. Pas d'escapade au restaurant, pas de promenade sur la plage. Même pas un dîner sur la terrasse.

C'était comme être en prison. Une belle prison avec un gardien bienveillant qui m'apportait de l'eau et du jus de goyave pendant que je me prélassais sur son canapé, qui me tendait des analgésiques avec la précision de la Garde de la Reine.

Et chaque soir, après m'avoir aidé à me coucher dans sa chambre d'amis, il me tapotait l'épaule, éteignait les lumières et sortait.

Même pas l'ombre d'un baiser paternel sur la tempe.

Au moins, il n'avait pas encore mis sa menace d'appeler les RH à exécution. Et il avait renvoyé le jet.

Je brûlais de l'intérieur, d'être si proche de lui et pourtant… si loin. C'était comme si on était de retour au bureau, rien à voir avec la proximité que nous avions partagée lors de notre dîner sur sa terrasse ou quand nous étions allés voir sa tía Camelia. Avant qu'on s'embrasse dans sa piscine. Sauf quand il effleurait accidentellement ma peau en bandant ma cheville, notre règle de ne pas nous toucher était de nouveau en vigueur.

C'était pour le mieux si je n'étais qu'une autre Marlee pour lui, une mauvaise décision passagère parce qu'il ne pouvait pas avoir Jackson.

Quand la cigarette de Mateo a de nouveau rougi, je me suis levé avec précaution du canapé et j'ai boitillé jusqu'à la porte vitrée coulissante. Je l'ai ouverte et, comme toujours, Coco était assis à l'intérieur du portail, fixant Mateo avec adoration. Il était toujours furieux contre moi de lui avoir dit que je le laissais ici. Il était encore plus furieux contre Cooper de m'avoir renvoyé ce soir-là.

Mais Mateo, le cousin de Cooper, était son nouveau favori. Et pourquoi ne le serait-il pas ? Mateo égalait presque Cooper en tous points. Ils faisaient à peu près la même taille, bien que Mateo soit un peu plus costaud. Ses yeux plus bleus et ses cheveux plus foncés faisaient de lui une version plus intense de Cooper. Quelqu'un d'autre aurait pu trouver Mateo plus séduisant. Pour moi, il ressemblait à un post Instagram avec la saturation des couleurs poussée au maximum. Je préférais la beauté plus discrète de Cooper. Coco, en revanche, adorait Mateo parce qu'il avait toujours un morceau de jambon dans sa poche.

J'ai boitillé jusqu'au portail. Mateo a écrasé sa cigarette contre le métal. — Tu ne le diras pas à Cooper, n'est-ce pas ?

— Que tu fumes ? Ça dépend. — J'ai appuyé mon épaule — celle qui n'était pas douloureuse — contre le portail.

Je n'avais pas encore saisi la dynamique entre les cousins. Il était arrivé dans la nuit de mon agression. Il n'entrait jamais dans la maison. Chaque fois que Cooper se montrait froid et distant avec lui, Mateo avait l'air d'un chiot battu. Mais quand Cooper était absent, Mateo flirtait d'une manière que Cooper ne faisait jamais.

— Tu l'as vu ? Le type ? — ai-je demandé.

— Difficile à dire. — Un coin de sa bouche s'est relevé. — Il y a beaucoup de types grands et costauds avec un accent américain sur cette île. — Il s'est désigné lui-même.

Je me suis mordu la lèvre. — Si c'était toi qui m'avais sauté dessus, je pense que je le saurais.

— Ah oui, vraiment ? — Il a fait un pas vers moi, mais il s'est ressaisi et a fourré ses mains dans ses poches.

J'ai soupiré. Pourquoi ne pouvais-je pas tomber amoureux de quelqu'un de gentil et de charmeur comme Mateo ? Lui ne me traiterait jamais avec une telle froideur. — Où est passé Cooper ?

— Au centre communautaire.

Bien sûr. Mieux valait trimer et suer sur le chantier que de rester en ma présence. Eh bien, et puis merde. J'en avais assez de rester assis comme un infirme. Ma cheville ne me faisait presque plus mal, et il était temps de prendre sur moi et de faire mon putain de boulot.

— Conduis-moi là-bas.

— Pas question. Cooper a dit que tu restais ici.

J'ai haussé les sourcils. — Et si je lui disais que tu fumais sur sa propriété ?

Son sourire charmeur a disparu. — Tu n'oserais pas.

— Pas si tu m'emmènes le voir.

— Et moi qui te croyais gentil, — a-t-il grommelé. Il a sorti un jeu de clés de voiture de sa poche. — Verrouille la porte coulissante et rejoins-moi devant. Je vais amener la voiture.

J'ai caché mon sourire. — On se voit devant.

Je suis rentré en boitillant, j'ai verrouillé la porte arrière et j'ai enfilé mon pied légèrement enflé dans ma basket. L'autre chaussure a glissé sans problème. Puis j'ai laissé sortir Coco par la porte d'entrée et je l'ai verrouillée derrière moi. Mateo tenait la portière arrière d'un gros SUV noir, garé dans l'allée circulaire.

Le centre communautaire n'était pas loin, mais Mateo m'a fait promettre trois fois de dire à Cooper que je l'avais forcé à m'emmener. Je lui ai tapoté l'épaule. — Je prendrai tout sur moi. Il ne sera en colère que contre moi.

— En colère contre toi ? — a-t-il ricané. — Jamais. Tu es *su novio.*

— Novio ? Je ne suis pas son petit ami. — Mais mes joues se sont échauffées.

— Ça ne se voit pas. — Il a contourné les camions garés sur le site, pour s'arrêter juste devant le bâtiment.

Mon regard s'est immédiatement posé sur Cooper. Ils lui avaient fait appliquer une autre couche de stuc. Aussi mécontent qu'il ait eu l'air de s'occuper du stuc, ses yeux se sont encore assombris en voyant Mateo se pencher dans la voiture pour m'aider à sortir.

— Qu'est-ce que tu fous, Mateo ? — Ses truelles ont heurté l'herbe dans un bruit sec alors qu'il s'avançait vers nous.

Je me suis agrippé à l'épaule de Mateo jusqu'à ce que je sois stable. Puis j'ai croisé les bras et j'ai regardé Cooper droit dans les yeux. Il avait de la poussière rose sur sa chemise et dans ses cheveux, et même collée au chaume de ses joues. — C'est ma faute, pas la sienne. Nous devons parler.

Cooper a plissé les yeux en regardant son cousin. Les joues de Mateo sont devenues rouges par plaques. — Je vais, euh, finir ce stuc pour toi, — a-t-il dit. — Ça doit être fait en une seule application. — Il s'est éclipsé en direction du bâtiment, retroussant les manches de sa chemise en lin.

— Allons nous asseoir à l'ombre, — ai-je dit, en montrant les arbres où j'avais campé la dernière fois. — Tu n'as probablement pas fait de pause de la journée.

Il a secoué la tête, et je savais qu'il n'admettait pas ne pas avoir fait de pause. Il niait être assez humain pour en avoir besoin.

— Est-ce que ça va ? — Il m'a scruté du milieu de la poitrine jusqu'aux pieds, évitant mon regard comme il le faisait depuis notre baiser ce soir-là.

— Je vais bien. Synergy, non. — J'ai fait quelques pas en boitillant vers les arbres — ma cheville était raide après être resté assis dans la voiture — mais Cooper a calé son épaule sous la mienne, me soutenant jusqu'à ce que nous soyons assis à l'ombre.

Il a pioché dans la glacière et m'a tendu une bouteille d'eau, puis il en a pris une pour lui.

— Nous devons parler de l'entreprise. Ils ont besoin que tu rentres.

Il a bu son eau d'une traite, fixant le bâtiment avec une telle intensité qu'il aurait pu faire un trou dans le stuc. Il s'est essuyé la bouche avec les doigts. — Qui a besoin que je rentre ?

— Eh bien, Marlee, pour commencer. — Mais je devais tenter le tout pour le tout. — Et J-Jackson.

— Jackson n'a pas besoin de moi. — Sa mâchoire s'est contractée.

— Bien sûr que si. Il ne peut pas tenir tête à Weston sans toi.

— Il n'a pas besoin de tenir tête à Harris. Il va partir. D'ailleurs, Harris peut gérer les choses jusqu'à ce que je sois prêt à rentrer. Et je ne suis pas encore prêt.

— Tu en es sûr ? — Bien que Harris Weston me file la frousse, il était là depuis bien plus longtemps que moi. Cooper l'admirait. Et Cooper était un homme intelligent.

— Positif. Il est le leader dont Synergy a eu besoin depuis le début. Il ne m'a jamais mal conseillé.

— Mais Marlee n'a rien dit sur le fait que Jackson quitte l'entreprise. — Que ferait-elle s'il le faisait ? Probablement passer tout son temps à coder plutôt qu'à mater ce putain de Jackson Jones. Elle ne l'admettrait jamais, mais elle se porterait mieux sans lui.

Il haussa les épaules. — Elle n'est peut-être pas au courant. Je ne t'ai pas dit quand j'ai vendu mes actions. Il y a des règles sur ce que les initiés peuvent divulguer.

Une petite douleur a éclaté dans ma poitrine. Apprendre ça en fouinant dans ses putains d'e-mails avait été terrible. — Me le dirais-tu si tu décidais d'en vendre d'autres ?

Il a alors tourné la tête pour me regarder. Sous les taches de poussière rose dans ses sourcils, ses yeux se sont adoucis. — Je ne pense pas que je pourrais te prévenir à l'avance. Pas sans violer quelques lois fédérales et notre propre code d'éthique.

— Oh. — J'ai frotté ma basket contre l'herbe piquante. — Tu le dirais à Jackson ?

Il a laissé échapper un rire. — J'aurais peut-être dû, vu que c'est mon associé et mon ami.

— Mais ce n'est pas tout. — J'ai grincé des dents, regrettant de ne pas pouvoir ravaler mes paroles.

— Qu'est-ce qui n'est pas tout ?

Pourquoi avais-je dit ça ? J'avais franchi un million de limites. Il pouvait me virer pour ce que j'avais sous-entendu.

Il a attendu.

— Je voulais juste dire… — Merde, il n'y avait pas de bonne façon de le dire. Autant taper mon CV. Mais j'étais allé trop loin. — Je voulais dire que tu tiens à lui.

Son expression est devenue vide. — Bien sûr que je tiens à lui. C'est mon meilleur ami.

La douleur dans ma poitrine a fait sauter tout ce qui retenait ma colère en moi. — Des amis ? Je pense que c'est plus que ça. — Si ma cheville avait été plus solide, j'aurais bondi et je serais parti en trombe. Au lieu de ça, je suis resté assis, fulminant contre mes Chucks.

La voix de Cooper était plus douce que je ne l'avais jamais entendue. — Est-ce que ça te dérange, Ben ?

Il n'a même pas essayé de nier. — Oui, ça me dérange ! Il a tout ! Une femme, une famille et toi. Le veinard. — J'ai sifflé la dernière partie. J'étais tellement viré, mais je ne pouvais pas m'en empêcher. J'avais de nouveau laissé parler mon cœur.

— Tu es… tu es jaloux, Ben ?

— Bien sûr que je le suis, putain ! Je tiens à toi plus qu'il ne le fera jamais ! Pourquoi crois-tu que je t'ai embrassé l'autre soir ? Tu pensais que je ferais un geste qui pourrait ruiner ma carrière si je n'étais pas raide dingue de toi ?

— Raide dingue ?

Maintenant, il se moquait de moi. Cooper Fallon était beaucoup de choses, mais il n'était généralement pas cruel. Je suppose qu'une déclaration d'amour non désirée pouvait avoir cet effet sur une personne. Je ne pourrais plus jamais le regarder dans les yeux.

Je ne pourrais plus jamais travailler au bureau avec lui, non plus. Pas avec ce *raide dingue* qui flottait entre nous comme un des pets au fromage de Coco.

Je me suis relevé en me débattant, ignorant le tiraillement dans ma cheville. — Tu sais quoi ? Laisse tomber. Je démissionne.

J'ai fait deux pas chancelants vers le SUV. Non pas que j'aie les clés ou un moyen de retourner chez Cooper. Ou à l'aéroport, qui était l'endroit où je devais vraiment aller.

— Hé, doucement. — Avec deux chevilles valides, il était beaucoup plus rapide que moi, et il m'a saisi les bras fermement mais aussi avec douceur. Il s'est placé devant moi pour me bloquer l'accès à la voiture.

— Je ne suis pas quelqu'un de bien pour toi, Ben. Tu le sais.

— Je ne le sais pas. Ou je ne le savais pas avant que tu… que tu…

— Te blesse ? — Ses yeux ont oscillé entre les miens.

— C'est plutôt moi qui me suis blessé. — Je me suis affaissé. — En voulant quelque chose que je ne pourrais jamais espérer avoir.

— Jamais espérer ? Non, Ben. Je tiens à toi. Plus que je ne le devrais. Tu mérites tellement mieux que moi.

Je l'ai regardé droit dans les yeux. — Ne penses-tu pas que je devrais être le seul juge de ce que je mérite et de ce que je veux ?

— Je… je suppose que si.

— Alors, je te veux. — Il était temps de tenter le tout pour le tout. Je me suis redressé. — Je te mérite.

— Ben, je… — Il a resserré sa prise sur mes bras, puis m'a relâché. — Tu étais vraiment sérieux à propos de ta démission ?

— Absolument. — Quoi qu'il arrive maintenant, je ne pouvais pas revenir aux *M. Fallon* polis et à la règle de ne pas se toucher. Pas depuis que je l'avais embrassé. Pas après lui avoir dit que je méritais son affection.

Quitter mon travail signifiait qu'il n'y avait plus de barrières entre nous. — Je pourrais trouver un autre travail plus facilement que je ne pourrais trouver un autre Cooper Fallon.

— Tu démissionnes officiellement ?

L'espoir a jailli dans ma poitrine. — Je taperai un e-mail dès que je serai de retour à mon ordinateur portable.

— Alors, puisque tu n'es plus mon employé… — Passant un bras dans mon dos, il a glissé sa main dans mes cheveux puis a écrasé ses lèvres sur les miennes.

Mon pouls a rugi dans mes oreilles si fort que j'ai failli ne pas entendre les acclamations de l'équipe et le « Enfin ! » de Mateo.

Mais je me fichais d'eux. Tout ce qui comptait, c'était l'homme qui me tenait dans ses bras et m'embrassait à en perdre haleine.

22

COOPER

QUAND BEN EST SORTI de sa chambre, je n'ai rien pu y faire. Ma mâchoire est tombée. J'ai supposé que c'était pour que même mes dents de sagesse puissent le reluquer.

Il portait un t-shirt noir qui moulait chacun de ses muscles fins et secs. Son jean ? J'ai dégluti. S'il avait relevé son t-shirt, j'aurais pu vous dire s'il était circoncis. Il m'avait dit que sa famille respectait les traditions juives, donc il devait l'être.

Non pas que je l'aie vu. On s'était beaucoup embrassés depuis la veille sur le chantier, tard dans la nuit jusqu'à ce qu'on s'endorme blottis sur le canapé. Une autre séance de baisers passionnés après le petit-déjeuner. Mais chaque fois que sa main s'égarait vers la ceinture de mon pantalon, je la retirais doucement. Se voir nus était un point de non-retour. Était-on prêts pour ça ?

Quand il m'avait envoyé sa lettre de démission par e-mail, quelque chose n'allait pas. Il semblait assez content, mais je m'inquiétais. Qu'arriverait-il si ce truc qu'on essayait ensemble ne durait pas ? Il se retrouverait sans relation amoureuse et sans travail. Accepterait-il de l'argent de ma part pour se remettre sur pied ensuite ? Je soupçonnais que non. Il n'avait pas accepté d'argent de ses parents quand il avait abandonné l'université. Ben Levy-Walters était un homme fier.

J'aurais dû être celui qui faisait le sacrifice, qui démissionnait. Même si démissionner était une étape bien plus importante pour moi. Ça exigeait des plans de succession et des transitions. Peu importe à quel point j'en avais eu envie en arrivant sur l'île, je ne pouvais pas simplement tourner les talons. Les gens qui travaillaient pour Synergy — qui étaient sous ma responsabilité en tant que directeur des opérations — méritaient mieux.

Je regrettais presque que Ben ne fasse plus partie de ces gens. Il serait tellement plus facile à protéger en tant qu'employé qu'en tant que mon amant.

Et c'est pourquoi, ignorant à quel point je voulais explorer chaque centimètre carré de sa peau, apprendre ses goûts, ses odeurs, entendre les sons qu'il ferait, fou de désir, j'avais maintenu deux barrières entre nous, et l'une d'elles était nos vêtements.

Ce matin, quand ses yeux sont devenus d'or en fusion et qu'il a fait remonter sa main le long de ma cuisse, je suis parti courir là où il ne pouvait pas me suivre avec sa cheville foulée. Après le déjeuner, je suis allé à la salle de musculation.

Mais maintenant, il m'avait trouvé sur le canapé. Et il avait une allure *pareille*.

— Habille-toi. C'était la voix très légèrement cassante qu'il utilisait au bureau quand j'étais en retard et que je devais me rendre à une réunion ou prendre un vol. La voix qui me donnait envie de traîner un peu plus longtemps pour qu'il la réutilise.

— Habillé ? J'ai mis mon ordinateur portable de côté, celui où le deuxième ordre de vente était affiché. Une fois que je l'aurais exécuté, je serais toujours un actionnaire majeur, mais Jackson aurait tout le contrôle. Il pourrait décider s'il voulait rester ou se laver les mains de l'entreprise — et de moi. Je n'avais pas encore réussi à cliquer sur le bouton pour exécuter l'ordre. Chaque fois que mon doigt survolait le trackpad, il se mettait à me démanger.

— On sort. Mets ton pantalon de costume et cette chemise habillée anthracite. Pas de cravate.

Mon souffle s'est saccadé.— Sortir ?

— Tu m'as gardé dans cette maison pendant trois jours. Autant je t'apprécie, autant j'ai besoin de voir d'autres humains.

— Mais si ce type…

— Mateo n'a vu personne. C'était une attaque au hasard, et ce type est parti depuis longtemps. Écoute. Il a posé les mains sur ses hanches. Je t'ai laissé le temps de digérer. Et si tu as décidé que tu ne voulais pas faire ça avec moi, ce n'est pas grave. Dis-le-moi maintenant, c'est tout.

— Non, je… je le veux. Tu as démissionné, bon sang.

— Je sais. Sa bouche pulpeuse s'est serrée en une ligne fine. Ne me fais pas le regretter.

Je me suis levé et j'ai arpenté la pièce jusqu'à la porte-fenêtre coulissante sous prétexte de laisser sortir Coco. Docilement, il a trotté jusqu'à la porte pour aller rendre visite aux bougainvilliers.

Le dos tourné à Ben, j'ai demandé :— Tu le regrettes ? Parce que je n'ai pas encore transmis ta lettre de démission aux ressources humaines. L'autre barrière.

— Mais pourquoi bon sang ? Je suis à fond. À moins que ce ne soit pas ton cas ?

Je me suis retourné vivement pour lui faire face. Je détestais l'incertitude dans sa voix. Une incertitude que j'avais moi-même mise là.— Je suis à fond.

— Alors habille-toi. On va danser. Avec Ramón et d'autres gars d'ici, du complexe.

— Danser ? J'ai fixé sa cheville. Son jean moulant glissait sur elle sans laisser deviner le moindre gonflement. Tu peux à peine marcher. Comment vas-tu danser ?

Le pétillement dans ses yeux whisky était diabolique.— Je ne danse pas avec mes pieds, Cooper.

Putain. Maintenant, tout ce que je pouvais imaginer, c'était l'ondulation des hanches de Ben. Ma gorge s'est asséchée et, comme un robot, j'ai marché jusqu'à ma chambre et j'ai mis exactement ce qu'il m'avait dit de mettre. Je me suis brossé les dents et rasé pour la deuxième fois de la journée.

Je me suis entaillé la mâchoire quand j'ai fait l'erreur de me souvenir de l'allure de Ben dans son jean. Il n'avait pas besoin de porter ces vêtements moulants pour moi. Je salivais en le voyant dans ses polos de golf vifs et ses bermudas. J'ai tamponné la coupure avec un mouchoir. De toute façon, je ne dansais que quand il le fallait. La dernière fois, c'était au mariage de Jackson à l'automne. Avec Marlee, après notre discours. Et avec Jamila. Je ne me souvenais pas de la dernière fois où j'avais dansé avec quelqu'un que je voulais baiser à en crever.

J'ai fini de me raser et j'ai mis de la crème dans mes cheveux pour les lisser. L'entaille du rasage s'était refermée, et j'avais l'air d'être prêt pour une réunion décontractée du vendredi au bureau. Pas du tout l'air d'un homme qui sortait en boîte et qui, putain, dansait. Étaient-ce des *cheveux gris* à ma tempe ? Dieu merci, je n'avais pas laissé ce… ce je-ne-sais-quoi aller plus loin. Ben pouvait encore changer d'avis.

Je suis sorti en trombe de la suite principale pour me planter devant Ben, qui était perché sur un tabouret de bar au comptoir de la cuisine, parcourant son téléphone. Quand il a levé les yeux, j'ai écarté les bras.— Est-ce que je reçois ton approbation ? J'ai fait un tour sur moi-même.

Quand je lui ai de nouveau fait face, il se mordillait la lèvre.
— Absolument, Monsieur Fallon.

Je supposais que c'était l'un des avantages du pantalon moulant de Ben. Une coupe plus ajustée du mien aurait empêché ma bite de bomber en s'écartant de ma jambe. Je me suis détourné pour cacher ma réaction et j'ai envoyé un texto à Mateo pour qu'il amène la voiture.

Ben avait déjà dû s'en occuper, car lorsque Mateo est arrivé une minute plus tard dans l'un des SUV de Luis, Ramón était déjà sur le siège passager avant. Il est descendu de la voiture et a offert sa place à Ben. J'ai coincé mes longues jambes à la troisième rangée de sièges à côté de Ramón. La rangée du milieu était occupée par un trio que j'ai reconnu comme étant deux des serveurs de Luis et un barman.

Mateo a croisé mon regard dans le rétroviseur et a haussé les sourcils. L'idée ne me plaisait pas du tout — Ben assis à côté de mon cousin dragueur, allant dans une boîte où je ne boirais pas et regardant Ben danser —, mais j'ai quand même hoché la tête. Si c'était ce que Ben voulait, je le lui donnerais.

Vingt minutes plus tard, Mateo s'est arrêté devant une boîte de nuit en ville, et nous avons tous suivi Ben à l'intérieur. Je n'étais pas allé en boîte depuis des années, pas depuis que Jackson avait cessé de m'inviter, mais c'était pareil que dans mes souvenirs. De la musique forte et des lumières qui clignotaient au rythme des basses, qui s'installaient directement sur mes tempes. Ramón nous a menés à une table réservée près de la piste de danse. Une banquette s'incurvait autour de la table ronde, et Ben s'est tortillé pour s'asseoir entre Mateo et moi.

Le serveur a apporté un seau à glace avec des bouteilles d'eau, une bouteille de rhum et sept verres. Quand il a penché la bouteille vers le verre devant moi, j'ai posé ma main sur le bord. — Pas pour moi, merci.

Mateo a souri et a crié :— Ça veut dire que c'est toi le chauffeur désigné ?

Mon cousin dragueur, du rhum et Ben ? Non, merci. J'ai froncé les sourcils.— Non. C'est toi qui conduis.

Quand il a fait la moue, j'ai ajouté :— C'est pour Isaac.

— Isaac. Il s'est calé dans son siège et a fixé le motif des lumières colorées au plafond. Ce minuscule Speedo jaune.

— C'est ça. J'ai incliné une bouteille d'eau vers lui, et il a trinqué avec la sienne. Nous avons bu au premier rendez-vous qu'il m'avait piqué.

Ben a observé l'échange avec un intérêt non dissimulé. Puis il a souri.— Non, je ne reste pas assis entre deux gars sobres. Il s'est à moitié levé et s'est tortillé pour passer sur mes genoux.

Mes doigts se sont tendus vers les hanches de Ben comme s'ils voulaient l'épingler sur mes genoux. Et pendant une seconde pleine d'espoir, j'ai cru qu'il s'était arrêté pour s'y percher. Mais la seconde suivante, il s'est laissé tomber sur la banquette entre Bobby le barman et moi.

Il n'y est pas resté longtemps. Après avoir descendu un verre de rhum, Ben s'est glissé sur la piste de danse. Et il avait raison. Ses pieds bougeaient à peine. Ses épaules, ses abdominaux et ses hanches faisaient tout le travail, une giration hypnotique qui a attiré plus d'une personne en orbite autour de lui.

Des gars grands et dégingandés et des plus trapus. À la peau claire et foncée. Des gars bien habillés en chemises boutonnées comme moi et des gars en tenue décontractée avec des t-shirts et des jeans stratégiquement déchirés. Même quelques gars torse nu avec des harnais sur la poitrine et de minuscules shorts en latex. Ben a dansé avec eux tous, mais jamais plus d'une chanson ou deux.

Jésus, comme j'aurais aimé être l'un d'eux. Pouvoir me tenir derrière lui et balancer mes hanches avec les siennes. Tracer les contours de sa poitrine.

Mais ce n'était pas moi. J'étais le protecteur, pas le fêtard. Et la personne dont Ben avait le plus besoin de protection ? C'était moi.

J'ai tiré une bouteille d'eau froide du seau et je l'ai tenue contre ma tempe lancinante.

Ramón s'est glissé de nouveau sur la banquette. Je n'avais pas remarqué avec qui il avait dansé ; mon regard s'était centré — et se centrait toujours — uniquement sur Ben, qui avait emprunté un chapeau melon vert citron à son partenaire de danse actuel et le regardait de sous le bord.

Ramón a versé un doigt de rhum dans un verre et l'a siroté.

— Je n'ai pas encore eu l'occasion de te remercier. Pour les actions.

J'ai arraché mon regard de Ben pour regarder Ramón.— De rien. Je tiens mes promesses, même celles que je fais quand je suis ivre.

Il a hoché la tête et a siroté à nouveau sa boisson.— Il t'attend, tu sais.

— Qui m'attend ?

Il a incliné le menton vers la piste de danse. Ben me fixait de sous le chapeau vert. Ses hanches tournaient, et dans mon imagination, elles pompaient contre les miennes. Ça m'a coupé le souffle.

Sans rompre notre regard, il a retiré le chapeau de sa tête et l'a lancé à l'autre homme. Ses boucles sombres reflétaient le rouge et le bleu des lumières multicolores de la boîte. Ben a relevé le menton, me défiant de le rejoindre sur la piste de danse.

J'ai promené mon regard sur lui. Son t-shirt était maintenant collé à lui, et le devant était remonté pour montrer une parcelle de son ventre plat au-dessus de la ceinture de son jean moulant. Les projecteurs de la boîte de nuit voltigeaient sur lui, révélant des éclairs de ses cuisses tendues, la courbe de son cul, et même, pendant une seconde alléchante, le contour d'une crête qui s'étendait de son entrejambe vers sa hanche.

Impuissant à résister, je me suis glissé au bord de la banquette et j'ai nagé vers lui à travers les danseurs comme un poisson au bout d'une ligne. Je suis entré dans son espace, assez près pour qu'il penche la tête en arrière pour regarder mon visage. Je suis resté immobile pendant qu'il se balançait devant moi.

— Tu ne vas pas danser ? Il a dû crier pour que je l'entende par-dessus la musique, et sa voix était déjà rauque.

— Je ne danse pas.

— Bien sûr que si. J'ai entendu dire que tu avais dansé avec Marlee à… une fois.

— Pas comme ça. J'ai fait un geste de la main vers la masse de danseurs tourbillonnants.

— Ce n'est pas compliqué. Je vais t'apprendre. Il a posé ses mains sur mes hanches et a essayé de les balancer d'un côté à l'autre. Je n'ai pas bougé. J'étais bien trop solide pour ça.

Il a haussé les sourcils.— Non ?

— Non.

Ses yeux ont brillé d'un éclat doré.— Alors on va essayer comme ça.

Il m'a tourné le dos et a poussé son cul dans mon entrejambe, me faisant perdre l'équilibre juste assez pour que je tende instinctivement les mains et attrape ses hanches. Elles ont oscillé et, comme si nous étions collés ensemble, les miennes ont suivi.

Il m'a regardé par-dessus son épaule.— Tu vois ? Doucement et facilement.

Il n'y avait rien de doux dans la façon dont ma bite s'est durcie contre son jean moulant. Ni de facile dans la façon dont mes doigts se sont enfoncés dans ses hanches, cherchant à m'ancrer dans la boîte tourbillonnante et déroutante.

Peu importait qu'il y ait de nouveaux fils d'argent dans mes cheveux. Que je sois raide et bourru et que je porte une putain de tenue de bureau décontractée dans une boîte de nuit. Inexplicablement, Ben me voulait. C'était évident dans chaque frottement de son cul contre moi, dans la façon dont il appuyait son dos contre ma poitrine. Dans la morsure de ses dents sur sa lèvre. Quand j'ai serré ses hanches plus fort, mon majeur droit a heurté quelque chose de dur et de lourd à l'avant de son jean. Ben a aspiré une bouffée d'air.

Il a posé ses mains moites sur les miennes et a enroulé ses doigts. La seconde suivante, il a exécuté un mouvement fluide comme s'il l'avait fait un millier de fois. Il a soulevé mes mains de ses hanches et a pivoté pour que nous nous retrouvions face à face, nos mains jointes haut au-dessus de nos têtes.

Sa poitrine a heurté la mienne, et mes tétons se sont durcis au contact. Mes abdos se sont pressés contre son ventre comme j'aurais aimé que mes doigts puissent le faire. Le renflement à l'avant de son jean a frôlé mon érection tandis que ses hanches tanguaient, et j'ai frissonné malgré la chaleur de la boîte de nuit. En frottant ses hanches contre les miennes, il s'est rapproché de plus en plus jusqu'à ce que son visage plane à quelques centimètres sous le mien.

— Tu veux qu'on s'en aille ? Il a parlé bas. Même sous le rythme martelant de la musique, j'ai entendu chaque mot.

La gorge trop sèche pour parler, j'ai hoché la tête.

Un trajet en taxi et un texto à Mateo plus tard, nous sommes entrés dans ma maison, mes oreilles bourdonnant encore du bruit de la boîte.

Malgré l'affirmation de Ben que sa cheville tiendrait le coup pour une nuit de danse, il a grimacé en défaisant ses lacets et en posant ses chaussures habillées près de la porte.

— Assieds-toi sur le canapé et surélève ton pied. Je vais te préparer une poche de glace. Je me suis lavé les mains à l'évier de la cuisine.

— Je ne veux pas surélever mon pied. Je veux…

Je l'ai transpercé du regard qui signifiait que ma parole était sans appel.— Tu vas t'asseoir sur le canapé et reposer ta cheville.

— Oui, Monsieur Fallon, a-t-il dit, le souffle court.

Une fois qu'il s'est installé sur le canapé, le pied posé sur la table basse, je lui ai tendu un verre d'eau. J'ai enlevé sa chaussette et j'ai vu que le bandage lui cisaillait le pied enflé.— Ça te va si je défais ton bandage ?

— Ne touche pas mon pied. Il est en sueur.

— Ta sueur ne me dérange pas. En fait, je voulais enfouir mon nez dans sa poitrine et respirer son odeur âcre. M'accrochant à mon contrôle par un fil, j'ai doucement retiré le ruban adhésif de son pied et j'ai posé la poche de gel glacé que Sara avait apportée sur sa cheville.

— Mieux ? ai-je demandé.

Un coin de sa bouche s'est relevé.— Mieux.

J'ai mis le ruban en boule et je l'ai emmené à la cuisine pour le jeter à la poubelle. Je me suis lavé les mains à nouveau et j'ai pris mon propre verre d'eau.

Dans le salon, j'ai hésité. Je devais m'éloigner de la tentation. Je devais aller dans ma chambre et verrouiller la porte.

Mais si Ben avait besoin d'aide pour boiter jusqu'à sa chambre ? Je ne pouvais pas le laisser seul.

Ben a décidé pour moi.— Viens ici. Raconte-moi ce que tu as pensé de la boîte.

— C'était une boîte, comme n'importe quelle autre. J'ai haussé les épaules, essayant d'être nonchalant en m'asseyant sur la table basse en face de lui.

— Et la danse ?

Me souvenir de la façon dont il m'avait fait signe de venir sur la piste, de la façon dont nos hanches s'étaient heurtées, de la façon dont il m'avait presque embrassé là, sous les lumières tournoyantes, a rendu mon pantalon inconfortablement serré. Je me suis raclé la gorge.— J'ai bien aimé.

— J'ai bien aimé aussi. Il s'est penché en avant et a posé sa main sur mon genou. Le besoin a remonté ma cuisse directement jusqu'à mon entrejambe et s'y est logé, chaud et lourd. Ma respiration est devenue superficielle.

— Ces mecs à la boîte étaient plutôt canons. Surtout celui avec le chapeau.

Il a laissé échapper un grognement exaspéré.— Cooper Fallon, tu n'es pas aussi malin que tu le penses si tu crois que quelqu'un d'autre que toi m'intéressait. Je suis rentré avec la personne que je voulais, exactement. Il a fait glisser sa main plus haut sur ma cuisse jusqu'à ce qu'il soit à un centimètre à peine de mon entrejambe. Pas toi ?

Le dernier fil de mon contrôle a cédé.— Si. Je me suis jeté en avant, j'ai planté mes mains sur le coussin arrière du canapé, et j'ai écrasé ma bouche sur la sienne. Ce n'était ni doux ni joli. Notre baiser était plein de besoin, du claquement des dents, de la lutte de nos langues, de la brûlure de sa barbe naissante contre mes lèvres. J'ai jeté un genou sur le canapé à l'extérieur de sa jambe valide et j'ai frotté mon érection partout — sa cuisse, sa hanche — pour retrouver la sensation de notre danse.

Il a agrippé le devant de ma chemise, rapprochant ma poitrine de lui.— Besoin de toi, a-t-il murmuré entre deux succions sur ma langue.

Je me suis figé. Je n'avais rien fait avec un autre mec depuis le lycée. Depuis que j'avais rencontré Jackson. Est-ce que je me souvenais encore comment ça marchait ? Je n'avais ni lubrifiant ni préservatifs ni…

— Chut. Il a abandonné ma bouche pour m'embrasser jusqu'à mon oreille. On va y aller doucement. Je vais te faire du bien.

J'ai réprimé un frisson qui est parti de l'endroit qu'il avait embrassé et qui a parcouru toute ma colonne vertébrale.— Tu es blessé. Je ne veux pas…

— Il n'y a rien qui cloche avec ma bouche. J'ai senti le coin malicieux de ses lèvres contre la peau de mon cou. Puis il s'est reculé. À moins que tu ne veuilles pas ?

— Non, bien sûr que je veux. Je… Je devais arrêter de parler, ou j'allais dire quelque chose que je ne pourrais pas reprendre. Au lieu de ça, j'ai reculé pour m'agenouiller entre ses jambes. J'ai frotté mon visage contre son t-shirt humide de sueur et j'ai inspiré longuement pour remplir mes poumons de son odeur. Avec mon nez, j'ai tracé une ligne le long de son ventre jusqu'à sa ceinture. Là aussi, il sentait la sueur, mélangée à une excitation musquée. J'ai défait le bouton de son jean et j'ai levé les yeux vers son visage. Puis-je ?

Il a gloussé.— Je ne sais pas si tu peux. Il faudrait peut-être des pinces de désincarcération pour me sortir de ce jean.

J'ai tracé la crête de son érection avec un doigt. Elle a tressailli sous mon contact.

— Désolé. Il a aspiré une bouffée d'air. Je voulais dire, oui, s'il te plaît.

J'ai descendu la fermeture éclair et je n'ai trouvé que Ben en dessous.— Je crois que les sous-vêtements appropriés font partie du code vestimentaire, Monsieur Levy-Walters. Mais ma voix haletante a sapé la sévérité de mes paroles.

— Il n'y a rien d'approprié au travail dans ma tenue ce soir, Monsieur Fallon.

J'ai écarté les pans de son jean jusqu'à libérer sa bite, rouge sombre et circoncise comme je l'avais deviné. J'ai aplati ma langue contre elle et j'ai léché de là où elle sortait de son pantalon jusqu'à la pointe sombre.

Il a gémi.— Si c'est comme ça que tu disciplines quelqu'un

pour violation du code vestimentaire, j'aurais aimé me pointer au bureau sans sous-vêtements tous les putains de jours.

Mes doigts se sont resserrés sur son pantalon. *Le bureau.* Il n'y avait pas de retour en arrière possible après lui avoir sucé la bite.

Comme s'il avait entendu mes pensées, Ben a passé ses doigts dans mes cheveux et a doucement dirigé mon regard vers lui.
— Désolé. Fini de parler travail. J'ai soumis ma démission. Ce soir, tu es mon… amant.

— Amant ? Chaque centimètre de ma peau a picoté.

— On dirait que tu es sur le point de me sucer la bite. Donc je pense que le terme est approprié, tu ne trouves pas ?

— Et on est exclusifs ?

Son front s'est plissé.— Bien sûr. Je n'ai dansé avec ces autres gars que parce que tu ne voulais pas danser avec moi.

— Mais je l'ai fait. J'ai dansé avec toi.

— Tu l'as fait. Son expression s'est adoucie une minute, mais ensuite il a plissé les yeux. Et maintenant ?

— Maintenant, je vais te sucer la bite.

Une lueur dorée a éclaté dans ses yeux.— Oui, s'il te plaît.

Il a fallu quelques manœuvres pour lui retirer le jean le long de ses jambes sans blesser son pied enflé, mais j'y suis parvenu, et bientôt Ben était étalé sur le canapé, nu à l'exception de son t-shirt moulant. J'ai commencé par la tête de sa bite, passant ma langue le long de son méat et suçant la pointe jusqu'à ce que je goûte le piquant de son liquide pré-éjaculatoire. Je l'ai pris plus profondément, le mouillant bien et lui offrant de longues succions sur sa verge. Il a rejeté la tête en arrière contre les coussins et a gémi à cela.

Un sentiment de puissance a déferlé en moi, meilleur que lorsque nous avions atteint un milliard de dollars de chiffre d'affaires. Meilleur que lorsque nous en avions atteint cinq. Tout ça à cause d'un gémissement.

J'ai léché jusqu'à ses couilles, les pesant avec ma langue. Saisissant sa longueur avec ma main, j'ai fait glisser mon poing jusqu'à la pointe, j'ai tourné au sommet, et je suis redescendu. Sa brusque inspiration m'a montré que j'avais trouvé quelque chose qu'il aimait.

J'ai léché aussi bas que j'ai pu, mais le canapé m'empêchait d'aller plus loin. J'explorerais plus la prochaine fois. Putain. La prochaine fois. J'ai frotté ma propre érection contre le coussin du canapé. J'ai sucé ses couilles jusqu'à ce qu'elles se resserrent.

— Vais, vais… a croassé Ben.

— Pas encore. J'ai serré la base de sa bite, retenant son orgasme.

Il a cambré les hanches.— J'ai besoin de…

— Je sais. Tu vas jouir dans ma bouche. Je voulais le goûter, le sentir pulser en moi. Le démolir comme il me démolissait déjà.

J'ai remplacé ma bouche par ma main et j'ai pris autant de sa longueur que je le pouvais. De l'autre main, j'ai massé ses couilles. Puis je lui ai donné une longue et dure succion.

Son dos s'est arqué.— Oui, comme ça, a-t-il haleté.

J'ai creusé mes joues autour de lui et je l'ai laissé cogner contre ma gorge jusqu'à ce que j'aie un haut-le-cœur. Puis j'ai sucé encore et encore. Fort, puis en relâchant, puis fort à nouveau. Il a geint au fond de sa gorge, et ça m'a donné envie de rugir. Au lieu de ça, je me suis agrippé à sa hanche, le clouant au coussin.

Ses couilles se sont resserrées juste avant que ma bouche ne se remplisse de sa semence. Je suis remonté le long de sa verge, aspirant chaque goutte de sa libération, jusqu'à ce qu'il en sorte, et je l'ai avalé.

— Putain, a-t-il gémi. Un poignet couvrait ses yeux. Il avait l'air complètement anéanti, sa bite ramollissant contre sa cuisse, son t-shirt retroussé sur son nombril. Je voulais plonger ma langue dans ce creux. Goûter chaque centimètre de sa poitrine. La prochaine fois.

— Allez, viens. Je me suis relevé, j'ai glissé un bras sous ses genoux et j'ai calé l'autre derrière son dos.

Ses yeux se sont ouverts en grand.— Attends ! Qu'est-ce que tu fais ?

— Je te mets au lit. Tu as l'air… J'ai souri narquoisement, … épuisé. Je l'ai soulevé contre ma poitrine.

— Non, je vais bien. Donne-moi une minute. Ensuite, je m'occuperai de toi.

— Non. J'ai contourné la table basse et je l'ai porté de côté dans le couloir pour éviter de cogner son pied. Tu reposes ta cheville. Au lit.

Son frisson au dernier mot ne m'a pas échappé.— Mais je veux…

— Tout vient à point à qui sait attendre. Je l'ai déposé sur son lit et j'ai tiré le drap sur lui. Bonne nuit.

J'avais l'intention de lui laisser un baiser chaste sur les lèvres, mais il a attrapé l'arrière de ma tête et m'a tiré à lui. Le goût de lui, mêlé à l'arrière-goût de sa semence, m'a tenté de l'enfourcher. De me retourner, de le traîner sur mon visage et de voir si je pouvais le faire jouir à nouveau si tôt. De sentir ses lèvres sur moi.

Mais je me suis retiré. Ses paupières tombaient, et je savais que sa cheville devait être lancinante.

J'ai fait tomber sa dose d'analgésique du flacon près du lit et je lui ai tendu le comprimé.— À demain matin.

Il a gémi mais a docilement avalé la pilule et s'est tourné sur le côté.— Bonne nuit, Cooper. Merci pour… pour la danse.

Souriant, je suis sorti d'un pas nonchalant. Danser avait été une façon parfaite de passer la soirée. Et à ce moment-là, je me fichais des changements que le matin pourrait apporter.

23

BEN

QUAND J'AI OUVERT les yeux et que j'ai vu la lumière du soleil filtrer à travers les voilages, j'ai su que j'avais merdé.

J'avais prévu de me lever aux aurores, de me glisser dans la chambre de Cooper et de le réveiller avec la pipe que j'avais été trop fatigué pour lui faire la nuit dernière. Puis — j'ai souri à cette vision — nous nous serions rendormis, blotti contre moi.

Pourquoi mon réveil ne m'avait-il pas sorti du lit ? J'ai jeté un coup d'œil à la table de chevet, vide à l'exception de la boîte d'analgésiques et d'un verre d'eau.

Ah, oui. Mon téléphone était dans la poche de mon jean, et mon jean était toujours en boule par terre dans le salon, là où Cooper Fallon m'avait complètement retourné. J'ai frissonné en me souvenant de ses yeux bleus entre mes cuisses, de la sensation parfaite de ses lèvres sexy autour de ma bite.

Ça valait vraiment le coup de démissionner.

Après l'avoir enfin convaincu de retourner à San Francisco, de retourner chez Synergy, j'en trouverais un autre. Il ne serait pas aussi bien que celui que j'avais chez Synergy — bien que travailler pour Cooper Fallon n'ait pas été une partie de plaisir — mais tout ce dont j'avais besoin, c'était un revenu pour tenir jusqu'à la fin de mes études et…

Merde. Le paiement des frais de scolarité. Je me retrouverais dans la même situation que lorsque j'avais perdu mon dernier emploi. Les études ou le loyer. Quoique Mimi avait dit que ça ne la dérangeait pas que je dorme sur son canapé. Peut-être que je pourrais passer quelques nuits chez Cooper ? Ou était-ce encore une fois une preuve de mon cœur d'artichaut ?

Devais-je encore tout garder pour moi ?

Cooper avait bandé et débandé ma cheville. Il avait touché mon pied en sueur, s'était assuré que je prenais mes médicaments et que je buvais de l'eau. Il était allé danser avec moi, et il *a vraiment dansé*, ce que je n'avais pas osé espérer. Et puis il m'avait ramené à la maison et m'avait fait une pipe d'enfer, sans se soucier de jouir ou non.

Et qu'est-ce que j'avais fait, moi ? Je l'avais traîné dans une boîte où il n'avait même pas bu — probablement parce qu'il voulait me faire plaisir — et j'avais dansé avec une douzaine de mecs, en espérant qu'il le remarquerait, qu'il débarquerait comme un homme des cavernes pour m'entraîner dans un coin sombre et m'embrasser à en perdre haleine.

J'avais été un sale gosse.

Cooper n'avait pas besoin d'un sale gosse. Il avait besoin de quelqu'un qui prendrait soin de lui, qui maintiendrait son équilibre pour qu'il ne plaque pas tout pour s'enfuir.

Je pouvais le faire. À commencer par aujourd'hui. Et la première étape était de le ramener au bureau, là où était sa place. Pour qu'il puisse s'occuper de gens comme Mimi et Marlee et tous les autres.

Et Jackson Jones ? J'ai senti les coins de ma bouche se relever. Cooper ne lui avait jamais fait de pipe. Bien sûr, ils étaient amis, et je ne lui en voudrais jamais pour ça, mais Cooper était à moi maintenant.

À moi.

Je me suis pincé et j'ai souri à la douleur.

Après avoir pris une douche et bandé ma cheville, j'ai boitillé jusqu'à la terrasse, où il était assis avec sa tablette. Coco s'est levé de l'endroit où il était couché aux pieds de Cooper et a couru vers moi, ses griffes martelant le bois de la terrasse.

Quand Cooper a levé les yeux de sa tablette, son sourire a rivalisé avec l'éclat du soleil matinal. Il a posé la tablette et s'est élancé — non, il a traversé la pièce d'un pas décidé ; Cooper Fallon ne *s'élançait* nulle part — vers moi. Ses doigts se sont enroulés autour de ma mâchoire crispée et l'ont relevée juste avant qu'il ne dépose un doux baiser au goût de café sur mes lèvres. — Bonjour.

— B-bonjour. Son contact me faisait fondre. Je me suis pressé contre sa poitrine et j'ai humé son parfum. Du café fort des îles, le coton frais de la chemise à coquillages que je lui avais achetée, et une pointe de menthe verte.

— Pas bouger, Coco ! Comprenant le ton de Cooper, Coco a cessé de sauter sur mes genoux et s'est assis à mes pieds.

— Comment va ta cheville ? Cooper m'a saisi par les épaules et s'est penché en arrière pour la regarder.

—Bien. Je… je l'ai bandée.

— Bien. Il m'a embrassé sur la tempe — mon Dieu, je me liquéfiais — et, d'une main sur mon coude, il m'a conduit à la table où un assortiment de fruits et de viennoiseries nous attendait. Il m'a installé sur la chaise à côté de la sienne et m'a versé une tasse de café avec de la crème et une bonne cuillerée de sucre.

— Après le petit-déjeuner, je dois aller en ville. J'aimerais que tu m'accompagnes si tu t'en sens capable.

— Ah bon ? J'ai siroté le café parfaitement sucré. — Qu'est-ce qu'on va faire en ville ?

Il a pioché dans le bol de fruits et en a mis dans mon assiette avant de se servir. — Du shopping. Même si j'aime les vêtements que tu m'as achetés, quelques chemises de plus ne seraient pas de trop.

J'ai tiré sur sa manche. — Ne me raconte pas de conneries. Tu détestes cette chemise.

Ses lèvres se sont incurvées. — J'aime cette chemise. Je déteste celle avec les lézards.

— Je l'aime bien, moi aussi. J'ai redressé son col et j'ai passé une main sur sa poitrine. Le shopping, c'était un truc que les petits amis faisaient ensemble. C'est ce que nous étions maintenant ? — D'accord, j'en suis.

Après le petit-déjeuner, Mateo nous a conduits en ville et nous a suivis à une distance discrète tandis que nous passions devant les boutiques de souvenirs vendant des T-shirts et des colliers de coquillages, devant la grande bijouterie qui vendait le larimar, la fierté de l'île, devant le magasin d'alcools qui vendait du rhum importé de Porto Rico et d'autres îles voisines. Coco ne se souciait pas de la discrétion ; il trottait sur nos talons et regardait de haut les autres Coconut Hounds qui traînaient dans les ruelles.

Au lieu d'entrer dans l'une des boutiques de vêtements tropicaux, Cooper a tourné dans une rue adjacente. Le trottoir était plus accidenté ici, soulevé par les racines des énormes arbres qui ombrageaient la rue, et quand il m'a pris la main, mon cœur s'est mis à battre la chamade.

Il n'y avait pas de touristes dans cette rue avec leurs chemises à imprimés tropicaux, leurs baskets d'un blanc aveuglant et leurs casquettes de baseball. Ici, les gens coiffés de chapeaux de paille élimés et vêtus de guayaberas en lin blanc tiraient des chariots de courses derrière eux ou portaient des sacs en filet. Les commerçants, appuyés aux embrasures des portes, interpellaient les passants en espagnol.

Et ils connaissaient Cooper. Certains hochaient timidement la tête. D'autres s'approchaient de lui et engageaient la conversation. Il souriait — pas le sourire radieux qu'il m'avait offert ce matin, mais un sourire poli — et discutait en retour. Quand une femme plus âgée dans une robe à fleurs délavée lui a pincé la joue et a haussé les sourcils en me regardant, il a serré ma main et m'a appelé son *novio*. Même mon espagnol de lycée connaissait ce mot. Il ne m'avait pas présenté comme son *amigo*, mais comme son petit ami. Un large sourire s'est étiré sur mon visage.

Quand elle lui a fait un baiser sur la joue et a continué son chemin, j'ai serré sa main. — Alors, je suis ton *novio* ?

Ses pommettes ont rougi. — Comment préférerais-tu que je t'appelle ? Il y a un mot ici pour les sex-friends, mais je... — Il a grimacé. — C'était ma grand-tante.

Il avait raison. Nous n'avions jamais été amis. Et je doutais que le mot soit poli. — *Novio* est parfait. — Je l'ai attiré vers moi pour l'embrasser sur la joue, et il ne s'est pas dérobé. Il a passé son bras autour de ma taille. Il a jeté un regard en arrière à Mateo, qui parlait avec sa grand-tante, et lui a lancé un regard sévère.

Nous sommes passés devant une épicerie, une cordonnerie et un salon de coiffure. De l'autre côté de la boulangerie, Cooper a ouvert une porte, et une clochette a tinté au-dessus de nous.

— ¡Tío! es Miguel, a-t-il lancé.

Le bourdonnement d'une machine à coudre s'est arrêté, et un homme aux cheveux gris clairsemés et au bouc soigné s'est levé d'une table au fond de la boutique. Il a relevé ses lunettes sur le haut de sa tête et nous a dévisagés. — Lito ! — Il s'est penché jusqu'à ce que son dos craque, puis s'est traîné vers nous.

Il a serré Cooper dans ses bras, puis a reculé pour abaisser ses lunettes et examiner la chemise de Cooper. Secouant la tête, il a fait claquer sa langue. Il a dit quelque chose en espagnol, et j'ai saisi les mots *camisa fea*. Il avait qualifié la chemise de moche. Cooper a répondu brièvement en espagnol, puis est passé à un anglais lent.

— Tío, voici mon ami, Ben.

— Buenos dias, ai-je dit en tendant la main.

Ignorant ma main, l'oncle de Cooper m'a pris dans ses bras. — José María, mais tu peux m'appeler tío.

Il a reculé et m'a regardé de la tête aux pieds, de mon polo à mon bermuda. — Vous avez besoin de vêtements, tous les deux.

J'étais venu avec une valise pleine de tenues adaptées aux tropiques. — Non, je...

La main lourde de Cooper s'est posée sur mon épaule. — Oui, s'il vous plaît, tío. Des tenues décontractées.

— Quelque chose pour dimanche ?

— Non, merci, nous…

— Sí, sí. Vous viendrez dîner chez ta tía.

Cooper a grimacé, mais il n'a pas protesté non plus. Un dîner de dimanche avec sa famille ? Sa *famille* ?

José María s'est agité dans la boutique, sortant des articles des cintres. Il en a tendu la moitié à moi et la moitié à Cooper, puis il nous a poussés vers deux cabines sur le côté du magasin. Le rideau s'est refermé brusquement derrière moi.

— Enfile ça, et puis sors, a dit José María.

J'ai quitté mon short pour un pantalon ample en lin de couleur chamois. Je me suis débarrassé de mon polo et j'ai boutonné une guayabera rouge brique. J'ai jeté un coup d'œil dans le petit miroir. Bien que je porte normalement du noir et du gris, le rouge allait bien avec ma peau, et le pantalon était frais et léger, même dans le magasin non climatisé.

Je me suis glissé à travers le rideau et je suis sorti. José María a hoché la tête en signe d'approbation. — Tourne-toi, a-t-il aboyé.

Je me suis retourné et je l'ai senti saisir le tissu au niveau de mes fesses. — Je vais reprendre un peu ici. Ce serait dommage de cacher ce… comment disent les jeunes en anglais ? Ce *booty* ?

Je lui ai souri par-dessus mon épaule. — Merci.

— Ah, a-t-il dit, son regard passant derrière moi. — Un instant.

Cooper est sorti de sa cabine d'essayage. Comme moi, il portait un pantalon en lin et une guayabera, une bleu ciel assortie à ses yeux. Il n'y avait pas d'excès de tissu autour de ses hanches ; le pantalon semblait avoir été fait pour lui, effleurant ses hanches étroites et ses cuisses musclées pour s'arrêter juste à sa cheville, sans s'accumuler en bas comme le mien.

— Je vois que tu as toujours ma taille, a-t-il dit.

Et comment. Mes yeux ont parcouru les larges épaules et la taille fine de Cooper.

— Ne dis pas de bêtises. Quand j'ai appris que tu étais là, je les ai faits pour toi, Lito.

Les joues de Cooper sont devenues rouges, mais il a souri. — Gracias, tío.

José María a épinglé mon pantalon, et je suis retourné dans la cabine pour enfiler la tenue suivante, qui était similaire, mais la chemise était d'un rose huître pâle. José María a épinglé celle-là aussi. La dernière sélection était un pantalon slim gris pierre, une chemise de ville bleu français et un blazer en seersucker.

Pendant que José María épinglait le pantalon, Cooper est sorti dans un pantalon kaki incroyablement moulant, une chemise de ville à carreaux bleus et un blazer en lin marine avec une pochette pimpante à motifs rouges. — Tío, je ne suis pas sûr pour ce pantalon… Je crois que tu l'as fait pour un de mes cousins.

— Non, ai-je soupiré.

— Non, a dit José María en même temps. — Ils sont parfaits. Tourne-toi.

Cooper s'est retourné, et j'ai dû me mordre la langue pour l'empêcher de pendre de ma bouche comme celle d'un loup dans un vieux dessin animé. Le pantalon lui serrait et dessinait son cul, et si José María n'avait pas été là, j'aurais laissé mes mains suivre les courbes que mon regard traçait. *Putain de merde.*

José María a gloussé, la bouche pleine d'épingles. — Tu vois ? Parfait. Ben approuve.

J'ai grimacé. Je l'avais dit à voix haute.

Cooper n'a pas semblé s'en soucier. Il s'est tourné lentement pour me faire face, et la veste bleue rendait ses yeux bleus féroces. — Alors je le prends. Tel quel.

— C'est tout. José María s'est levé, ses genoux craquant. — Je demanderai à l'un des garçons de livrer les vêtements chez vous. Sauf la première tenue. Vous la porterez aujourd'hui. Ben, tu peux porter la chemise rouge. Elle n'a pas besoin de retouches.

— Oui, monsieur. Je suis retourné derrière le rideau et j'ai enfilé la guayabera rouge avec mon short kaki. Je ne la portais pas aussi naturellement que Cooper sa chemise bleue, mais j'avais un peu moins l'air d'un touriste.

Quand je suis sorti, les bras chargés de vêtements épinglés,

Cooper tapotait sur son téléphone. Il a embrassé la joue de son oncle. — Gracias, tío.

J'ai cherché mon portefeuille. Impossible que j'aie assez d'argent pour payer des vêtements faits main.

— Je m'en occupe. Cooper a arrêté ma main et a brandi son téléphone avec son application de paiement à l'écran. — C'est à mon tour de t'acheter des vêtements.

J'avais payé ses *chemises moches* avec ma carte de crédit d'entreprise, donc, en fait, c'était lui qui les avait payées. Mais je n'ai pas discuté. Mon *novio* m'avait acheté des vêtements. Mon cœur a fait un bond dans ma poitrine. J'avais perdu la bataille. Pas seulement celle avec Cooper pour l'argent. Mais celle avec mon cœur trop prompt à tomber amoureux. — Merci.

Dehors, Mateo se tenait les bras croisés à l'ombre à côté de Coco, qui a aboyé joyeusement quand nous sommes sortis de la boutique de José María. Il avait une laisse. Pas une laisse en nylon flambant neuve qu'on aurait pu acheter dans une animalerie sur le continent. C'était du cuir souple, usé par le temps. Comme si elle avait servi à de nombreux Coconut Hounds qui avaient décidé de s'auto-domestiquer. Mateo m'a tendu le bout de la laisse, et Coco a trotté à mes côtés comme si de rien n'était.

Nous sommes retournés vers la rue principale, en direction de l'endroit où la voiture était garée. En passant devant les vitrines impeccables de la bijouterie, j'ai aperçu notre reflet. Nous ne ressemblions pas à un couple d'Américains faisant un peu de shopping dans ce joli village des Caraïbes. Nous ressemblions à un couple d'expatriés, totalement adaptés au style de l'île. Avec un chien en laisse pour le prouver.

Quand nous sommes arrivés à la voiture, mon téléphone a vibré dans ma poche. Je l'ai sorti pour lire le message.

MARLEE

Weston rencontre à nouveau des gens de
Gurusoft ce matin. Qu'est-ce que tu fous,
bordel ?

Mes yeux se sont écarquillés. Qu'est-ce que je foutais, bordel ? J'achetais des vêtements comme si nous allions rester plus que quelques jours. Et j'oubliais complètement la raison pour laquelle je m'étais traîné jusqu'à cette île.

Il fallait que je me remette sur les rails. M'assurer que Cooper ne vende plus d'actions de Synergy. Et le forcer à retourner en Californie, où était sa place. Où nous avions notre place tous les deux.

24

COOPER

SUR LE CHEMIN du retour après notre virée shopping, j'observais les pouces de Ben qui s'activaient frénétiquement sur son téléphone.

Ça avait été une bonne journée, à me promener en ville avec lui, à lui acheter des vêtements pour qu'il ait l'air d'être d'ici.

Serait-ce si terrible si nous ne rentrions pas ? Jamila avait dit que je devais faire ce qu'il y avait de mieux pour ma santé mentale, y compris laisser Synergy et Jackson derrière moi, comme la carapace devenue trop petite d'un bernard-l'ermite.

Ben avait des amis et de la famille à San Francisco. Ce serait peut-être difficile pour lui de les quitter. Mais j'étais un homme riche, et je disposais de nombreux outils de négociation.

Pendant qu'il tapotait sur son téléphone, j'ai élaboré ma stratégie.

Il avait quitté son travail pour que nous puissions être ensemble. Puis il avait rougi quand j'avais lâché par inadvertance le surnom de *mi novio*. Il semblait apprécier la vie sur l'île. Il s'était lié d'amitié avec Ramón et les autres. Peut-être qu'il voulait être convaincu de rester. Mais c'était trop important pour laisser faire le hasard.

Une règle de la négociation est de maîtriser l'environnement. Ben serait plus facile à persuader dans un cadre romantique. J'ai envoyé un texto à Luis pour organiser un dîner pour deux juste à l'extérieur de ma propriété, sur la plage, où Ben serait en contact direct avec la beauté de l'île. Et bien qu'il soit plus en sécurité derrière le portail verrouillé, il serait important de lui donner un sentiment de liberté pour qu'il sache qu'il pouvait partir s'il le voulait. Ma poitrine s'est enflammée à l'idée qu'il puisse s'en aller.

Bien que j'aie conclu de nombreux marchés au cours de ma carrière — prêts d'entreprise, rachats, offres d'emploi —, je n'avais jamais mené de négociation personnelle avec des enjeux aussi élevés. Bien sûr, j'avais négocié avec de nombreuses femmes pour qu'elles soient mes petites amies temporaires pour un événement ou un autre. Une ou deux fois pour toute une saison d'événements. Si elles n'acceptaient pas les conditions, je pouvais soit trouver quelqu'un d'autre — il semblait toujours y avoir quelqu'un de prêt à prendre la place — soit y aller seul et faire monter le buzz sur mon statut de célibataire le plus convoité.

Mais cette fois, c'était différent. Je ne pouvais pas abandonner Ben. Si je le faisais, j'y laisserais mon cœur. Pour la première fois depuis des années, j'étais heureux. Et je ferais presque n'importe quoi pour que ça continue.

Ben était toujours absorbé par son téléphone, alors j'ai tendu le bras par-dessus le siège et j'ai posé ma main sur son genou. Il a levé la tête, surpris, mais m'a adressé un sourire rapide. Il a continué à taper de la main gauche et a posé sa droite sur mes doigts.

La tension a quitté ma poitrine. Ben tenait à moi. Ce dernier jour au bureau, il avait enroulé son mouchoir autour de ma main qui saignait. Puis il était venu sur l'île pour prendre de mes nouvelles. Pour essayer de me convaincre de revenir. Même si je ne le méritais pas, il se souciait de moi.

Maintenant que nous étions ensemble, il devait se rendre compte que rester ici était le meilleur choix pour moi. Néanmoins, j'allais sortir l'artillerie lourde. Fleurs. Champagne. Ce dessert triple chocolat qu'ils préparaient au restaurant du complexe et qui faisait s'extasier Jamila.

Dès que nous nous sommes garés devant la maison et que nous avons ouvert les portières, Coco a reniflé l'air et a grogné.

— Qu'est-ce qui se passe, Coco ? a demandé Ben comme si le chien allait répondre en anglais.

— Cooper. Le ton de Mateo était un avertissement.

Je me suis approché de lui alors qu'il se tenait là, la main sur la poignée de la porte d'entrée.

— La porte n'est pas verrouillée, a-t-il dit. Et je sais que je l'ai vérifiée quand nous sommes partis. Remontez dans la voiture et verrouillez les portières.

Coco a aboyé de toutes ses forces quand j'ai poussé Ben pour qu'il remonte dans le SUV. Je me suis glissé derrière lui et j'ai tendu le bras vers le siège conducteur pour appuyer sur le bouton de verrouillage des portières.

— Qu'est-ce qui se passe ? Ben a pris Coco sur ses genoux et lui a caressé les flancs jusqu'à ce qu'il se calme. Le chien fixait la porte d'entrée comme s'il pouvait voir à travers.

— Mateo pense que quelqu'un est peut-être à l'intérieur. Il va vérifier.

— Est-ce que Mateo va s'en sortir ?

— S'il n'est pas sorti dans cinq minutes, j'irai.

— Je viens avec toi.

— Non. J'ai posé une main sur son épaule et j'ai plongé mon regard dans ses yeux surpris. Tu resteras ici. Où tu es en sécurité.

— Prends Coco avec toi.

J'ai gratté la tête du chien. — D'accord. Il pourra encore nous sauver la mise en mordant la cheville du méchant.

Mateo est sorti de la maison et a couru jusqu'à la voiture. Je lui ai déverrouillé la porte et il a passé la tête à l'intérieur.

— Rien à signaler, a-t-il dit. Une confusion avec le service d'étage. Un nouveau a cru qu'il devait s'occuper de votre maison.

Un chariot d'entretien est sorti de la porte d'entrée en cahotant. L'homme qui le poussait était presque trop corpulent pour son uniforme. Les boutons étaient tendus, prêts à sauter. Il boitait derrière le chariot sur le chemin et nous a fait un signe de la main embarrassé. Coco a grogné.

— Luis devrait être au courant de ça. Et il devrait lui trouver un uniforme mieux ajusté. J'ai cherché mon téléphone.

— Ne fais pas ça. Ben a posé une main sur la mienne. C'était une erreur de bonne foi. Et il est nouveau. Je ne voudrais pas qu'il perde son emploi pour ça.

Ben était toujours si prévenant avec les gens de service. J'ai glissé mon téléphone dans ma poche. — D'accord.

— Merci. Il m'a embrassé sur la joue. Je crois que je vais rentrer faire une sieste.

J'ai levé ma main vers sa joue et j'ai redirigé le baiser vers mes lèvres. — Ça me va. J'ai prévu un dîner spécial.

— Mmm. Ce son a envoyé une décharge directe dans mon entrejambe. Ça me plaît.

Ça faisait longtemps que je ne m'étais pas embrassé langoureusement dans une voiture, mais si Mateo n'avait pas été là, et si Coco n'avait pas été en train de grogner et de gratter la vitre, j'aurais peut-être tenté le coup. Mais, les circonstances étant ce qu'elles étaient, j'ai ouvert la portière et j'ai attrapé Coco par le ventre pour qu'il ne poursuive pas l'employé d'étage. Je l'ai coincé sous mon bras et j'ai aidé Ben à sortir. Notre promenade en ville plus tôt avait dû être éprouvante pour sa cheville.

Pendant que Ben faisait la sieste, je suis allé à la salle de sport, et après, j'ai pris quelques articles essentiels dans la section des soins personnels de la boutique de cadeaux. Des essentiels que j'espérais utiliser plus tard avec Ben. J'ai discuté avec Luis des plans pour le dîner, mais comme je l'avais promis à Ben, je n'ai rien dit sur l'employé d'étage égaré.

Luis m'a donné une tape dans le dos. — Bonne chance, mon ami. Je suis content que tu aies enfin trouvé l'amour.

Mes yeux ont dû s'écarquiller, car Luis a ri. — Ne me dis pas que tu ne lui as pas dit ce que tu ressens.

— Je… non. Qu'est-ce que je ressens ? À part une possessivité maladive à chaque fois que Mateo riait à une des blagues de Ben. Une euphorie quand Ben m'embrassait. J'aimais même porter cette chemise à iguanes moche comme tout qu'il m'avait choisie.

— Je crois que tu le sais. Tu as seulement besoin de l'admettre à toi-même. Et à lui.

Luis avait-il raison sur ce que je ressentais ? J'ai retourné la question dans ma tête en retournant au bungalow en courant, mon sac de provisions à la main. Je n'avais jamais été amoureux de personne, sauf de Jackson. Et je savais, même à l'époque, que mes sentiments n'étaient pas sains. L'oppression dans ma poitrine quand j'étais avec Jackson n'était pas chaude et pétillante comme avec Ben. Avec Jackson, c'était toujours de la douleur, car je savais qu'il ne ressentait pas la même chose pour moi. Peu importe qu'il m'ait embrassé une ou deux fois quand il était ivre, Jackson était complètement hétéro. J'avais su presque dès le premier jour où je l'avais rencontré que je n'avais aucune chance avec lui.

Et pourtant, je m'étais langui de lui comme une adolescente pour une rock star. Pourquoi ? Pourquoi avais-je fait ça pendant quinze ans ? J'avais pensé que c'était parce que nous étions aussi proches que des frères. Des meilleurs amis qui étaient à deux doigts de devenir amants s'il se réveillait et voyait ce que je ressentais pour lui.

Quand il a épousé Alicia, je me suis dit que ça ne pouvait pas durer. Il n'avait jamais eu de relation sérieuse. De plus, malgré tous ses défauts, j'espérais encore que nous étions faits pour être ensemble. C'est pour ça que j'avais épongé tout le travail qu'il laissait en plan. Pour qu'il sache que je serais là quand tout s'effondrerait. Mais le soir de la naissance de leur bébé, quand j'avais vu l'exaltation dans ses yeux alors qu'il serrait sa nouvelle famille contre lui…

Peut-être que le Dr Pradhi avait eu raison pendant toutes ces années.

Ce que je ressentais pour Ben était différent. Je ne connaissais pas tous ses secrets. Je ne le connaissais que depuis six mois. Pourtant, quand j'étais avec lui, je me sentais complet.

J'ai appelé le service traiteur et leur ai demandé de doubler la taille de la composition florale.

De retour au bungalow, j'ai pris une douche et j'ai passé plus de temps que d'habitude à perfectionner l'ondulation de mes cheveux. Ben était obsédé par mes cheveux. Il adorait les toucher. Je n'avais jamais été nerveux à propos de mon apparence auparavant, certainement pas sur l'île où tout le monde m'acceptait. Mais ce soir, tout devait être parfait. Pour Ben.

Quand il est entré dans le salon, je me suis levé d'un bond du canapé où j'étais assis, un verre d'eau pétillante intact sur la table basse devant moi. Je l'ai dévoré des yeux. Il ressemblait à son ancien lui du bureau, avec une chemise à carreaux gris et un jean foncé, plus ample que celui qu'il avait porté au club. Il était pieds nus, et ses cheveux étaient encore humides de sa douche.

J'ai inspiré le miel de son baume à lèvres et l'odeur chaude du coton fraîchement repassé. Il s'était pomponné pour moi, lui aussi.

— Tu as faim ? Je l'ai embrassé, juste une pression nerveuse de mes lèvres sur les siennes.

— Affamé. Je ne pensais pas dormir aussi longtemps. Il a saisi ma main pour me retenir près de lui et m'a rendu mon baiser, plus long et avec un glissement de sa langue qui a fait se recroqueviller mes orteils dans le tapis.

Quand nous nous sommes séparés, j'ai appuyé mon front contre le sien. J'espérais avoir fait assez pour nous assurer d'avoir des dîners sur la plage ensemble pendant longtemps. Pour pouvoir avoir ses baisers tous les soirs.

— Le dîner est prêt. En plein air. Je l'ai conduit par la main à travers le patio et par le portail arrière qui menait directement à la plage. Mes pieds se sont enfoncés dans le sable chaud, et je me suis arrêté pour retrousser les jambes de mon pantalon.

Ben a fait de même, et quand il s'est redressé, il a repéré la table. Ou ce qu'il pouvait en voir sous l'énorme composition de fleurs tropicales. Il a eu le souffle coupé.

— Ça te plaît ? C'était peut-être trop. Le champagne. Les fleurs. Le serveur debout près d'une table de service avec des chauffe-plats.

— Tu plaisantes ? Un dîner romantique sur la plage au coucher du soleil ? Je ne te croyais pas capable de ça, Cooper. J'adore.

Mon estomac a fait un bond, et j'ai eu envie de lever le poing en signe de victoire comme au lycée quand j'avais réussi un examen. Mais j'ai affiché un air détaché, je l'ai aidé à traverser le sable inégal jusqu'à la table et j'ai tiré sa chaise. J'ai laissé traîner ma main sur ses épaules en passant derrière lui pour rejoindre la chaise à côté de la sienne, et il a frissonné.

— Tu n'as pas froid, j'espère ? Une légère brise soufflait de la mer.

— Non, juste… juste heureux. Il a souri, et quelque chose s'est mis en place en moi. J'ai saisi sa main et l'ai portée à mes lèvres. J'étais heureux, moi aussi.

— Señores, êtes-vous prêts pour l'entrée ? Le serveur s'est approché silencieusement derrière moi.

— Sí, por favor.

Il a posé nos entrées devant nous. Les yeux de Ben se sont écarquillés quand il a vu la nourriture. — C'est magnifique. Trop joli pour être mangé.

Mon regard n'a pas quitté son visage. — Non, ça ne l'est pas.

Les joues de Ben sont devenues roses. — Tiens donc, M. Fallon. Je crois que c'était une insinuation graveleuse. Que vais-je bien pouvoir faire de vous ?

Je pouvais penser à un tas de choses que je le laisserais me faire. Mais nous devions d'abord parler. Et je voulais qu'il soit de bonne humeur pour ça. Le coin de ma bouche s'est relevé. — D'abord le dîner. Et ensuite, nous pourrons parler de ce que tu feras de moi.

Ses yeux brillaient d'un éclat doré dans le soleil couchant. Il a regardé par-dessus son épaule le serveur, qui s'occupait du contenu des chauffe-plats. Puis j'ai senti un glissement de peau le long de mon cou-de-pied. Ses pieds étaient sablonneux, et les miens aussi, mais cela m'a fait imaginer ce que nos corps pourraient ressentir, glissant l'un contre l'autre. Les boucles rêches sur sa poitrine. Ma barbe de trois jours grattant l'intérieur de sa cuisse. J'ai frissonné. — Mange.

Ben s'est attaqué à l'entrée. Mon estomac était un nœud dur, un mélange de nervosité et de désir, alors je lui ai offert mon assiette quand il a fini la sienne.

— Tu ne manges pas ?

J'ai à nouveau esquissé un sourire en coin. — J'ai faim d'autre chose.

Il a haussé les sourcils. — Nous n'en sommes qu'à l'entrée.

— Peut-être que j'attends le dessert.

Il a élevé la voix. — Señor, je pense que nous sommes prêts pour le plat principal.

Le serveur a retiré nos assiettes d'entrée et a servi le plat principal. Il en a posé une devant Ben et l'autre devant moi.

— Gracias, señor, a dit Ben. Je pense que nous pouvons nous débrouiller à partir de maintenant.

Le serveur m'a regardé, et j'ai hoché la tête. Il a empilé les assiettes d'entrée sur un plateau et les a emportées sur le chemin menant au complexe.

— Cooper, c'est trop bon pour laisser passer ça. Goûte une bouchée. Ben a tendu sa fourchette par-dessus la table jusqu'à mes lèvres. Sans regarder, j'ai refermé la bouche dessus. Une sorte de poisson, léger et fondant. Ben a retiré la fourchette. Bon, n'est-ce pas ? Sa voix était devenue haletante.

Peut-être que je n'avais pas besoin d'attendre. Peut-être que ce moment, à partager un repas délicieux, la brise ébouriffant nos cheveux, le bruit des vagues en fond sonore, était le bon.

— Ben, je… je veux continuer à faire ça.

— Avoir des repas romantiques ensemble ? Je suis absolument partant pour ça. Il m'a fait un clin d'œil et a pris une autre bouchée du poisson.

— Oui, et… et tout le reste. Faire du shopping ensemble. T'inviter à des rendez-vous. Et je veux que tu emménages dans ma chambre.

Il a glissé son pied sur mes genoux et a pressé son talon dans mon entrejambe. — Vraiment ? Ça me plaît, ça.

J'ai lâché un juron et j'ai pris son pied taquin dans ma main. J'ai massé son cou-de-pied sablonneux.

— Je veux que tu… — J'ai dégluti. — … fasses partie de ma vie.

Son pied a quitté ma main d'un coup sec, et la brume langoureuse a disparu de ses yeux. — Partie de ta vie ?

J'ai tendu la main par-dessus la table, paume vers le haut, et il a posé sa main dans la mienne. Le contact m'a rassuré, m'a donné le courage de continuer. — Je te veux. Je me suis éclairci la gorge. Définitivement.

— Définitivement ? Il a serré ma main. Genre, pour toujours ?

J'ai pris une profonde inspiration, plus oppressé par le poids sur ma poitrine. — Pour toujours.

Il a desserré sa prise et a tracé un cercle sur mon poignet qui m'a fait frissonner. — Même après que tu seras retourné travailler ?

Le frisson s'est transformé en un torrent glacé dans tout mon corps. Le travail ? Il voulait parler de ça maintenant, alors que je me mettais à nu pour lui ? — J'emmerde le travail. J'emmerde Synergy. *J'emmerde Jackson.* — C'est toi que je veux, Ben. Tu ne le vois pas ?

— Même si je n'y travaille plus, je me soucie des gens qui y sont encore. Tu ne peux pas abandonner Synergy. Pas pour moi.

Trop tard. — Je ne me suis jamais senti aussi libre qu'ici, sur l'île avec toi. Je ne veux pas y retourner. Pas de sitôt. Peut-être même jamais.

Son regard s'est adouci, mais pas sa voix. — Ils ont besoin de toi chez Synergy. Marlee. Ma sœur, Mimi. Et Jackson. Ton ami.

J'ai serré la mâchoire. — Synergy — et Jackson — survivront que j'y sois ou non. Même si je vends jusqu'à ma dernière putain d'action. Mais je n'en ai rien à foutre de tout ce qui est là-bas. On n'a pas besoin de retourner à San Francisco. On pourrait rester ici. N'es-tu pas heureux ici ? L'île lui allait bien. Sa peau mate était devenue dorée au soleil, et ses cheveux sombres avaient des reflets roux de coucher de soleil. Mais Ben était beau même sous les néons du bureau.

Il a retiré ma bouée de sauvetage et a passé ses deux mains dans ses cheveux. — Je ne peux pas rester ici. J'ai une vie. Une famille. Des études.

— On peut trouver une solution pour tout ça. Des cours à distance. Des visites sur le continent. Même faire venir nos familles ici. Mamá adorerait être de retour avec sa famille. Parfois, je pensais que moi — et ses dames de l'église — étions les seules choses qui la retenaient aux États-Unis.

— Je ne sais pas si tu le sais — je lui ai lancé mon sourire le plus charmeur — mais je suis riche à crever. Aucun de nous deux n'a besoin de travailler un seul jour de plus dans sa vie.

Je m'attendais à ce que son visage s'illumine à cette idée, à la pensée de partager tout ce que j'avais, mais ses lèvres se sont resserrées. — Je ne veux pas dépendre de toi, Cooper. Pas comme ça.

Un froid glacial m'a traversé. — Avant, tu dépendais de moi pour un salaire. En quoi ce serait différent ?

Il a baissé les yeux vers son assiette. — Je… je ne sais pas. Même quand j'ai touché le fond et que mes parents voulaient m'aider, je n'ai pas voulu de leur argent. Je suppose que je devais prouver que je pouvais m'en sortir tout seul. J'ai travaillé dur pour me construire une vie. Elle n'est peut-être pas géniale, mais c'est la mienne, tu vois ?

L'image de Ben seul dans un refuge pour sans-abri a fait passer mon sang d'un froid glacial à une ébullition totale. — Pourquoi putain tu voudrais de ça ? J'ai tout, et je te l'offre !

Ses yeux brillaient dans le soleil couchant. — Tu ne m'offres pas tout, n'est-ce pas ? Je t'ai tout raconté sur ce qui m'est arrivé en grandissant. Mais tu ne m'as pas dit une seule chose sur ta vie avant Jackson Jones.

Mon estomac s'est noué. Si je lui disais, ses yeux si bienveillants se durciraient de jugement. Ou pire, de pitié. — Tu ne veux pas savoir ça.

— Bien sûr que si, a-t-il répliqué sèchement.

Je me suis levé, les mains tremblantes. — Je viens de m'ouvrir les veines pour toi. Je suis en train de me vider de mon sang pour toi. Je t'offre ma putain de vie ! J'ai cogné le côté de mon poing contre la clôture, qui a résonné comme une cloche.

Ben s'est levé, lentement. — Je ne pense pas que ce soit vrai. Tu ne t'es pas ouvert du tout. Ni à moi, ni à personne d'autre. J'aime les aperçus que tu m'as donnés cette semaine. Mais je veux tout.

— Tout ? J'ai senti mes yeux sortir de leurs orbites, et je m'en fichais. Ma voix m'a déchiré la poitrine. Personne ne veut de tout ce qu'il y a en moi. Quelqu'un d'aussi beau et parfait que Ben ne pourrait pas supporter la laideur que je combats chaque jour. J'avais l'habitude de la cacher. Et pendant un instant, j'avais espéré que ce que j'étais prêt à lui montrer pourrait suffire.

Les yeux de Ben sont devenus durs et brillants comme de la topaze. — On a besoin de temps pour se calmer. On pourra parler quand tu ne seras pas comme ça. Il a pivoté sur la plante de son pied nu et a boitillé le long de la clôture vers le chemin menant au complexe.

— Attends. Comment avais-je pu tout foirer à ce point ? J'ai sprinté jusqu'au coin de la clôture et j'ai percuté un mur solide.

— Dégage de mon putain de chemin, Mateo, ai-je grogné.

— Non, Lito. Tu ne peux pas lui parler quand tu es en colère.

— Et pourquoi putain ?

— Parce que tu m'as dit de le protéger. Et maintenant, je le protège de toi.

Toute la chaleur m'a quitté, comme une marée descendante. — Je ne ferais pas… Je ne ferais jamais…

Il a croisé les bras.

Il avait raison.

Le côté de ma paume me lançait, là où je l'avais frappée contre la clôture en métal. Merde. Je me suis frotté les yeux avec mon autre main. — Suis-le, s'il te plaît. Assure-toi qu'il est en sécurité. Je n'ai pas ajouté *de moi.*

La seconde d'après, il était parti.

Je me suis retourné vers la table. Les fleurs criardes. Le dîner à moitié mangé de Ben. Mon assiette intacte. La glacière qui contenait le dessert au chocolat trop sucré qu'il aurait adoré. J'ai mis mes mains sur ma tête et j'ai tiré sur les racines de mes cheveux. J'avais tout foutu en l'air. Et maintenant, il était parti.

J'avais envie de donner un coup de pied dans la table. De déchiqueter les fleurs à mains nues. De fracasser les assiettes. Ça me ferait du bien pendant une minute. Ça libérerait toute la tension qui s'était accumulée dans mes muscles.

Mais ça ne le ferait pas revenir.

J'ai lâché mes cheveux, et mes mains sont retombées mollement sur mes côtés.

Un gémissement est venu d'en bas, et quand j'ai baissé les yeux, Coco me regardait, clignant de ses grands yeux marron.

— Qu'est-ce que tu fous là ? Pourquoi tu n'es pas parti avec Ben ?

Le chien a bâillé, puis s'est frotté le museau contre ma jambe.

— Animal sans cervelle. Tout le monde sait que Ben est un meilleur être humain que moi. Je vais probablement oublier de te nourrir. Tu devrais le suivre. Va-t'en.

Il a posé son cul sur le sable et m'a fixé.

— Très bien, alors. Ton erreur.

J'ai posé mon assiette de poisson et de légumes sur le sable.

Pendant que Coco l'engloutissait, je me suis rincé les pieds à l'eau froide du robinet, puis je suis retourné péniblement dans la maison. J'ai trouvé une serviette et j'ai essuyé Coco. Une fois propre, je l'ai laissé me suivre dans la maison. Je lui ai fermé la porte de la chambre au nez — j'avais mes limites — et je me suis glissé sous les couvertures, seul.

25

BEN

JE ME SUIS RÉVEILLÉ au parfum d'un riche café de l'île.

— Mmm, Cooper. Je me suis étiré, et quand mes mains ont heurté le coussin du canapé, mon estomac s'est retourné comme si j'avais raté une marche dans les escaliers.

J'ai ouvert brusquement les yeux et j'ai fixé le plafond inconnu, sur lequel ne dansaient pas les reflets de la piscine de Cooper.

Et une paire d'yeux marron, pas bleus, m'observait par-dessus le dossier du canapé.

Je me suis redressé si vite que des points noirs ont dansé devant mes yeux.

— Bonjour, a dit Ramón. Un café ? Il m'a tendu une tasse blanche.

— Volontiers. Je la lui ai prise et j'ai bu une gorgée. Il l'avait préparé avec de la crème et beaucoup de sucre, et je me suis calé contre les coussins du canapé. Merci de m'avoir laissé squatter.

— Pas de problème. Mais tu y retournes aujourd'hui, hein ?

— Je ne sais pas. Hier, me promener en ville, rencontrer le *tío* de Cooper, ç'avait été un pur bonheur. L'avenir s'était ouvert devant moi, et je nous avais vus, Cooper et moi, côte à côte, affrontant les défis et les récompenses de la vie. Ensemble.

Puis, quand il avait essayé de réorganiser ma vie et, pire encore, quand il m'avait caché cette partie de lui, les sentiments familiers de doute, de dégoût de moi-même et de jalousie s'étaient insinués à nouveau. Avait-il partagé sa vérité avec Jackson ? Une fois de plus, j'étais juste bon pour une aventure, mais pas pour les choses sérieuses.

— Aujourd'hui. Ramón a hoché la tête, comme si la question était réglée. Il ne m'avait posé aucune question la nuit dernière quand j'avais frappé à sa porte. Il m'avait simplement laissé entrer et s'était rassis sur le canapé pour regarder le baseball. J'ai eu l'impression qu'il m'aurait écouté si j'avais voulu parler. Mais il semblait savoir ce que je n'avais pas dit. Que je ne pouvais pas plus renoncer à Cooper Fallon qu'à respirer.

— Tu as raison. Je devrais lui parler. Je suis un adulte, merde.

Il a eu un petit rire. — Ouais, c'est vrai. Maintenant, va récupérer ton homme.

J'ai sifflé le reste de mon café et j'ai essayé de me rendre présentable dans la salle de bains de Ramón. J'avais les yeux gonflés, et ma chemise était toute froissée pour avoir dormi avec. Mais je n'avais pas besoin de cacher à Cooper la nuit difficile que j'avais passée. Qu'il voie ce qu'il avait fait. À quel point il m'avait blessé. Pour qu'il ne recommence pas.

Vingt minutes plus tard, j'ai pris une profonde inspiration et j'ai quitté le sentier pour me diriger vers le portail arrière de Cooper. Après l'avoir planté là la nuit dernière, utiliser la carte d'accès qu'il m'avait donnée ne me semblait pas correct. Pas plus que de sonner à la porte d'entrée.

Un aboiement familier est venu de la plage. J'ai fait deux pas dans cette direction avant que Coco ne sprinte vers moi, ses oreilles tombantes volant au vent. En m'agenouillant, j'ai ouvert les bras, et il s'est tortillé pour s'y blottir, léchant chaque parcelle de peau à sa portée.

— Arrête, Coco, ai-je dit en riant. Tu m'as manqué aussi.

Il s'est arrêté un instant pour regarder par-dessus sa queue frétillante. Cooper se tenait à six mètres de là, une balle de tennis à la main.

Quand je me suis relevé, Coco est retourné vers Cooper au trot et s'est assis à ses pieds.

— Salut, a dit Cooper. Il portait le short et l'une des guayaberas que nous avions achetées lors de notre virée shopping. Des lunettes de soleil reflétaient le ciel couvert.

— Salut. J'ai réduit de moitié la distance qui nous séparait.

— Je suis content que tu ailles bien. Mateo a dit que tu étais allé chez Ramón ?

— Ouais. On a regardé le baseball, et j'ai dormi sur son canapé.

— C'est un mec bien, Ramón.

— Ouais. J'ai laissé un sourire se dessiner sur mon visage. Il fait un meilleur café que toi.

Il a contracté la mâchoire et a fixé les vagues qui caressaient la plage.

Lentement, je me suis approché de lui jusqu'à être assez près pour le toucher. J'ai tendu la main vers la sienne et j'ai pris la balle de tennis dégoûtamment humide. Je l'ai lancée vers la plage et j'ai essuyé ma main sur mon jean. Puis j'ai glissé ma main dans la sienne. J'ai attendu.

— Écoute, je suis désolé de t'avoir engueulé hier soir. Si tu te sens plus en sécurité chez Ramón…

J'ai serré sa main pour l'arrêter. — Tes aboiements ne me font pas peur. Tu devrais le savoir maintenant.

Coco a traversé le sable en courant et a laissé tomber la balle dans la main de Cooper. Il l'a lancée de la main droite, et Coco est reparti en trombe.

J'ai redressé les épaules. — Quand tu te fermes à moi, ça touche mon point sensible, tu sais ? J'ai eu beaucoup de relations, mais personne ne reste. Je commence à penser que ça ne vient pas d'eux, mais de moi.

Il s'est rapproché jusqu'à ce que nos épaules se touchent. — Ben, ça ne vient pas de toi. Tu es…

— Laisse-moi finir, d'accord ? J'aurais aimé qu'il ne porte pas ces lunettes de soleil pour que je puisse le regarder dans les yeux. Mimi — ma sœur — me dit tout le temps que je suis un cœur à vif. Je n'ai pas besoin que tu fasses pareil, mais j'ai besoin que tu t'ouvres un peu. Que tu partages ce qui se passe en toi. Quand tu as des émotions, parles-en au lieu d'essayer de me distraire avec une de tes crises. D'accord ?

Sous les lunettes de soleil, sa bouche s'est pincée. Après quelques secondes de silence, il a dit : — Je suis désolé, Ben. De t'avoir engueulé et de m'être renfermé. Je vais essayer de faire mieux. Juste… juste reste.

Je me suis rapproché, prêt à le prendre dans mes bras, mais il a levé une paume et a sorti son téléphone de la poche de son short avec l'autre main. Pendant qu'il tapotait sur l'écran, j'ai de nouveau lancé la balle sur la plage pour Coco, qui a sprinté sur le sable.

— Regarde. Cooper a tourné son téléphone vers moi.

J'ai parcouru l'écran. — Un ordre de vente d'actions ? J'ai plissé le nez. Je croyais qu'on vivait un moment important, et toi, tu penses à ton portefeuille ?

— Pas une vente. Un transfert. Pour toi.

— Pour moi ? C'est des actions de Synergy ?

— Oui. Ne t'emballe pas trop. C'est seulement environ cinq pour cent de mes parts.

J'ai regardé le nombre de plus près. Ça faisait beaucoup de zéros. — Pour… pour moi ? Tu es sûr ?

— Je romps mon partenariat avec Jackson. Je veux être ton partenaire.

J'ai grincé des dents. — Cooper, ça ne me semble pas être la façon la plus saine de…

— Chut. Je me lance à fond, Ben. Avec toi. N'est-ce pas ce que tu voulais ?

J'ai contemplé l'homme qui se tenait sur le sable, le soleil caressant les vagues dorées de ses cheveux et la peau bronzée de ses pommettes. À fond, c'était exactement ce que je voulais. Ce dont j'avais besoin après la longue série d'hommes qui n'avaient jamais pensé que j'étais assez. J'ai hoché la tête.

Il a ouvert les bras, et je m'y suis glissé, nichant mon visage dans le creux entre son cou et son épaule.

Bien au chaud dans son étreinte qui me rappelait la cuisine de mes parents à Roch Hachana, un sac de couchage chaud par une nuit fraîche, et un latte avec juste la bonne quantité de mousse, je n'ai plus jamais voulu partir. S'il était prêt à essayer, à me donner un aperçu du vrai Cooper Fallon, celui que personne, pas même Jackson Jones, ne voyait jamais, ça en vaudrait la peine.

— D'accord, ai-je dit dans un soupir.

Il a baissé la tête pour m'embrasser, ses lèvres tirant sur les miennes comme s'il ne pouvait pas s'approcher assez. Je me suis ouvert à lui et je l'ai laissé me piller avec sa langue. Il avait besoin de me revendiquer, de la même manière qu'il revendiquait le siège du pouvoir devant une salle remplie de dirigeants. *À moi*, disait son baiser.

Et parce que nous étions des partenaires égaux, j'ai mordillé sa langue. *À moi.*

Quand je n'ai plus pu respirer, je me suis reculé. J'ai laissé mes lèvres se recourber en voyant sa poitrine se soulever, elle aussi, en voyant l'air désespéré sur son visage. — On continue ça à l'intérieur ?

Sans un mot, il m'a fait passer le portail et m'a entraîné dans la maison. Directement dans le couloir jusqu'à sa chambre. Il a fermé la porte. Coco a gémi une fois puis a cogné contre elle.

Cooper a posé la paume de sa main sur le devant de mon pantalon tout en m'administrant un autre baiser punitif. Mon Dieu, allait-il enfin me baiser ? J'avais besoin d'une douche d'abord. J'avais besoin de…

— Arrête de penser. Laisse-moi m'occuper de toi ici, au moins, a-t-il grondé contre mes lèvres. Il a baissé ma fermeture Éclair et a fait glisser mon pantalon et mes sous-vêtements. Puis il m'a guidé pour que je m'assoie sur le lit et s'est agenouillé devant moi.

— Oh, mon Dieu, ai-je murmuré.

Sans rompre le contact visuel, il a abaissé ses lèvres vers ma queue. Il en a léché le bout. Puis il a ouvert la bouche et l'a refermée autour du gland. Ces yeux bleus, striés de désir, disaient : *Tu es à moi. Ceci est à moi.*

J'ai fermé les yeux, submergé par l'intensité. Cooper Fallon m'avait conquis.

Il m'a sucé jusqu'à la base. Ce n'était pas la fellation la plus experte que j'aie jamais reçue, mais il compensait par son ardeur. La pression montait dans mes couilles, et le picotement familier a dévalé ma colonne vertébrale. J'ai touché sa tête, en guise d'avertissement. — Cooper, je…

Il s'est relevé, a tripoté son pantalon et l'a laissé tomber. Putain, j'ai failli jouir à ce moment-là, en fixant sa queue. Elle était plus longue et plus épaisse que la mienne, avec une courbe vers le haut. Non circoncise. Et dure, rien que pour moi. Ça allait être incroyable à l'intérieur de moi. Je me suis penché en avant, impatient de lécher le bout luisant, mais il m'a tiré vers le haut et nous a pris tous les deux en main. Il ne s'est pas préoccupé de lubrifiant, mais a utilisé son pouce pour recueillir notre pré-éjaculat et l'a étalé sur sa paume.

Sa grande main nous a engloutis tous les deux, et il nous a rapprochés. Ma bite a glissé contre la sienne. Le picotement au bas de mon dos s'est intensifié. Je me suis penché vers lui et j'ai capturé sa lèvre inférieure entre mes dents. Puis j'ai empaumé ses couilles, et il a gémi, sa main bougeant plus vite.

J'étais sur le point d'entrer en éruption comme un volcan, alors j'ai tendu la main plus bas et j'ai passé un doigt de son périnée à son trou. Sans lubrifiant, tout ce que j'ai fait, c'est poser la pulpe de mon doigt dessus. Qu'est-ce qu'on pourrait se faire plus tard, quand on ne serait pas si désespérés de se connecter, quand le sexe de réconciliation serait terminé ? Aimait-il qu'on le touche là ?

Il aimait ça. Il a eu un soubresaut contre moi et a éclaboussé ma chemise, sa chemise, et mon menton de son sperme. J'ai frissonné et j'ai joui aussi, giclant sur nous deux. Il m'a serré fort tout du long. Finalement, je me suis affalé contre lui. Il m'a relâché et a posé une main collante sur mon dos, me soutenant.

J'ai eu un petit rire. — Autant j'adore le sexe de réconciliation, autant évitons de nous disputer comme ça à nouveau, d'accord ?

Son rire a ébouriffé mes cheveux. — D'accord. Même si c'était assez incroyable.

Je l'ai embrassé sur la joue, puis je me suis reculé. — Je vais te montrer ce qui est incroyable. Après qu'on se soit nettoyés. Et qu'on ait fait une sieste.

Il a cligné de ses yeux injectés de sang. — J'aime ta façon de penser.

Et, comme si nous le faisions depuis toujours et pas seulement depuis dix jours au paradis, il m'a suivi jusqu'à la salle de bains et m'a rejoint sous la douche.

26

COOPER

— ON DIRAIT que vous vous êtes réconciliés.

J'ai grogné, sans quitter des yeux le hacky sack que Mateo m'envoyait. Je n'en revenais pas qu'il ait trouvé ce vieux truc dans la cabane de *tía* Camelia. Je n'en avais pas vu depuis notre adolescence. J'avais un peu perdu la main, mais je ne pouvais pas laisser mon cousin gagner. Je l'ai rattrapé du cou-de-pied, j'ai jonglé un peu, puis je l'ai renvoyé à Mateo.

— Quand il est allé chez Ramón, je me suis dit, tiens, peut-être que c'était fini entre vous, et qu'il était prêt à passer à quelqu'un — il a fait un signe de tête derrière moi, et j'ai entendu le rire grave et sonore de Ramón, suivi de celui, plus aigu, de Ben — de plus simple.

Mes yeux me brûlaient d'envie de voir ce qu'ils faisaient. Le rire de Ben avait un accès direct à mon cœur, et quand il riait avec moi — de moi, le plus souvent — je voulais conserver ce son comme un trésor.

J'ai envoyé le hacky sack très haut, mais Mateo me l'a facilement renvoyé de la tête. Je l'ai amorti de la poitrine, je l'ai laissé tomber sur mon pied et je l'ai expédié en direction de l'entrejambe de Mateo.

Il a fait un pas de côté, l'a touché de la hanche puis du talon, décrivant un arc-en-ciel par-dessus son épaule, et me l'a renvoyé du bout du pied. — J'imagine que Ben est juste affectueux de nature.

Le sac m'a atterri sur les fesses parce que je m'étais retourné pour foudroyer Ben du regard. Mais il était en train de gratter les oreilles de Coco, et Ramón était à deux mètres de là, en train de servir un autre punch au rhum de *tía abuela* Isobel. Si Ben en buvait trop, je devrais le porter pour le sortir d'ici. Mateo et moi en avions vomi notre lot dans les buissons de Camelia.

— Connard, ai-je grondé.

— Tu peux m'en vouloir ? a haussé les épaules Mateo, les paumes vers le ciel. C'est trop amusant de te taquiner.

J'ai ramassé le hacky sack et le lui ai claqué dans la main. — J'en ai marre. Va jouer avec les autres enfants.

Il l'a fourré dans la poche de son short. Puis il a posé sa main sur mon épaule. — Ça fait du bien de te voir comme ça. Je suis content pour toi, *primo*.

Une sensation inhabituelle, celle de mes joues s'étirant en un large sourire, a tiré sur des muscles que je n'avais pas utilisés depuis un moment. — Moi aussi, je suis content pour moi. J'ai posé ma main sur la sienne et l'ai maintenue là une seconde. Puis je l'ai repoussée. — Je te retrouverai quand on sera prêts à partir.

Il m'a salué de deux doigts avant de partir au petit trot rejoindre ses nièces et neveux pour leur partie de foot sur la petite parcelle de pelouse de *tía* Camelia.

Je me suis retourné vers Ben, qui était affalé dans une chaise Adirondack basse et buvait à petites gorgées le punch rose d'Isobel. C'était lui qui m'avait traîné au brunch du dimanche avec ma famille. Et il semblait s'amuser, dévorant la nourriture simple et pratiquant son espagnol rudimentaire avec mes parents. Il était à l'aise avec ma famille. Avec moi.

Son bonheur, son confort, étaient devenus la chose la plus importante pour moi.

Il m'aimait tel que j'étais, avec mes coups de sang ridicules et tout le reste. Même si j'espérais en avoir moins avec l'influence apaisante de Ben dans ma vie. Et avec la nouvelle liberté d'être moins investi dans Synergy.

Une fois que j'aurais démissionné de mon poste de directeur des opérations et que j'aurais transmis mes responsabilités, je n'aurais plus à être le dirigeant parfait. Je n'aurais plus à m'envoler pour Singapour, Mumbai ou Londres. Ou Boston avec un préavis d'un jour. Je pourrais me concentrer sur ma famille sur l'île. Sur la façon de les aider. Je n'aurais pas à me soucier des employés d'une société mondiale, plus tous les actionnaires et les partenaires commerciaux. Seulement des gens qui tenaient à moi.

Y compris Ben.

Je pourrais le rendre heureux. Il trouverait un travail, très probablement en Californie parce que sa famille — et son indépendance — était importante pour lui. Mais nous pourrions venir sur l'île aussi souvent qu'il le voudrait. Ma famille l'avait déjà adopté. Un de mes jeunes cousins lui a tendu un *mantecadito*, et il a enfourné le biscuit au beurre dans sa bouche. L'enfant a ri quand Ben a levé les yeux au ciel en faisant semblant de s'évanouir.

Il n'aurait jamais à connaître l'autre facette de ma famille. Mon père, son alcoolisme, sa rage et ses poings qui pleuvaient. Je lui parlerais de Mick pour qu'il connaisse le danger, venant à la fois de Mick et de moi-même, son fils. Si Ben voulait encore être avec moi, j'érigerais un pare-feu autour de lui, comme je l'avais fait avec *Mamá*.

Mamá l'adorerait. Elle reconnaîtrait sa prévenance, sa gentillesse, son inconscience du fait que quelqu'un pourrait lui faire du mal.

Nos regards se sont croisés à travers le jardin, et soudain, j'ai eu envie de goûter la douceur du punch sur ses lèvres. J'ai avancé vers lui d'un pas félin, serpentant le long du chemin entre les parterres de fleurs de Camelia. Ses yeux se sont écarquillés, et un sourire a effleuré les coins de sa bouche.

Mon jeune cousin s'est éloigné en sautillant. Je ne pouvais pas dire ce que Ramón faisait ni même s'il était encore là avec Ben. Mon regard n'a pas quitté ses yeux bruns et clairs. Quand je suis arrivé à sa hauteur, je me suis penché et j'ai posé mes mains sur les larges accoudoirs de la chaise. Cette position a placé mon visage juste en face du sien. Son souffle s'échappait rapidement de ses lèvres entrouvertes.

Lentement, j'ai réduit la distance jusqu'à ce que mes lèvres rencontrent les siennes, collantes du punch sucré. J'ai léché une miette de biscuit, puis j'ai plongé ma langue dans sa bouche. Un ou deux de mes parents nous ont acclamés, mais je m'en fichais. Tout ce que je voulais, c'était mon Ben et la liberté de m'approcher et de l'embrasser quand bon me semblait.

Quand je me suis redressé, ses yeux se sont ouverts en papillonnant. — C'était pourquoi ?

— Pourquoi ? Pour rien. Je l'ai fait parce que je peux. J'ai laissé mon regard errer de ses yeux vitreux à sa bouche rougie par les baisers, jusqu'au renflement dans son short. Je me suis attardé là, et quand j'ai relevé les yeux vers le visage de Ben, son regard s'était aiguisé.

Il s'est léché les lèvres. — Prêt à partir ?

— Tu peux en être sûr, ai-je grogné, assez bas pour que personne d'autre n'entende.

Il s'est tortillé dans la chaise et a discrètement passé la main sur son short avant de me tendre le bras. — Tu m'aides à sortir de ce truc ?

J'ai saisi sa main et je l'ai tiré hors de la chaise basse, jusqu'à ce que sa poitrine rencontre la mienne. Il a vacillé, et j'ai attrapé ses épaules. — Ça va ?

— Ouais. Il a cligné des yeux. Ce punch est puissant.

— Et comment qu'il l'est. J'ai failli être ivre par procuration en t'embrassant.

— Heureusement qu'on nous ramène à la maison.

À la maison. J'ai souri.

Dans ma famille, les adieux ne sont jamais rapides. Ni sobres. Presque une heure plus tard, j'ai jeté le dernier gobelet de punch de Ben et je l'ai suivi sur la banquette arrière du SUV. Mateo a regardé par-dessus son épaule pour s'assurer qu'on avait bien bouclé nos ceintures. J'ai aidé Ben avec la sienne.

Il a laissé sa tête tomber contre l'appui-tête. — Tu t'es bien amusé, Mateo ?

— Évidemment. Ça fait toujours plaisir d'avoir mon *primo* de retour à la maison. Je peux le taquiner comme je le faisais quand on était gamins.

— Ah, vraiment ? Ben m'a lancé un regard en coin malicieux avant de croiser le regard de Mateo dans le rétroviseur. Sur quoi tu le taquinais ?

— Les filles. Et les mecs. Et le sport. Jamais l'école, par contre, parce que c'était le seul truc où il me mettait la pâtée.

— Un seul truc ? J'ai haussé un sourcil.

— Un seul truc. Je viens de te battre au hacky sack. Et ne me lance pas sur Isaac.

— D'accord, d'accord. J'ai levé les paumes. Tu as gagné.

— J'ai entendu une histoire intéressante aujourd'hui, a dit Ben. De la part de Luis.

— Ah, oui ? J'ai frotté le cadran de ma Rolex.

— Il a dit que tu es en partie propriétaire de l'hôtel. Que tu lui as donné le capital de départ.

Luis. Donne-lui un verre de punch, et il chante comme un pinson. J'ai contracté la mâchoire. — C'était un bon investissement.

— Et Isobel a dit que tu réinvestis ta part des bénéfices dans la communauté.

— Je suis sûr qu'elle n'a pas dit ça. *Tía abuela* n'était pas une ivrogne à la langue bien pendue.

— Elle a dit que tu finances la construction du nouveau centre communautaire. Et je me souviens que cet ami de ta famille a dit que tu avais fait la même chose avec l'école. Genre, que tu l'as construite de tes propres mains.

— Isobel adore le centre communautaire, ai-je grommelé. La danse est un bon exercice pour quelqu'un de son âge.

Mateo a reniflé. — On aimerait bien qu'il se contente de la collecte de fonds. Pour l'empêcher de s'abîmer ses mains en or avec un marteau.

Je l'ai fusillé du regard dans le miroir. — Tout le monde devait mettre la main à la pâte après l'ouragan. Je voulais aider ma famille.

— Est-ce que tout le monde ici, sur l'île, est ta famille ? Ben a tourné la tête vers moi et a cligné lentement des yeux.

— Pas tout le monde. Pas en ville. Mais dans cette partie de l'île, à peu près. *Mamá* et moi vivions aux États-Unis, mais elle me ramenait ici dès qu'elle le pouvait. Chaque fois que Mick la laissait faire, ou quand il était trop saoul pour s'en soucier. Même s'il s'en souciait généralement à notre retour. Pourtant, ces quelques jours ou semaines de paix en avaient valu la peine. Et investir dans l'hôtel n'aidait pas seulement mon ami, c'était aussi une façon de remercier la petite communauté pour ce qu'elle avait fait pour moi.

— Même le maire est notre petit-cousin éloigné. On est tous de la même famille, et maintenant tu en fais partie aussi, Ben. Mateo a hoché la tête pour approuver sa propre déclaration alors qu'il garait le SUV devant le bungalow.

— Attendez ici, a-t-il dit. Il a déverrouillé la porte et est entré. Je n'avais pas pensé qu'il prendrait ses fonctions de garde du corps aussi au sérieux. Le cousin dont je me souvenais avait tendance à prendre la vie en riant et à laisser les autres gérer les responsabilités. Il semblait qu'il avait changé. Pourrais-je changer dans l'autre sens, devenir plus insouciant et vraiment profiter de la retraite ?

J'ai jeté un coup d'œil à Ben. Ses yeux s'étaient fermés. J'ai écarté une boucle rebelle de son front, et il a souri. Qu'avais-je fait pour mériter le droit de l'avoir ici avec moi, et qu'il m'apprécie assez pour venir à l'une de mes réunions de famille ? Pour être prêt à partager une maison avec moi, et un lit ?

Rien. Je n'avais rien fait. Ben, avec son cœur à nu, aspirant à l'amour, avait tout fait. Et s'il ne pouvait pas protéger son propre cœur, je le ferais pour lui.

Mateo a ouvert ma portière. — C'est bon.

Je suis sorti, j'ai fait le tour du SUV et j'ai ouvert la portière de Ben. Après avoir détaché sa ceinture, je me suis glissé sous son bras et je l'ai à moitié soulevé de la voiture. Il a ouvert les yeux quand ses pieds ont touché l'allée. — À la maison ?

— Oui. À la maison. Je l'ai soutenu jusqu'à la porte. — Merci, Mateo. Bonne nuit.

— *Buenas noches, Lito.* À demain.

J'ai fermé et verrouillé la porte et j'ai péniblement traversé ma chambre avec Ben jusqu'à la salle de bain, où je l'ai appuyé contre le comptoir. — Tu as besoin d'aide ?

Ses paupières étaient toujours lourdes, mais il se tenait assez droit. — Je gère.

Le temps que j'utilise la salle de bain du couloir et que je me change pour enfiler un pantalon de pyjama léger, Ben est sorti de la salle de bain, toujours tout habillé mais avec une odeur mentholée de dentifrice.

— Ce punch m'a vraiment achevé, a-t-il dit avec un sourire d'excuse.

— J'aurais dû te prévenir. Isobel a anéanti des hommes plus costauds avec ça. J'ai passé un bras autour de sa taille et je l'ai soutenu jusqu'au lit. Tu t'es amusé malgré le punch ?

— Ouais. J'ai aimé faire partie de ta famille.

Mes genoux ont flanché, et je l'ai laissé tomber sur le lit avec moins de grâce que prévu. Il a ri et a rebondi.

— Vraiment ? Je me suis assis à côté de lui. Je me suis penché pour lui retirer ses chaussures et ses chaussettes.

Il m'a frotté le dos. — Ouais.

Après avoir retiré son t-shirt par-dessus sa tête, je l'ai doucement allongé sur le matelas. J'ai dézippé son short et le lui ai retiré, le laissant en sous-vêtements. Puis j'ai plié son t-shirt et son short et je les ai posés sur la table de chevet avant de contourner le lit pour me glisser sous les couvertures de l'autre côté.

Ben m'a rejoint au milieu. Il m'a embrassé, puis il a pivoté pour se mettre en position de petite cuillère, collant ses fesses contre moi. Il avait peut-être la panne de l'ivrogne, mais pas moi. J'ai bougé, essayant de rendre mon érection moins évidente.

— Je comprends pourquoi tu te plais ici. La voix de Ben était pâteuse et lente.

— Ah, oui ? Je lui ai embrassé l'épaule. Qu'est-ce qui pourrait déplaire ? Des draps doux, un homme magnifique dans mes bras...

— Je ne parlais pas de moi. Même si je suis à la fois magnifique et incroyable. Il a bâillé. Je veux dire ici, l'île. Ta famille.

J'ai fredonné mon accord. Ce n'était pas le bon moment, alors que Ben était somnolent et ivre, pour revenir sur l'idée de s'installer ici de façon permanente. Mais la possibilité qu'il ne se souvienne pas de ce que je disais m'a rendu audacieux. — Ma famille — ma famille de l'île — est merveilleuse. Mais certains membres de ma famille ne le sont pas.

— Ah oui ? Il a bougé, mais je l'ai maintenu en place. Cette conversation serait plus facile sans avoir à regarder ses beaux yeux.

— Je te dois quelques explications. J'ai posé mon nez contre son omoplate. Mon père était colérique. Non, je ne vais pas édulcorer les choses. Il était violent. D'abord avec ma mère, puis avec nous deux.

— Cooper. Il a essayé de se retourner à nouveau, mais je l'ai maintenu en place.

J'ai serré les paupières. — Et je... je suis comme lui. Je porte même son nom. Je m'appelle Michael Cooper Fallon. C'est pour ça que les gens ici m'appellent Miguelito ou Lito. Ça veut dire petit Michael.

— Tu n'es pas comme lui. Cooper, laisse-moi... Quand il s'est tortillé pour me faire face, un de ses coudes pointus m'a heurté l'estomac, et j'ai grogné. Tu ne l'es pas.

Je fixais le milieu de sa poitrine comme si je pouvais voir à travers jusqu'à son cœur tendre. — Tu ne te souviens pas pourquoi je suis venu ici ? J'ai cassé mon putain de bureau.

— La vitre s'est brisée parce que ce n'était pas le bon type de verre. Un de ces terribles intérimaires que tu avais avant moi a dû commander la mauvaise chose. Il m'a transpercé de son regard. — Oui, tu es colérique. Et tu devrais probablement y travailler. Mais tu n'es pas un homme violent. Tu ne me feras pas de mal.

Il ne comprenait pas. Il n'avait jamais côtoyé quelqu'un de violent auparavant. — J'ai frappé la clôture de la main le soir où tu es parti.

— Tu as frappé la clôture, pas moi. Je suis parti parce qu'on avait tous les deux besoin de se calmer. On l'a fait, et je suis revenu.

— Mais je…

— Chut. Il a embrassé le centre de ma poitrine. Tu ne me feras pas de mal.

Il ne pouvait pas le savoir. Même moi, je ne le savais pas. Mick n'était jamais venu sur l'île, mais cette nuit-là, il était dans ma chambre, planant juste derrière moi. La colère fulgurante, les poings qui martèlent, le remords après. Toutes mes séances avec le Dr Pradhi ne m'avaient pas convaincu qu'il n'était pas au plus profond de moi, attendant son heure jusqu'à ce qu'il éclate et que je frappe quelqu'un que j'aimais.

Et malgré mon discours à Ben l'autre jour sur le fait de m'engager pleinement, c'était un risque que je ne prendrais pas. J'enfermerais cette dernière partie de moi-même, celle qui l'aimait.

Les grandes émotions comme l'amour étaient dangereuses. Elles faisaient mal.

— Dors, ai-je murmuré dans ses cheveux.

— Mm-hmm, a-t-il murmuré contre mon sternum.

Je me suis roulé sur le dos, l'entraînant avec moi pour que sa tête repose sur ma poitrine. Sa respiration s'est régularisée et a ralenti.

Je pouvais gérer ce genre d'intimité. Les dîners romantiques, les rencontres avec la famille, les câlins au lit que Ben aimait. Il n'avait pas besoin de cette dernière partie de moi. S'il savait à quel point j'étais dangereux, il n'en voudrait pas.

Et même s'il la voulait, je ne pourrais jamais la lui donner.

27

COOPER

BEN DORMAIT ENCORE, ronflant doucement, quand je me suis dégagé de lui tôt le lendemain matin. J'ai couru jusqu'à la ville voisine et je suis revenu, l'air humide remplissant mes poumons tandis que le soleil embrasait le ciel, me faisant regretter les matins frais et brumeux de San Francisco.

La ville que j'avais toujours considérée comme mon chez-moi allait me manquer. Mais Synergy n'allait pas me manquer. L'agitation qui s'était emparée de moi ces derniers jours ne signifiait pas que le défi, le sentiment du devoir accompli à la fin d'une longue journée, ou les gens que je considérais autrefois comme ma famille au travail me manquaient. J'avais le centre communautaire sur lequel travailler, et c'était suffisant.

J'avais tout ce dont j'avais besoin sur l'île. De la nourriture délicieuse, une maison confortable, le Wi-Fi quand j'en avais envie, une famille aimante — bien qu'un peu intrusive —, et Ben. Ben me rendait heureux. Nous allions nous trouver un passe-temps à partager. Du golf. Des matchs de foot improvisés avec les ados du quartier. Peut-être que je pourrais dépoussiérer mes compétences en construction et être un véritable atout pour la communauté locale. Il y avait encore beaucoup à reconstruire, même deux ans après l'ouragan.

Je devais juste convaincre Ben de rester. Qu'il avait autant besoin de moi que j'avais besoin de lui.

Alors que j'accélérais sur la route en direction de la maison, j'ai élaboré un plan. Avec mon soutien, Ben pourrait suivre des cours soit à distance, soit en étant transféré à l'université de l'île. À temps plein, il pourrait finir son diplôme en un semestre. Il y avait plein de jeunes qui avaient besoin d'aide sur l'île. Il ferait du bénévolat ou trouverait un emploi rémunéré dans une organisation locale. Et nous trouverions un arrangement pour qu'il puisse voir ses amis et sa famille en Californie aussi souvent qu'il le voudrait. Satisfait de mes arguments, j'ai ralenti et je suis retourné à la maison en marchant.

Encore dégoulinant de sueur, j'ai retiré mes baskets et je me suis glissé en silence jusqu'à la porte de la chambre. Ben s'était tourné sur le ventre, serrant mon oreiller contre lui. J'ai regardé son dos se soulever et s'abaisser. J'aurais pu le regarder le reste de la journée, mais j'étais poisseux et j'empestais la sueur.

Aussi silencieusement que possible, j'ai attrapé des vêtements propres et je suis allé prendre une douche dans la salle de bains du couloir.

Vingt minutes plus tard, je venais de me verser une tasse de café quand mon téléphone a vibré sur le comptoir. Quand je me suis penché pour le mettre en silencieux, j'ai vu un visage qui m'a fait bondir le cœur dans la gorge. Celui de Jackson.

Je n'étais pas prêt à lui parler. Pas encore. Je n'avais pas répondu à ses appels ni à ses textos depuis trois semaines, depuis que je m'étais éclipsé de mon bureau ce jour-là, mon sang imbibant le mouchoir de Ben. Nous étions meilleurs amis depuis quinze ans, et nous n'étions jamais restés aussi longtemps sans prendre de nos nouvelles. Même pendant sa lune de miel, il m'avait envoyé des photos de la plage, de lézards et d'oiseaux, un selfie idiot où il tenait une noix de coco à côté de sa tête.

Le téléphone a cessé de vibrer. Je pouvais à nouveau respirer.

J'ai pris une grande goulée d'air climatisé et j'ai levé les yeux quand les griffes de Coco ont cliqueté sur le carrelage.

Le chien a précédé Ben dans le salon. Coco a pris son poste, montant la garde devant la baie vitrée. Ben avait les cheveux en bataille, et un de mes t-shirts flottait sur son corps plus mince. Ses joues étaient roses, l'une d'elles plissée par l'oreiller. Il s'est approché de moi et s'est haussé sur la pointe des pieds pour m'embrasser sur la joue.

— Matin. Son haleine sentait le dentifrice.

— M-matin. J'ai essayé de sourire.

Je n'ai pas trompé Ben.

— Qu'est-ce qui ne va pas ?

— Rien. Mais je n'ai pas pu m'empêcher de jeter un coup d'œil à mon téléphone.

Ben a suivi mon regard, et la bannière sur l'écran de verrouillage a trahi mon secret.

— Tu devrais lui parler. Il m'a frôlé en se dirigeant vers la cafetière. Ses épaules raides trahissaient le ton désinvolte de ses paroles.

Mon estomac s'est noué. Je n'aimais pas cette version de Ben, si froide. Je lui ai attrapé la main.

— Qu'est-ce qu'il y a ?

Il est resté silencieux si longtemps que j'ai cru qu'il n'allait pas répondre. Mais après s'être versé une tasse et l'avoir éclaircie avec du lait et du sucre, il m'a pris la main et m'a conduit jusqu'au canapé.

— Depuis combien de temps es-tu amoureux de lui ? Il ne m'a pas regardé quand il a posé la question, se contentant de fixer la plage de l'autre côté de la piscine.

— Quoi ? Je ne suis pas…

Il s'est tourné, et un sourire triste a courbé sa bouche vers le bas au centre mais vers le haut aux coins.

— Bien sûr que si. N'importe qui faisant un minimum atten-tion peut le voir. Dommage que Jackson ne le fasse jamais.

— Attends une minute. Mes épaules se sont contractées, conditionnées par trop d'années à défendre mon meilleur ami.

— Ne te hérisse pas. C'est un fait. Jackson est trop centré sur lui-même pour jamais penser à toi et à ce dont tu as besoin. Et tu le laisses faire depuis des années.

Il avait raison. J'avais défendu Jackson, l'avais un peu malmené pour qu'il fasse mieux, j'avais compensé ses manquements presque depuis le premier jour de notre rencontre. Mais ce n'est que lors de ce dernier jour dans mon bureau que je lui avais montré ce que ça me faisait ressentir.

— Il fait le premier pas. Ben a resserré sa prise sur ma main. Tu devrais écouter ce qu'il a à te dire.

J'ai de nouveau regardé mon téléphone sur le comptoir comme s'il s'agissait de Jackson en personne.

— Je suppose que je pourrais m'excuser.

Ben a attendu que je le regarde à nouveau.

— Ou tu pourrais l'écouter.

J'ai pris une profonde inspiration et l'ai laissée s'échapper en un soupir.

— D'accord.

Ben s'est levé du canapé.

— Je vais...

— Reste. Je lui ai attrapé la main. Ce n'est pas comme ça. Plus maintenant. Plus depuis un moment. Je ne tiens pas à lui comme je tiens à toi. Reste. S'il te plaît. Je n'étais pas sûr de pouvoir le faire sans lui.

Il a souri, pas triste cette fois, mais rassurant.

— D'accord. Il s'est dégagé de ma prise, a contourné le canapé et m'a tendu mon téléphone. Puis il s'est assis à côté de moi et s'est tourné pour que nos genoux se touchent.

Ce contact a ralenti mon rythme cardiaque. A apaisé le fourmillement au bout de mes doigts. Ma main n'a pas tremblé quand j'ai appuyé sur le bouton de rappel et que j'ai porté l'appareil à mon oreille.

— Coop. Mon nom est sorti comme un soupir, et mon cœur s'est serré dans ma poitrine.

— Salut, Jay. Quoi de neuf ?

— Putain, ne fais pas comme si ça ne faisait pas trois semaines qu'on ne s'est pas parlé. Tu vas bien ?

J'avais cru pouvoir m'en sortir avec du baratin. J'avais tort.

— Je vais bien.

— Jamila dit que Ben est sur l'île avec toi. Je suis content que quelqu'un veille sur toi.

— Jamila t'a appelé ? Je n'aurais pas cru qu'elle me balancerait.

— C'est moi qui l'ai appelée, espèce de connard. Puisque tu ne m'appelais pas.

— Écoute, je suis…

— Non. Écoute. Sa voix était tranchante. Je suis désolé. J'ai du mal à m'adapter à… à tout. Et je suppose que j'ai profité de toi. De notre amitié. Je me suis dit que tu serais toujours disponible pour compenser mes manquements. Mais ce n'est pas juste, et je suis désolé.

Ma respiration s'est bloquée dans ma poitrine. Il s'était excusé pour beaucoup de choses, mais jamais pour ça.

— C'est… merci ? Ce n'était pas réglé. J'avais eu assez de séances avec le Dr Pradhi pour le savoir. Mais je pouvais accepter ses excuses.

— Ah ouais ? Je pouvais l'imaginer, avec cette expression pleine d'espoir sur son visage.

— Ouais. Ben a posé une main sur mon genou, et je l'ai couverte de la mienne.

— Bien, parce que je… j'ai un service à te demander. Un gros service.

La boule est revenue dans mon estomac.

— Qu'est-ce que c'est ?

— Je déteste te déranger pendant tes vacances. Surtout après que tu as géré les choses pendant mon congé paternité. Et pour notre lune de miel avant ça. Putain, je suis un tel connard…

J'ai reniflé.

— D'accord avec ça. Et ?

— Les choses ne vont pas bien au bureau. Il y a eu des gens ici. De Gurusoft.

J'ai grincé des dents. Pas Gurusoft. Et Jackson y avait fait face seul. Quinze ans auparavant, ils avaient harcelé son père pour qu'il vende sa start-up. Jasper Jones s'était épuisé au travail et avait refusé de vendre jusqu'au jour de sa mort. Puis sa veuve avait vendu l'entreprise, sa fierté et sa joie, à Gurusoft. Jackson nourrissait beaucoup de sentiments compliqués à l'égard de cette société.

Il a continué, précipitamment :

— Weston pensait que je ne les reconnaîtrais pas, mais si. J'ai rencontré un de ces enfoirés à cette conférence où je suis allé l'été dernier. Tu te souviens, je t'ai raconté comment il m'a payé des verres et a essayé de me faire monter son assistante dans ma chambre ?

Bon sang, oui, je m'en souvenais. Même s'il était fiancé, j'avais été surprise que le stratagème n'ait pas fonctionné. J'ai grogné.

— Bref, maintenant Weston a convoqué une réunion d'urgence du conseil d'administration. Je pense qu'ils ont proposé de nous racheter.

— Quoi ?

— J'imagine qu'aucun de vous deux n'a vérifié ses e-mails.

— Ah… non. Nous étions occupés de manière bien plus agréable. J'avais désactivé les notifications professionnelles sur mon téléphone.

— Weston a mentionné que tu avais vendu une partie de tes actions.

J'imagine bien, ce connard. Mais qui était le plus gros connard, Weston pour avoir révélé mes secrets ou moi pour ne pas l'avoir dit à mon ami ?

— Ouais, je…

— Vraiment ? Alors c'est vrai ? Sa voix s'est brisée.

— C'est vrai. J'ai… j'ai réfléchi à l'entreprise. Ben a remonté sa main sur mon avant-bras et l'a caressé. J'ai respiré un peu plus facilement à son contact. À quel point je me donne à elle. À savoir si je veux continuer. Il comprendrait ça. Surtout vu ce qui était arrivé à son père.

— Et tu as pensé que la meilleure façon de gérer ça était de te désengager sans me parler ? On avait un accord, Coop.

Même le contact de Ben ne pouvait pas contrebalancer le poids qui s'est répandu de mon ventre à ma poitrine.

— Je... je ne pouvais pas te parler. Pas après... Ma gorge s'est nouée, et j'ai eu du mal à déglutir.

— D'accord. D'accord. Mais peux-tu revenir ? La réunion est après-demain. Si tu pouvais arriver avant, tu pourrais raisonner Weston. Peut-être que tu n'en as plus rien à foutre de Synergy, mais moi si.

— Ah oui ? Weston a dit que tu envisageais de te retirer.

— Putain de merde. Weston dirait vraiment n'importe quoi. Bien sûr que je tiens à Synergy. On l'a bâtie ensemble.

Toutes les raisons pour lesquelles je ne pouvais pas — pourquoi je ne devrais pas — se sont bousculées dans mon cerveau. Jackson n'avait pas agi comme s'il tenait à notre entreprise. Je ne devrais pas m'en soucier. Ni me soucier de lui.

En plus, si je retournais là-bas, qu'adviendrait-il de Ben et moi ? Notre relation était si nouvelle. J'avais voulu la consolider sur l'île avant de retourner sous la pression de San Francisco.

Et si la colère revenait ? Et si les facteurs de stress du travail réveillaient la partie de moi que Mick Fallon avait créée ? Et si ce n'était pas un bureau, une table ou une clôture que je frappais, mais Ben ?

J'ai plongé mon regard dans ses yeux, pleins d'un soutien sans faille. Pourrais-je le convaincre de rester sur l'île, d'attendre que je règle ça et que je revienne ?

J'ai entrelacé mes doigts avec les siens. Je pouvais demander.

Et maintenant, mon ami demandait de l'aide. Je n'ai jamais su lui dire non.

— Très bien. Je serai là demain.

Son soupir a crépité dans le téléphone.

— Merci. Et on parlera après ? De toi et Synergy ?

Nous savions tous les deux qu'il ne parlait pas de Synergy et moi. Il voulait dire que nous parlerions de nous deux.

— Oui, on parlera.

— D'accord. À demain. Je t'aime, mec.

C'était sa façon habituelle de dire au revoir. Mais cette fois, ça ne m'a pas tordu les entrailles comme un couteau.

— Moi aussi.

28

BEN

COOPER M'A SERRÉ les doigts alors que tout ce que je voulais, c'était m'enfuir. Il avait parlé à son meilleur ami sans mentionner notre relation. Et puis, il avait dit qu'il retournait à San Francisco. Pas *nous* y retournons. *Je* y retourne.

Si Cooper Fallon pensait qu'il allait me laisser sur l'île comme un bouche-trou, il se mettait le doigt dans l'œil.

Il a posé son téléphone sur la table et s'est tourné vers moi, si bien que nos genoux se sont touchés. Puis il a levé les yeux, le regard plein d'excuses, et a dit :

— Je dois y retourner.

J'ai essayé de garder un ton léger.

— Dans quelle nouvelle galère Jackson s'est-il encore fourré ?

— C'est toute l'entreprise. Il a pris mon autre main. — Jay a été avare de détails — lui et Weston ne sont pas vraiment des confidents — mais des gens de Gurusoft sont passés dans les locaux et Weston a convoqué une réunion d'urgence du conseil d'administration pour après-demain. Peut-être qu'ils ont monté une offre de rachat hostile.

Pauvre Marlee. Mon téléphone avait vibré pendant que

Cooper parlait à Jackson, mais j'étais trop absorbé par ses paroles pour décrocher.

— Tu penses que Weston est pour un rachat ?

— Non. C'est un type bien. Il s'est probablement laissé déborder en faisant le travail que j'aurais dû faire, il… Il a froncé les sourcils.

— Ce n'est pas de ta faute, Cooper. J'ai levé la main et touché légèrement le pli entre ses sourcils.

Le pli ne s'est pas effacé.

— En fait, si. J'ai vendu ces actions.

— J'imagine qu'on doit comprendre ce qu'il se passe et comment réagir. Comment fonctionnerait un rachat ? J'aurais aimé pouvoir tout effacer pour lui, mais Cooper s'épanouissait dans la résolution de problèmes. La meilleure chose pour lui était de s'y atteler. Et je pouvais l'aider.

Il a fait tourner son pouce sur le dos de ma main, la fixant comme si c'était l'une de ses feuilles de calcul.

— Ils n'ont pas pu acheter assez d'actions pour prendre le contrôle directement. Il m'en reste une bonne quantité, et Jay a les siennes. Weston a aussi une position solide. Il est possible qu'ils aient accumulé une minorité de blocage, suffisante pour influencer les décisions du conseil. Je suppose que Weston veut réunir le conseil de manière proactive pour déterminer notre stratégie de réponse.

J'ai resserré ma prise sur ses doigts.

— Je viens avec toi.

— Je te promets que je ne partirai pas longtemps. Deux ou trois jours, tout au plus. Et ce sera plus simple si tu ne viens pas. Il a baissé les yeux sur nos mains jointes.

Mon corps s'est raidi. Nous n'avions pas encore défini notre avenir, mais je pensais que nous étions en route vers quelque chose de durable.

— Pourquoi ce serait plus simple ?

— C'est un voyage tellement court. Tu n'aurais pas à subir le décalage horaire. Tu pourrais rester ici et te détendre sans aucune distraction. Il s'est penché pour m'embrasser, mais je me suis tourné si bien qu'il n'a attrapé que le coin de ma bouche.

— Et pour toi ? Cette fois, mon ton était sarcastique. — Est-ce que Jackson Jones va être une distraction ?

Il a reculé, et même si j'étais furieux, le contact de ses mains m'a manqué. Il a lissé son short sur ses jambes.

— Ce n'est pas ça. Ça n'a jamais été ça.

— Tu veux dire que ton attirance est à sens unique ? Parce que c'est bien ça, le problème.

— Jay est hétéro, a-t-il dit d'une voix plate. — Il n'a jamais rien ressenti de tel pour moi. Et je n'ai jamais voulu mettre en péril notre amitié en lui avouant mes sentiments. Le Dr Pradhi a dit que j'éprouvais ça pour lui parce qu'il était sans danger. Inaccessible. Peut-être qu'elle avait raison.

Sans danger ? Jackson Jones était tout sauf sans danger. Il était magnifique, riche et le meilleur ami de Cooper depuis l'adolescence. La seule chose sur laquelle on pouvait compter avec Jackson, c'était sa capacité à tout foutre en l'air, et cette fois, sa connerie risquait de détruire ce que Cooper et moi étions en train de construire ensemble.

Jackson Jones avait de larges et grandes épaules, et je les sentais se coincer entre nous. Je pouvais déjà sentir l'affection de Cooper pour moi diminuer alors qu'il se frayait un chemin vers Synergy en résolvant des problèmes.

J'avais fait exactement ce que j'avais dit à Mimi que je ne ferais pas. Je lui avais donné mon cœur. Mais maintenant que j'avais démissionné, ce serait Jackson au bureau avec Cooper, et non moi. Je ne le connaissais que depuis six mois, et notre relation avait moins de deux semaines. Lui et Jackson avaient toute une histoire que je ne pourrais jamais égaler. Quand il se réconcilierait avec son ami, y aurait-il encore de la place pour moi ?

Pas si je ne lui disais pas ce que je voulais. Ce dont j'avais besoin. Nous aussi, nous avions construit quelque chose de spécial. C'était peut-être nouveau, mais ça valait la peine de se battre pour.

— Écoute-moi. J'ai attendu qu'il croise mon regard. — Nous y retournons ensemble. Je ne suis plus ton assistant de direction, mais je veux t'aider avec ça. Parce que je tiens à toi. Parce que je... je t'aime. Mon cœur s'est arrêté de battre. Je venais de l'arracher de ma poitrine pour le déposer devant l'homme pour qui il battait.

Il a cligné des yeux, me regardant.

— C'est vrai ?

Ce n'était pas la réaction que j'espérais. Pourtant, j'ai insisté.

— Oui, c'est vrai.

— Ben, je...

— Merde. J'ai bondi du canapé et fixé la piscine. J'avais déjà entendu ce scénario. Maintes fois. Et c'était mieux quand je ne regardais pas les gens dans les yeux au moment où ils jetaient mon cœur par terre pour le piétiner.

— Non, Ben, je...

Je sentais sa masse derrière moi, mais il ne m'a pas touché.

— Ce n'est rien. J'ai essayé de prendre une voix désinvolte, comme si je m'en fichais, mais elle s'est brisée, me trahissant. Je me suis éclairci la gorge. — Ce n'est rien.

Sa grande main s'est posée sur mon épaule, et il a essayé de me faire pivoter vers lui. J'ai résisté.

Il m'a contourné, mais j'ai refusé de lever les yeux vers son beau visage qui ne contiendrait que de la pitié pour moi et mes sentiments ridicules.

— Ben. Sa voix s'est cassée, et finalement, j'ai levé les yeux. Sa lèvre tremblait. — À cause de ce que mon père a fait à ma mère et à moi, j'ai quelques problèmes avec l'amour. Avec ce que ça signifie. Avec le fait de m'ouvrir à une autre personne. Après l'avoir frappée, mon père s'excusait toujours auprès de ma mère en lui disant à quel point il l'aimait.

— Putain. J'ai caressé la ligne tendue de sa mâchoire. — Ça bousillerait n'importe qui.

— J'y travaille, a-t-il dit. — En thérapie. Et je pense que je peux y arriver. Si tu veux bien être patient.

Mon cœur s'est remis à battre, et la chaleur est revenue dans mes doigts.

— Je peux te donner du temps. Tout ce dont tu as besoin. Tu préférerais que je ne te le redise pas ?

— Non. Il s'est rapproché jusqu'à ce que nos torses se touchent. — Dis-le encore ?

— Je t'aime.

Il a repoussé la boucle rebelle sur mon front.

— J'ai ressenti quelque chose pour toi dès l'instant où tu es entré dans mon bureau. Dès que tu m'as serré la main. Une énergie. Comme ce que je ressens ici, sur l'île. Comme un sentiment d'appartenance. Comme si nous étions faits pour être ensemble. Il a souri, un coin de sa bouche se soulevant plus haut que l'autre. — Mes mots ne sortent pas comme il faut. Ce que je veux dire, c'est que j'ai commencé à tomber amoureux de toi ce premier jour, et je suis tombé un peu plus amoureux de toi chaque jour depuis.

— Chaque jour ? J'ai posé mes mains sur sa poitrine et senti son cœur battre à toute vitesse. — Même le jour où j'ai été infect parce que tu m'as balancé cette assemblée générale avec un seul jour de préavis ?

— Surtout ce jour-là. Tu étais un général, ralliant l'équipe, faisant en sorte que ça se fasse. Et ça s'est déroulé sans accroc. Je méritais chaque regard noir que tu m'as lancé. Mais ce n'est que lorsque tu es venu ici, sur l'île, que tu m'as désintoxiqué et que tu m'as acheté des chemises — il a tiré sur la chemise à imprimé coquillages qu'il portait — que j'ai pensé…

J'allais m'évanouir à cause de la pression qui montait dans ma poitrine.

— Que tu as pensé quoi ?

— Que tu pourrais ressentir la même chose. Qu'on pourrait être ensemble. Dans une relation. Des petits amis, même si utiliser ce mot me donne l'impression d'avoir environ quinze ans.

Tout s'est mis en place comme Mjöllnir fusant dans la main de Thor. Cooper ressentait la même chose que moi. Il ne pouvait juste pas encore le dire. Je me suis penché et l'ai embrassé, un doux effleurement de lèvres.

— Je serai ton petit ami, Cooper Fallon.

Une étincelle dans ses yeux bleus a été le seul avertissement que j'ai eu avant que mon dos ne heurte les coussins du canapé, mes poignets plaqués contre l'accoudoir, ses hanches calées entre mes jambes. J'ai eu le souffle coupé dans sa bouche. Il m'a embrassé, agressif, punitif, désespéré comme un soldat partant pour le front. Le frottement de son short contre le devant de mon boxer a déclenché un picotement chaud qui a rayonné jusqu'au bout de mes orteils, que j'ai enroulés autour de ses mollets musclés.

En gémissant, je l'ai embrassé de sa mâchoire lisse jusqu'à son cou.

Il s'est reculé pour écraser sa bouche sur la mienne, et je me suis ouvert à lui, le laissant envahir ma bouche comme le cadre autoritaire qu'il était. Il avait le goût du pouvoir. Et de l'affection. Je croyais en lui. Il avait le pouvoir de tout arranger pour nous. Il resterait quand les choses deviendraient difficiles.

J'ai fait glisser ma main de son genou jusqu'au renflement dans son short.

— La chambre.

— Bon sang, oui. Il s'est levé, puis a tendu la main et m'a tiré debout. Main dans la main, je l'ai conduit à la chambre et me suis assis sur le bord du lit que je n'avais pas fait. Il m'a rejoint, sa cuisse pressée contre la mienne. Ses baisers étaient plus doux cette fois, presque sucrés.

Mais je ne voulais pas de douceur. Je voulais de la sueur et de la saleté. Pour prendre possession et être possédé. Nous étions sur le point de quitter notre île paradisiaque pour retourner dans la ville froide où les choses seraient différentes. Je n'allais pas le laisser repartir sans marque, sans changement. Peut-être que je ne pouvais pas entrer dans les salles de réunion avec lui, mais il se souviendrait de moi quand il y serait.

À califourchon sur lui, je l'ai poussé sur le dos. J'ai soulevé l'ourlet de ma chemise.

— Non, a-t-il aboyé. — Garde-la. Putain, j'adore te voir dans ma chemise.

J'ai soulevé un coin de ma bouche en un sourire narquois. Il voulait donc me marquer lui aussi.

— D'accord. Mais ta chemise, tu l'enlèves.

Il a commencé à déboutonner par le haut, et j'ai travaillé du bas vers le haut jusqu'à ce que son torse soit exposé. Tous ces muscles. Tous à moi. J'ai tracé une ligne avec mon doigt du creux de sa clavicule à son sternum, où ses poils brillaient comme de l'or sous la lumière du début d'après-midi. J'ai descendu mon doigt plus bas, sur les bosses de ses abdominaux, qui se sont tendus à mon contact. Quand j'ai fait tourbillonner mon doigt dans la ligne de poils de son ventre, il s'est recroquevillé, ses abdos saillants.

Je l'ai maintenu au sol avec un doigt sur son sternum.

— Je réfléchis à où je vais te marquer. Pas trop haut. Je ne veux pas abîmer ton joli cou et t'obliger à le cacher avec le col boutonné. Même si j'adore te voir en cravate. J'ai frotté mon bassin contre le sien. Un jour, nous ferions l'amour pendant qu'il porterait une de ses cravates en soie. Peut-être que je lui attacherais les poignets avec. Ou qu'il attacherait les miens.

— Marque-moi, a-t-il gémi en se soulevant. — Je suis à toi.

J'ai eu envie de le déshabiller sur-le-champ et de poser ma bouche à un endroit que je ne marquerais pas. Pas encore.

Du bout du doigt, j'ai entouré un point juste au-dessus de sa hanche.

— Ici ? Ou ici ? J'ai tracé le contour de son nombril. Puis j'ai remonté le long de ses côtes, où sa peau a ondulé, jusqu'à juste sous son pectoral gauche.— Ici ? J'ai fait glisser mon doigt sur son téton jusqu'à la partie charnue de son pectoral supérieur.

Il a de nouveau poussé ses hanches.

— Là, je pense. Mais je ne l'ai pas fait tout de suite. Je l'ai d'abord embrassé sur ses lèvres affamées, une pression brutale et un glissement de langue. Quand il a gémi, je suis descendu le long de sa mâchoire jusqu'à son cou. Son pouls battait, m'appelant, mais Cooper Fallon, le directeur des opérations, ne pouvait pas retourner au bureau avec un suçon sur le cou comme un adolescent. J'ai fait glisser mes lèvres jusqu'à son téton et je l'ai embrassé, puis j'ai pris le bouton dressé entre mes dents et j'ai sucé.

Il a pressé ses hanches contre les miennes.

— S'il te plaît.

Ma peau a frémi sous le pouvoir de sa supplication. Enfin, j'ai tracé une ligne sur son pectoral avec ma langue et j'ai entouré ma cible une fois, deux fois, avant de refermer mes lèvres sur sa peau et de sucer. Il s'est cambré sous moi en gémissant.

J'ai glissé une main entre nous et j'ai empaumé le devant de son short. Il a sifflé. J'ai léché pour apaiser l'endroit, puis je suis redescendu, suçant et mordillant jusqu'à ce que je sois satisfait qu'il emporte ce souvenir en Californie. J'ai embrassé l'endroit, puis j'ai dévoré ses lèvres. Quand je me suis relevé, il a pourchassé mon baiser.

Je suis descendu de lui et me suis mis debout sur le sol entre ses genoux écartés. J'ai commencé par son cou, traçant une ligne sur sa poitrine, le centre de son ventre plat, son nombril. Quand j'ai retiré son short et son sous-vêtement, son érection a tressauté, rouge et désespérée.

Descendant vers ses testicules, j'ai inhalé le mélange de savon et de musc. Puis j'ai remonté en léchant, entourant le gland. Son corps s'est tendu, et il a agrippé les draps.

Je l'ai sucé aussi profondément que possible et j'ai commencé à le faire descendre davantage quand il a agrippé mes cheveux.

— Non.

J'ai reculé et j'ai tenu la base de sa queue dans ma main.

— Non ?

— Je veux… Il s'est redressé sur ses coudes et a bougé sa bouche. — Je veux que tu me baises.

Mon cœur s'est emballé.

— Tu veux me baiser ? C'était ce que je voulais depuis toute la semaine. Depuis des mois, en fait. Mon cul s'est serré.

Il a secoué la tête.

— Non. Je veux que tu le fasses. Baise-moi.

Mes yeux se sont écarquillés. J'avais toujours pris Cooper pour un actif. Son air bourru, son côté protecteur, même son putain de titre de « Chef » tout indiquait un homme dominant. J'ai plissé les yeux.

— Ce n'est pas ta première fois avec un homme, n'est-ce pas ?

— Non. Mais c'est la première fois depuis longtemps.

J'ai soupiré par le nez.

— Tu veux dire que c'est la première fois depuis que tu as rencontré Jackson Jones ?

Il a détourné le regard.

— Oui.

Putain de Jackson Jones aux larges épaules. Il ne voulait même pas de Cooper, pas comme moi je le voulais, et pourtant sa présence remplissait la chambre.

— Tu es sûr de ça ? Je veux dire, je ne suis pas énorme, mais c'est beaucoup pour dépuceler quelqu'un. Ou le re-dépuceler après tant d'années, j'imagine. J'ai grincé des dents. Pourquoi est-ce que j'étais un connard à ce sujet ? Jackson n'était pas là. Moi si. Et Cooper me demandait de le baiser.

— J'utilise des jouets. Je pense que tu trouveras que je peux te prendre. Il m'a regardé droit dans les yeux, comme un défi. — Ce dont tu as besoin est dans la table de chevet.

Je me suis dirigé vers la table et j'ai ouvert le tiroir du haut. Effectivement, il y avait une bouteille de lubrifiant, une boîte de préservatifs non ouverte et un assortiment de jouets. Un vibro-masseur, un godemiché et un jeu de plugs anaux de taille graduée, dont l'un était le plus gros que j'aie jamais vu en vrai.

Je l'ai sorti du tiroir. C'était un monstre, aussi gros que mon poing.

— Tu as utilisé ça ?

— Oui.

— Hmm. La prochaine fois, on sortira ses jouets et on jouera.

Mais il ne voulait pas d'un jouet. Il me voulait, moi. Du moins, c'est ce qu'il pensait. Le sexe avec pénétration changeait parfois les choses. Et ma relation avec Cooper était sur le fil du rasoir. Il venait de proposer de me laisser ici pendant qu'il retournait en Californie. Je ne voulais pas qu'une première fois gênante soit une autre raison pour lui de se refermer sur lui-même.

— Tu es sûr de ça ? On n'est pas obligés. Je suis content de ce qu'on a fait jusqu'à présent.

— Je te veux, Ben. J'en suis putain de sûr.

La tension dans ma poitrine s'est relâchée. Il avait dit ce qu'il voulait, et j'allais le lui donner. J'ai ouvert la boîte de préservatifs et j'en ai sorti un. J'ai posé la bouteille de lubrifiant sur le lit.

Je me suis replacé entre ses genoux. En soutenant son regard, j'ai noué l'ourlet de son tee-shirt pour qu'il ne gêne pas, puis, avec autant d'assurance que possible, je me suis débarrassé de mon sous-vêtement.

Voilà : la revendication que je voulais. Quoi que j'aie pu dire sur le fait de ne pas en avoir besoin, la partie homme des cavernes de mon cerveau insistait pour que nous le fassions. Quelques gouttes de pré-éjaculat ont perlé au bout de ma queue.

— Ben, arrête de réfléchir et baise-moi. J'ai besoin de toi. Cooper a posé les mains derrière ses genoux et a levé les jambes, s'ouvrant à moi.

J'ai déchiré l'emballage du préservatif et j'ai déroulé le latex.

— Tu es sûr.

— Bon sang, Ben, arrête de me faire languir.

J'ai souri. Le voilà. Il était peut-être physiquement passif pour moi, mais il était toujours aux commandes.

J'ai versé le lubrifiant dans ma main et l'ai laissé se réchauffer quelques secondes. Puis je l'ai étalé sur sa queue, le caressant jusqu'à ce qu'il soupire et détende ses muscles tendus. Enfin, je l'ai étalé sur son trou, l'entourant d'un doigt glissant.

— Ça va ?

— Mmm. Oui.

J'ai glissé un doigt à l'intérieur, puis deux, tout en continuant à le masturber langoureusement de mon autre main.

— Tu veux jouir en premier ? Ça pourrait te détendre.

— Non, je veux jouir pendant que tu seras en moi, si je peux.

— Quel romantique. J'ai fait claquer ma langue. Mais c'était ce que mon cœur de romantique voulait aussi. J'ai glissé un troisième doigt en lui et j'ai trouvé sa prostate. Doucement, je l'ai frottée, et il a commencé à frétiller. J'ai arrêté de bouger mes doigts.

— C'est bon ?

— O-ouais. N'arrête pas.

— Non, mon cœur. J'ai travaillé mes doigts en lui, en regardant son visage. Ses lèvres se sont entrouvertes et ses yeux se sont fermés. Quand j'ai accéléré mes mouvements, ses jambes ont tremblé. C'était mon signal.

J'ai retiré mes doigts, me suis lubrifié, et je me suis aligné à son entrée.

— Regarde-moi, mon cœur.

Quand il a ouvert les yeux, je suis entré. Il ne s'est pas contracté, alors j'ai continué jusqu'à ce que je sois complètement enfoncé, l'étreinte serrée envoyant des étincelles directement à ma colonne vertébrale. J'ai fait une pause.

— Ça va ?

Il a hoché la tête, sans cesser de me fixer. Alors que je me retirais et que je m'enfonçais à nouveau, je me suis noyé dans les bassins bleu-glacier de ses yeux. J'étais tellement fou de cet homme. Comment pouvait-il penser à retourner en Californie sans moi ? Je n'étais pas sûr de pouvoir le laisser aller au bureau seul. Je ne voulais jamais briser cette connexion, cette électricité qui me parcourait chaque fois que je le touchais.

La chaleur a jailli le long de ma colonne vertébrale, me pressant d'aller plus vite, mais j'ai gardé un rythme mesuré. Mon cœur battait la chamade dans ma poitrine alors que je le regardais, la mâchoire détendue et le regard flou. La peau claquait contre la peau. Quelques gouttes de pré-éjaculat sont tombées sur son ventre, et j'y ai trempé un doigt pour étaler le liquide sur le gland de sa queue.

— Ça te va comme ça ?

— Dieu, oui, je vais… Il a brusquement fermé les yeux alors qu'il était secoué d'un spasme et que son sperme giclait sur ma main et sur ses abdos.

J'ai accéléré mes poussées en regardant sa queue tressauter contre son abdomen. Mon propre orgasme a fusé vers moi. Je me suis retiré, j'ai arraché le préservatif, et après quelques va-et-vient, mon sperme a giclé à côté du sien sur sa poitrine.

J'ai posé une main sur son genou, des points noirs dansant devant mes yeux et ma poitrine se soulevant.

Quand ma vision s'est éclaircie, j'ai regardé Cooper. Ses yeux étaient de nouveau ouverts, doux et brumeux. Il a passé un doigt sur sa poitrine collante.

— C'était… incroyable.

Ma poitrine s'est gonflée. L'homme des cavernes en moi dansait en voyant mon amant couvert de notre plaisir. L'homme plus doux et moderne était prêt pour un câlin.

— Je reviens tout de suite. J'ai attrapé une serviette dans la salle de bain, nous ai nettoyés et j'ai jeté la serviette dans le panier à linge. Puis Cooper et moi nous sommes blottis à nouveau dans le lit et avons tiré les couvertures. — Toujours aussi bien ?, ai-je murmuré contre sa poitrine.

— Tellement bien. Il a embrassé le sommet de ma tête et a posé son bras lourd sur mon flanc. — Et toi ?

J'ai glissé mon pied entre ses jambes et l'ai rapproché de moi.

— Parfait.

Et pendant cette heure glorieuse, nous n'étions que nous deux dans la chambre. Pas de Synergy, pas de Jackson Jones. Juste moi et mon petit ami.

29

BEN

COOPER FIXAIT le chien assis entre nous sur la banquette arrière du SUV. — Je pense qu'il serait plus heureux en restant sur l'île.

Il pensait que je serais plus heureux de rester aussi. Pas sans lui. Et je savais que Coco ressentait la même chose. J'ai ramené Coco contre ma poitrine et je l'ai serré fort. Il m'a léché le lobe de l'oreille. — Il va où je vais. *Et je vais là où tu vas.*

Les lèvres de Cooper se sont étirées en ce demi-sourire neutre auquel je m'étais habitué en Californie. — D'accord. Tout ce que tu veux.

Mateo a arrêté la voiture directement sur le tarmac, dans une zone de l'aéroport que je n'avais pas vue à mon arrivée. Le jet privé de Synergy était garé à une trentaine de mètres, d'un blanc éclatant qui contrastait avec les nuages sombres qui s'agitaient au large.

J'avais déjà vu l'avion une ou deux fois, quand Cooper avait eu besoin que je le retrouve à l'aéroport pour lui apporter quelque chose ou pour lui faire un compte rendu avant ou après un vol, mais — j'ai dégluti — je n'avais jamais volé dedans. Il n'était pas plus grand que le minuscule avion que j'avais pris depuis Charlotte Amalie, celui où j'avais rendu mon déjeuner. Et nous allions devoir traverser ces nuages denses et turbulents, puis tout le pays à son bord. J'ai serré Coco plus fort contre moi.

Comme s'il pouvait lire dans mes pensées, Cooper a dit : — Ne t'inquiète pas. Emily va nous faire contourner l'orage. C'est une bonne chose qu'on parte avant qu'il n'arrive.

Mateo s'est retourné sur le siège conducteur. — Tu es sûr que tu n'as pas besoin de moi, Lito ?

— Je suis sûr que celui qui a agressé Ben a soit abandonné, soit il est resté sur l'île. J'ai une équipe de sécurité à San Francisco. Tout ira bien.

Mateo a hoché la tête, mais ses yeux ne pétillaient pas comme d'habitude.

— Merci. Cooper s'est penché vers le siège avant et a empoigné l'épaule de son cousin. — De nous avoir protégés. Tu pourras venir nous voir à San Francisco si on décide de rester.

À en juger sa voix tendue, rester était bien la dernière chose dont Cooper avait envie.

Mateo n'a pas dû le remarquer. Il a souri. — Ça me plairait.

— On sera peut-être de retour avant que tu aies l'occasion de venir nous voir. La voix de Cooper était bourrue, comme elle l'était toujours en Californie. La douce mélodie à laquelle je m'étais trop habitué sur l'île me manquait.

J'ai pris la main de Cooper. — On en reparlera une fois que tu auras réglé la situation chez Synergy. Une grande discussion nous attendait. Mais nous pouvions trouver une solution. Si je pouvais le convaincre de prendre des vacances plus fréquentes, il pourrait profiter du soleil et se délester de la pression de la maison. Mince, il pourrait même prendre sa retraite s'il le voulait. Je ne pourrais jamais subvenir à nos besoins au niveau auquel Cooper était habitué, mais une fois mon diplôme en poche, je pourrais trouver un travail qui nous assurerait de quoi manger. Et les amples économies et revenus d'investissement de Cooper pourraient s'occuper du reste.

— Allons-y. Cooper a ouvert la portière et est sorti.

J'ai lâché Coco. Il a sauté du SUV et s'est secoué pendant que je sortais à mon tour, puis je me suis calé contre le vent qui soufflait en rafales. J'ai attrapé le bout de sa laisse et laissé la bourrasque me pousser vers l'arrière de la voiture pour prendre ma valise.

Mateo a soulevé les deux valises aussi facilement que j'aurais soulevé deux sacoches d'ordinateur. — Je m'en occupe. Montez.

Cooper m'attendait à quelques pas, ma sacoche d'ordinateur sur son épaule. Le soleil se cachait derrière les nuages menaçants qui se reflétaient faiblement sur ses lunettes de soleil. Sans la lumière vive à laquelle je m'étais habitué, il paraissait plus terne, plus fade, comme au bureau autrefois.

Il m'a tendu la main et, avec gratitude, je l'ai saisie. À peine dérangé par le vent qui fouettait, il a marché d'un pas vif jusqu'à la passerelle d'embarquement et l'a gravie. Je l'ai suivi, m'agrippant à la rampe tandis que je montais les marches raides. En haut, j'ai aspiré ma dernière bouffée d'air frais de l'île. Notre paradis, où j'étais enfin tombé amoureux d'un homme qui m'aimait en retour, même s'il ne pouvait pas prononcer les mots.

Nous nous sommes engouffrés dans l'avion. Un air frais et sec et un intérieur gris chaleureux nous ont accueillis. D'un côté se trouvait un canapé, agrémenté de coussins bleus. Il faisait face à une table au-dessus de laquelle était fixé un grand écran de télévision. Vers l'arrière de l'avion se trouvaient des groupes de fauteuils en cuir moelleux, également dans des tons neutres de gris.

Cooper m'a mené au-delà du canapé jusqu'à une paire de sièges qui se faisaient face sur la gauche. Il s'est assis dans le sens de la marche, et j'ai pris le siège en face de lui. Coco a reniflé le fauteuil puis a sauté à côté de moi.

Le steward s'est approché de nous. — Monsieur Fallon. Monsieur Levy-Walters. Que puis-je vous servir ? Du bourbon ? Un jus de fruits ?

Il n'était pas encore neuf heures du matin. J'ai haussé un sourcil en direction de Cooper. Du bourbon ?

— De l'eau pour moi, s'il vous plaît. Ben ?

— Du jus d'orange.

Le steward a dit : — Nous avons du jus de goyave si vous préférez.

— Oui, s'il vous plaît. J'ai réussi à garder mon calme juste assez longtemps pour que le steward disparaisse dans la cuisine avant de tourner des yeux écarquillés vers Cooper. — Tu leur as demandé de prendre du jus de goyave pour moi ?

— C'est un avion privé. Ils stockent ce que je leur demande.

Cooper Fallon vivait très différemment de moi. À quoi d'autre allais-je devoir m'habituer ?

Le steward est revenu avec nos boissons. — Puis-je vous servir autre chose ?

Cooper m'a interrogé silencieusement du regard, puis a dit : — Non, merci. Et nous sommes prêts à partir quand la pilote le sera.

— Je vais la prévenir. Le steward a franchi une porte à l'avant de l'avion.

J'ai bouclé ma ceinture de sécurité. En face de moi, Cooper fronçait les sourcils en regardant son téléphone.

— Tout va bien au bureau ?

Il a balayé quelque chose sur l'écran, puis l'a posé sur la table entre nous. — Weston a programmé une réunion en début d'après-midi. Je vais devoir y aller directement.

— Et Jackson ? Je détestais demander, mais j'avais besoin de comprendre leur relation à eux aussi. L'idée que Cooper et Jackson travaillent ensemble, traînent ensemble — putain, boivent ensemble — pendant que Cooper retombait sous le charme de Jackson Jones me poignardait en plein cœur. Tiendrait-il encore à moi avec Jackson dans les parages ?

— Quoi, Jackson ?

— Tu ne penses pas que tu devrais mettre les choses au clair ? j'ai demandé en retenant ma respiration.

— Ça n'a plus d'importance. Il est avec Alicia. Et je suis avec toi.

Mes lèvres voulaient s'étirer en un sourire. *Je suis avec toi.* Mais…

— Tu devrais lui dire ce que tu ressens. Ressentais. Vous êtes meilleurs amis, et ce n'est pas juste de lui cacher une chose pareille.

— Je… Il a froncé les sourcils. D'accord. Peut-être pas aujourd'hui, mais bientôt.

Je devais l'accepter. C'était son amitié. Sa relation. Et je devais travailler sur ma propre relation.

— Donc, si tu vas au bureau, je vais… Merde. Je n'avais pas réfléchi aussi loin.

— Je demanderai à une autre voiture de t'emmener… ah.

Je ne savais pas si le frisson qui a parcouru ma nuque était dû à la joie qu'il ait failli dire que la voiture m'emmènerait chez lui, ou un avertissement que nous allions trop vite, qu'il essayait de prendre le contrôle. — Non, je vais venir au bureau avec toi. Je vais aller voir Marlee. Il y a probablement quelques trucs que je devrais régler avant de… avant de vider mon bureau. Synergy allait me manquer, mais être avec Cooper valait bien de renoncer à mon travail.

— Et après ?

J'aurais dû me douter qu'il ne me laisserait pas repousser cette conversation à plus tard.

— Je pense que je devrais retourner chez ma sœur. Tu ne crois pas ? Ma voix était haut perchée à la Mickey. J'ai avalé mon jus d'une traite.

— Si tu as besoin de récupérer tes affaires. Ou je peux envoyer quelqu'un les chercher pour toi.

— Un peu autoritaire, non ? Mais j'ai gâché mon commentaire sarcastique en m'agrippant aux accoudoirs quand l'avion a commencé à bouger. Mon cœur s'est emballé.

— Je le suis, et tu ferais mieux de t'y habituer.

Putain. J'avais besoin d'un éventail. Et d'un cachet contre le mal des transports. J'ai dégluti. L'avion a tressauté en quittant la piste. Des picotements froids ont parcouru ma peau.

— Est-ce que ça va ? Cooper s'est glissé sur le siège à côté de moi et a balancé Coco sur son siège vacant.

— Tu n'es pas censé porter une ceinture ? J'ai serré sa main et fixé mon regard sur la table, n'importe où sauf par le hublot où le jet déchirait les nuages noirs.

— Tu ne m'as pas dit que tu avais peur en avion. Il m'a frictionné la main.

— Je suppose que je ne le savais pas. La première fois que j'ai pris l'avion, c'est quand je suis venu ici. Le devant de ma chemise tremblait sous la force des battements de mon cœur.

Il a retiré sa main de la mienne. — Je reviens tout de suite.

— Non, tu n'es pas censé te déplacer dans la cabine !

Mais il était déjà parti. Un instant plus tard, il était de retour avec une bouteille de vodka. Il en a versé une bonne rasade dans mon verre de jus. — Bois.

Mes doigts tremblaient alors que j'attrapais le verre. Mais j'ai fait ce qu'il demandait, aspirant le jus sucré qui masquait le goût de l'alcool.

Quand je l'ai eu bu jusqu'aux glaçons, il a passé son bras autour de moi et a doucement posé ma tête sur son épaule. — Tout va bien se passer. Emily fait ce trajet tout le temps. Regarde dehors. On a échappé à l'orage. Tu sens comme c'est stable maintenant qu'on a atteint notre altitude de croisière ? Ce sera comme ça jusqu'en Californie.

Je me suis frotté la poitrine, en espérant pouvoir ralentir mon cœur qui s'emballait. — Promis ?

— Je te le promets. Le vol sera calme jusqu'en Californie.

J'ai expiré. Inspiré. — Et ensuite ?

— Peut-être une secousse ou deux pendant la descente. Il m'a embrassé le sommet du crâne. — Mais tout ira bien.

— Je t'aime, Cooper. J'ai tourné mon visage vers lui.

Il m'a embrassé, une pression rassurante de ses lèvres. Mais il ne l'a pas dit en retour. Ce n'était pas grave. Pour l'instant.

Le steward s'est éclairci la gorge. — Encore un peu de jus ?

— S'il vous plaît. Cooper m'a embrassé de nouveau, un peu plus tendrement.

Le steward a prestement retiré mon verre de la table et est parti.

— Tu viens de m'embrasser devant un employé de Synergy, tu sais, ai-je murmuré contre ses lèvres.

— Ah oui ? Le coin de sa bouche s'est relevé. Tu ferais mieux de t'habituer à ce que je t'embrasse partout.

— Partout, M. Fallon ? Mes lèvres étaient engourdies et détendues.

— Partout. Il a penché la tête et a déposé un baiser aspirant juste en dessous de ma mâchoire.

J'ai frissonné. — Je pourrais m'habituer à ça.

30

COOPER

NOUS ÉTIONS en retard parce que j'avais oublié le chien.

En fait, je ne l'avais pas vraiment oublié ; il était avec nous pendant tout le vol. Avec l'aide d'une des amies de Sara, une vétérinaire, je m'étais démené pour obtenir les vaccins et les papiers nécessaires pour faire entrer Coco aux États-Unis. Tous ces tracas, et le fait que je devais une autre faveur à Sara, en avaient valu la peine rien que pour le regard radieux sur le visage de Ben quand il s'est blotti dans son siège d'avion avec Coco.

Après que Ben s'est endormi sur mon épaule, Coco a sauté sur le siège, à moitié sur Ben, et m'a lancé un regard noir que je ne lui avais jamais vu. Ses yeux marron ne m'ont pas quitté, même pas pour dormir, jusqu'à notre atterrissage à San Francisco.

C'est là que j'ai réalisé qu'il nous fallait une voiture séparée. Pour le chien. Parce que nous avions beau être une entreprise progressiste, nous n'autorisions pas les chiens dans nos bureaux.

La voiture n'est jamais arrivée à cause du chaos de la circulation de San Francisco, alors nous sommes allés au bureau avec Coco.

Quand Ben s'est assis sur un des fauteuils chartreuse du hall, Coco s'est affalé à ses pieds.

— Ne t'inquiète pas pour nous, a dit Ben. On va t'attendre ici.

Il avait sorti son téléphone, prêt à envoyer un texto à sa sœur ou à l'un de ses nombreux amis chez Synergy.

— Pourquoi tu ne vas pas juste…

Je me suis éclairci la gorge. Je voulais dire *chez nous*. Chez moi. Mais Ben avait dormi pendant tout le vol, et nous n'avions pas eu le temps de régler les détails de notre cohabitation. J'ai regardé le chien du coin de l'œil. Peut-être qu'il serait un atout dans ces négociations. Est-ce que la résidence de sa sœur autorisait les chiens ? Bien sûr, ce serait bien ma veine si Ben n'était pas prêt à emménager avec moi et que je me retrouvais avec la garde d'un chien dont je ne voulais pas.

— On va attendre. Je vais voir si Marlee peut descendre.

— D'accord. Je t'enverrai un message si ça dure.

Weston avait été vague sur les détails de notre réunion. Cela n'aurait pas dû me surprendre. Il a toujours caché son jeu. Son ego était encore plus démesuré que le mien.

À l'étage, je suis allé directement au bureau de Weston, du côté ensoleillé du bâtiment, à l'opposé de celui de Jackson. Je n'avais pas le temps de passer voir Jackson, même si j'en avais eu envie.

Est-ce que j'en avais envie ? Depuis que nous nous étions parlé, ça ne me semblait plus si terrible. Jusqu'à ce que je me souvienne de ce que Ben pensait que je devais avouer.

Je m'en préoccuperais plus tard, quand je ne serais pas en retard à une réunion avec le PDG.

Julie a levé les yeux de son écran. Jetant un coup d'œil à l'horloge, elle a pincé les lèvres.

— Il vous attend.

Je détestais être en retard. Mais je n'y pouvais rien. J'ai donc toqué à la porte, tourné la poignée et je suis entré.

— Cooper.

Weston était assis à son bureau, sa chemise blanche ouverte au col, révélant un cou presque aussi bronzé que le mien. Il avait dû sortir sur son bateau récemment. Comme d'habitude, ses cheveux étaient parfaitement coupés, pas en bataille comme les miens l'étaient souvent après que j'y avais passé les doigts, ou aplatis comme ceux de Jackson à cause de son casque.

— Harris.

J'ai traversé le tapis de soie moelleux et lui ai serré la main. Elle était fraîche, comme d'habitude. Mais son sourire était chaleureux, comme toujours, et la tension entre mes omoplates s'est relâchée.

— Asseyez-vous.

Il m'a fait signe en direction des fauteuils en cuir clouté devant son bureau.

Je me suis perché sur le coussin rigide et je me suis penché en avant, les coudes sur les genoux.

— Qu'est-ce que j'entends à propos de…

Il m'a coupé la parole.

— Les vacances vous vont bien. Vous avez apprécié votre séjour sur l'île ?

— Oui.

Normalement, Weston préférait aller droit au but, comme moi, mais il était logique de rattraper le temps perdu, vu que je ne l'avais pas vu depuis trois semaines.

— Comment ne pas aimer ? Un peu de soleil, de sable et de cocktails avec des ombrelles.

Je ne lui avais jamais révélé que ma famille vivait là-bas. Ce n'était pas quelque chose que je partageais d'habitude. Laissons tout le monde penser que j'étais un simple touriste là-bas, un touriste issu d'un milieu aisé, blanc et de banlieue comme la plupart des cadres de la tech que je rencontrais. Comme Weston lui-même.

— Je me fais du souci pour vous, Cooper.

Ses sourcils se sont froncés, mais son front est resté lisse. Il laissait peut-être le gris apparaître sur ses tempes, mais je n'avais jamais vu une seule ride sur le visage d'Harris Weston.

— Depuis un an ou deux, vous n'avez pas l'air aussi heureux

que lorsque je vous ai rencontrés pour la première fois, Jones et vous.

Peut-être que le Botox m'aurait aidé à garder un visage impassible. À la même époque l'année dernière, j'avais compris que Jackson ne m'aimerait jamais comme je l'avais aimé. Mais rien de tout ça n'avait d'importance maintenant. Pas alors que Ben m'attendait en bas.

— Je vais mieux maintenant. Ce séjour loin de tout m'a permis de prendre du recul.

— Vous en aviez clairement besoin après l'incident dans votre bureau. Votre main va bien ?

Julie devait le lui avoir dit. Une chaleur est partie du sommet de mon crâne et a envahi mon visage. Je lui ai adressé un sourire pincé et j'ai levé ma main droite. Seules quelques marques rouges la traversaient.

— Ce n'était qu'une égratignure. Aucune raison de s'alarmer.

Il a penché la tête. Avec son nez romain, il me rappelait un faucon.

— Je pense que les gens ici étaient très alarmés. Surtout Jones. Et encore plus quand vous avez vendu vos actions de Synergy.

La chaleur a brûlé jusqu'à ma poitrine. J'ai eu envie de déboutonner mon col, mais je ne pouvais pas, pas sous son regard de faucon. Je suis resté immobile comme une souris des champs.

— Heureusement, j'avais quelques fonds disponibles et j'ai pu les acquérir. Elles sont donc restées au sein de la famille Synergy.

Il a ouvert les paumes dans un geste bienveillant.

Un soulagement frais a coulé dans mes veines. Mes actions ne s'étaient pas retrouvées dans les griffes de Gurusoft. Je n'avais pas fait de la société une cible de rachat. À l'origine, Weston avait une participation plus faible que Jackson ou moi, mais maintenant lui et moi détiendrions des parts à peu près égales de la société, Jackson possédant la plus grande partie. Ensemble, nous trois détenions toujours une majorité confortable. Je me suis adossé dans le fauteuil.

— Je suis content que vous ayez fait ça. Je n'avais pas les idées claires quand j'ai initié la vente, sinon je vous en aurais parlé.

— Intéressant que vous n'en ayez pas parlé à Jones non plus. Il ne semblait pas au courant que vous vous désengagiez.

J'ai grimacé.

— Je, euh. Comme je l'ai dit, je n'avais pas les idées claires.

Même si j'avais été complètement ivre quand j'avais lancé cette vente, j'avais l'esprit clair, pensant à ma retraite avec Ben, quand je lui avais donné le lot suivant. Une fois que nous aurions réglé ça, je prendrais une décision rationnelle sur le reste de mes actions. Si je décidais de vendre, je les proposerais à Jackson ou à Weston.

— Je suppose que de bonnes choses peuvent découler de décisions hâtives.

Mais il a retroussé la lèvre. Je doutais que Weston ait jamais pris une décision hâtive. Et je ne l'avais jamais, jamais vu ivre. Pas même le soir où la société était entrée en bourse et où nous étions tous devenus des multimillionnaires sur-le-champ.

— Oui. C'est vrai.

Si je n'avais pas perdu la tête et ne m'étais pas enfui sur l'île, Ben ne m'aurait pas suivi. Nous serions restés patron et employé, sans jamais nous toucher, sans jamais sentir le feu qui crépitait entre nous, l'attirance que je ressentais pour lui à cet instant précis, cinq étages plus bas.

— Et une très bonne chose a découlé de votre décision de vendre vos actions.

Weston s'est renversé dans son fauteuil et a joint le bout de ses doigts sur sa poitrine.

— Nous avons reçu une offre de rachat de Gurusoft. Et Jones n'a pas assez d'actions pour la bloquer.

Un frisson a parcouru ma peau.

— Une… quoi ?

— Une offre de rachat extraordinairement attractive. Du cash plus des actions. Vous serez un homme très riche.

Il a gloussé.

— Un homme encore plus riche.

La bile m'est remontée dans la gorge. J'avais promis à Jackson que je garderais notre bloc majoritaire juste pour cette raison. Et maintenant, j'avais tout fait foirer, et Synergy allait tomber dans les griffes de Gurusoft. Tout ce que nous avions construit ensemble serait absorbé par la plus grande société, le logiciel — l'idée de génie de Jackson — démantelé et intégré au leur, ou bien complètement abandonné. Exactement ce qui était arrivé à la société de son père. Les employés, de Marlee à la sœur de Ben en passant par le plus jeune et plus récent développeur, recevraient des indemnités et seraient jetés à la rue. Seuls quelques développeurs vedettes, comme le protégé de Jackson, Tyler Young, auraient assez de valeur pour que Gurusoft les garde. J'ai dégluti.

— Ne vous inquiétez pas.

Il m'a adressé un sourire avunculaire.

— Vous apprécierez la retraite. Et si ce n'est pas le cas, vous pourrez créer une nouvelle entreprise, tant qu'elle ne viole pas la clause de non-concurrence.

Une putain de clause de non-concurrence. Gurusoft déploierait aussi sa puissance juridique pour la faire appliquer. Ils ne nous laisseraient jamais créer une nouvelle société de logiciels sur les cendres de Synergy. Jackson serait furieux. Et je le méritais. Mon égoïsme venait de détruire tout ce que nous avions construit ensemble. Quand j'avais vendu les actions, je voulais en avoir fini avec Synergy. Mais pas comme ça. La colère familière a bouilli dans mes entrailles.

— Non !

J'ai bondi de mon fauteuil et me suis mis debout.

— Je… je ne veux pas de ça. Pas maintenant.

Ses sourcils se sont légèrement haussés.

— C'est ce qu'il y a de mieux pour vous. Et pour l'entreprise. Vous et Jones pourrez redevenir amis, sans toute cette…

il a fait un geste de la main,

— … cette tension désagréable entre vous.

Tension désagréable. C'est comme ça qu'il appelait mon partenariat orageux — mais très efficace — avec Jackson. Synergy, la société de plusieurs milliards de dollars que nous avions créée dans notre chambre d'étudiant, était devenue une *tension désagréable*.

J'ai pris une profonde inspiration, comme je m'étais entraîné à le faire avec le Dr Pradhi. Mais malgré la trahison de mon mentor, la colère qui bouillait habituellement juste sous la surface n'était pas là. Bien sûr, il y avait de la chaleur et de la peine, mais mon fameux tempérament était toujours en vacances.

— Non, ai-je répété, plus calmement. Jackson et moi, nous allons nous battre. Nous allons parler au conseil d'administration…

— Cooper, soyez raisonnable. C'est ce qu'il y a de mieux pour nous tous.

Il a levé les bras pour englober son bureau, le sixième étage, le bâtiment historique.

— Nous prendrons tous nos chèques et passerons à l'aventure suivante. Vous aurez plus de temps à consacrer à vos proches. Nous en aurons tous.

Il a laissé son regard dériver vers la photo encadrée sur son bureau, celle de lui-même, de sa fille, Phoebe, et de son cheval.

Les gens que j'aimais dépendaient de Synergy. Même si Ben n'était plus mon assistant, je ne pouvais laisser aucun d'entre eux, surtout pas sa sœur, sans emploi. J'ai fait quelques pas loin de son bureau, puis je suis revenu me planter devant lui.

— Je ne peux pas. Je ne peux pas vous laisser faire.

Weston a serré la mâchoire.

— Vous le ferez. C'est la bonne chose à faire.

Ma rage est restée enroulée en boule en moi, comme Coco quand il faisait la sieste. J'ai mis les mains sur mes hanches, profitant de ma taille. Mais j'ai gardé une voix douce.

— Non, je ne le ferai pas.

Il a secoué la tête, et une expression presque semblable à du regret a traversé son visage.

— Vous le ferez. J'ai un certain nombre de moyens de vous faire voir les choses à ma façon.

— Des moyens ?

Que pouvait-il bien offrir qui me ferait changer d'avis ?

— Vous connaissez la carotte et le bâton. Je crois que vous avez déjà une carotte. Vous ne voulez pas voir mon bâton.

— Une carotte ?

Un léger sourire a soulevé ses lèvres.

— Vous considérez sûrement votre beau jeune homme comme une carotte ? Il semblait vous rendre très heureux.

Un frisson glacial a parcouru ma colonne vertébrale. J'ai fourré mes doigts engourdis dans les poches de mon pantalon.

— Q-quoi ?

— On m'a envoyé une vidéo documentant la façon dont vous avez passé vos vacances de printemps.

Il a tapé une série de touches sur son clavier et a tourné son moniteur vers moi. La vidéo était silencieuse et granuleuse, mais mon visage était facile à reconnaître, ma bouche béante d'extase alors que Ben, le dos à la caméra, me pilonnait.

Mon souffle s'est bloqué dans ma poitrine. Ce moment magnifique que nous avions partagé, cette proximité que nous avions vécue, la vulnérabilité que j'avais eu tant de mal à offrir à Ben, tout était là, en noir et blanc grossier, pour que Weston l'examine et le juge.

— M. Levy-Walters est votre assistant, n'est-ce pas ?

Il a tendu le cou pour regarder la vidéo, le visage impassible.

— Je me demande ce que le conseil d'administration pensera de vos arguments quand il verra ça.

— Il a démissionné. Avant ça.

J'ai agité une main tremblante vers l'écran, puis j'en ai détourné les yeux. Comment diable avait-il obtenu cette vidéo ? Personne n'entrait jamais chez moi, pas même le service de nettoyage. Est-ce que Ben… ? J'ai dégluti. Non. Ben n'aurait jamais planté de caméras dans le bungalow. Jamais. Mais qui ?

Weston a regardé l'écran pendant quelques secondes de plus.

— Est-ce que ça a vraiment de l'importance ?

Non, ça n'en avait pas. Dans cette vidéo, j'étais un homme privilégié, profitant d'un subordonné, que je sois encore son employeur ou non.

— Est-ce que… est-ce que vous me faites chanter ?

Je me suis affaissé dans le fauteuil. Sans l'acier de ma colère, je n'avais rien pour me soutenir.

Il a de nouveau penché la tête.

— Je partage simplement tous les faits avec vous.

C'était du chantage, pur et simple. Mais si je l'accusais, la vidéo deviendrait publique. Et il en avait probablement d'autres. Weston n'arrivait jamais à une négociation sans être préparé.

Ça n'avait pas d'importance. Ce qui importait, c'était la façon dont je répondais à sa menace. Lentement, je me suis remis sur pied.

— Je suis amoureux de Ben. Je suis fier de notre relation.

Weston a pincé les lèvres.

— Vous êtes le directeur des opérations, supervisant les ressources humaines de cette entreprise. Baiser votre secrétaire — ou se faire baiser par lui — ça ne fait pas très pro.

— Vous avez raison.

J'ai dégluti. Je pensais qu'après la démission de Ben, notre relation était acceptable. Mais la vidéo en noir et blanc me prouvait le contraire. J'avais tout le pouvoir. J'avais pratiquement forcé Ben à démissionner. Ce n'était pas une bonne image pour le directeur des opérations, en charge des relations avec les employés.

— Je ferai une déclaration aux employés, ai-je dit. Le conseil d'administration décidera des conséquences de mes actes. S'ils décident de me renvoyer, soit.

C'était ce que je méritais. Et pas si différent de ce que je voulais. Même si Ben serait furieux de cette violation de notre vie privée. Et merde, je l'étais aussi.

— Comment avez-vous obtenu cette vidéo ?

Il a mis la lecture en pause et m'a transpercé d'un regard dur.

— Est-ce que ça a de l'importance ?

Non, ça n'en avait pas. Ben serait encore plus contrarié si Synergy était vendue à Gurusoft et que tous ceux qu'il aimait perdaient leur emploi.

Je m'étais trompé, tellement trompé sur Weston. Jackson avait eu raison depuis le début. Personne qui tenait à moi, qui me respectait, n'utiliserait une vidéo comme celle-là pour obtenir ce qu'il voulait.

Je le considérais comme une figure paternelle. Mais comme mon vrai père, il n'en avait rien à foutre de moi.

J'ai posé une main sur le dossier du fauteuil pour me soutenir.

— Rendez-la publique si vous le devez. Je ne changerai pas de position.

Il a serré la mâchoire.

— J'ai une autre carte à jouer. Je ne voulais pas en arriver là, mais vous ne me laissez pas le choix.

L'air presque désolé, il a pris le téléphone de son bureau et a appuyé sur un bouton.

— Julie, s'il vous plaît, faites entrer notre nouvel agent de sécurité.

— Agent de sécurité ? C'est quoi ce bordel, Weston ?

Allait-il me faire escorter hors de mon propre immeuble ? Pour avoir eu des relations sexuelles consenties ? Pour ne pas être d'accord avec lui ? La colère, chaude et familière, s'est enfin éveillée et a remué dans mon estomac. Mon poing s'est serré, voulant fracasser quelque chose. Je l'ai plaqué contre ma cuisse.

La porte du bureau s'est ouverte, et la dernière personne que je m'attendais à voir s'y est glissée. Il portait un polo bleu marine délavé. Son pantalon kaki n'avait jamais rencontré de fer à repasser, et il était trop court pour ses longues jambes, laissant apparaître quelques centimètres de chaussettes en tube d'un gris sale. Il était toujours aussi sec et en forme, comme s'il avait continué son entraînement de boxe, mais ses cheveux et le chaume sur sa mâchoire étaient devenus complètement blancs, et son visage était plus ridé que la dernière fois que je l'avais vu.

C'était sans aucun doute mon père.

Il a froncé les sourcils, et cette expression a remplacé ma colère par une vague de peur glaciale, même après toutes ces années.

J'ai reculé jusqu'à ce que l'arrière de mes cuisses heurte le bureau de Weston.

— Qu'est-ce que… ?

Weston s'est levé, et sa voix a résonné à mon oreille.

— N'est-ce pas une coïncidence que son nom de famille soit aussi Fallon ? J'ai trouvé ça assez intéressant pour le faire monter ici pour vous le présenter.

— Mikey. Ça fait un bail. Comment va ta mère ?

Mamá. Si Weston avait trouvé mon père, il savait probablement aussi pour ma mère. Il suffirait d'une petite gaffe — intentionnelle ou non — et Mick saurait où elle vivait. Et s'il savait où elle vivait, peu importerait que j'aie une petite armée pour la protéger. Il se faufilerait et lui ferait du mal.

Je me suis redressé du bureau de Weston et j'ai fait un pas vers mon père.

— Qu'est-ce que tu fous ici, Mick ?

Il m'a regardé d'un air lubrique.

— C'est une façon de parler à ton bon vieux papa ?

Un hoquet de surprise est venu de l'extérieur de la porte. Comme je m'y attendais, Mick l'avait laissée ouverte, et trois personnes, Julie, Marlee, et — merde — Ben, étaient rassemblées autour du bureau de Julie, la bouche bée comme Mamá devant une de ses telenovelas.

À travers mes dents serrées, j'ai marmonné :

— Ferme la porte.

Il m'a ignoré et s'est avancé plus loin dans le bureau.

— C'est du porno ?

Il a pointé l'écran à côté de moi.

— Du porno gay ? C'est quoi ce bordel ?

— Ce sont des images de surveillance de votre fils et de son assistant.

J'avais oublié que Weston était encore là.

— Ancien assistant, ai-je grogné.

Mes mains se sont crispées en poings. Et si Mick pensait à menacer Ben, aussi ?

Mick a gloussé.

— Tu te tapes ton assistant ?

Il a penché la tête.

— Ou c'est lui qui te saute. J'aurais dû me douter que tu finirais comme ça. Une mauviette. Comme ta mère.

— La ferme, putain de merde.

Ma voix était si basse que j'ai eu du mal à la reconnaître.

— Je ne suis pas une mauviette, et elle non plus.

— Je suppose que non.

Il a ricané en regardant la vidéo derrière moi.

— Pas quand il s'agit de ton mec.

Merde, s'il faisait du mal à Ben, comme cet homme lui en avait fait sur l'île — non. Je ne pouvais pas lui donner ce moyen de pression. Je ne pouvais pas le laisser approcher de Ben. Je ne pouvais pas lui faire savoir à quel point Ben était spécial pour moi.

Ma rage s'est réfugiée là où elle s'était toujours cachée quand mon père me menaçait. Mes poings se sont desserrés, et mes mains sont retombées mollement le long de mon corps.

— Ce n'est pas mon mec.

Un autre hoquet de surprise de l'autre côté de la porte ouverte. J'ai gardé ma grimace pour moi. J'expliquerais plus tard. S'il me laissait faire.

— C'est quoi ce putain d'endroit, Weston ?

Quand Mick s'est rapproché, j'ai senti l'odeur du scotch. Était-il ivre dans mon immeuble ? Je ne pouvais pas non plus permettre à Mick Fallon de mettre en danger mes autres employés. Quand nous étions une famille, je n'avais jamais pu protéger Mamá. Mais j'étais plus âgé maintenant, et j'avais le pouvoir de ma position et de ma fortune. Je ferais tout ce qu'il faudrait pour protéger ma famille Synergy, surtout Ben.

— Non.

Je me suis tourné vers Weston, gardant mon père en vue. J'avais appris il y a longtemps à ne jamais lui tourner le dos.

— Non.

Le sourire de Weston était pincé, comme si tout ce drame qui se jouait ici était trop, même pour lui.

— Je suis désolé qu'on en soit arrivé là. Mais je suis content que vous entendiez raison, Cooper.

Des pas se sont éloignés à la hâte, et quand j'ai jeté un coup d'œil par-delà mon père, seules Marlee et Julie restaient, fixant le désastre que j'avais fait de mon bonheur.

31

BEN

PAS SON PUTAIN de petit ami. J'avais craint que notre relation ne survive pas à la pression des salles de conseil, mais je n'avais pas prédit qu'il faudrait moins d'une heure à Cooper pour s'effondrer.

J'ai jeté ma boîte de mouchoirs dans le carton de déménagement qui se trouvait sur mon bureau. Je n'en aurais pas besoin. Mes yeux étaient secs, brûlants du feu de ma colère. De la colère contre Cooper, mais aussi contre moi-même. J'avais espéré qu'il m'avait vu et qu'il avait aimé ce qu'il voyait. Mais ce n'était que ça : de l'espoir.

Des talons ont claqué sur le sol, et j'ai senti le parfum de Marlee.

— Ne fais pas ça, Ben. Reste et parle-lui.

— Oh, je vais lui parler, ne t'en fais pas. J'ai fixé la porte du bureau de Weston, que quelqu'un avait finalement eu la présence d'esprit de fermer.

— Alors c'est vrai ? Vous êtes ensemble ?

Je me suis figé, ma main s'avançant vers le petit cactus que je gardais sur mon bureau. Merde, j'avais oublié son ancien béguin pour mon patron. Et leur baiser. Lentement, je me suis tourné vers elle.

— Nous l'étions.

— Oh, Ben. Ses yeux se sont remplis de larmes. — Reste. Arrangez ça.

— Tu l'as entendu. Je ne suis pas son petit ami. Il n'y a plus rien à arranger. Je me suis retourné brusquement et j'ai tenté d'attraper le cactus, mais je l'ai manqué. Une douleur fulgurante m'a traversé le doigt, et une goutte de sang a perlé là où l'épine m'avait piqué.

Une paire de baskets a grincé, puis la voix de Jackson a résonné dans l'étage silencieux.

— Wow, on pourrait couper la tension au couteau, ici. Coop doit être de retour.

— Pas maintenant, Jackson. Marlee a posé une main sur la mienne. — Repose ce carton.

— Attends, qu'est-ce qui se passe ? Le regard de Jackson s'est fixé sur le carton d'emballage. — Ben, tu ne pars pas, j'espère ? Tu ne peux pas. Cooper va péter un câble.

— Vraiment, Jackson, pas maintenant. Retourne à ton bureau. Je t'expliquerai tout plus tard. La voix de Marlee était douce comme une vague sur la plage, mais avec la puissance de l'océan derrière elle.

— Mais Ben ne peut pas…

— Je peux. J'ai calé le cactus à côté de la boîte de mouchoirs et j'ai bloqué l'autre côté avec ma réserve de barres de céréales de secours. — Et je vais le faire. J'allais récupérer Coco auprès de José dans le hall, puis je le ramènerais en douce chez Mimi. Je n'irais pas dans la somptueuse maison de Cooper, celle que j'avais rêvé de partager avec lui et notre chien. Il avait échoué au tout premier test de notre relation. Il ne m'aimait pas. Il ne m'aimerait jamais.

— Ben. Comme si je l'avais invoqué par la pensée, il était là, se faufilant entre Marlee et Jackson. — Arrête.

J'ai cherché dans le tiroir, mais il était vide. Je l'ai refermé d'un coup sec.

— Non.

— Coop, qu'est-ce qui se passe, bordel ? Jackson s'est rengorgé, l'air imposant et menaçant. — Tu ne peux pas harceler Ben comme les autres assistants. Tu as besoin de lui.

— C'est bien là le problème, Jackson, ai-je dit. J'ai déjà démissionné. Alors je m'en vais. Un regret fugace concernant le programme d'aide aux études, mon salaire et le fait de dormir sur le canapé de Mimi pour le reste de ma vingtaine m'a traversé l'esprit. Mais j'avais de nouveau laissé mon cœur sans défense, et maintenant Cooper l'avait brisé comme le verre sur son bureau. Je ne pouvais pas rester.

— J'ai besoin de toi, Ben. La voix de Cooper était basse, et ses yeux bleus étaient plus doux que je ne les avais jamais vus. — Je t'aime.

Jackson est resté bouche bée.

J'ai plongé mon regard dans celui de Cooper.

— Tu me le dis *maintenant* ? Après m'avoir renié ? J'avais encore merdé, putain. Il avait prononcé les mots, mais ses actes disaient tout le contraire. Cooper Fallon ne pourrait jamais m'aimer comme j'avais besoin qu'il m'aime.

— Laisse-moi t'expliquer.

— Mais qu'est-ce qui se passe, bordel ? a dit Jackson dans un murmure rauque. Cooper, tu es… gay ?

— La ferme, Jackson. Le murmure de Marlee était tranchant. — Cooper, Ben, réglez vos problèmes dans ton bureau. Tout l'étage écoute.

Ça m'était égal ; je partais. Mais pour le bien de Synergy, Cooper devait sauver la face. Sans un mot, j'ai pivoté sur mes talons et je suis entré d'un pas furieux dans son bureau.

Cooper m'a suivi. Lentement, il a fermé la porte, puis il a pris une minute pour ouvrir les stores des fenêtres intérieures.

— Ne t'inquiète pas. Je ne compte plus jamais te toucher. Je me suis affalé sur la chaise où je m'asseyais d'habitude, de l'autre côté de son bureau, quand je lui faisais mon compte rendu quotidien et que je prenais ses instructions. Puis je me suis relevé d'un bond.

Cette situation n'avait rien de normal. Et je n'étais plus son assistant. Il l'avait dit lui-même. J'ai traversé la pièce jusqu'à son coin salon et je me suis installé dans un fauteuil à oreilles.

Quand il a eu fini de manipuler les stores, il s'est retourné. Comme s'il portait le poids de l'immeuble sur ses épaules, il s'est traîné jusqu'au coin salon et s'est laissé tomber dans le canapé deux places à côté de mon fauteuil.

Passant ses deux mains dans ses mèches blondes ondulées, ces mèches que j'avais autrefois le droit de toucher, il a fixé le plafond.

— J'ai tout fait foirer.

J'ai reniflé.

— C'est peu de le dire. Une colère vertueuse m'a redressé le dos, et je l'ai fusillé du regard. — Comment as-tu pu ignorer qu'il y avait une caméra de sécurité dans ta chambre ? Tu dois détruire cet enregistrement.

— Bien sûr. Il s'est frictionné le crâne. — J'ai mis l'entreprise en danger. J'ai rompu ma promesse à Jackson…

Il a continué, mais j'ai cessé de l'écouter quand il a prononcé le nom de Jackson. Une brume rouge a obscurci ma vision. Il avait dit à tout le monde que je n'étais pas son petit ami. La belle chose qui existait entre nous était réduite à une putain de sextape. Après tout ce que nous nous étions dit sur l'île, sa tendresse dans le jet ce matin même, tout ça ne signifiait rien pour lui. Son *je t'aime* était vide de sens. J'étais l'idiot qui avait cru que c'était plus que ça. Qui avait abandonné son putain de *boulot* pour lui.

Bien qu'il parlât encore, je me suis levé.

— Je n'ai pas besoin d'en entendre plus.

— Mais je t'ai dit que je t'aime, Ben. Ça ne signifie rien, pour toi ? Il s'est levé, me dominant comme d'habitude, et tout ce que je voulais, c'était me blottir contre lui.

Mais je ne pouvais pas.

— Tu n'arrêtes pas de le dire. Je ne suis pas sûr que toi et moi ayons la même définition de ce mot.

— Ça veut dire que je prendrai soin de toi. Toujours. Va chez moi. Baigne-toi dans la piscine. Ou prends un bon bain long et chaud dans la baignoire. Norma te préparera quelque chose à manger. À Coco aussi. Et quand j'aurai fini de limiter les dégâts ici, je rentrerai à la maison, et on parlera.

— Limiter les dégâts ? Il a grimacé en entendant à quel point ma voix était devenue aiguë et forte. — Je suis un dégât à limiter, pour toi ? Non, merci. Occupe-toi de ce putain d'enregistrement. Je te l'ai dit, je peux prendre soin de moi tout seul. J'ai relevé le menton et je l'ai fusillé du regard.

Ses mains se sont serrées en poings.

— Je sais que tu le peux, mais c'est ce que je fais pour les gens que j'aime.

— Les gens qui m'aiment sont prêts à l'admettre en public.

Le visage de Cooper a viré au rouge, mais sa voix est restée maîtrisée.

— Tu dois me donner une autre chance.

— Non. Je ne te dois rien. Je suis passé devant lui sans le toucher et j'ai ouvert la porte. J'ai ramassé mon carton et, la tête haute, j'ai marché d'un pas décidé vers les ascenseurs.

Je me suis arrêté en arrivant au bureau de Marlee. Elle et Jackson étaient dans son bureau à lui, leurs voix n'étant que de faibles murmures. J'ai plongé la main dans mon carton et j'en ai sorti la boîte de barres de céréales. Elle saurait quoi en faire quand Cooper serait trop occupé et oublierait de manger.

Je me suis retourné et j'ai ouvert la porte des escaliers. Je n'allais pas attendre l'ascenseur aujourd'hui. J'en avais fini avec Synergy. Fini avec Cooper Fallon.

Je connaissais la chanson. J'allais rentrer chez moi, pleurer et noyer mon chagrin dans la nourriture. Comme toujours. La seule complication, cette fois, c'est que j'étais aussi sans emploi.

32

COOPER

DES RAYONS aux couleurs de sorbet ont inondé la fenêtre de mon bureau, et mon cœur s'est serré en pensant aux nombreux couchers de soleil que Ben et moi avions regardés depuis la terrasse du bungalow. Mais je ne pouvais pas le suivre. Pas encore. D'abord, je devais trouver ce que j'allais bien pouvoir faire pour mon entreprise, parce que si je laissais Gurusoft prendre le contrôle et licencier tous ses amis, Ben ne me le pardonnerait jamais. Il était monté dans un putain d'avion — deux fois — pour empêcher ça. Je ne pouvais pas le laisser tomber là-dessus aussi.

Je me suis mordu la lèvre en fixant les nuages rose tendre. Sur l'île, Ben avait porté un polo de cette couleur. C'était la première fois que je voyais ses bras nus. Est-ce que je les reverrais un jour ? Peut-être pas, après avoir fait exactement ce que j'avais eu si peur de faire. Je l'avais blessé.

On a frappé à la porte, ce qui m'a fait sursauter, et mon meilleur ami a passé la tête dans l'embrasure de mon bureau.

— Tu es prêt à parler de... — il a fait un geste vague de la main — ... tout ?

Je lui ai adressé un sourire sinistre et pincé qui dissimulait le vide en moi.

— Je ne suis pas sûr pour ce qui est de « tout ». Mais il faut qu'on parle.

Ce pli qu'il avait toujours sur le front quand il était blessé est apparu. Il a fermé la porte.

— On est meilleurs amis. On se disait tout, avant.

J'ai contourné mon bureau et je me suis assis, non pas sur le canapé où j'étais quand Ben m'avait glacé sur place, mais de l'autre côté de la table basse, dans le coin de la méridienne. Je me suis passé une main sur le visage.

— Jay, je ne t'ai jamais tout dit.

Je n'avais jamais été franc, même pas avec mon meilleur ami.

Pas avant Ben. Et je n'avais pas été assez honnête avec lui.

Il s'est affalé au bout de la méridienne.

— Tu ne m'as jamais dit que tu étais gay.

J'ai soupiré.

— Je suis bisexuel. Je l'ai toujours été.

— Pourquoi tu ne me l'as pas dit ?

Le pli s'est creusé.

— Parce que je… c'était compliqué.

— Compliqué comment ?

Putain, je venais de me faire outer devant le PDG, mon père homophobe et la moitié du sixième étage. Pourquoi lui cacher ça ?

— Parce que j'étais amoureux de toi. Et je ne voulais pas te mettre mal à l'aise. Je ne voulais pas mettre notre amitié en danger.

La confession, qui s'était tant fait attendre, ne m'a pas allégé d'un poids. Je me suis préparé à sa réaction.

Le pli a disparu. Il a ouvert la bouche et a pris une inspiration. Puis il l'a refermée.

Dis quelque chose. Maintenant qu'il était trop tard, je voulais qu'il me voie. Qu'il voie ce que j'avais traversé.

Finalement, il a parlé.

— Amoureux de *moi* ? Mais tu me criais tout le temps dessus.

Je me suis enfoncé un peu plus dans le coin.

— Ma psy pense que j'ai transposé mon affection déplacée en colère. Et que je pensais être amoureux de toi parce que tu étais une valeur sûre. Tu ne m'aurais jamais rendu mes sentiments, donc je n'aurais jamais eu à me rendre vulnérable. Un cas classique de sublimation.

Il a froncé les sourcils.

— Tu y as beaucoup réfléchi. Tu en as parlé avec ta psy. Et pourtant, tu ne m'as jamais dit un mot. Tu aurais pu me donner une putain de chance.

— Jay. — J'ai adouci ma voix. — J'apprécie que tu penses que notre amitié est assez forte pour résister à une déclaration d'amour, mais tu n'aurais jamais pu y répondre. À quoi ça aurait servi ?

Il a attrapé ma main et l'a prise en sandwich entre ses paumes rugueuses.

— Tu sais que je t'aime, mec...

J'ai posé ma main sur la sienne.

— Je sais. Mais j'ai laissé tomber tout ça à la naissance de Valentine. J'ai su que tu avais ce dont tu avais besoin. Tu étais complet. Tu étais si heureux. Tu es si heureux.

Il a serré ma main, puis s'est retiré.

— Alors tu as vendu tes parts.

Le regret m'a traversé, froid et vif.

— Je n'ai pas dit que je n'étais pas jaloux. Blessé. Et en colère.

— Tu ne veux plus travailler avec moi ? Je pensais que ça — Synergy — il a pointé l'ensemble du bureau — était ce qui comptait le plus pour toi.

— C'est toi qui comptais pour moi. Et ce que nous avons construit ensemble. Et puis, ensuite c'est devenu trop. Quand il m'a semblé que tu ne t'en souciais plus.

— Putain, Cooper. — Il s'est frotté la poitrine. — Ce n'est pas que je ne m'en souciais pas. J'ai juste dû revoir mes priorités pendant un moment.

J'ai serré mon poing avec mon autre main, pour en relâcher la tension.

— Et j'ai eu l'impression que notre amitié — que moi — était ta dernière priorité.

— Continue de balancer des bombes, Coop. Lâche tout.

Je l'ai fusillé du regard.

— Tu te fous de ma gueule, là ?

— Non, je suis foutrement sérieux. Je suis content que tu me dises enfin ce que tu ressens vraiment. Je serai peut-être réduit en miettes après ça, mais ça en vaudra la peine.

— D'accord. — Je me suis frotté les phalanges. — D'accord.

— Ça pourrait être plus facile avec de l'alcool. Tu veux aller quelque part ?

— Non, je… — J'ai roulé des épaules. — J'ai arrêté de boire.

Il a écarquillé les yeux.

— Tu as quoi, maintenant ?

— J'étais dans un sale état quand je suis arrivé sur l'île. Je me suis bourré la gueule et j'y suis resté. Jusqu'à ce que Ben me fasse arrêter. Et je… je m'aime mieux sans alcool. On va courir, à la place ?

— Ouais. D'accord. On se retrouve dans le couloir dans cinq minutes ?

— Tu es sûr que tu as le temps ? Tu n'as pas une femme et des enfants qui t'attendent à la maison ?

— Coop. — Il a de nouveau tendu la main et m'a serré la mienne. — Tu as besoin de moi. Tu es ma priorité absolue en ce moment.

Mes yeux me brûlaient.

— Cinq minutes.

— Pas de problème. — Il s'est tourné pour partir.

Je lui ai attrapé le poignet.

— Attends. Encore une chose. Weston a cet… cet enregistrement. De Ben et moi. Il faut que je le fasse disparaître.

Une lueur est apparue dans ses yeux bruns, et il a fait craquer ses doigts.

— J'ai peut-être juste le bout de code qu'il faut pour m'en occuper. Donne-moi dix minutes pour le configurer. Il pourra faire son travail pendant qu'on court.

Moins je posais de questions sur la provenance de ce code, mieux c'était.

— Merci. Tu es le meilleur.

— C'est vrai, je suis le meilleur codeur. Je travaille encore sur le côté meilleur ami.

Ma voix était rauque, sortant avec peine de ma gorge nouée.

— On est deux dans ce cas. Maintenant, fous le camp d'ici.

———

NOS BASKETS MARTELAIENT LE BITUME, nos pas synchronisés, alors que nous laissions le centre-ville derrière nous pour prendre le sentier qui longeait la baie.

— Alors, que veux-tu faire pour l'entreprise ? — Jackson m'a jeté un coup d'œil.

— Qu'est-ce que *tu* veux faire ? Laisser tomber, ou tu es à fond dedans ?

Le pli sur son front était de retour.

— Bien sûr que je suis à fond dedans.

— Vraiment ? Weston a dit que tu… — Putain. Weston.

— Weston ? Après ce que ce connard t'a fait aujourd'hui, comment peux-tu croire un mot de ce qu'il dit ?

— Tu as raison. Je suis désolé. J'aurais dû te parler.

Jackson a fixé le sentier devant lui. J'étais content qu'il ne dise pas ce qu'il avait en tête.

J'ai allongé la foulée.

— Ça va demander une putain de tonne de travail. Et quelques supplications.

— Des supplications ? C'est toi le con qui a vendu tes parts à Weston.

J'ai grincé des dents.

— Pas à toi. Au conseil d'administration.

— Oh. Alors je suppose que je suis partant. — Il a évité une paire de yorkshires qui se dandinaient, tenus par une double laisse. — Tu penses qu'on peut assez les supplier pour les rallier à notre cause à la réunion de demain ?

Si nous n'avions pas été en train de sprinter, ou presque, j'aurais soupiré. Mais, en éternel compétiteur, j'avais fixé un rythme trop rapide, et je n'avais pas le souffle pour ça.

— Tout ce qu'on peut faire à la réunion du conseil de demain, c'est retarder la décision. Je considérerai que c'est une victoire si on obtient une semaine pour faire jouer notre magie.

— Peut-être que l'offre de Gurusoft n'est pas terrible. — Jackson a tourné des yeux pleins d'espoir vers moi. — Peut-être que ce sera facile de la refuser.

— J'en doute. Weston l'a qualifiée d'extraordinaire. Il aura fait en sorte qu'ils proposent leur meilleur chiffre.

— Weston. — Jackson a craché sur l'herbe à côté de la piste de course. — Ce qu'il t'a fait, c'était bas. On doit le virer maintenant.

— Si on le pousse à partir, on ne sera plus que tous les deux jusqu'à ce qu'on puisse embaucher quelqu'un d'autre. C'est beaucoup de travail à assumer. Je ne peux pas le faire seul. Tu devras prendre ta part.

— J'embaucherai plus de personnel. Dans un mois, après la fin des cours au Texas, on pourra demander aux mères d'Alicia de passer l'été avec nous et les enfants. — Il a fixé le chemin devant lui. — Mais si je merde — et ça arrivera — tu ne rattraperas pas discrètement mon travail. Tu me le diras, d'accord ? Et on fera le boulot ensemble. Ou on le déléguera. — Il m'a jeté un regard rapide.

J'ai détendu mes épaules et j'ai secoué mes mains.

— Ouais.

— D'accord, alors. On plaide notre cause devant le conseil. Et après ?

J'ai accéléré pour dépasser une paire de joggeurs plus lents.

— On prie pour qu'ils voient les choses à notre façon.

— Tu sais que je suis athée.

— Alors tu as intérêt à te mettre à plat ventre.

— En parlant de se mettre à plat ventre... — Il m'a regardé en coin. — Qu'est-ce que tu vas faire pour Ben ?

— Je ne sais pas. J'ai vraiment merdé. — Je voyais encore le choc et la blessure sur son visage, j'entendais son hoquet de stupeur quand j'avais nié notre relation. — J'ai essayé de l'appeler avant de partir, mais il n'a pas décroché. Je ne suis pas sûr qu'il pense que j'en vaille la peine.

Ben était intelligent de ne pas répondre. De ne rien vouloir avoir à faire avec moi. De ne pas me donner une autre chance de le blesser.

J'aurais aimé être assez intelligent pour ne pas le vouloir en retour.

Jay a viré à droite pour me donner un coup d'épaule.

— Tu en vaux la peine. Si j'étais gay, je te sauterais dessus, c'est sûr. — Il a agité la main de mon visage en sueur à ma chemise, qui collait à ma poitrine et sentait l'angoisse et le désespoir.

— Ah oui, vraiment. — J'ai ri pour la première fois depuis que j'étais entré chez Synergy plus tôt. — Je pense que Ben a des standards plus élevés.

— Sérieusement. Il n'aurait pas été aussi blessé s'il ne tenait pas à toi.

Mes poumons se sont bloqués. Confronté à Mick Fallon, je n'avais voulu que protéger Ben — et moi-même. Comme toutes les autres fois, je m'étais figé. J'aurais dû prendre ma défense. Et celle de Ben. Je ne le méritais pas.

— Tu sais ce que tu dois faire maintenant, n'est-ce pas ? — Heureusement, il a atténué son sourire narquois.

J'ai accéléré, et il a calqué ses pas sur les miens. J'ai grogné.

— Un grand geste, mon pote. Marlee a une pile de livres comme ça. — Il a fait un geste au-dessus de sa tête.

— Non. — J'ai fendu l'air de la main. — Pas de putains de romans d'amour.

Il a haussé les épaules.

— Tant pis pour toi. Certains sont assez chauds. Et elle en a avec juste des mecs qui… — Il s'est raclé la gorge. — Ils ne sont pas si mal.

— Ce grand geste. Résume-le-moi.

— À votre gauche ! — Un vélo nous a dépassés en trombe.

Jackson a ralenti, et je l'ai imité.

— Le but, c'est de te rendre vulnérable. De sacrifier un peu de cette… — il a de nouveau agité la main vers moi — … cette fierté. Cette maîtrise de soi. Montre-lui que tu l'aimes. Parce qu'après ce que tu as fait, les mots ne suffisent pas.

J'ai serré les yeux un instant.

— Quand est-ce que tu es devenu si putain d'intelligent ?

— Après avoir réglé mes merdes avec Alicia. Tu y arriveras. C'est juste de la pratique.

— De la pratique ? Tu veux dire que je dois faire plusieurs grands gestes ? — Je ne savais pas comment en faire un seul. Comment pourrais-je en faire plus ?

— Non, espèce de grand nigaud. — Il m'a tapoté l'arrière de la tête avec sa paume. — Une relation, c'est un putain de travail difficile. Tu fais toujours quelque chose pour lequel tu dois t'excuser. Et tu apprends à prendre sur toi et à t'excuser.

Si notre séjour sur l'île était une indication, il avait raison. Combien de fois m'étais-je excusé auprès de Ben ? Pourtant, il était resté. Jusqu'à ce que je nie notre relation en public.

Et ça prouvait que je n'étais pas la meilleure chose pour lui.

Je ne méritais pas Ben. La chose intelligente à faire — la chose gentille à faire — était de rester loin de lui.

— Pas de grands gestes, ai-je soufflé. Travaillons sur notre stratégie pour sauver notre entreprise.

— Tu veux dire que tu vas t'occuper de Synergy d'abord, c'est ça ? Et de Ben après ?

— Je veux dire, fous le camp de ma vie amoureuse. On a du travail.

33

BEN

— CHÉRIE, on est rentrés !

J'ai refermé la porte derrière moi et j'ai posé le sac de sport qui gigotait, que j'avais utilisé pour faire entrer Coco en douce dans l'immeuble de Mimi. Il a bondi hors du sac, s'est secoué et a commencé à renifler le long des murs de la pièce.

J'ai humé l'air, plein d'espoir, mais aucune odeur de cuisine ne venait de la cuisine. J'aurais dû prendre quelque chose à emporter, mais sans emploi, avec les frais de scolarité du prochain semestre dus dans quelques mois — et sans salaire, et encore moins un programme de l'entreprise pour les financer —, je détestais l'idée de dépenser de l'argent dans des plats à emporter coûteux.

Jetant mon sac à dos sur le canapé — aussi connu comme étant mon lit —, je me suis tourné vers la cuisine. Mimi se tenait devant l'évier, en train de gober un cachet contre les allergies. Éclairée par la lumière de la hotte, elle avait l'air tout aussi épuisée que je me sentais.

— Tu as travaillé tard ? je lui ai demandé en entrant dans la cuisine pour verser de l'eau fraîche dans la gamelle de Coco.

— Ouais. Ils nous font sortir tout un tas de rapports supplémentaires. Je suppose que c'est pour le rachat.

— Tu n'en as parlé à personne, n'est-ce pas ? J'avais signé un accord de confidentialité lors de mon embauche chez Synergy. Nous l'avions tous fait. Raconter à Mimi quoi que ce soit de ce que j'entendais au sixième étage était interdit, mais tout était sorti d'un seul coup hier soir, quand j'étais rentré avec mon carton. Et mon chien. Et une boîte de Benadryl pour ma sœur.

Coco est arrivé dans la cuisine au petit trot et s'est mis à laper bruyamment l'eau de sa gamelle.

— Bien sûr que non. Je suis une bonne petite comptable et je ne me mêle pas de ce qui ne me regarde pas. Elle a posé le verre dans l'évier et m'a lancé un regard sans expression. Bien sûr que le rachat la concernait. Les services généraux comme la comptabilité et le marketing étaient généralement les premiers à être licenciés.

— Jackson et C-Cooper vont se battre contre ça. Je sais qu'ils le feront. S'il n'avait pas prévu de s'opposer au rachat, il n'aurait pas pris la peine de dire que je n'étais pas son petit ami. Il aurait pu prendre son chèque et partir de là, ses secrets bien gardés. Notre relation intacte.

Non pas que notre relation soit plus importante que Synergy. Les emplois de mes amis dépendaient de la survie de l'entreprise. Je suppose qu'il le savait aussi. Même s'il m'avait réduit le cœur en miettes, je devais quand même l'admirer un peu.

— Tu ne l'as pas vu aujourd'hui, n'est-ce pas ? La question m'a échappé avant que je ne puisse la retenir.

— Non. Aujourd'hui, c'était la réunion du conseil d'administration. Je suis sûre qu'il était séquestré au sixième étage. Elle a traversé la pièce jusqu'au comptoir du fond où nous laissions le courrier et a sorti une grande enveloppe rigide du dessous de la pile. Ça, c'est arrivé pour toi pendant que tu n'étais pas là.

Elle me l'a tendue, et j'ai regardé l'adresse de l'expéditeur. Synergy. Je supposais qu'il pouvait s'agir de paperasse concernant mon licenciement. Mieux valait m'en occuper pendant que je me sentais comme une merde. Qu'est-ce qu'un coup de poignard de plus dans ma poitrine vide ? J'ai glissé mon doigt sous le rabat et j'ai sorti quelques feuilles de papier avec un support en carton. Une lettre d'accompagnement. Et un certificat d'actions. Pour un nombre d'actions ahurissant.

— Merde. Il m'avait parlé du transfert d'actions, mais voir ces certificats gravés rendait la chose réelle. J'ai fourré les papiers dans l'enveloppe. Je détestais l'idée de les accepter. Je devrais les déchiqueter et les renvoyer à Cooper en confettis. Mais j'aurais besoin de l'argent si je ne trouvais pas de travail bientôt.

— Qu'est-ce que c'est ? a demandé Mimi.

— Un cadeau.

Ma sœur a haussé les sourcils.

— On était ensemble quand il l'a fait. Ça ne veut plus rien dire maintenant.

Elle m'a fait signe de lui donner l'enveloppe et a sorti le certificat. Elle a sifflé, doucement. — J'accepterais un cadeau sans importance comme celui-ci n'importe quand. C'est, genre, de l'argent pour un appartement. *Et* de l'argent pour une voiture de sport européenne. En comptable pragmatique, elle a plissé les yeux en me regardant. Je veux dire, de l'argent pour ta retraite. Et maintenant, Cooper a besoin de toi.

— Il n'a pas besoin de moi. Je n'étais qu'un jouet pour lui, un truc avec lequel s'amuser quand ça lui chantait et à jeter quand ce n'était plus le cas.

— Synergy a besoin de toi. *J'ai* besoin de toi. Si ça se termine par un vote des actionnaires, tu dois voter contre la vente.

— Mon vote n'aura aucune importance. Les dirigeants détiennent tellement d'actions que ça se jouera entre eux.

— Benny, ça va être très disputé. Chaque vote compte. Fais-le pour l'entreprise. Fais-le pour moi.

Elle avait raison. Elle, Marlee, et tous mes autres amis avaient besoin de moi. — Pour toi. Mais pas pour lui.

— D'accord. On va t'ouvrir un compte pour les y déposer. Et comme ça, tu ne seras pas tenté de les dégrader.

— Tu veux dire, oups, ils sont tombés dans la déchiqueteuse par hasard ?

— Exactement. C'est une belle somme d'argent. Tu en auras besoin si…

— Ouais. Sans recommandation de mon ancien employeur, avec une autre interruption bizarre dans mon expérience professionnelle, trouver un nouvel emploi allait être un défi. Maintenant que j'ai passé mon examen final, je vais commencer à chercher demain.

Elle m'a adressé un sourire sinistre. — Je vais peut-être commencer aussi. Juste au cas où.

Ma poitrine s'est serrée. — Mimi, je suis désolé.

— Ce n'est pas grave. Au moins, je suis prévenue à l'avance. Ça fait un moment que j'ai envie de faire quelque chose de différent.

— Quelque chose de différent ? Pourquoi n'en avons-nous pas parlé ?

Elle a haussé les épaules. — Tu avais d'autres chats à fouetter. Et je ne voulais pas que Maman s'inquiète.

Ça m'a fait sourire un peu. — Maman s'inquiète toujours.

— Ouais.

— Quelque chose de différent ? je lui ai donné un petit coup dans le bras.

— Une organisation à but non lucratif, je crois. Ton travail de bénévole m'a toujours inspirée.

— Une organisation à but non lucratif ? Maman va s'inquiéter.

— Ça ira, a-t-elle dit. Tu sais à quel point je suis prudente.

— Ouais. Si seulement j'avais une once de sa prudence, je ne serais jamais tombé amoureux de mon patron. Alors j'aurais pu convaincre Cooper de revenir au bureau plus tôt pour que Weston n'ait pas eu autant de temps pour monter son stratagème. Si j'étais comme Mimi, j'aurais fait mon travail sans y laisser mon cœur.

— Fêtons ça, a-t-elle dit. Pizza ?

— Qu'est-ce qu'on fête, putain ? j'ai dégluti, mais la boule est restée dans ma gorge.

— Tu as un petit matelas. Elle a agité l'enveloppe. D'accord, il n'est pas si petit. Un bon gros matelas. Et à ce jour, j'ai un travail. Nous sommes tous les deux en bonne santé, nous avons un toit au-dessus de notre tête — nous avons tous les deux levé les yeux vers la tache d'eau jaunâtre au plafond ; s'étendait-elle ? — et nous avons un Chianti fruité pour accompagner ça.

Alors, malgré mon solde bancaire bas et ces frais de scolarité qui se profilaient, nous avons commandé une pizza. Et, assis sur mon canapé-lit, nous avons bu le Chianti. Après trop de vin et pas assez de pizza, j'ai dit : — Mimi. Mimi. Regarde-moi.

Elle a cligné de ses yeux injectés de sang. La faible tolérance à l'alcool était un trait de famille. — Ouais, Benny ?

— J'en ai fini avec l'amour. Tu m'entends ? Fini. Tu vas trouver quelqu'un et avoir deux ou trois enfants, et je serai l'oncle cool qui habite à côté.

— Tu sais que ça ne te rendra pas heureux, mon chou. Si quelqu'un a jamais eu besoin d'amour et de deux ou trois enfants, c'est bien toi.

— Besoin d'amour ? j'ai ri, amer. Plus maintenant. J'aime ce chien. Je lui ai gratté la tête entre les oreilles. Je t'aime. Et j'aimerai ton homme. Comme un frère, je veux dire, pas comme dans un triangle amoureux bizarre. Et j'aimerai tes enfants. Et Maman et Papa. Ce sera suffisant.

Il le fallait bien. Parce que cette fois-ci, j'avais le sentiment que mon cœur n'allait pas se ressouder, pas comme après ma rupture avec Trey.

— Mais qu'en est-il de... — elle a agité sa part de pizza vers mon entrejambe — la compagnie ?

— Oh, je baiserai quiconque voudra de moi. Mais plus d'amour. Je le promets. En fait, je vais trouver quelqu'un à baiser tout de suite. Je me suis levé, mais c'était trop rapide. J'ai chancelé et je suis retombé sur le canapé, et le verre de vin dans ma main a débordé, m'éclaboussant ainsi que le canapé. Putain, je suis désolé. J'ai attrapé une serviette en papier sur la pile de la table basse et j'ai tamponné la tache.

— Ne t'inquiète pas. Le tissu est foncé. Ça ne se verra pas. C'est un canapé de merde de toute façon.

— Crois-moi, je suis bien placé pour le savoir.

Nous avons ri, comme je ne l'avais pas fait depuis que j'avais quitté l'île. Depuis qu'il m'avait brisé le cœur. Et ce rire m'a donné l'espoir que je pourrais tourner la page sur Cooper Fallon. Que je pourrais vivre ma vie avec mon cœur à l'intérieur, là où il devait être, et ne pas laisser tous ceux que je rencontrais en arracher un morceau.

Coco semblait savoir ce dont j'avais besoin. Il s'est blotti contre moi, la tête posée sur mon genou, me regardant de ses yeux bruns pleins de tendresse. *Cooper est parti*, semblait-il me dire, *mais tu m'as toujours.*

Il faudrait que ce soit suffisant.

34

COOPER

— ASSIEDS-TOI.

Il n'a fallu qu'un seul mot pour que je sache comment ma conversation avec Jamila allait se dérouler. Je me suis laissé tomber dans le fauteuil en osier rembourré sur sa terrasse qui surplombait l'océan. Elle s'est perchée sur la chaise à côté de moi et m'a versé une tasse fumante de la tisane à la camomille qu'elle aimait tant. Ça sentait la terre et le mauvais type de fleurs, pâles et petites.

Portant sa propre tasse à ses lèvres, elle a dit : — Je suppose que cette visite est d'ordre professionnel, et non personnel ?

— Oui. Jackson et moi nous étions partagé le conseil d'administration. Il avait pris son beau-père, Charles, qui était aussi le président du conseil, et la moitié la plus susceptible de l'écouter. Il pensait pouvoir rallier Charles à notre cause.

J'avais pris Jamila et l'autre moitié. La moitié la plus difficile. Aucune de mes autres visites n'avait été fructueuse. Soit Weston était arrivé avant moi, soit ils avaient perdu confiance en Jackson et moi. Peut-être les deux. Je supposais que Jamila serait une victoire facile, alors je l'avais gardée pour la fin. Elle aurait dû être d'accord avec moi, compte tenu de notre amitié de longue date. Mais le froncement de ses lèvres d'un violet profond m'a serré la poitrine.

— Écoute, Jamila…

— Ne me sors pas ton « écoute, Jamila ». Je suis membre du conseil d'administration de Synergy. Je dois voter dans le meilleur intérêt des actionnaires. Weston, aussi connard soit-il, a présenté un argument solide l'autre jour. Et je ne suis pas si sûre que garder Synergy indépendante soit la meilleure chose à faire pour toi, mon ami.

— Quoi ? J'ai posé le thé brûlant. Malgré l'air frais du matin, mon corps s'est échauffé. — C'est moi qui ai bâti cette entreprise. Pourquoi voudrais-je que Gurusoft la démantèle ?

Elle a bu une gorgée de sa tisane et a posé sa tasse. Ses sourcils se sont arqués. — Il me semble me souvenir d'une conversation sur une autre terrasse, au sujet de ton avenir dans l'entreprise. Le Cooper à qui je parlais à l'époque était au bout du rouleau. Blessé. Il en avait fini avec Jackson. Et avec Synergy. Tu tenais un tout autre discours.

Merde, je m'en souvenais moi aussi. La douleur. L'épuisement. Le désespoir. Qu'est-ce qui avait changé ? D'une part, j'avais pris trois semaines de congé. Et j'avais eu une bonne conversation avec Jackson. Jusqu'ici, il faisait sa part du travail, ayant exactement le genre d'interactions qu'il détestait avec les membres du conseil, à flatter et à parler chiffres, alors que tout ce qu'il voulait, c'était écrire du code.

Mais la plus grande différence, c'était Ben. Il m'avait rappelé que l'entreprise n'appartenait pas seulement à Jackson et moi. Elle était plus grande que nous deux. Des gens que j'appréciais dépendaient d'elle, croyaient en elle. J'avais été égoïste de ne penser qu'à moi.

— Je ne peux pas… nous ne pouvons pas laisser tomber nos employés. Si Gurusoft prend le contrôle, ce seront les plus chanceux qu'ils licencieront. Tu sais à quel point leur environnement de travail est toxique.

Elle s'est mordu la lèvre. — J'ai entendu des choses. Tout le monde en a entendu. Mais es-tu sûr d'être prêt à rester, à reprendre le contrôle à Weston, et à te comporter comme le fondateur d'entreprise qu'ils ont besoin que tu sois ?

Ma réponse a été automatique. — Je le suis.

— Pas si vite, Coop. Elle s'est penchée au-dessus de la table basse qui nous séparait. — Il n'y a pas que les actionnaires. Je tiens aussi à toi. As-tu parlé à ta psy depuis que tu es rentré ?

— Je suis rentré depuis cinq jours, et j'ai passé la plupart de ce temps à courir pour voir les actionnaires. Quand aurais-je eu le temps de lui parler ?

— Prends le temps. Tu n'auras pas mon vote tant que tu ne l'auras pas fait. Et Ben, alors ?

Son nom sur ses lèvres m'a donné envie de me recroqueviller autour du trou dans ma poitrine. Je lui ai raconté ce qui s'était passé au bureau mardi. L'enregistrement que Weston m'avait montré. Comment il avait mêlé mon père à ça et comment la vieille peur m'avait envahi jusqu'à ce que je dise des choses que je ne pensais pas.

— Quelle ordure ! a explosé Jamila. — J'aurais aimé savoir ça à la réunion du conseil. Weston est tellement bas qu'il doit lever la tête pour voir l'enfer. Elle a brossé son pantalon couleur perle comme si elle pouvait effacer sa poignée de main. — Tu as besoin d'aide pour effacer cet enregistrement ?

— Jay s'en est occupé. Mais ce n'était que la preuve matérielle. Je n'aurais jamais dû coucher avec mon assistant.

— Techniquement…

— Techniquement, rien du tout. En tant que directeur des opérations, j'ai eu tort de profiter de lui comme ça. Je suis censé montrer l'exemple. Une fois qu'on aura réglé tout ça, je ferai une déclaration aux employés.

— Cooper. Sa voix était douce. — Tu ne peux pas être le directeur des opérations tout le temps. Tu dois aussi être humain. Les humains tombent amoureux.

— Je ne pensais pas en être capable. De me permettre d'aimer quelqu'un qui pourrait m'aimer en retour. Mais au final, j'étais une meilleure personne avec Ben. Grâce à Ben.

— Au final ? Le Cooper Fallon que je connais ne baisse pas les bras.

— Mila, il est parti avec ses affaires sans un regard en arrière. En plus, je suis toxique. Il est mieux sans moi.

— Toxique ? Un peu mélodramatique, non ? Elle a souri en coin. — J'admets qu'il va falloir travailler dur pour récupérer ton homme après ce que tu as fait. Mais je ne t'ai jamais vu reculer devant le travail.

Jackson m'avait dit la même chose. Mais je ne savais pas comment faire ce genre de travail. Donnez-moi une pile de feuilles de calcul, et je les dévorerais. Des présentations ? Je pouvais les composer sur-le-champ. Mais je n'avais jamais vu de près des gens fournir des efforts dans une relation. J'ai frissonné en me souvenant du mariage de mes parents. La peur constante dans les yeux de ma mère.

— Et si je… et s'il ne veut pas de moi ? J'ai pris la tasse de thé et j'ai bu une gorgée pour cacher le tremblement de mes lèvres. Le thé était répugnant, et j'en ai recraché la moitié dans la tasse et toussé l'autre moitié dans mon coude.

Elle a ri. De moi. Mais la colère n'est pas montée dans ma poitrine comme elle le faisait d'habitude dans les rares occasions où quelqu'un — généralement Jackson — se moquait de moi. Mon cœur me faisait trop mal.

— Bien sûr qu'il te veut. Il était fou de toi quand je vous ai vus sur l'île. Il a besoin que tu lui prouves que tu tiens à lui.

— Jay a dit que je devais faire un grand geste.

Elle a reniflé. — Je ne suis pas sûre de ça. Tu dois prouver que tu es sérieux avec lui.

— Je suis très sérieux. Mais je dois aussi penser à ce qui est le mieux pour lui. Et si ce n'était pas moi ?

Elle a agité la main comme si mes défauts étaient assez légers pour s'envoler avec la brise de l'océan. Je savais que non. Ils étaient massifs. Lourds. Ils m'avaient pesé pendant des années.

Je ne pouvais pas les laisser écraser Ben aussi. Ce que j'avais fait au bureau la semaine dernière l'avait terrassé. Il ne méritait pas ça.

— On rentre. Jamila s'est levée. — On va te trouver quelque chose à boire, quelque chose à manger. Tu réfléchiras mieux ensuite. Et on va faire un plan pour Synergy et pour Ben. Si tu le suis jusqu'au bout, si tu promets de prendre plus de vacances et de voir ta psy régulièrement, je voterai contre la fusion.

Avec le vote de Jamila, nous pourrions avoir la majorité. J'étais moins confiant quant à son aide avec Ben. Elle avait eu encore plus de relations sans lendemain que moi. — Plus de camomille.

Elle s'est levée et m'a aidé à me mettre sur mes pieds. Ses bras se sont enroulés autour de moi, et je me suis détendu dans son étreinte. Je ne m'étais pas senti aussi en sécurité depuis que je m'étais doucement retiré de dessous Ben lors de notre dernier matin sur l'île. — D'accord.

Je l'ai laissée me conduire à l'intérieur. Parce qu'une chose que j'avais apprise à travers tout ça, c'est que la seule façon de reprendre le contrôle de ma vie était de renoncer au contrôle.

———

CET APRÈS-MIDI-LÀ, j'ai retrouvé la trace de ma mère. Si je m'étais souvenu que c'était dimanche, je n'aurais pas pris la peine d'appeler son service de sécurité. Il n'y avait qu'un seul endroit où elle pouvait être.

Même si la messe était terminée depuis des heures, l'odeur d'encens s'accrochait au bâtiment comme du lierre aux arbres sur l'île. Avec amertume, je me suis détourné des portes du sanctuaire. Dieu ne nous avait pas sauvés de Mick Fallon. Son Église ne nous avait pas sauvés. C'est moi qui nous avais sauvés tous les deux.

Je l'ai trouvée dans le placard des dons. Une jeune femme latina menue, serrant un bébé emmailloté contre sa poitrine, se tenait à proximité, ses grands yeux fixés sur ma mère tandis qu'elle fouillait dans des sacs en plastique de vêtements. Un œil au beurre noir gonflait la peau mate de la femme.

Mamá a émergé du sac et a brandi un pantalon noir et un chemisier à fleurs criardes comme si elle avait trouvé le remède contre le cancer. — Pruébate estos, querida. Elle les a tendus à la jeune femme.

Puis elle m'a vu.

— Lito ! Tu es là !

Elle savait que j'étais revenu ; je l'avais appelée le soir de notre retour.

— Ne t'emballe pas. Je ne cherche pas le salut. C'est toi que je cherche.

Elle m'a fait signe de patienter avec un doigt. Doucement, elle a pris le bébé des bras de la femme et lui a tendu la tenue. — Essayez-les. Elle a indiqué d'un hochement de tête les vêtements que la femme serrait.

Le bébé dans les bras, Mamá est sortie dans le couloir, et je l'ai suivie. Des images de Marie-Madeleine roulant la pierre du tombeau de Jésus, vivement coloriées au crayon par les enfants du catéchisme, voletaient sur les murs.

Mamá a penché la tête vers moi, comme Coco le faisait parfois. — Tu n'as pas l'air heureux. Isobel a dit que tu étais heureux.

— Bon sang, Mamá. Bonjour à toi aussi.

Elle a couvert l'oreille du bébé endormi avec une main. — Tu prends le nom du Seigneur en vain dans une église, Miguel ? Je t'ai mieux élevé que ça.

Ma peau s'est échauffée comme toujours quand je me souvenais de l'homme dont elle m'avait donné le nom. — Il ne t'a pas dérangée, n'est-ce pas ? Les agents de sécurité avaient rapporté qu'il n'avait pas essayé de la voir, mais ils ne surveillaient pas son téléphone. Elle ne me laissait pas faire ça.

— Non. A-t-il essayé de te voir ?

— Pas depuis mardi, quand je l'ai vu au travail. J'aurais aimé ne pas avoir à le lui dire, mais je l'avais fait pour sa propre sécurité.

— Bien. Mais dis-moi, pourquoi n'es-tu pas heureux ? C'est à cause de lui ?

Je me suis appuyé contre le mur en parpaings peints en blanc. — Non. Le travail et… d'autres choses.

— Ah. Isobel m'a parlé de *tu novio*. Ben. Que s'est-il passé ?

— Je… le PDG m'a confronté avec une… une vidéo. De Ben et moi. Puis il a fait venir Pa… Mick. C'était beaucoup, et j'ai mal réagi.

— Tu en as parlé à ta psy ?

— Bon… J'ai ravalé mon juron. Elle parlait exactement comme Jamila. — J'ai un rendez-vous cette semaine.

— Bien. J'aimerais… Elle a baissé les yeux sur le visage du bébé endormi et a tripoté sa couverture.

J'ai touché son épaule. — Qu'est-ce que tu aimerais, Mamá ?

— Que j'aie été plus forte quand tu étais petit. Que je lui aie tenu tête.

L'air imprégné d'encens était trop lourd pour respirer. — Mamá, non. Tu as fait de ton mieux.

— Et toi aussi, Lito. Je suis fière de toi.

— Je ne lui ai jamais tenu tête. Pas comme j'aurais dû. Toutes ces fois où je les avais entendus dans leur chambre, j'aurais dû y entrer en trombe. Faire quelque chose. N'importe quoi. Mais je n'en avais jamais eu le courage.

— Non, non. Ce dont j'avais besoin, c'est que tu deviennes plus grand que lui. Et tu l'as fait.

— Ce n'est que la génétique…

— Non. Elle a posé sa main sur son cœur. — Plus grand ici.

Mon propre cœur noirci a cogné. — Mais ce n'est pas le cas.

La jeune femme est apparue dans l'embrasure de la porte. Le chemisier, aussi voyant fût-il, lui allait bien et faisait ressortir les reflets roux de ses cheveux.

Mamá lui a rendu le bébé. — Un minuto, querida.

Quand la femme est retournée dans le placard, Mamá m'a regardé droit dans les yeux. — Tu es un homme bien.

J'ai frotté ma chaussure de ville contre le linoléum

sale. — Vraiment ? J'ai énuméré les points sur mes doigts. — J'ai failli frapper mon meilleur ami. J'ai vendu mes actions alors que j'avais promis à Jay de ne pas le faire, et ça a mis en danger mon entreprise et chacun de mes employés. Et puis, quand les choses sont devenues difficiles, j'ai dit que Ben n'était pas mon petit ami. Même si je voulais qu'il le soit. Je ne lui ai pas dit que je l'aimais avant qu'il ne soit trop tard. J'ai fermé les yeux très fort pour ne pas voir le dégoût sur son visage.

— Lito. Elle a levé la main pour relever mon menton afin que je la regarde dans les yeux. — Tout le monde fait des erreurs. Parfois, ils en font beaucoup, à la suite. Mais écoute, tu n'es pas comme ton père. Je l'ai connu dans ses meilleurs et ses pires moments. Et même dans ton pire jour, tu es meilleur qu'il ne l'a jamais été dans son meilleur.

— Vraiment ? Parce que quand j'ai fracassé mon bureau, je me suis senti exactement comme lui.

— Vraiment. Elle a posé sa paume durcie par le travail sur ma joue. — Tu te soucies de faire ce qui est juste pour les autres. Pour ta famille. Pour les gens que tu aimes.

— Mais je ne l'ai pas fait, Mamá. J'ai fo… j'ai tout foiré.

— Mais tu travailles à arranger les choses, n'est-ce pas ?

J'ai soupiré. — Je me suis excusé auprès de Jay. Et je fais tout ce que je peux pour sauver l'entreprise.

— Et Ben ?

— Il est mieux sans moi.

— D'après ce que tu as dit, il ne le pense pas. Il t'aime. Et qui es-tu pour prendre cette décision à sa place ?

J'ai fermé les yeux très fort. — Arrête d'être si sage.

— Lito. J'ai gagné cette sagesse. En faisant beaucoup, beaucoup d'erreurs. Elle m'a tapoté la joue. — Je veux que tu fasses de meilleurs choix. Excuse-toi auprès de lui. Montre-lui que tu l'aimes. S'il t'aime encore, c'est tout ce qu'il faudra. Tu mérites le bonheur.

— Mamá. Ce n'est pas si simple. Selon Jackson et Jamila, il me fallait quelque chose de plus pour reconquérir Ben. Les idées de grand geste de Jackson étaient merdiques. Et Jamila était peut-être douée pour planifier le développement d'applications, mais son plan pour reconquérir Ben frisait le harcèlement et l'enlèvement et avait plus de chances de me faire atterrir en prison que d'attendrir le cœur de Ben.

— Pour toi ? Non, ce n'est pas simple. Elle m'a tapoté la joue. — Tu dois d'abord faire tomber tes barrières. Pour toi, c'est la partie la plus difficile.

Le froid glacial dans mon estomac m'a dit qu'elle avait raison. — Et ensuite ?

Elle a souri. — Ensuite, tu lui montres le genre d'homme que tu es. Ici. Elle a posé une main sur mon cœur.

Lui montrer ressemblait beaucoup au putain de grand geste de Jackson. Et je connaissais l'expert qui pourrait me guider.

35

COOPER

LE CAFÉ A DÉBORDÉ du bord de ma tasse et s'est répandu sur le comptoir de la salle de pause des employés du sixième étage.

Jackson s'est précipité pour m'aider avec une liasse de serviettes en papier.

— Reste en arrière ! Tu ne peux pas entrer dans la réunion du conseil avec du café sur ton costume.

— Bon sang, je le sais, ai-je grondé en m'éloignant de la cascade de café qui dévalait le comptoir tout en essayant de cacher le tremblement de mes mains. Encore des serviettes en papier.

— Les gars ! Éloignez-vous de la flaque, a aboyé Marlee derrière nous. Elle a soupiré, comme si elle portait tout le poids du monde sur ses épaules. Je nettoie ça. Tiens. Elle m'a tendu un smoothie vert. — Bois ça à la place.

— Merci. Je lui ai adressé un faible sourire.

— On ne peut pas laisser notre joueur vedette manquer ses antioxydants ou je ne sais quoi. Son ton était badin, mais son inquiétude se lisait dans la contraction de sa bouche. Son emploi dépendait de ma performance dans la salle du conseil ce matin. Si

Gurusoft prenait le contrôle, Jay et moi — ainsi que son assistante — serions les premiers à partir.

— Je ferai de mon mieux. J'aurais aimé pouvoir dire que je ne les décevrais pas, mais je n'étais pas sûr que nous aurions les votes. Comme je n'avais pas suivi le plan de Jamila pour reconquérir Ben, elle ne s'était pas engagée à voter contre le rachat. Et si elle ne le faisait pas, au moins un des deux votants du bloc de Charles se laisserait convaincre. Weston avait trois membres du conseil fermement de son côté.

Si seulement Jay était encore au conseil, je me sentirais mieux. Mais la première prise de pouvoir de Weston, quelques années plus tôt, avait consisté à le faire exclure par un vote après que Jackson avait manqué trop de réunions du conseil. D'accord, il les avait toutes manquées, mais j'avais ardemment défendu mon ami.

Jay m'a tapé sur l'épaule. — Je sais que tu peux le faire. Maintenant, bois et allons-y.

J'ai enfoncé la paille dans le couvercle et j'ai pris une grande gorgée du smoothie vert. Comme les autres que Marlee m'avait apportés cette semaine, il avait un goût d'herbe et de terre. Ben devait posséder une sorte de magie des smoothies que les simples mortels ne pouvaient pas reproduire. Penser à lui a agrandi le trou que j'avais dans le ventre. J'ai posé ma main dessus.

— Comment est le smoothie ? a demandé Marlee en jetant les serviettes en papier imbibées de café dans la poubelle de compost.

— Délicieux. Merci. Elle s'en sortirait. Je m'assurerais qu'elle et Ben aient un travail après ça, même s'il n'y avait plus de Synergy pour les employer. *Ben.* — Est-ce que tu, euh… ?

— Je l'ai invité à déjeuner. On va manger à la cafétéria en bas, donc tu pourras nous trouver. Tu *sais* au moins où est la cafétéria des employés ? Elle a haussé un sourcil.

— Je sais. Je n'y mange simplement pas. Nos employés ont une idée étonnamment mauvaise de la nutrition. Mais je vous y verrai. Après.

— Viens. Je te raccompagne jusqu'à la porte. Jay m'a offert son bras.

Je l'ai regardé avec dégoût.

Il a fait un clin d'œil, une habitude qu'il avait prise l'année dernière au Texas. — Trop tôt ?

— Ce sera toujours trop tôt pour ça, connard.

Il a affiché un grand sourire. — Voilà le Cooper Fallon que je connais. Mais sérieusement, marche avec moi.

Il a ouvert la marche hors de la salle de pause, et nous avons marché côte à côte vers la salle du conseil, pour peut-être la dernière fois. La salle du conseil était légèrement plus opulente que les autres salles de conférence, avec nos fauteuils les plus confortables et notre meilleur équipement de visioconférence. Je savais pertinemment que notre équipe de nettoyage peinait après chaque réunion pour effacer les traces de doigts sur l'élégante table en verre. Weston l'avait choisie, je soupçonnais que c'était parce qu'il voulait pouvoir scruter chaque partie du corps d'une personne, de leurs mains moites crispées sous la table à leurs orteils tapotant nerveusement.

À la porte, je me suis redressé. Jay a retiré un fil de poussière imaginaire de l'épaule de ma veste. — Vas-y, déchire tout.

Il n'avait pas besoin d'en dire plus. Je savais, à la raideur de sa posture, à la tension dans sa voix, que ce qui se passait dans la salle du conseil comptait pour lui. Et je n'allais pas laisser tomber mon ami.

J'ai hoché la tête et j'ai franchi la porte. Les autres membres du conseil étaient déjà à l'intérieur. Certains étaient assis à la table, parcourant les papiers que Julie avait placés devant chaque siège. D'autres se tenaient près de la crédence, remplissant leurs assiettes de pâtisseries ou se resservant du café. Weston était assis seul au bout de la table. Il a croisé mon regard et a souri. Avant, j'aurais dit que son sourire était plein d'assurance. Qu'il inspirait la confiance. Depuis cette débâcle dans son bureau, quand il m'avait jeté tous mes démons à la figure, son sourire paraissait secret. Suffisant.

Je me suis retourné pour un dernier regard rassurant vers Jackson, mais ce n'était pas lui qui se tenait à la porte. L'homme était costaud. Et il me semblait familier. Comment le connaissais-je ? La façon dont la chemise de sécurité Synergy trop petite boudinait au niveau des boutons m'a rappelé un autre uniforme mal ajusté. J'ai aspiré une bouffée d'air. L'homme de ménage de mon bungalow. J'en ai eu la certitude quand il s'est retourné et s'est éloigné en boitant.

Qu'est-ce qu'il foutait dans mon immeuble ? J'ai traversé la porte d'un grand pas. J'allais le confronter. Obtenir sa carte d'identité. — Jay, attrape…

Ma voix s'est évaporée dans ma gorge soudainement sèche. La dernière personne que je voulais revoir se tenait dans le couloir. J'ai juré entre mes dents, et mon cœur s'est mis à marteler.

Contrairement à l'autre homme, sa chemise à logo Synergy convenait à sa carrure mince et musclée. Mais son pantalon sombre, sans ceinture, tombait sur sa taille. Et ses chaussures noires étaient éraflées et usées au bout.

— Tu vas quelque part, fiston ? Mon père a croisé les bras.

Jackson se dirigeait vers son bureau, mais au son de la voix de mon père, il s'est retourné brusquement pour lui faire face. — C'est quoi ce bordel ? Qu'est-ce que tu fous ici ?

— Sécurité. Mick Fallon a fait claquer sa langue contre ses dents.

Ma main s'est crispée en un poing, mais Jackson s'est interposé entre nous. — C'est toi qui vas avoir besoin d'une putain de sécurité ici quand je…

— Il y a un problème ? Weston est sorti de la salle de conférence en glissant, un sourire narquois sur le visage.

— Mais c'est quoi ce bordel, Weston ? a explosé Jackson. Vous ne pouvez pas l'amener ici.

Mon père s'est hérissé, et j'ai tressailli. J'étais aussi grand que lui, et plus lourd, mais une douzaine d'années à être son punching-ball m'avaient trop bien dressé.

Son sourire s'élargissant, Weston s'est appuyé contre l'encadrement de la porte. — Je pense que si.

— Laisse tomber, Jay, ai-je marmonné.

— Mais…

— C'est bon. C'était tout sauf bon, et Jackson le savait. Weston avait de nouveau amené mon père ici pour me déstabiliser. C'était aussi une menace. Il allait révéler que j'étais le fils d'un ivrogne violent, un pauvre, si différent de la plupart des membres fortunés du conseil. J'ai grimacé. Les membres du conseil que nous avions ralliés à notre cause changeraient-ils d'avis en apprenant que je n'étais pas l'un des leurs ? S'ils savaient que sans les encouragements de ma mère et une sacrée somme de bourses d'études, j'aurais pu finir comme leur jardinier ou leur chauffeur ?

Les odeurs de sueur aigre et de, Whisky ont envahi mes narines. J'ai jeté mon gobelet de smoothie en plastique à la poubelle. — C'est bon, ai-je dit plus pour moi-même que pour quiconque.

— Je pense qu'il est temps que vous retourniez au travail, Jones. Weston a mis les mains sur ses hanches.

Mon meilleur ami m'a regardé droit dans les yeux. — Coop, est-ce que tu…

— Ça va aller. Je te dirai ce qui se passe.

Il a fusillé mon père du regard, puis Weston. Puis il s'est éloigné d'un pas décidé vers son bureau.

— Vous pouvez attendre ici, M. Fallon, a dit Weston à mon père. Je vous appellerai si nous avons besoin de vous.

Voulait-il dire si les choses s'envenimaient dans la salle du conseil, ou s'il avait besoin de me rejeter mon père à la figure ? J'ai redressé les épaules. Cela n'avait pas d'importance. Ou ne devrait pas en avoir. J'avais un travail à faire. *Concentre-toi.*

— Attendez, ai-je dit.

Weston s'est retourné et a haussé les sourcils.

— Il y avait un autre homme ici. Un homme qui boitait. Qui était-ce ?

— Je n'en ai aucune idée. Le visage de Weston était un masque. Mais ses yeux d'un bleu profond ont dévié sur le côté si rapidement que si je ne l'avais pas observé attentivement, je l'aurais manqué. Il connaissait l'homme. Pourquoi était-il maintenant agent de sécurité chez Synergy ?

Mais avant que je puisse le presser, Weston a dit : — Il est temps que la réunion commence. Vous savez à quel point nous tenons à la ponctualité.

Il avait raison. J'étais déjà en position de faiblesse. La dernière chose dont j'avais besoin était que le conseil ait une autre raison de voter contre moi.

Engourdi, j'ai suivi Weston dans la pièce. Les membres du conseil s'étaient installés à leurs sièges habituels autour de la table. Charles Hayes était assis en bout de table, et les sièges à sa droite et à sa gauche étaient réservés à Weston et à moi. Jamila était assise dans le fauteuil en cuir à ma gauche ; le secrétaire, Rod Sanchez, était penché sur son ordinateur portable à l'autre bout de la table, et les autres étaient disposés le long des côtés.

Weston a fermé la porte derrière moi. Le déclic du loquet a résonné comme si on venait de m'enfermer dans une cage pour que je me batte pour ma vie. J'ai figé un sourire sur mon visage et j'ai salué chacun des membres du conseil, qui me semblaient soudain moins être mon équipe que mes adversaires. Même Jamila, qui n'a pas manqué le tremblement de mes doigts quand elle m'a serré la main.

— Tu vas bien ? a-t-elle demandé, ses grands yeux bruns s'écarquillant d'inquiétude.

—Je vais bien. J'ai parlé au Dr Pradhi hier, ai-je chuchoté. Elle ne m'avait pas aidé à me sentir mieux, mais au moins, ça avait été une heure pendant laquelle je ne m'étais pas soucié du sort de mon entreprise. J'avais eu de plus gros démons à affronter.

Et maintenant, un de ces démons, mon père, me menaçait de l'extérieur de la salle du conseil. Et l'homme mystérieux – l'homme de Weston, qui avait été *chez moi* – errait librement dans les couloirs.

Elle a murmuré : — Et pour…

J'ai secoué la tête. Je devais attendre la fin de la réunion pour tenter mon va-tout. Si Ben ne voulait pas m'écouter cet après-midi, c'était fini. Plus de chances.

J'ai pris mon siège et, pendant que Charles nous appelait à l'ordre et parcourait l'ordre du jour, j'ai agité mon genou sous la table. Weston l'a vu à travers le verre et a souri d'un air narquois, mais je ne pouvais pas m'arrêter. Je voulais secouer chaque membre du conseil. Ils ne seraient pas là sans Jay et moi. Ils devaient voir que nous méritions une autre occasion de rendre les actionnaires — et chacun d'entre eux — plus riches de millions de dollars. J'ai jeté un coup d'œil à l'horloge. Finirions-nous à temps pour que je puisse descendre en courant retrouver Ben ? Et aurais-je de bonnes ou de mauvaises nouvelles à partager avec lui et Marlee ?

Finalement, Charles est passé au plat de résistance. — Premier point. Comme nous en avons discuté lors de la réunion de la semaine dernière, nous avons reçu une offre de rachat de Guru-soft. Nous avons convenu de nous réunir aujourd'hui pour voter sur l'acceptation ou le rejet de l'offre. Si nous acceptons, nous convoquons un vote des actionnaires pour confirmer. Je vais maintenant ouvrir la parole aux discussions. Weston, je crois que vous aviez demandé à parler en premier ?

Weston s'est levé. — Merci, Charles. Il a lentement fait le tour de la table. — Je crois que certains d'entre vous ont été approchés pour demander votre vote contre la fusion. Je comprends que des arguments émotionnels ont été avancés pour vous encourager à vous ranger du côté de M. Fallon, qui semble avoir récemment changé d'avis sur l'entreprise.

— Voyez-vous, M. Fallon — j'ai grimacé à chaque fois qu'il utilisait mon nom de famille, me rappelant que je le partageais avec l'être méprisable de l'autre côté de la porte — a récemment vendu un nombre significatif de ses actions de classe A dans l'entreprise avec l'intention de quitter sa position. Maintenant, soudainement, il a retrouvé un intérêt à garder l'entreprise indépendante. Pourquoi ? Weston a écarté les mains. — Peut-être nous le dira-t-il quand ce sera son tour de parler. Peut-être que cela a à voir avec ce que M. Fallon a fait pendant son congé.

Une reconnaissance glaciale a déferlé dans mes veines. C'était ça.

L'homme de Weston, le faux homme de ménage et maintenant faux agent de sécurité, avait planté des caméras chez moi et rapporté à Weston ce que j'avais *fait*. Mon esprit s'est embrumé de rage, mais je l'ai combattue pour penser clairement. Où d'autre l'avais-je vu ? Peut-être au bar, mais j'avais été trop saoul pour me fier à ma mémoire. Au restaurant avec Ben ce soir-là ? Il y avait eu un homme qui mangeait seul, et il avait une carrure similaire. Le jour où nous étions allés faire les magasins ? Je ne pouvais pas en être sûr. Je n'avais d'yeux que pour Ben ce jour-là. Et j'avais été inquiet pour sa cheville.

Sa cheville.

Ben a dit qu'un type costaud l'avait agressé et que Coco l'avait mordu. Était-ce pour ça qu'il boitait ? Était-il le type qui avait attaqué Ben ?

Ma vision est devenue rouge.

À côté de moi, Jamila s'est raclé la gorge. Elle a plissé les yeux vers le stylo dans mon poing. Je l'avais tordu sous la force de ma poigne, et de l'encre vermeille coulait sur le dos de ma main. J'ai attrapé une serviette en papier et je l'ai tamponnée.

Concentre-toi.

— Quoi qu'il en soit, l'— Weston a hésité et a craché le mot suivant comme s'il avait mauvais goût — instabilité de M. Fallon devrait être une source de préoccupation pour cette entreprise et ce conseil. Nous avons tous observé des fondateurs avec des atta-chements émotionnels à leurs entreprises qui ne parviennent pas à voir ce qui est dans le meilleur intérêt des actionnaires. Je crains que nous soyons dans cette situation maintenant. M. Fallon semble avoir un enchevêtrement émotionnel — son regard aux yeux bleus a croisé le mien et l'a maintenu — qui pourrait l'empê-cher de voir clairement qu'une vente est ce qu'il y a de mieux pour Synergy.

À côté de moi, Jamila a bougé. Malgré les signes évidents que j'étais en train de craquer — j'ai essuyé plus d'encre rouge — elle ne pouvait pas être d'accord avec lui, n'est-ce pas ? J'ai jeté un coup d'œil vers elle, mais elle gardait son regard fixé sur Weston.

Il a continué : — Je vous exhorte tous à considérer cette offre généreuse de Gurusoft. Cela pourrait signifier la fin d'une ère pour certains, mais cela apportera sûrement de nouvelles opportunités de succès à l'entreprise et de nouvelles richesses à ses actionnaires.

Il y a eu des murmures d'approbation du côté de la table de Weston. Après que Weston a repris son siège, Charles s'est tourné vers moi. — Cooper, je crois que vous souhaitez dire quelques mots ?

— En effet. Je me suis levé et j'ai fait les cent pas derrière ma chaise, me forçant à calmer mes émotions. Peu importe à quel point j'aimais Synergy, aujourd'hui, il s'agissait de logique, pas d'émotions. — Weston a raison de dire qu'il y a quelques semaines, j'étais épuisé. Découragé. Prêt à laisser Synergy derrière moi. Je suis parti brusquement, laissant Weston et d'autres derrière moi pour nettoyer les dégâts. Et je m'en excuse.

— J'ai aussi vendu une part importante de ma participation dans l'entreprise, avec la ferme intention de quitter Synergy comme Weston l'a dit. D'autres murmures ont éclaté à l'autre bout de la table. J'ai fait le tour de ce côté pour les calmer.

— Cependant, pendant mon absence de Synergy, j'ai appris certaines choses sur moi-même. De ce côté de la table, je pouvais voir le visage de Jamila, mais elle gardait une expression neutre. — J'ai toujours été un travailleur acharné. Peu d'entre vous le savent, mais je viens de la pauvreté. Nous n'avons jamais eu grand-chose, mais ma mère m'a encouragé à étudier et à travailler dur pour que je puisse m'élever au-dessus de ce que j'avais toujours connu.

Les épaules de Weston se sont raidies, mais il ne s'est pas retourné.

— Mon travail acharné et le génie de Jackson Jones ont créé

cette entreprise. Nous lui avons tout donné : notre argent, nos efforts, notre temps. Je serai toujours reconnaissant envers Jackson, nos premiers employés et ce conseil, qui ont aidé à faire de Synergy un succès au-delà de tout ce que ce garçon qui vivait au jour le jour, qui a eu la chance d'être assez grand et fort pour obtenir son premier emploi dans la construction à quatorze ans, aurait pu imaginer.

— J'étais si fier de ce que nous avions construit, si investi dans son succès, que j'ai à peine pris de pause entre la création de l'entreprise il y a une décennie et demie et maintenant. J'ai jeté un coup d'œil à Jamila. — Je sais maintenant que c'était une erreur. Que j'ai négligé ma propre santé mentale au profit du succès de l'entreprise.

— Lorsque j'ai eu une réaction inattendue à un désaccord avec Jackson, j'ai réalisé que j'avais besoin d'une pause. Et dans mon état émotionnel, j'ai pensé que je devais rendre cette pause permanente. Je n'étais pas sûr de pouvoir contribuer à l'entreprise de manière positive après cela.

— Mais pendant mon absence, une bonne amie — j'ai capté le regard de Jamila et je l'ai maintenu — m'a parlé d'équilibre. Je n'ai pas toujours à être celui qui dirige la barque. J'ai des partenaires solides en Jackson, au sein du conseil et parmi les nombreux employés compétents que nous avons embauchés pour partager la charge. J'ai l'intention de prendre des vacances régulières à l'avenir. M'éloigner de temps en temps fera de moi un meilleur dirigeant.

J'ai continué mon tour de table. — Quelqu'un à qui je tiens m'a dit à quel point l'entreprise comptait pour lui. D'autres employés m'ont approché dans les couloirs cette semaine pour me dire la même chose. Au fil des ans, nous avons travaillé dur pour faire de Synergy un endroit où tout le monde se sent bienvenu. Où notre main-d'œuvre diversifiée se sent connectée à l'entreprise tout en maintenant un équilibre sain entre vie professionnelle et vie privée. Enfin — ai-je gloussé — sauf pour son directeur des opérations, et comme je vous l'ai dit, je prends des mesures pour changer cela.

L'expression de pierre de Jamila s'est fendue d'un sourire.

— Je pense que nous sommes tous conscients que Gurusoft ne partage pas les valeurs de notre entreprise. Article après article a mis en lumière leur culture de travail toxique. Des heures supplémentaires obligatoires au harcèlement moral et sexuel, en passant par un conseil d'administration désespérément homogène, Gurusoft gère son entreprise très différemment de ce que nous essayons de faire chez Synergy. Bien sûr, Synergy pourrait être plus diversifiée, mais nous essayions. Gurusoft ne semblait pas s'en préoccuper. — Nous sommes tous d'accord que la diversité des employés et des dirigeants mène à la diversité des idées et à l'innovation. Je pense que, séparément, Synergy peut surpasser Gurusoft dans les cinq prochaines années.

— Mais nous ne le saurons jamais si nous votons aujourd'hui pour laisser Gurusoft prendre le contrôle. Les produits de Synergy, notre culture innovante et nos idées brillantes mourront d'une mort lente au sein de notre concurrent. J'espère que vous vous joindrez tous à moi pour voter contre le rachat.

J'étais toujours debout, mais Weston s'est levé de son siège, son expression n'étant plus avunculaire mais colérique. — C'est une décision financière. Je vous encourage tous à considérer votre responsabilité fiduciaire envers l'organisation, plutôt que vos émotions. Il a pincé les lèvres. — M. Fallon, tout en parlant des *valeurs* de Synergy, s'est amouraché de son secrétaire. Il n'est pas aussi noble qu'il voudrait vous le faire croire.

Le cuir a grincé alors que les membres du conseil se tournaient sur leurs sièges. Quelques-uns ont eu un hoquet de surprise. Tous les yeux se sont tournés vers moi.

Et merde. J'avais espéré garder le conseil hors de ma chambre à coucher, mais Weston avait ouvert la porte et allumé la lumière.

— Il est vrai que j'ai entamé une relation amoureuse avec mon ancien assistant. Je l'aime. Et je ferai tout ce qu'il faut pour être avec lui.

— J'aime aussi cette entreprise. Ben a démissionné avant que nous commencions notre relation. Il était un atout pour l'entreprise, et s'il décide un jour de revenir travailler chez Synergy, les Ressources Humaines et moi-même travaillerons ensemble pour nous assurer qu'il n'y a aucune inconvenance dans son emploi, que nous donnons le bon exemple pour d'autres relations intra-entreprise. Je pense que je dois à Ben et aux autres employés de Synergy d'être honnête sur qui je suis et qui j'aime.

L'autre bout de la table a grondé.

— Mais mes relations personnelles ne sont pas ce qui est en débat aujourd'hui. C'est l'acquisition de Synergy. Synergy sera plus forte sans le poids de Gurusoft et ses pratiques commerciales pernicieuses. J'espère que vous serez d'accord avec moi et que vous voterez non aujourd'hui.

Je me suis assis, et après un long moment, Weston en a fait de même. J'ai regardé autour de la table. Charles m'a fait un signe de tête subtil. Comme s'il était fier de moi. De l'autre côté, Jamila m'a tapoté l'épaule. Les deux membres du conseil à sa gauche gardaient une expression neutre, mais leurs yeux rebondissaient entre Charles et moi. Au bout de la table, Sanchez tapait furieusement les notes sur son ordinateur portable tandis que la cohorte de Weston fronçait les sourcils. Weston lui-même me fusillait du regard, ses yeux saphir flamboyants et sa mâchoire se crispant sous son bouc gris.

— Quelqu'un d'autre souhaite-t-il prendre la parole ? a demandé Charles. Comme personne n'a parlé, il a dit : — Très bien, alors. Qui propose de voter sur la question de l'offre d'achat de Synergy par Gurusoft ?

36

BEN

LE BADGE VISITEUR jaune fluorescent accroché à la poche de ma chemise m'a complètement coupé l'appétit. Assis dans la cafétéria des employés de Synergy, je picorais ma salade tandis que mes anciens collègues s'approchaient de notre table, parfois seuls, parfois en groupe. Certains étaient surpris que je ne travaille plus ici. D'autres avaient entendu dire que j'avais démissionné — personne ne semblait étonné que j'aie quitté le tristement célèbre et exigeant Cooper Fallon — et me demandaient où je travaillais maintenant. *J'étudie encore mes options*, leur ai-je répondu, comme si j'avais une demi-douzaine de propositions et non zéro. *Je prends un peu de temps pour réfléchir à mes prochaines étapes*, ai-je dit, ce qui était plus proche de la vérité.

Le seul avantage d'avoir accepté de déjeuner avec Marlee à la cafétéria, c'est qu'il n'y avait aucune chance que je tombe sur Cooper. Les employés votaient pour les menus, et ils aimaient le gras et les glucides. Si on avait la présence d'esprit de ne pas s'arrêter au grill à burgers délicieusement gras, il y avait plein d'options saines. Mais Cooper évitait la cafétéria comme s'il allait prendre cinq kilos rien qu'en la regardant.

— Ben, a dit Marlee d'une voix forte, comme si ce n'était pas la première fois. — Allô la Terre ? Ici Ben.

— Désolé. Je piquai un morceau de laitue et une myrtille. — C'est juste bizarre d'être de nouveau ici.

— Je sais. Tu me manques.

— Toi aussi, tu me manques. Mon travail et mes anciens collègues me manquaient. Mettre à jour mon CV et l'envoyer massivement sur toutes les plateformes d'emploi que je pouvais trouver était plus pénible que je ne l'avais imaginé. Surtout quand je devais entrer une date de fin pour mon contrat chez Synergy. Je pouvais imaginer les questions qu'ils me poseraient à ce sujet. *« Pourquoi êtes-vous parti après six mois ? »* Et la réponse que je ne pouvais pas donner : *« Je suis tombé amoureux de mon patron. Dommage que ce n'était pas réciproque. »*

— J'ai entendu dire que tu n'as répondu ni à ses appels, ni à ses textos ?

Je fis tournoyer un morceau de laitue dans une flaque de vinai-grette. — J'ai bloqué son numéro.

— Oh, mon chou. Sa voix était pleine de compassion.

Ça m'a fait du bien quand je l'ai fait. La rupture finale de toute communication. J'avais été tenté d'écouter ses messages vocaux, mais je les ai supprimés aussi. S'il ne pouvait pas me reconnaître en public, je n'allais pas l'écouter en privé. — Ce n'est pas grave. Ça va aller. J'ai retenu la leçon, maintenant.

— Tu as retenu la leçon ? Elle remua sa propre salade dans son assiette.

— Celle de ne plus tomber amoureux.

— Tu mérites d'être aimé, tu sais.

Ah, Marlee et ses idées romantiques. — Mériter l'amour et être prêt à m'ouvrir à nouveau sont deux choses complètement diffé-rentes. Je reposai ma fourchette.

Je jetai un coup d'œil à Marlee de l'autre côté de la table et à son saladier encore plein. Merde, quel égoïste fini j'étais. Quelque chose la tracassait, elle aussi. — Marlee, qu'est-ce qui se passe pour toi ? Tout va bien avec Tyler ?

— Oh. À cette question, son regard s'est adouci. — Oui, ça va bien. D'ailleurs, on part en week-end ensemble. Une sorte de grosse surprise. Elle agita ses mains dans un geste théâtral.

— Et ton père ?

Son sourire s'estompa. — Il va bien. À peu près pareil. Mais c'est mieux que pire, je suppose.

Je tendis la main par-dessus la table et lui tapotai la sienne. — Tu lui offres les meilleurs soins. Que son état soit stable, c'est bien. C'est ça qui te tracasse ?

Elle retourna sa main et serra la mienne. — Pas exactement. C'est aujourd'hui — elle baissa la voix jusqu'à un murmure — qu'ils votent.

— C'est aujourd'hui ? Je n'aurais pas dû m'en soucier. Ça ne me concernait plus du tout. Mais mon souffle se bloqua dans ma poitrine. Cooper réussirait-il à sauver son entreprise, tout ce pour quoi il avait travaillé si dur ? Ou obtiendrait-il ce qu'il disait vouloir, une longue pause, la retraite ? Aussi idyllique qu'ait été notre séjour sur l'île, je n'arrivais pas à l'imaginer allongé sur la plage, jour après jour. Même si m'allonger sur la plage — et dans son lit — avec lui avait été quelque chose que j'avais désiré, il était une fois. J'étais rentré de l'île depuis sept jours, mais il semblait qu'une éternité me séparait de ces semaines parfaites avec Cooper.

Je l'ai senti avant de l'entendre. Un picotement le long de mes bras a fait se hérisser mes poils. Puis le brouhaha de la cafétéria a diminué.

Marlee, qui faisait face à l'entrée, leva les yeux et les écarquilla. Je pivotai sur ma chaise.

Cooper se tenait à quelques mètres de l'entrée, balayant du regard les visages dans la cafétéria.

— Merde ! Je me suis retourné vivement, lui tournant le dos. De tous les jours où Cooper aurait pu faire une visite d'État à la cafétéria, il fallait que je sois assis là, tel un harceleur.

Marlee agita le bras dans sa direction.

— Non ! Ne fais pas ça ! ai-je chuchoté.

Elle haussa un sourcil et continua de faire des signes. — Je veux savoir comment s'est passé le vote. Et vous deux, vous avez besoin de parler.

Putain. De. Merde. Tout ça n'était qu'une ruse. — Notre amitié est terminée. Je ne serai pas l'oncle gay adorable de tes charmants enfants.

Ses joues rosirent. — Sois raisonnable. Tu l'aimes. Tu ne peux pas l'éviter éternellement.

Elle baissa la main, et je le sentis, grand et inflexible, debout à côté de nous. — Ça vous dérange si je me joins à vous ?

Un silence contre nature nous entoura comme l'eau calme d'un lagon. J'ai hoché la tête. Il n'allait certainement rien dire ici, au milieu de la cafétéria bondée, entouré d'employés essayant de comprendre pourquoi le directeur des opérations s'était soudainement découvert un goût pour le plat du jour.

Il laissa tomber sa grande carcasse sur la chaise à côté de moi, mais il ne me regarda pas. Il regarda Marlee et dit : — C'est passé. Pas de vente.

Une partie de ma tension s'est relâchée, et je me suis affalé contre le dossier en plastique de ma chaise.

Elle poussa un petit cri et frappa dans ses mains. — Je savais que tu y arriverais ! Tu l'as dit à Jackson ?

— Il traînait devant la salle du conseil.

— Et Weston ? chuchota-t-elle.

— Il est viré. Et ses larbins avec lui. Y compris mon père. Ses lèvres se crispèrent. — J'ai parlé au conseil du comportement de Weston pour me persuader de soutenir la vente. Ils lui ont retiré son siège au conseil. Il n'était pas content.

C'était probablement un euphémisme. Je pouvais imaginer Weston, tout en fureur froide et manigançant de sombres plans de vengeance. J'ai frissonné. Au moins, ce ne serait pas moi qui en ferais les frais.

Il se tourna vers moi. — Je lui ai retiré son principal moyen de pression. Je leur ai dit ce que je ressens pour toi.

— Tu n'as pas fait ça, ai-je dit, d'une voix neutre et incrédule. Il avait nié notre relation à Weston. Jamais il ne la révélerait au conseil, qui pouvait le virer comme ils avaient viré Jackson.

— Si. Ben, je suis désolé de l'avoir nié à notre retour. Quand j'ai vu mon père, j'ai paniqué. Il m'a fait du mal pendant si longtemps, et je ne voulais pas qu'il pense qu'il pouvait m'atteindre en te faisant du mal.

J'ai fondu comme du cheddar sur le burger du jour. — Cooper, c'est... c'est...

— C'était lâche, et je suis désolé. J'aimerais pouvoir revenir en arrière, mais je ne peux pas. Je veux te reconquérir si tu me le permets. Il sourit. — Charles m'a félicité après. Il, euh... Ces pommettes saillantes virèrent au rose. — Il pense que ce sera facile. Que tu vas simplement tomber dans mes bras. Je sais que non.

— Oh. Hum... Marlee recula sa chaise. — Je crois que je devrais vous laisser...

— Ce n'est pas grave, Marlee. Je me fiche de qui l'entend. Ses yeux d'un bleu acier me transpercèrent. — Je t'aime, Ben, dit-il, d'une voix juste assez forte pour que je l'entende.

Cooper Fallon, directeur des opérations, m'a dit qu'il m'aimait dans une cafétéria bondée. Les tables les plus proches avaient probablement lu les mots sur ses lèvres. Mon cœur battait la chamade, essayant de bondir par-dessus la table vers lui. Je lui ai adressé un sourire aguicheur. — Tu veux bien le dire un peu plus fort pour que le reste de la classe entende ?

Il a souri, révélant cette magnifique fossette sur la joue gauche. — D'accord, Ben.

Il a reculé sa chaise, les pieds en métal crissant contre le carrelage. Il s'est levé.

— Merde, attends. J'ai agité la main, essayant de le faire se rasseoir comme une personne raisonnable.

Il l'a ignorée. Avec la voix portante qu'il utilisait pour se projeter jusqu'au fond de la salle lors de nos réunions générales, une voix qui pouvait être entendue même par les employés de la cafétéria alors qu'ils faisaient cliqueter la vaisselle et jetaient la nourriture sur le gril grésillant, il a dit : — Ben Levy-Walters, je t'aime. Je sais que tu es en colère contre moi en ce moment parce que je t'ai fait du mal. J'ai eu tort. J'ai été un lâche, et je suis désolé. Je ferai de mon mieux pour ne plus jamais te faire de mal.

Si je pensais que la cafétéria était silencieuse avant, ce n'était rien comparé au silence qui s'est abattu sur la grande salle. Même le gril semblait s'être tu. Quelqu'un a crié dans l'arrière-cuisine, et on lui a fait signe de se taire.

— Je... quoi ? J'étais perdu dans les piscines bleues de ses yeux.

Il a souri des deux côtés de la bouche. Pas tout à fait le sourire facile qu'il m'avait offert sur l'île, mais un sourire tendre qui rejoignait la chaleur de ses yeux. — Ben, je t'aime. Veux-tu me pardonner et envisager de me reprendre ? Il a tendu la main.

Je l'ai prise et l'ai laissé me remettre sur pied. J'ai pris une seconde pour regarder les employés qui ne faisaient plus semblant de manger mais nous fixaient, les yeux et la bouche ouverts.

— Tu n'étais pas obligé de faire *ça*, ai-je chuchoté. — Tout ce que je voulais, c'était que tu dises que tu m'aimes et que tu m'appelles ton petit ami. En privé. Pas dans cette putain de cafétéria.

— Ben, a-t-il dit, toujours en projetant sa voix jusqu'au fond de la cuisine. — Je déclarerai mon amour partout. Parce que je t'aime, et je veux que le monde entier le sache.

J'ai fermé les yeux en les plissant. — Tu n'es même pas saoul. Tu regretteras ça demain.

— Je ne pense pas que je pourrais jamais regretter quoi que ce soit te concernant. Sauf ce que j'ai fait pour te blesser. Tu veux bien me reprendre ?

La cafétéria était silencieuse. Je ne pense pas que quiconque osait mâcher. Ou respirer. Pouvaient-ils entendre mon cœur battre à tout rompre dans ma poitrine ? Pour Cooper. Il battait pour lui.

Je me suis mordu la lèvre et j'ai hoché la tête. Doucement, j'ai dit : — Je t'aime, Cooper Fallon.

— Comment ? Il a mis sa main en coupe derrière son oreille. — Je ne pense pas qu'ils t'aient entendu dans le coin là-bas.

J'ai pris une grande inspiration et j'ai projeté ma voix, pas aussi bien que Cooper, mais aussi fort que je le pouvais. — Je t'aime, espèce de grand con. Je te reprends.

Des murmures se sont répandus dans la cafétéria. Une personne a applaudi.

Cooper m'a offert un grand sourire à deux fossettes qui a failli me faire reculer d'un pas.

— Et maintenant ? Si j'avais pu détourner mon regard du sien, j'aurais cherché celui de Marlee pour connaître le plan d'action post-grande déclaration.

— Je vais t'embrasser maintenant, Ben, a-t-il grondé, baissant sa voix à un registre que je pouvais sentir au fond de mes molaires et dans mon ventre.

— Quoi, ici ?

Ses lèvres se sont posées sur les miennes. Même par-dessus les battements de mon pouls dans mes oreilles, j'ai entendu les acclamations tout autour de nous. Cooper Fallon m'embrassait. En public.

J'ai passé mes bras autour de ses épaules et me suis accroché fermement. Mais quand il a ouvert la bouche pour taquiner mes lèvres avec sa langue, je me suis penché en arrière, à bout de souffle. — Hé, doucement. Pas de ça. On est au travail, pour l'amour de Dieu.

Ses joues étaient rouges, et sa poitrine se soulevait, elle aussi. — On pourrait peut-être trouver un placard à balais pour que je puisse te montrer à quel point tu m'as manqué ?

J'étais content d'avoir mis mon jean le plus ample qui ne montrerait pas à quel point cette idée me plaisait. — Après le travail, tu pourras me montrer ça dans un endroit privé. Comme ta chambre.

— J'aime bien cette idée. Mais d'abord, on va avoir un vrai rendez-vous. Dîner et cinéma.

— Un rendez-vous à San Francisco avec Cooper Fallon ? Que vont dire les tabloïds ?

— Est-ce que ça a de l'importance ?

— D'accord. Dîner. Viens me chercher à dix-neuf heures. Mais je n'aurai pas la patience pour un film. Je préférerais inspecter ta chambre.

Il m'a donné un baiser sur les lèvres. — Je viendrai te chercher à dix-huit heures. Mets le jean moulant. Il ne m'a pas tapé sur les fesses, mais son regard brûlant disait qu'il le ferait plus tard.

Je me suis léché les lèvres. — D'accord. Peu importe ce que tu portes. Je te l'enlèverai dès que possible.

— Les gars ? J'avais oublié que Marlee était juste en face de nous. — Gardez ça pour votre rendez-vous, peut-être.

Il a attrapé ma main et l'a serrée. — Je dois remonter pour approuver la réponse à Gurusoft.

— N'oublie pas de manger. J'ai serré sa main et l'ai relâchée. — À dix-huit heures.

Avec un dernier regard de braise, il s'est retourné et est parti. Oui, j'ai maté son cul. La moitié de la cafétéria aussi.

Quand je me suis retourné vers Marlee, elle était debout. Ses joues étaient roses. — Viens. Je te raccompagne. Ensuite, je vais trouver Tyler. Et un placard à balais.

37

BEN

SORTIR avec Cooper Fallon était plus compliqué que je ne l'avais imaginé. Il est venu me chercher pile à dix-huit heures. Ça, ce n'était pas la partie compliquée, même si Mimi lui a lancé un de ses regards menaçants de grande sœur dont elle a le secret quand il s'est présenté à la porte. Il nous a conduits dans son élégante Porsche électrique grise jusqu'à l'un de ces restaurants chics surplombant la baie.

Ce qui était compliqué, c'était les regards insistants et les flashs des appareils photo. Cooper était le visage de Synergy, et les gens reconnaissaient ces pommettes saillantes, ces yeux bleus perçants. Même s'ils ne connaissaient pas son visage, personne ne s'y trompait en pensant que ses vêtements venaient du prêt-à-porter. Son pantalon avait ce lustre coûteux, et sa chemise tombait sans effort sur son torse musclé. Il respirait le pouvoir et la richesse, et les têtes se tournaient sur notre passage.

Il m'a tenu la main pendant que nous entrions dans le restaurant, et les chuchotements ont commencé. Quand j'ai entendu quelqu'un prononcer son nom, je me suis retourné — pas lui —, et c'est à ce moment-là que l'appareil photo de quelqu'un m'a surpris la bouche bée, l'air d'un enfant turbulent que Cooper traînait derrière lui. La photo s'est retrouvée sur un blog people local le lendemain, où j'ai été qualifié de « petit jouet coquin de Cooper Fallon ».

Ça ne m'a pas déplu.

Le maître d'hôtel nous a installés sur un balcon privé avec vue sur l'eau. Ça aurait pu me rappeler les repas que nous prenions sur la terrasse de Cooper sur l'île, mais la brise venant de l'eau m'a donné la chair de poule — ou peut-être était-ce la proximité de Cooper. Quoi qu'il en soit, je portais ma veste, et Cooper aussi. Sa peau me manquait.

Plus tard, Ben.

Le dîner en lui-même était incroyable. Le menu n'avait pas de prix, et quand j'ai essayé de sauter l'entrée et la salade, qui étaient de toute évidence à la carte, Cooper m'a dit d'arrêter d'être ridicule, sinon il commanderait pour moi. Un frisson m'a parcouru l'échine, mais je me suis alors souvenu de la nourriture saine que Cooper préférait, et j'ai commandé tout ce qui semblait délicieux.

Finalement, pendant le plat principal — du poisson pour nous deux, mais le mien était frit et le sien grillé, sans beurre —, j'ai trouvé le courage de poser des questions sur Synergy.

— Weston était en colère à quel point ? La sécurité l'a raccompagné à la sortie ?

— En colère ? C'est difficile à dire. Il est toujours en contrôle. Il est parti de son plein gré. Calmement. J'aimerais pouvoir être comme ça.

— Non. J'ai imaginé Cooper tel qu'il était parfois avant qu'on apprenne à le connaître, glacial et distant. Et alors, s'il s'emportait un peu parfois ? Je pouvais le gérer. Lui aussi. Je t'aime tel que tu es.

Il s'est éclairci la gorge. — J'ai fait raccompagner mon père par la sécurité, par contre. Je me suis un peu… échauffé à ce sujet. Et heureusement que je n'ai pas trouvé ce type qui t'a attaqué sur l'île. Qui a caché des caméras vidéo dans notre chambre.

J'ai cligné des yeux. — Attends, quoi ?

— Je l'ai vu dans l'immeuble avant la réunion du conseil. L'employé de maison que nous avions vu le jour où nous étions revenus de la ville. J'ai confronté Weston après la réunion, et il a admis qu'il l'avait engagé pour me suivre. Il a dit que le type n'était pas censé t'agresser. Juste lui rapporter des informations. Weston a dit que c'était parce qu'il s'inquiétait pour ma santé mentale. Il a empoigné sa fourchette avec une force qui en aurait tordu une des fourchettes fragiles de Mimi.

Moi aussi, j'avais envie de casser quelque chose. — Quel connard.

— J'ai prévenu mes agents de sécurité qu'il est à San Francisco. Ils le trouveront s'ils le peuvent.

— Oh, mon Dieu. Tout ça, et en plus Weston a encore utilisé ton père contre toi. Est-ce que ça va ?

Il a posé sa fourchette sur son assiette et a tendu la main par-dessus la nappe blanche pour prendre la mienne. — Maintenant, oui.

Je me suis penché et je l'ai embrassé sur la joue. — Alors, le rachat ?

— Ça n'arrivera pas. Mais je ne pense pas qu'on ait fini d'entendre parler de fusion. Certains membres du conseil, pas seulement Weston, pensaient que c'était la meilleure voie pour l'avenir de Synergy. Pour notre sécurité. Nous allons leur prouver qu'ils ont tort. Il a levé les yeux, le regard flamboyant.

J'ai dégluti. — Je te soutiendrai jusqu'au bout.

Il savait sans que j'aie à le dire que je ne retournerais pas chez Synergy. Pas en tant que son assistant. Ni même au marketing après avoir obtenu mon diplôme. — Et toi ? Qu'est-ce que tu vas faire ?

— Continuer à chercher un travail. Au moins, je peux payer mes frais de scolarité maintenant, grâce à ton cadeau.

— Tu ne peux pas vendre ces actions pour payer tes frais de scolarité. Le cours va monter en flèche. Tu vas voir. Ses joues rayonnaient de confiance. J'ai frissonné.

— Écoute-moi, Ben. Écoute-moi vraiment. Il a attendu que je

croise son regard. Je sais que tu ne veux dépendre de personne, mais laisse-moi faire ça pour toi. Laisse-moi payer tes frais de scolarité. Va à l'université à plein temps. Combien de temps te faudrait-il pour obtenir ton diplôme si tu faisais ça ?

— En-en supposant que je puisse obtenir les cours dont j'ai besoin, juste un semestre de plus. Mais je paie par cours, alors…

— Ne t'inquiète pas pour l'argent, a-t-il grondé. Je connais la valeur d'une bonne éducation. J'ai aussi des relations dans plusieurs fondations qui aident les jeunes. N'est-ce pas ce qui t'intéresse ?

Putain, il s'en souvenait. J'ai cligné des yeux pour retenir la brûlure dans mes yeux. — Ouais.

— Je pourrais te trouver un stage à temps partiel dans l'une d'elles pendant que tu étudies. Ça pourrait se transformer en emploi permanent après ton diplôme.

— Tu… je… tu ne peux pas.

— Pourquoi pas ? Tu es un excellent employé. Considère ça comme un investissement dans la jeunesse de San Francisco. Dans la future main-d'œuvre de Synergy.

— Waouh. J'ai posé ma fourchette. Quelle façon de rendre ton offre si généreuse complètement dénuée de romantisme. Mais c'était un mensonge. Cooper prenait soin de ceux qu'il aimait, et maintenant je faisais partie des êtres chers dont il s'occupait.

Il s'est adossé à sa chaise, ses yeux bleus brillants. — Je n'ai même pas encore commencé la partie romantique. Tu m'as posé des questions sur les affaires, alors je t'ai répondu sur les affaires. Vas-tu considérer mon offre ?

— Oui. Je serais un idiot de la refuser. Et une fois que j'aurai un emploi dans mon domaine, je pourrai te rembourser les frais de scolarité.

— Très bien, alors. Il a légèrement repoussé son assiette, et notre serveur observateur l'a emportée en un éclair, avec la mienne. J'aimerais que tu viennes chez moi ce soir.

Je lui ai adressé un sourire malicieux. — Je crois que j'ai déjà accepté. Tu te souviens, on devait se faire un Netflix and chill, sans le Netflix ?

Il m'a lancé *un regard*, et j'ai frissonné. Je pouvais l'imaginer me regarder comme ça alors que je serais à genoux devant lui, en train de baisser sa fermeture éclair.

— J'aimerais que tu viennes chez moi et que tu y restes. J'ai plus d'espace dans cette maison que je ne pourrai jamais en avoir besoin. Sept chambres, et tu auras le choix. Bien que j'espère — il a pris une miette sur la nappe — que tu choisiras la mienne.

— Quoi, et abandonner le canapé miteux de Mimi ? J'ai attendu un sourire qui n'est pas venu. D'accord, j'imagine qu'il y a des choses avec lesquelles on ne plaisante pas avec Cooper Fallon. Je plaisante. Oui, faisons-le. Pour une période d'essai, en tout cas. Tu pourrais détester la façon dont je jette mes chaussettes par terre.

Son œil gauche a eu un tic. Il allait très certainement détester la façon dont je jetais mes chaussettes par terre. Il faudrait que j'arrête ça… un jour.

— Mais il faut que je paie certaines choses. Cooper avait probablement payé sa demeure cash, donc il n'aurait pas de prêt immobilier que je pourrais partager avec lui — non pas que j'aurais jamais pu me permettre *ça*. Les courses. Les soirées. Bien que rien d'aussi chic que ce soir. J'ai jeté un coup d'œil à l'intérieur, au lustre en cristal qui dominait la salle à manger principale.

— Je te laisserai acheter mes smoothies. Ils n'avaient pas le même goût quand tu n'étais pas là.

Myrtilles, j'avais sur le bout de la langue. Mais je me suis retenu. Mieux valait garder quelques secrets pour qu'il ait encore besoin de moi.

— Et — il m'a regardé à travers ses cils, et mon cœur a fait un bond énorme — je te laisserai payer la moitié de notre fête de fiançailles. Enfin, la moitié moins la valeur du temps que tu consacreras à l'organiser.

— Fi-fiançailles ? Mes lèvres étaient trop engourdies pour fonctionner correctement. Tu me demandes en mariage ? Ce soir ?

— Non. Il s'est adossé à sa chaise, l'air suffisant et décontracté. Pas ce soir. Mais bientôt.

— Nous sortons ensemble depuis moins d'un mois. On ne peut pas se marier.

— Bien sûr que si. Je suis amoureux de toi depuis des mois. Il a haussé les sourcils.

— Des mois ? Depuis que j'ai commencé à travailler pour toi ?

— Eh bien… Il a baissé les yeux vers la nappe. Depuis que je me suis sorti les doigts du cul à propos de… Il a secoué la tête. Je vois à la façon dont tu fronces les sourcils que c'est un peu trop pour l'instant. Je peux être patient. Il s'est penché en avant et a posé ses lèvres juste à côté de mon oreille. Pour certaines choses.

Il s'est reculé pour m'adresser un sourire narquois juste au moment où le serveur s'approchait avec les cartes des desserts.

— Messieurs désireraient-ils…

— Juste l'addition, s'il vous plaît. Ma voix était trop aiguë, et mes joues se sont enflammées.

— Bien sûr. Il a disparu.

— Pas de dessert ? La main de Cooper s'est posée sur mon genou sous la table.

— J'attendrai qu'on soit rentrés à la maison.

— J'aime bien entendre ça. À la maison. Et il m'a embrassé, bouche fermée et tendrement. Mais c'était la promesse de plus. Plus de nuits comme celle-ci, à nous tenir la main et à nous embrasser en public. Et plus de nuits seuls, les draps emmêlés autour de nous. Plus d'années ensemble après que j'aie appris à ramasser mes chaussettes et après qu'il ait appris à aimer voir mes chaussettes sur son sol.

Ce baiser sur la véranda était une promesse d'éternité.

ÉPILOGUE

COOPER
Six mois plus tard

JE N'AURAIS PAS PU ÊTRE PLUS fier.

Ben portait encore sa toque de diplômé de la cérémonie qui avait eu lieu plus tôt, le pompon pendant sur le côté gauche. Il se tenait entre ses parents devant le kiosque à musique pendant que sa sœur, Mimi, prenait une photo avec son téléphone.

Serrant mon verre d'eau gazeuse, je me suis approché. Mimi devait être sur la photo, elle aussi.

— Cooper, viens par là, viens par là. — Ben a retiré sa toque, l'a enfoncée sur la tête de Mimi, et m'a attiré contre lui. — C'est l'heure de la photo de fiançailles. — Après quelques heures de fête, qui battait son plein sous une tente chauffée dans notre jardin, son haleine sentait la bière.

— Je pensais prendre une photo de vous quatre. — Mais j'ai passé mes doigts dans ses cheveux, pour leur redonner du volume là où la toque les avait aplatis.

— Ah. Ça aussi. Mais d'abord, ça. — Il a passé un bras autour de ma taille et nous a tournés pour faire face à Mimi.

— Un, deux, trois. — Mimi a appuyé sur le déclencheur. — Vous êtes magnifiques tous les deux. Je n'ai même pas eu besoin de te rappeler de sourire, Cooper. Papa, Maman, venez aussi. — Il m'avait fallu quelques mois pour faire mes preuves, mais Mimi m'avait enfin accepté dans leur vie.

Ça avait peut-être un rapport avec le fait que je lui avais présenté le directeur de la fondation. Il semblait que Ben n'était pas le seul Levy-Walters à vouloir soutenir des causes pour l'enfance.

— Attends. Je vais chercher Mamá. Ce sera un portrait de famille. — J'ai balayé du regard les invités éparpillés sur notre pelouse. Ma mère et Mateo étaient accoudés au pont qui enjambait le bassin aux carpes koï. Coco était assise à leurs pieds. — Mamá ! Mateo ! — Je leur ai fait signe de venir. J'avais invité Mateo à vivre avec nous et à coordonner la sécurité. Avec l'ancien espion de Weston et Mick Fallon dans la nature, je ne pouvais pas être trop prudent.

J'ai chassé les pensées concernant mon père de mon esprit. Il n'avait pas sa place dans cet heureux événement.

Lorsque mon cousin a conduit ma mère jusqu'à nous, Coco jappant et dansant à leurs côtés, j'ai dit :

— Mateo, c'est toi qui prends la photo. Mimi, viens par ici.

— Attention, — a lancé Mimi quand Mateo a failli faire tomber son téléphone. Lui qui était toujours si posé et suave, était devenu maladroit depuis qu'il nous avait rejoints aux États-Unis. Surtout en présence de Mimi.

Il a rougi.

— C'est bon, je l'ai.

Ben a pris Coco dans ses bras. J'ai posé mes mains sur les épaules de ma mère et l'ai placée devant moi. Les parents de Ben nous encadraient, et Mimi s'est mise à l'extrémité. Mateo nous a fait signe de nous rapprocher, j'ai passé mon bras autour de Ben et je me suis tourné vers lui.

Le déclic de l'obturateur s'est fait entendre, mais je ne voyais que le beau visage de Ben. Maintenant que tout le stress des études était derrière lui, maintenant que son stage à la fondation s'était transformé en emploi à plein temps comme je l'avais prédit, il avait l'air détendu, les rides autour de ses yeux s'étaient lissées. Je me suis penché et je l'ai embrassé, doucement. Il avait un goût nettement acide, celui de l'IPA qu'il buvait. Coco s'est tortillée et a sauté à terre.

— Bonne journée jusqu'à présent ? — ai-je demandé à mon fiancé alors que le groupe commençait à se disperser.

Il a passé ses bras autour de mon cou.

— La meilleure.

— Tu ne regrettes pas de devoir partager ton grand jour avec moi ? — J'avais essayé de le convaincre d'organiser des fêtes séparées pour sa remise de diplôme et nos fiançailles. Mais, toujours soucieux des finances, il avait dit qu'il serait plus efficace de les combiner. Et il avait raison : planifier et organiser une seule fête avait été plus facile que deux. Je m'améliorais dans l'équilibre entre ma vie professionnelle et ma vie personnelle, mais je voyageais encore beaucoup pour Synergy.

— Ma remise de diplôme est autant ta réussite que la mienne. Je ne serais pas là sans toi.

— Bien sûr que si. Ça t'aurait juste pris plus de temps. — J'ai passé une main dans son dos juste parce que je le pouvais.

— Non, — a-t-il dit en secouant la tête. — Décrocher la bourse Cooper Fallon était une chose. Mais je t'ai toujours admiré. Même avant de te rencontrer. Tu es une putain d'inspiration, mon amour.

J'ai caché mon visage rougeoyant dans son épaule.

— Merci.

Il m'a embrassé la joue et s'est doucement écarté.

— Salut, Marlee. Salut, Tyler.

Les parents de Ben s'étaient éloignés avec ma mère. Mimi et Mateo avaient disparu. Et debout devant nous se trouvaient Marlee et Tyler, main dans la main.

— Félicitations, Ben. Félicitations à vous deux. — Marlee s'est penchée et a serré Ben dans ses bras, puis moi. — On veut tout savoir.

— Savoir quoi ? — ai-je demandé en serrant la main de Tyler.

— Votre romantique histoire de fiançailles.

— Je te l'ai racontée au travail juste après notre retour. Tu ne te souviens pas ?

Elle a levé les yeux au ciel.

— Je veux l'entendre de la bouche de Ben. Ta version n'était pas assez romantique.

J'ai cligné des yeux. Je pensais avoir été très romantique dans ma demande. Et je lui avais raconté l'histoire et répondu à la plupart de ses questions.

— Et puis, Tyler veut l'entendre aussi. N'est-ce pas, chéri ?

Après que je me sois mis avec Ben, Tyler avait enfin cessé de me foudroyer du regard.

— Bien sûr, — a-t-il dit en souriant. — J'adorerais l'entendre, Ben.

— D'accord, alors on est allés sur l'île pour Thanksgiving. On a emmené Rosa aussi, pour voir la famille. Donc je ne m'attendais à rien, tu vois ? Je me disais que s'il ne m'avait pas fait sa demande avant le Nouvel An, c'est moi qui la lui ferais à ce moment-là.

— Tu allais me demander en mariage ? — l'ai-je interrompu.

— Tu n'as pas remarqué que j'essayais de connaître ta taille de bague ?

— Je pensais que c'était pour remplacer la bague en larimar que j'avais fissurée.

Il s'est tapoté la tempe.

— Rusé comme un renard. Mais tu m'as devancé. Bref, — il s'est tourné vers Tyler, comme si Tyler se souciait de l'histoire, — Rosa est restée chez *tía abuela* Isobel après le dîner un soir, et Cooper et moi sommes rentrés seuls à notre maison. Il m'a demandé ce que je voulais faire, et j'ai dit marcher sur la plage. La lune était pleine cette nuit-là, et c'était si beau sur l'eau.

Je me souvenais aussi de la façon dont le clair de lune scintillait sur ses cheveux sombres. J'ai touché une boucle brillante qui étincelait de reflets bordeaux sous le soleil de l'après-midi.

— On marchait, et je lui parlais de quelque chose que j'avais appris dans mon cours de psycho. C'était quoi déjà ?

— La génétique comportementale, — ai-je murmuré.

— C'est ça. Et tout à coup, il s'est arrêté, je me suis retourné, et il était à genoux.

— Par Frank Kameny ! Je ne pensais pas que tu avais la moindre once de romantisme en toi, Cooper Fallon. — Marlee m'a tapé sur le bras.

— Je suppose que si. — J'ai haussé les épaules. — C'est ce que tu voulais, n'est-ce pas, Ben ?

— Un clair de lune et mon homme à genoux. Exactement ce que je voulais. Et ensuite, *ensuite*, il a fait un discours.

— Attends, Cooper Fallon à genoux dans le sable, en train de faire un discours ? Je te l'avais dit, tu as omis toutes les meilleures parties, Cooper.

— Le discours était personnel. — J'ai fusillé Ben du regard, mais je n'ai pas pu m'empêcher de sourire aussi. Des larmes avaient scintillé comme de l'argent sur ses joues.

— C'était la chose la plus romantique qui soit. — Ben a passé son bras autour de ma taille, et ma main a atterri dans le creux de son dos, exactement là où elle devait être.

— Tu vois ? Je savais qu'il y avait une meilleure histoire que celle que tu m'as racontée. — Marlee a baissé la voix pour m'imiter. — « On est allés sur l'île et on s'est fiancés. » — Elle a levé les yeux au ciel. — Je suis contente que tu me comprennes, toi. — Elle a embrassé Tyler sur la joue. — Tu ne me raconterais jamais une histoire comme ça.

Ben m'a serré plus fort contre lui et m'a adressé un sourire secret. Il comprenait que je gardais mes moments romantiques pour quand ça comptait, juste pour lui.

— Félicitations, les gars, — a dit Tyler. — Et merci de nous avoir invités. Je pense que Marlee a besoin d'un autre verre.

— Ou d'une séance de roulage de pelles derrière le garage, — a marmonné Ben. Je n'avais pas manqué la façon dont ses lèvres s'étaient attardées à un cheveu de celles de son fiancé.

— Benny ! — Mimi s'est jetée sur l'épaule de Ben, ses boucles brunes en bataille. — Désolée, je dois y aller. Félicitations, vous deux.

— Où vas-tu ? — a demandé Ben. Je n'avais pas remarqué pendant les photos, mais Mimi titubait sur ses pieds, le regard vague.

— Soirée entre filles ! Je te l'ai dit, Benny, tu te souviens ?

— Je me souviens. Tu es sûre de vouloir sortir ? On dirait que tu as déjà bien assez bu.

Elle lui a souri, mais le sourire n'a pas atteint ses yeux.

— J'ai promis. Et ça ira. Un verre d'eau pour chaque verre d'alcool.

Même ça ne la dégriserait pas.

— Fais attention, d'accord ? Quelqu'un te raccompagne ?

— Oui… — Elle a ravalé ce qu'elle allait ajouter. Elle faisait souvent ça devant moi. J'aurais aimé qu'elle puisse me voir comme le fiancé de son frère et non comme son patron, plusieurs échelons au-dessus d'elle.

— Amuse-toi bien. Et sois prudente. — Ben l'a serrée dans ses bras, et elle s'est éloignée à petits pas, avec cette démarche trop précautionneuse dont je me souvenais de l'époque où je buvais.

— Tu veux que je… ?

— Oui, s'il te plaît. — Il s'est mordu la lèvre.

— Mateo ! — ai-je aboyé.

Étonnamment, il a été à mes côtés en un instant.

— Oui, Lito ?

— Tu vois la sœur de Ben, Mimi ?

Il a hoché la tête, une expression indéchiffrable sur le visage.

— Garde un œil sur elle, s'il te plaît. De loin. Assure-toi qu'elle rentre chez elle en toute sécurité. Et seule.

— Compris. — Il a tapé dans le dos de Ben. — Félicitations, Benny. Et je veillerai sur ta sœur.

— Merci. — Il a étreint l'épaule de mon cousin. Mateo s'est éloigné en rôdant, avec cette démarche féline qui le caractérisait.

— Enfin seuls. — Ben a soupiré.

— Nous sommes à une fête avec une centaine de nos plus proches amis et parents, et tu t'attendais à être seul ? — Mais je l'ai serré contre moi, sans me soucier de qui pouvait nous voir.

— Pas vraiment. Mais c'est le meilleur côté de la combinaison de ma fête de remise de diplôme avec notre fête de fiançailles.

— Qu'est-ce que c'est ?

— C'est que je peux faire ça. — Il s'est mis sur la pointe des pieds et m'a embrassé, et je l'ai laissé faire glisser sa langue contre la mienne. Il y a eu des sifflements et des tintements de verres tout autour de nous, mais je m'en fichais. Tout ce qui m'importait, c'était que cet homme, Ben, était à moi pour l'embrasser. Qu'il ne voulait embrasser que moi pour le reste de sa vie.

— Je suppose qu'il n'y a pas de baiser avec la langue à une fête de remise de diplôme ? — ai-je murmuré contre ses lèvres.

— Pas autant qu'à une fête de fiançailles. — Il est redescendu sur ses talons, en s'assurant de se frotter contre moi pendant sa descente.

Je l'ai tenu près de moi pour cacher le gonflement dans mon pantalon de costume.

— Que peut-on faire d'autre à une fête de fiançailles ? — ai-je chuchoté, mes lèvres effleurant le pavillon de son oreille.

Il a frissonné.

— Je pense qu'une brève disparition du couple de fiancés ne serait pas déplacée.

— Ouvre la voie, mon amour. Je suis juste derrière toi.

Notre disparition n'a pas été aussi brève qu'elle aurait dû l'être. Mais la fête a continué sans nous. Et plus tard, lorsque nous sommes revenus, nos vêtements froissés et nos lèvres gonflées par les baisers, tout le monde a compris. Tout le monde, c'est-à-dire ceux qui savaient ce que c'était d'avoir rencontré l'amour de sa vie et d'attendre avec impatience un avenir éternel avec lui.

ÉPILOGUE BONUS
LA SAINT-VALENTIN

BEN

QUAND LA DOUCHE s'est mise en route, j'ai sorti la tête de sous l'oreiller et je me suis assis. Coco a relevé la tête de mon tibia. Il n'était pas censé être sur le lit. C'étaient les règles de Cooper.

Je l'ai gratté entre les oreilles.

— C'est l'heure de se lever, mon pote. Tu as faim ?

Il a laissé retomber son menton sur ma jambe. Cooper devait déjà l'avoir nourri. Il prétendait que Coco était mon chien, mais il faisait au moins cinquante pour cent du travail, du petit-déjeuner aux footings.

À ce propos, Cooper préparait généralement le café après sa séance de sport. J'allais descendre pour chercher deux tasses et essayer de le ramener au lit pour un câlin.

Les samedis matins paresseux au lit avec mon fiancé étaient mes moments préférés. J'aurais aimé pouvoir passer toute la journée au lit avec du champagne, des fraises enrobées de chocolat et lui — c'était notre première Saint-Valentin ensemble, après tout — mais Cooper avait réservé une table pour le gala de la fondation de Jackson.

Sérieux, qui programme un putain de *gala* le jour de la Saint-

Valentin ? Il n'y a que ce casse-couilles de Jackson Jones pour faire ça.

Même si passer quelques heures avec Cooper Fallon en smoking à mon bras n'était pas la pire façon de passer la soirée. Et plus tard, je pourrais lui retirer son smoking et m'occuper de lui.

Mais d'abord, le café. Je me suis levé, je me suis étiré, puis j'ai trouvé mon slip sur la moquette et je l'ai enfilé. Coco a sauté par terre et s'est enroulé dans son panier dans le coin.

— Bon chien. Fais en sorte que Cooper ne te voie pas sur le lit.

La chambre était fraîche, et j'ai eu la chair de poule sur les bras, alors je suis allé dans le placard de Cooper pour prendre un sweat. Pas le placard de Cooper. *Notre* placard. Même s'il était aussi grand que l'appartement que j'avais avant d'emménager avec Mimi.

Cooper avait beaucoup de vêtements, principalement des costumes sur mesure, des pantalons de ville sombres et un assortiment de chemises habillées, mais il les avait tous tassés pour me faire la moitié de la place. Tío José María m'envoyait quelques nouvelles pièces magnifiques chaque mois, et mon côté commençait à paraître moins vide.

La vie était belle.

Sweat à la main, je n'ai pas pu m'empêcher de laisser mon regard dériver vers le meuble au milieu du placard.

Plus précisément, vers le tiroir du haut.

J'ai jeté un coup d'œil vers la porte, mais il n'y avait aucune trace de Cooper. La douche coulait toujours.

Je suis retourné au meuble et j'ai délicatement ouvert le tiroir du haut. C'était un tiroir large et plat, destiné à ranger des bijoux. Cooper ne portait pas beaucoup de bijoux — ses montres avaient leur propre étagère — mais à côté de sa modeste collection de boutons de manchette, il y avait deux bijoux. Deux alliances.

Nos alliances.

Nous les avions choisies lors d'un voyage à New York pour le Nouvel An. Celle de Cooper était un simple anneau de platine, large et plat. Professionnel. Discret.

La mienne était tout sauf discrète. Elle était en platine aussi, mais elle avait une rangée de diamants étincelants incrustés au centre, tout autour. Quand nous les avions essayées dans la boutique, chaque fois que je bougeais la main, j'étais surpris par l'éclat de la lumière réfléchie.

Je l'adorais.

Je ne l'ai pas essayée aujourd'hui, mais j'ai caressé les deux alliances dans leur nid de velours.

Nous avions parlé de fixer une date, mais l'agenda de voyages de Cooper était si brutal que je n'avais pas voulu insister. Il serait peut-être plus simple d'aller à la mairie un après-midi. Cela collerait à la personnalité de Cooper. On y va, on le fait. Sans chichis ni tralalas.

Mais chaque fois que j'y pensais, je grimaçais.

Je voulais les chichis. Et les tralalas. Je voulais le grand mariage avec Mimi à mes côtés. Et si Cooper voulait que Jackson soit à ses côtés, ça m'allait. Je lui jetterais un regard suffisant. Cooper était tout à moi maintenant.

OK, c'était peut-être un peu mesquin.

Mais, bon sang, j'avais le droit d'être mesquin le jour de mon mariage.

J'ai entendu la douche s'arrêter, le signal pour moi d'arrêter de rêvasser devant les alliances. J'ai soigneusement refermé le tiroir.

Alors que je passais le sweat par la tête, quelque chose d'inattendu a attiré mon regard de mon côté du placard.

Le sweat coincé sur un bras, je me suis approché furtivement comme si c'était un tigre endormi.

Mais ce n'était qu'un smoking.

J'ai eu le souffle coupé. Pas seulement un smoking. Un smoking *Tom Ford*. J'allais ressembler à ce putain de Daniel Craig.

OK, peut-être que je ressemblerais plus à Tom Holland déguisé en Daniel Craig, mais quand même. J'ai passé un doigt sur le revers en satin soyeux. Pourrais-je éviter de le tacher au gala de la fondation ? Peut-être qu'il vaudrait mieux ne rien manger — ni boire. Surtout ne rien manger. Je creuserais mes joues et j'aurais l'air d'un acteur sur le tapis rouge.

— Il te plaît ?

J'ai sursauté d'au moins trente centimètres en entendant la voix de Cooper.

— Putain ! Tu m'as fait peur ! J'ai posé une main sur mon cœur qui battait la chamade et je me suis retourné pour lui faire face.

Mon pauvre cœur n'avait aucune chance. Cooper était appuyé contre le chambranle de la porte, des gouttes d'eau perlant au bout de ses cheveux et tombant sur son torse nu. Les gouttes se rejoignaient en de minuscules rivières qui se frayaient un chemin à travers la forêt de poils blonds foncés de sa poitrine jusqu'à la serviette blanche nouée autour de ses hanches.

Mort. J'étais mort.

— Alors… il te plaît ?

Ma bouche était trop sèche pour parler. Je me suis léché les lèvres, mais ma voix est quand même sortie rauque et haletante.
— Il me plaît.

Un coin de sa bouche s'est relevé. — Je parlais du smoking.

— Oh. J'ai tourné la tête pour le regarder, et c'est là que j'ai réalisé que j'avais encore mon sweat à moitié enfilé, tout chiffonné autour de mon cou. Je l'ai arraché par-dessus ma tête et je l'ai laissé tomber par terre. Je n'avais plus froid. — Il est magnifique.

— Tu es magnifique. Il s'est approché de moi d'un pas félin.
— Et tu seras renversant dans ce smoking ce soir.

— Renversant ? Un brouillard de désir a tourbillonné dans mon cerveau alors qu'il approchait, mon regard pointé vers l'endroit où la serviette serrait ses hanches.

Il a baissé la tête et m'a embrassé, son haleine mentholée et sa langue glissant lentement contre la mienne. Embrasser Cooper était la meilleure chose au monde. Il m'embrassait comme il faisait tout, avec confiance, sans jamais reculer, comme s'il avait quelque chose à prouver. Mais sous tout ça, il y avait une pointe d'hésitation, le soupçon qu'il ne le méritait pas, qu'il ne devrait pas le faire. Je me suis ouvert à lui, l'accueillant, lui montrant que je ne voulais que lui. Je me suis agrippé à ses épaules pour me stabiliser et j'ai poursuivi ses lèvres quand il s'est retiré.

— Renversant, a-t-il répété.

— Toi aussi. J'ai laissé mon regard glisser de ses yeux bleus à sa mâchoire carrée, aux muscles délicieux de son torse et de ses abdos, jusqu'à ses hanches étroites et au renflement entre elles. Puis j'ai ramené mon regard vers son visage. — Joyeuse Saint-Valentin.

— Joyeuse Saint-Valentin. J'aimerais qu'on n'ait pas à aller à ce gala ce soir.

— Ah, vraiment ? Je me suis mordu la lèvre. — Qu'est-ce que tu préférerais faire ?

Il a fait glisser un doigt de ma joue à ma mâchoire. — Passer toute la journée à te montrer à quel point je t'aime.

— Tu peux faire ça et quand même aller au gala. Pièce à conviction numéro un, ce magnifique smoking. Pièce à conviction numéro deux...

Il y avait un banc derrière moi où nous nous asseyions parfois pour mettre nos chaussures. Je m'y suis laissé tomber, ce qui m'a mis au niveau des yeux du renflement sous sa serviette. Il a suffi d'une traction sèche, et la serviette est tombée par terre. Sa bite s'est dressée, rouge et raide. Et toute à moi.

— Bonjour, pièce à conviction numéro deux, ai-je dit juste avant de lécher le pourtour de son gland.

Il a gémi et s'est approché, repoussant la serviette du pied.

Ce gémissement impuissant venant de mon cadre guindé, me cédant le pouvoir de lui faire plaisir, a transformé mon désir en un brasier. J'ai enfoncé mes doigts dans sa fesse musclée et je l'ai sucé aussi profondément que je le pouvais. De mon autre main, j'ai bercé ses couilles comme il aimait, faisant glisser le bout de mes doigts vers son périnée.

Il a élargi son écart, mais je n'en ai pas profité, pas encore. Lentement, j'ai fait des va-et-vient sur sa longueur, traçant avec ma langue la veine sur le dessous. Sa poitrine se soulevait, et j'ai jubilé intérieurement. Mon homme était en train de perdre le contrôle.

Putain, moi aussi. J'ai retiré une main de lui et j'ai caressé ma propre érection à travers mon slip. *Pas encore.*

J'ai fait tourner ma langue autour de son gland et je suis revenu à la charge, creusant mes joues pour lui donner la pression dont il avait besoin. Quand j'ai enfin effleuré son trou du bout de mon doigt, il a retenu son souffle. Il était proche.

Mais au lieu de toucher ma joue comme il le faisait habituellement pour me le signaler, il s'est retiré.

— Au lit, a-t-il grogné.

Il m'a relevé du banc et m'a conduit hors du placard, jusqu'à notre lit défait. Il s'est assis sur le bord et m'a enlevé mon slip. Se léchant les lèvres, il a croisé mon regard, demandant silencieusement la permission.

— Attends, ai-je dit. — Allonge-toi.

Un sourire en coin a joué au coin de sa bouche, mais il a obéi, et je l'ai chevauché à l'envers, me glissant jusqu'à ce que mes hanches planent au-dessus de son visage et que je regarde sa bite, encore brillante de ma salive.

— OK ? ai-je demandé.

Il n'a pas répondu, il m'a juste englouti de la chaleur humide de sa bouche.

Des étincelles ont fusé le long de ma colonne vertébrale.
— OK, alors, ai-je dit.

J'ai léché le long de sa bite jusqu'à ses couilles, encore fraîches et savonneuses de sa douche. Je les ai tracées avec ma langue tout en masturbant sa bite de ma main. Le plaisir des attentions qu'il portait à ma propre bite s'enroulait au bas de mon dos.

J'ai essayé de me concentrer sur la bite dure comme la pierre de Cooper, sur la façon dont ses abdos se contractaient sous moi, mais ma vision s'est rétrécie. Tout ce que je pouvais faire, c'était remettre ma bouche sur lui et m'accrocher, faisant des mouvements saccadés de haut en bas alors que l'extase relâchait mes articulations et embrouillait mon esprit.

J'ai tapoté sa hanche pour lui faire savoir que je ne pouvais plus tenir. Il s'est cambré contre ma bouche et a pulsé, sa jouissance giclant dans ma bouche.

Dieu merci. J'ai lâché ma prise ténue sur mon propre orgasme et j'ai joui, frissonnant au-dessus de lui. J'ai à peine remarqué quand il a déplacé mes hanches sur le côté pour que je puisse m'allonger à côté de lui, ma tête reposant sur sa cuisse.

De longues minutes plus tard, je me suis retrouvé blotti sous les couvertures et Cooper enroulé derrière moi.

J'avais ce que je voulais : un câlin du samedi matin. J'ai soupiré et j'ai laissé mes yeux se fermer.

— Cooper ? ai-je demandé alors que quelque chose me titillait l'esprit.

— Mm-hmm ? Il semblait aussi ivre de sexe que moi.

— Maintenant que j'ai ce magnifique smoking, on devrait peut-être penser à fixer une date. Pour notre mariage.

J'ai senti ses muscles se tendre autour de moi. — On devrait ?

Oh, putain. Je me suis écarté et j'ai roulé pour lui faire face. — Tu ne veux pas ?

Il a pris ma mâchoire dans sa grande main et m'a embrassé, bouche fermée et doucement. — Bien sûr que si. Mais…

— Mais ? J'avais des fourmis dans le bout des doigts, et je ne sentais plus mes pieds. Mais quoi ?

— J'espérais qu'on pourrait se marier de manière moins formelle.

Mon estomac s'est noué. La mairie. Un officier d'état civil pressé dans un créneau de trente minutes. Deux témoins. Pas de smokings. Un baiser rapide et chaste alors qu'ils nous pressaient de sortir pour que le couple suivant puisse prendre notre place. J'ai essayé de garder une voix légère. — Moins formelle.

Il a tracé un doigt à travers les quelques poils sur mon cœur. — Sur l'île. Avec ma famille. On pourrait faire venir les autres invités par avion. Ta famille, nos amis d'ici. J'ai parlé à Luis…

— Vraiment ? Ça semblait bien mieux que le palais de justice. Il avait planifié ça ?

Il a souri, un sourire crispé et nerveux. — Oui. Il ne peut pas nous bloquer un groupe de chambres avant novembre. Ça irait ?

— Novembre ? C'est dans seulement neuf mois. Je ne sais pas si je…

— Ne t'inquiète pas pour ça. Il a écarté une boucle de mon front. — Luis a un organisateur de mariage qui s'occupera de tout.

— Pas de tout. Ma lèvre inférieure a fait la moue. — Je veux l'organiser.

— Bien sûr. Il a passé sa main de mon épaule à mon bras et a entrelacé ses doigts avec les miens. — Tout ce que tu voudras.

Une chaleur a empli ma poitrine. — Tout ?

— Tout.

— Des chemises assorties à imprimé iguane ? ai-je demandé avec un sourire taquin.

Ses sourcils se sont froncés une seconde, mais ensuite son front s'est éclairci. — Tout ce que tu voudras. Tant que je finis marié à toi.

Je me suis rapproché et j'ai enfoui mon visage dans le creux de son cou. Il ne disait pas toujours la bonne chose, mais cette fois, il l'avait fait. — Je t'aime.

Ses bras se sont enroulés autour de mon dos, me serrant contre lui. — Je t'aime aussi.

J'ai respiré son odeur. Nous n'avions pas besoin des alliances ou du mariage. Il était mon homme, et j'étais le sien. Je sentais notre connexion chaque fois que nous étions ensemble, dans son toucher doux et dans l'émerveillement de sa voix qui me disait qu'il ne croyait pas encore avoir eu la chance de trouver quelqu'un — moi — pour l'aimer en retour.

Ce n'est pas qu'on ne se disputait jamais. Il était toujours Cooper Fallon avec son caractère sanguin. Mais il m'aimait à travers les tempêtes. Et je devais en risquer une de plus pour lui parler.

Je me suis reculé jusqu'à ce que je puisse voir son visage, détendu et paisible. — Alors, à propos du gala…

— Tu as décidé qu'on n'est pas obligés d'y aller ? D'un mouvement puissant, il m'a poussé sur le dos et s'est mis en planche au-dessus de moi, ses avant-bras reposant sur le matelas. Ses biceps à croquer se sont contractés près de mes épaules. Sa bite qui durcissait s'est nichée contre la mienne.

— Doucement. J'ai gloussé. — On doit y aller. Non seulement c'est la fondation de Jackson, mais c'est le bébé de Mimi. Elle me tuerait si on ne se montrait pas. Mais, euh… Putain, comment pouvais-je lui dire quelque chose auquel il ne voulait absolument pas penser ?

Il m'a embrassé et a roulé sur le côté, emportant sa chaleur avec lui. Je l'ai suivi, me blottissant contre ses côtes et posant ma tête sur sa poitrine. Ce serait plus facile pour nous deux si je ne regardais pas son visage.

— Tu sais pour Mimi et Mateo ?

— De quoi tu parles ? Bien sûr que je connais ta sœur et mon cousin.

— Je veux dire… j'ai passé un doigt dans les poils rêches de sa poitrine. — Ils sortent en quelque sorte… ensemble. Ou ils sortaient ensemble.

— Hmm.

La relation de Cooper avec son cousin était… compliquée. Mais peu importe ce qu'elle disait, Mimi avait besoin de ça.

— Ils ont besoin d'un petit coup de pouce.

— Un coup de pouce ? Ça ne me dit rien qui vaille.

— Ils sont parfaits l'un pour l'autre.

— Parfaits ? Ils se disputent comme Coco et ce bichon maltais psychotique en bas de la rue.

— Ils se disputent parce qu'ils s'aiment.

Il a reniflé. — C'est Mimi qui a dit ça ?

— Pas exactement. Je n'avais pas besoin de partager ce qu'elle avait dit sur son cousin. Elle ne le pensait pas. Du moins, je ne pensais pas qu'elle le pensait.

— Alors… un coup de pouce ? Cooper a passé une main dans mon dos.

— Tu devrais parler à Mateo. Lui demander de venir au gala ce soir et de lui parler.

— Tu sais que c'est deux mille dollars le couvert.

— L'argent va à la fondation de Jackson. Et le bonheur de Mateo ne vaut-il pas deux mille dollars pour toi ?

Quand il a haussé les épaules, je lui ai mordillé le pectoral.

— Aïe ! Il m'a tiré vers le haut pour que je le regarde dans les yeux. — Je ne veux pas parler de mon cousin maintenant. Ton bonheur en vaut la peine. Et si ça te fait plaisir, je le ferai.

— Ça me fait plaisir. J'ai embrassé ses lèvres. — Merci.

Le collier de Coco a tinté, puis j'ai senti un mouvement sur le lit quand il a sauté dessus. Il a reniflé mes cheveux puis a soupiré en s'enroulant à côté de Cooper.

— Ton chien est encore sur le lit, a-t-il dit, enroulant ses doigts dans mes boucles.

— Tu aimes mon chien, ai-je murmuré.

— Je t'aime toi. Ton chien…

Coco a posé sa tête sur la poitrine de Cooper et m'a léché le nez.

Cooper l'a gratté entre les oreilles. — Je suppose que je l'aime aussi.

———

Merci beaucoup d'avoir lu *Commande-Moi* ! N'hésitez pas à laisser un avis sur votre site de vente préféré, BookBub, ou Goodreads. Les avis aident d'autres lecteurs à découvrir de nouveaux auteurs comme moi.

Le coup de pouce de Ben va-t-il fonctionner sur Mimi et Mateo ? Le prochain livre de la série, *Souviens-Toi de Moi*, est une comédie romantique sur une fausse relation entre deux personnages que tout oppose, avec une touche amusante sur le trope de l'amnésie. Il met en scène une comptable coincée et un bellâtre qui perd tous ses moyens face à elle. Il peut être lu comme un roman indépendant et constitue le cinquième livre de la série Synergy Workplace Romance. Continuez votre lecture pour un aperçu.

SOUVIENS-TOI DE MOI, SYNERGY
TOME 5
CHAPITRE 1

MIMI

J'AVAIS TOUT OUBLIÉ. Sauf ses jolis yeux.

Bleus et ronds, même si la tequila en avait estompé les détails. Je n'arrivais pas à me souvenir de leur nuance exacte, ni s'ils étaient mouchetés. Juste bleus. Et des lunettes. Des lunettes à la Clark Kent. La suspension au-dessus de nos têtes projetait des reflets sur les verres.

La forme et la couleur de la monture étaient floues dans ma mémoire, mais j'étais sûre à quatre-vingt-douze pour cent qu'elles n'étaient pas rondes et en métal comme celles de Byron. Même si j'étais ivre morte, j'aurais pris mes jambes à mon cou.

Combien de temps avais-je plongé mon regard dans ses yeux, alors que nous étions assis dans ce bar de Divisadero Street ? J'avais l'impression que ça avait duré des heures, mais la tequila. Tellement de tequila.

Un flash : des yeux bleus plissés d'inquiétude et une grande main agrippant mon bras pour me stabiliser sur le tabouret. Puis un autre flash, mais celui-ci s'est dérobé à moi, juste hors de portée. Son regard intense et sérieux me brûlait la peau. Quelque chose a été pressé dans ma main.

J'ai baissé les yeux sur ma paume, comme si la chose y était toujours. Mais il n'y avait rien, à part une bague en plastique moche, avec son faux diamant lumineux gros comme une noix. Quand je l'ai tapotée, elle a clignoté faiblement en rose fluo. En tant que demoiselle d'honneur de Bree, j'avais imposé la règle : pas de gadgets vulgaires à son enterrement de vie de jeune fille. Mais une autre amie de Bree avait apporté tout un sac de saloperies en plastique. Et après quelques shots de tequila, je me fichais bien des règles. J'ai arraché la bague de mon doigt et je l'ai laissée tomber sur le comptoir.

Fichue gueule de bois. Je me suis massé la tempe, mais ça n'a rien fait pour apaiser la pression autour de mon cerveau.

Même si je ne me souvenais pas de grand-chose de son apparence, je me rappelais ce que l'homme mystérieux de la nuit dernière m'avait fait ressentir. Que j'étais intéressante. Qu'on prenait soin de moi. En sécurité. Et j'avais tellement ri que j'avais encore un peu mal aux abdominaux.

En fait, c'était peut-être à cause du vomi.

La vibration de mon téléphone sur le comptoir de ma cuisine a déclenché une nouvelle douleur quelque part au niveau de mes molaires.

J'ai attrapé la ridicule écharpe fuchsia qui le recouvrait — l'inscription disait « Vrai Désastre », et ça *s'était* avéré bien vrai, n'est-ce pas ? — et je l'ai jetée de côté. J'ai fait glisser le téléphone du comptoir et j'ai plissé un œil pour regarder l'écran. Bree. J'ai appuyé brutalement sur le bouton pour répondre.

— Pourquoi tu es debout si tôt ?

Elle a gémi, et sa voix était rauque. —J'ai dû faire une offrande aux dieux de la porcelaine. Tu as bu autant que moi. Comment tu vas ?

— Pareil. Et mon haleine ? Il ne fallait pas que j'arrive à ma présentation en sentant la tequila régurgitée. J'ai mis ma main en coupe devant ma bouche, j'ai expiré et j'ai reniflé. Une fraîcheur mentholée. J'ai inséré une dosette dans la machine à café et j'ai appuyé sur le bouton.

— Mimi, a pleurniché ma meilleure amie, ce n'était pas plus facile dans la vingtaine ?

— La boisson ou la gueule de bois ?

— Les deux. Je me souviens de sortir le samedi soir et de boire des mimosas au brunch du dimanche. Maintenant, rien que de penser au champagne — ou au jus d'orange — ça me donne envie de vomir.

— J'imagine que beaucoup de choses sont différentes maintenant qu'on a passé la trentaine. Comme cette étrange irritation autour de ma bouche que j'avais dû camoufler avec une couche de fond de teint supplémentaire. Celle qui ressemblait étrangement à une brûlure de barbe, même si je ne me souvenais *clairement* pas d'avoir embrassé qui que ce soit. —Dis, tu te souviens de grand-chose de la nuit dernière ?

— Beurk, pas vraiment. Surtout après la troisième tournée de shots de tequila.

Troisième tournée ? J'ai forcé ma mémoire paresseuse, mais tout était flou : la tête de Bree renversée en arrière dans un éclat de rire, les gloussements des autres filles, et ces lunettes encadrant une paire d'yeux bleus pétillants.

Le voyant de la cafetière s'est éteint et j'ai pris ma tasse. Son odeur amère m'a tordu l'estomac. Je l'ai reposée sur le comptoir. —Tu t'es bien amusée ?

— Ouais. Merci d'être venue. Je sais que tu étais très occupée avec la fête de fiançailles de ton frère hier.

— Je n'aurais manqué ton enterrement de vie de jeune fille pour rien au monde. On est amies depuis trop longtemps pour ça. Nous étions meilleures amies depuis notre rencontre dans la salle de cinéma qui projetait *Les Indestructibles*. Nos deux familles avaient refusé de le regarder avec nous. C'était la troisième fois pour moi, la cinquième pour elle. Nous nous étions liées sur le fait que nous nous identifiions à Violette, même si nous ne savions pas comment l'exprimer à l'époque. Au fil de notre amitié, nous avions développé une obsession pour Spider-Man, le Superman de Henry Cavill, et tous les Avengers.

Alors, même si je ne perdais généralement pas mon temps dans les fêtes, j'avais réorganisé tout mon week-end pour pouvoir assister à la fois à celle de Ben et à la sienne, en travaillant tard le vendredi soir pour terminer ma présentation.

— Dieu merci, on a un jour pour récupérer avant de devoir retourner au travail, a-t-elle dit.

J'ai fait « hum » et j'ai sorti ma présentation de ma sacoche, juste pour la vérifier une dernière fois. Les graphiques en secteurs impeccables, les courbes montrant mes projections. Il n'y avait rien que la parfaite Larissa puisse critiquer, et nous allions épater son patron, Jackson Jones. Qui se trouvait également être un directeur chez Synergy, où je travaillais.

— Oh non, a dit Bree. Ce n'est pas un *hum* du genre « je-retourne-me-coucher ». C'est un *hum* du genre « je-vais-courir-quinze-kilomètres ».

J'ai gloussé. —Tu sais que je déteste courir. En fait, je dois travailler aujourd'hui.

— Un dimanche ?

— C'est pour la fondation. On a une réunion-brunch dans le Mission dans une demi-heure, et je présente le budget de l'année prochaine à Jackson Jones.

— Attends, tu n'es même pas *payée* pour ça ?

— Non. Même si un jour, si je copiais mon petit frère et transformais ma passion en un travail rémunéré, je pourrais avoir un jour de congé de temps en temps. —La culture du hustle, tu connais.

— Argh, ne me sors pas ces conneries. Tu es une perle. Tu le fais pour… pour les enfants.

Je savais qu'elle avait failli dire *pour moi*. Il était vrai que j'avais commencé à faire du bénévolat pour la fondation pour ma meilleure amie. Depuis le jour où j'avais entendu ce crétin d'Anthony Anker la traiter de Barbie Clignotante le premier jour de la cinquième. J'avais voulu lui rentrer dedans, essayer le crochet que mon frère m'avait appris l'été précédent, et m'assurer *absolument* qu'Anthony ne se moquerait plus jamais du tic de mon amie, mais Bree m'avait retenue, me disant qu'il ne valait pas la peine que je sois collée. Mais toutes ces années plus tard, j'avais continué mon bénévolat parce que j'aimais vraiment le travail que la fondation faisait pour les enfants atteints du syndrome de la Tourette. Des enfants comme Bree l'avait été.

Je venais d'ouvrir la bouche pour détendre l'atmosphère avec une blague quand elle a dit : —Tu as réfléchi à ce dont on a parlé hier soir ?

En fixant mon poster de Doctor Strange, j'ai cherché dans ma mémoire un souvenir autre que la tequila, les éclats de rire et la danse. De la danse ? —Tu vas devoir me rafraîchir la mémoire.

— Tu ne te souviens pas ? Merde, elle avait l'air blessée. —On a parlé du fait que tu es la dernière célibataire de notre groupe d'amis. Tu as promis d'essayer de…

— J'en doute fort. J'ai fait pivoter ma tasse sur le comptoir jusqu'à ce que son anse soit à un angle précis de 45 degrés. —Tu sais à quel point je suis concentrée sur ma carrière en ce moment. Et sur la fondation. Je n'ai pas de temps pour les distractions.

— Une distraction comme Byron, tu veux dire ? Ce type était un triple con. Il y a des tonnes de mecs bien, Mimi. Des mecs qui t'aideront et ne te voleront pas ta promotion.

— Je n'ai pas besoin d'aide. Je peux réussir toute seule. Les mots sont sortis plus secs que je ne l'avais voulu.

— Je sais, je sais. Tout ce dont tu as besoin, c'est d'intelligence, de détermination…

— Et de confiance en soi, avons-nous terminé ensemble. Ma mère avait répété ces mots environ un million de fois.

— Ta mère s'est mariée, a dit Bree.

— C'est la meilleure avocate en droit de l'environnement de l'État. Je ne me comparerais jamais à elle. Et ce n'est pas parce que tu es à une semaine de dire « Oui » que c'est ce qui convient à tout le monde. Je veux d'abord m'établir dans ma carrière.

— Et calmer tes démangeaisons avec des coups d'un soir ?

J'ai relevé le menton même si elle ne pouvait pas me voir. —Il n'y a rien de mal à mes plans sans attaches. J'ai tous les avantages, sans les disputes pour savoir à quelle soirée de boulot on doit aller et où on passe les fêtes.

— C'est plutôt sympa d'avoir quelqu'un avec qui passer les fêtes, tu sais.

J'ai appuyé une hanche contre le comptoir. Je n'avais pas manqué la façon dont les yeux de Maman s'étaient adoucis quand mon frère était arrivé à sa fête de Hanoukka avec son fiancé. Ils portaient des pulls de Hanoukka moches assortis. Même mon cœur froid et noir avait un peu fondu devant leur complicité adorable.

Moi ? Je ne pouvais pas vraiment demander à un de mes coups d'un soir de venir à la fête de mes parents après m'être éclipsée de son appartement avant l'aube et avoir cessé de répondre à ses textos.

— Quoi, tu veux que je vienne à ton mariage avec un cavalier ?

— Non ! Son rire était aigu et forcé. —On a déjà donné le nombre final d'invités au traiteur. Mais tu changes de sujet. Même Ben…

L'interphone a sonné, me sauvant du discours de ma meilleure amie sur le fait que même mon petit frère avait enfin trouvé l'amour durable. Elle avait raison à propos de toute cette mise en couple. Pas une semaine ne passait sans que n'arrive une invitation à un mariage, un enterrement de vie de jeune fille ou une fête de fiançailles. Si quelqu'un m'envoyait un faire-part de naissance, j'allais vomir. Encore.

— Désolée, Bree. Quelqu'un est à la porte. C'était probablement Ben qui passait prendre de mes nouvelles. Bien que la dernière fois que je l'avais vu à sa fête de fiançailles hier après-midi, il était lui-même assez pompette.

— Bonne chance pour ta grande présentation. Je sais que tu vas tout déchirer. Tu m'appelles après ? Elle a fait un bruit de baiser avant que je ne raccroche.

Je me suis dirigée vers l'interphone. C'était tout à fait le genre de Ben de m'apporter un sac de viennoiseries pour éponger l'alcool. Mon estomac a gargouillé.

— Salut, ai-je dit dans le haut-parleur en lui ouvrant.

J'ai entrouvert la porte et je suis retournée vers la cuisine pour ranger ma présentation dans ma sacoche. Puis je me suis figée. Ben avait toujours un double des clés. Pourquoi utiliserait-il l'interphone ?

Quand je me suis retournée brusquement, la réponse se tenait dans l'embrasure de ma porte. Plus d'un mètre quatre-vingts de peau bronzée, de cheveux blonds, une mâchoire carrée et rasée de près qui pourrait fendre du verre, et des yeux de la couleur de l'océan Pacifique par une rare journée ensoleillée. L'ami de Ben, et le cousin de son fiancé, Mateo. J'ai fixé son épaule musclée où son T-shirt noir trop serré moulait sa forme. Regarder son visage, c'était comme regarder le soleil en face. Aveuglant de beauté. Trop beau pour être vrai. Et aujourd'hui, je n'avais pas besoin d'une distraction qui prenait la forme d'un sosie de Thor dragueur.

— Bonjour, bella, a-t-il dit en entrant dans mon appartement.

J'ai plissé le nez à la légère odeur de fumée de cigarette qui est entrée avec lui. Je connaissais Mateo depuis assez longtemps pour ne ressentir aucun papillonnement dans le ventre. Tout le monde dans son univers — hommes, femmes, vieux, jeunes — avait droit à un surnom aguicheur. C'était un dragueur universel, et ça ne signifiait rien.

Exemple concret : à la fête de Ben hier, il avait discuté avec Marlee, la meilleure amie de Ben au travail. C'était la plus belle femme que j'aie jamais rencontrée, avec ses cheveux lisses couleur de miel et son sens de la mode. Mais elle n'était pas célibataire, et Mateo le savait. Pourtant, je l'avais surpris à me regarder par-dessus sa tête à plusieurs reprises. Comme s'il voulait que je remarque que Marlee était le genre de personne avec qui il passait du temps. Jamais quelqu'un comme moi. Avec moi, il était silencieux et distant.

En fait, pourquoi était-il venu ce matin ? Il n'était jamais venu chez moi, même pas avec Ben.

— Qu'est-ce que tu fais là ? ai-je demandé en croisant les bras. —Tu es à court de mannequins en maillot de bain à séduire ?

Son sourire étincelant s'est affaissé. Il avait l'air... blessé ? —Je suis venu prendre de tes nouvelles. Tu te sens bien ce matin ?

— Très bien, ai-je dit. —Même si je suis en fait sur le... attends. Qu'est-ce que tu sais de la nuit dernière ?

Ses sourcils blonds foncés se sont froncés. —Tu ne te souviens pas ?

J'ai repensé à hier. J'étais déjà pompette quand j'avais quitté précipitamment la fête de fiançailles de Ben pour rejoindre l'enterrement de vie de jeune fille de Bree qui avait déjà commencé. Est-ce que Ben l'avait remarqué et avait envoyé Mateo pour veiller sur moi ? C'était le genre de chose que mon petit frère ferait.

Je ne me souvenais pas d'avoir vu Mateo au premier bar. Ni au deuxième. Je me souvenais de la banquette, de la table ronde couverte de verres à shot, de Bree qui riait à s'en étouffer, des diadèmes en plastique scintillants, des lumières de Noël clignotant à la fenêtre, et de la pièce qui tournait autour de moi alors que les verres continuaient d'arriver.

—Non. Pourquoi ? Tu y étais ?

Les coins de sa bouche se sont affaissés. —Tu ne te souviens pas ?

— Je devrais ? Je me serais certainement souvenue s'il avait été au bar. Les amies de Bree en auraient fait le roi de leur cour. Elles l'auraient flatté, touché, dragué d'une manière qui m'aurait irritée. Elles ne connaissaient pas Mateo comme moi. Il était peut-être aussi magnifique qu'un mannequin de fitness, mais il était aussi profond qu'une flaque d'eau.

Il a semblé se dégonfler. Puis il a arboré une ombre de son sourire taquin habituel et a tendu un sac de boulangerie blanc. —Je t'ai apporté le petit-déjeuner.

Mon estomac s'est retourné. —Non merci. Gueule de bois. J'ai besoin de café.

— Non. Il m'a dépassée. —Tu as besoin de glucides. De sucre. Tu as du thé au gingembre ?

Je me suis dépêchée de le rattraper, mais ses larges épaules et l'odeur de cigarette emplissaient toute ma cuisine américaine. Ma gorge me brûlait. Je n'avais pas le temps pour une autre visite aux toilettes. J'ai agité la main devant mon visage. —Désolée, mais tu sens la fumée, et — j'ai dégluti — je crains que mon estomac ne soit pas assez stable pour ça. Merci d'être passé, mais…

Son visage s'est décomposé, mais il a posé le sac sur le comptoir avant de pousser la fenêtre de la cuisine. Tiens. Je croyais qu'elle était bloquée par la peinture.

— C'est mieux maintenant ? Il est resté un instant près de la fenêtre comme s'il pouvait s'aérer.

J'ai pris une grande inspiration d'air frais et froid. —Mieux. Merci.

— Maintenant, pour ton estomac. Il a ouvert un placard mural. —Il te faut quelque chose avec du gingembre. Ou de la figue de Barbarie ?

Figue de Barbarie ? —Non. Je vis dans le monde réel où on boit du café quand on a la gueule de bois. Merci d'être venu, mais je dois me préparer.

— Te préparer ? Il a fermé le placard et s'est tourné vers moi. —Tu es parfaite.

— Merci. Les mots sont sortis de manière plate, automatique. Il disait ce genre de conneries à tout le monde. Dans mon pull noir trop grand et mon jean, je n'étais rien qui s'approche de la perfection, pas comparée à un demi-dieu comme Mateo. De toute évidence, il entretenait son physique avec des séances d'entraînement quotidiennes. C'était le genre de type qui boirait des smoothies au chou frisé avec sa partenaire mannequin de sous-vêtements tout aussi sexy. Qui parlait de compléments, de séries et de figues de Barbarie.

Non pas qu'il y ait quoi que ce soit de mal à ça. C'était juste différent. Je préférais faire travailler mon cerveau avec des feuilles de calcul, alimentée par un sac de chips au sel et vinaigre. Le chou frisé, très peu pour moi.

— Je dois y aller. À une réunion. Je mangerai là-bas. Je me suis faufilée derrière lui dans la cuisine pour le faire sortir.

— Oui, ta réunion avec Larissa et Jackson. Tu ne devrais pas manger avant ?

— Ma… ma quoi ? Comment sais-tu ça ?

Il a baissé les yeux vers le sac et a marmonné quelque chose.

Ah, oui. Ben avait dû en parler à la fête hier. Après quelques verres, plus rien n'était secret pour lui. Non pas que ma réunion pour la fondation soit un secret, mais ça ne regardait certainement pas Mateo.

— Bon, c'était sympa de discuter, mais je suis sûre que tu as des muscles à sculpter. Il n'en avait pas besoin. Ils étaient absolument parfaits, mais son ego n'avait pas besoin que je le flatte. —Et moi, je dois partir.

— Tu géreras mieux les conneries de Larissa si tu n'arrives pas de mauvaise humeur parce que tu as faim. Goûte ça. C'est délicieux. Il a tendu la main vers le sac de boulangerie, mais quand son bras a frôlé le mien, il a sursauté. Le sac a heurté ma tasse de café et l'a renversée. Un liquide brun foncé a jailli sur le comptoir, droit vers mes papiers.

— Non ! J'ai bondi pour les ramasser, mais le corps solide de Mateo me bloquait le passage. Le café a imbibé les feuilles, faisant fondre mes parfaits graphiques en secteurs et maculant mes jolis diagrammes. —Merde, Mateo. C'est ma présentation pour — j'ai vérifié l'horloge au mur — pour ma réunion qui commence dans quinze minutes !

— Tu peux en imprimer d'autres ? Il a attrapé le torchon et a tamponné les papiers, mais tout ce que ça a fait, c'est transférer la tache sur mon torchon écru immaculé. La panique m'a serré la gorge.

— Non ! Arrête. Quand j'ai attrapé son bras, il a tressailli. Le papier mouillé s'est déchiré.

Même si je pouvais miraculeusement sécher le papier en

quinze minutes, un graphique en secteurs rafistolé avec du ruban adhésif n'allait impressionner personne. Ma présentation, et ma chance d'impressionner Jackson Jones, était ruinée.

— Je… je suis désolé, Miriam.

Mon corps s'est échauffé et ma colère a explosé. —Bon sang, Mateo. Je vais être en retard, et maintenant je n'ai plus de présentation. Fous le camp. J'ai jeté les papiers à la poubelle. Je n'avais pas le temps d'aller au bureau les réimprimer. J'allais devoir les montrer à l'écran. Sauf que…

L'horreur m'a envahie quand j'ai regardé le café. Il avait atteint ma sacoche. Avec mon ordinateur portable à l'intérieur. Quand je l'ai sorti, du café a goutté du coin.

— Merde ! J'ai arraché le torchon ruiné des mains de Mateo et j'ai tamponné le bord. *Je t'en prie, je t'en prie,* s'il te plaît, *démarre.* J'ai posé mon ordinateur sur une partie sèche du comptoir, je l'ai ouvert et j'ai appuyé sur le bouton d'alimentation. Quelques pixels se sont allumés, puis l'écran est devenu noir.

J'ai martelé le bouton d'alimentation, mais cette fois, rien ne s'est passé. —Bordel de merde !

Son visage était plus pâle que mon torchon. —Je peux faire quelque chose ?

J'ai grincé des dents. —Dégage.

— Je… je peux demander à Lito — je veux dire Cooper — de te trouver un nouvel ordinateur…

— Non ! Il était peut-être Miguelito, le cousin préféré de Mateo, mais pour moi, il était Cooper Fallon, le patron du patron de mon patron. Hors de question qu'il apprenne que j'avais ruiné mon ordinateur de Synergy. Son mauvais caractère était légendaire, et même sa future belle-sœur ne serait peut-être pas à l'abri d'une de ses fameuses engueulades. —Va-t'en.

— Mais je…

— Va-t'en ! ai-je crié en désignant la porte.

Il s'est recroquevillé sur lui-même et s'est éloigné en traînant les pieds. La porte de mon appartement a cliqué en se refermant alors que je fourrais mon ordinateur portable décédé dans ma sacoche détrempée.

Désespérée, j'ai de nouveau jeté un coup d'œil à l'horloge. J'allais définitivement être en retard. Ni Larissa ni Jackson Jones ne seraient impressionnés. Et demain, je devrais demander un nouvel ordinateur à mon patron.

Merci, Mateo.

———

Souviens-Toi de Moi est disponible en format poche chez votre détaillant préféré.

À PROPOS DE L'AUTEUR

Michelle McCraw adore lire des romances et travailler dans la technologie. Un jour, elle a décidé de combiner ses deux passions, et maintenant elle écrit des romances contemporaines torrides et geek qui pourraient bien vous faire rire. Ses livres mettent en scène des personnages qui aiment sans complexe la science, l'ingénierie et la technologie.

Auteure américaine et Texane de naissance, Michelle a pelleté de la neige pendant des tempêtes en Nouvelle-Angleterre et a opté pour une souffleuse à neige dans le Midwest. Elle vit maintenant en Géorgie, où la neige ne lui manque PAS DU TOUT. Elle aime lire, voyager, boire du bourbon et gâter son chien extraordinairement mal élevé mais adorable. Elle a été finaliste au RWA Vivian Contest, au Stiletto Contest des Contemporary Romance Writers et au Four Seasons Contest des Windy City Romance Writers.

facebook.com/MichelleMcCrawAuthor

instagram.com/MMOWriter

amazon.com/author/michellemccraw

goodreads.com/MichelleMcCraw

bookbub.com/authors/michelle-mccraw

LIVRES DE MICHELLE MCCRAW

Synergy Series

Travaille avec Moi

Fais Semblant avec Moi

Voyage avec Moi

Commande-Moi

Souviens-Toi de Moi

Tente-Moi

40 and Fabulous

Fashion and Passion

Frenemies and Lovers

Books and Hookups

Conspiracies and Chemistry

Advances and Retreats

Marriage and Trouble

Sugar and Spice

www.ingramcontent.com/pod-product-compliance
Lightning Source LLC
Chambersburg PA
CBHW030113310726
48970CB00004B/1263